A FANTÁSTICA VIDA BREVE DE OSCAR WAO

JUNOT DÍAZ

A FANTÁSTICA VIDA BREVE DE OSCAR WAO

tradução de
FLÁVIA ANDERSON

2ª edição

EDITORA RECORD
RIO DE JANEIRO • SÃO PAULO
2022

EDITORA-EXECUTIVA
Renata Pettengill

SUBGERENTE EDITORIAL
Mariana Ferreira

ASSISTENTE EDITORIAL
Pedro de Lima

AUXILIAR EDITORIAL
Júlia Moreira

REVISÃO DE TRADUÇÃO
Messias Basques

REVISÃO
Laís Curvão

CAPA
Leonardo Iaccarino

DIAGRAMAÇÃO
Myla Guimarães

TÍTULO ORIGINAL
The Brief Wondrous Life of Oscar Wao

CIP-BRASIL. CATALOGAÇÃO NA PUBLICAÇÃO
SINDICATO NACIONAL DOS EDITORES DE LIVROS, RJ

D538f

2. ed.

Díaz, Junot, 1968-
A fantástica vida breve de Oscar Wao / Junot Díaz; tradução de Flávia
Anderson. – 2. ed. – Rio de Janeiro: Record, 2022.
; 23 cm.

Tradução de: The Brief Wondrous Life of Oscar Wao
ISBN 978-65-5587-365-8

1. Ficção americana. I. Anderson, Flávia. II. Título.

22-76153

CDD: 813
CDU: 82-3(73)

Meri Gleice Rodrigues de Souza – Bibliotecária – CRB-7/6439

Copyright © 2007 by Junot Díaz

Texto revisado segundo o novo Acordo Ortográfico da Língua Portuguesa

Todos os direitos reservados. Não é permitida a reprodução total ou parcial desta obra,
por quaisquer meios, sem a prévia autorização por escrito da Editora.

Direitos exclusivos de publicação em língua portuguesa somente para o Brasil
adquiridos pela
EDITORA RECORD LTDA.
Rua Argentina, 171 – Rio de Janeiro, RJ – 20921-380 – Tel.: (21) 2585-2000,
que se reserva a propriedade literária desta tradução.

Impresso no Brasil

ISBN 978-65-5587-365-8

Seja um leitor preferencial Record.
Cadastre-se no site www.record.com.br e receba informações
sobre nossos lançamentos e nossas promoções.

Atendimento e venda direta ao leitor:
sac@record.com.br

NOTA DA REVISÃO DE TRADUÇÃO

Quando questionado sobre a ausência de um glossário de palavras em espanhol dominicano citadas neste livro, Junot Díaz explica que se trata de uma omissão proposital. A ideia de confrontar leitores monolíngues, especialmente norte-americanos, com uma escrita que incorpora um idioma estrangeiro é movida pela intenção de tornar apreensível uma parte significativa da vida cotidiana de imigrantes afro-caribenhos nos Estados Unidos. Para essas pessoas, o bilinguismo não é uma escolha, mas antes, uma necessidade. Uma circunstância inescapável que as expõe a diversas experiências de violência linguística e racial: "Quando eu aprendi inglês nos Estados Unidos, aquilo foi um processo violento. Ao forçar o espanhol para dentro do inglês, obrigando-o a lidar com a linguagem que ele tentou exterminar em mim, eu tentei representar uma imagem espelhada dessa violência nas páginas deste livro. Chame-a de a minha vingança contra o inglês." (Junot Díaz *in:* CÉSPEDES, Diogenes & TORRES-SAILLANT, Silvio. Fiction Is the Poor Man's Cinema: An Interview with Junot Díaz. *Callaloo*, 2000, 23-3, p. 904).

Em vista disso, a ausência de um glossário pode ser compreendida como um convite aos leitores e às leitoras para que sintam na pele a experiência do bilinguismo, enquanto percorrem as páginas do livro tentando descobrir, imaginar e aprender os significados de palavras estrangeiras, provindas de outros idiomas, povos e lugares. No mesmo sentido, nesta edição optou-se por traduzir a palavra *nigger* de acordo com os diferentes contextos de sua enunciação, respeitando-se as categorias raciais utilizadas pelo autor e que se referem, simultaneamente, às realidades estadunidense e dominicana. *Nigger* é uma palavra que identifica e discrimina pessoas negras em razão de sua mera existência enquanto tais, mas também por suas características físicas e fenotípicas, por modos de vida, linguagens, culturas, origens e religiões. Trata-se de um termo profundamente racista, cuja polissemia no inglês norte-americano torna praticamente impossível a sua tradução para o português brasileiro. Diversos intelectuais negros e negras refletiram sobre a relação de ambivalência entre a violência linguística que o uso do termo implica e a sua reversão ao ser reapropriado por pessoas negras, que por vezes o utilizam inclusive de modo afetuoso entre si e em suas comunidades. Não obstante, ainda hoje a palavra *nigger* é considerada a mais grave e violenta ofensa racial que se pode dirigir aos afro-americanos. A evitação da palavra fez com que se passasse a mencioná-la publicamente apenas como a "palavra-N". Sua singularidade reside no fato de que remete toda e qualquer pessoa negra à escravidão e, ao mesmo tempo, à condição de objetos e alvos de diversas formas de racismo, a despeito de seu eventual caráter mestiço, ou interracial, de sua classe social, gênero, local de nascimento ou ascendência.

Messias Basques

Elizabeth de León

"Que importância têm as vidas breves e anônimas... para **Galactus**?"

Quarteto Fantástico
Stan Lee e Jack Kirby
(Vol. I, nº 49, abril de 1966)

Senhor, tende piedade das coisas adormecidas!
Do vira-lata caído na calçada da Wrightson
à minha vida de vira-lata em suas esquinas;
se faz parte da minha sina amar estas ilhas,
minh'alma há de alçar voo e abandonar o caos.
Mas eles tinham começado envenenar a minha alma,
com seus casarões, carrões e trapaças, pretos, sírios,
indianos e crioulos franceses;
que desfrutem eles das terras e de seus carnavais —
vou é mergulhar no mar, partir pra outros cais.
Conheço o arquipélago, desde Monos a Nassau,
um marujo ruivo de olhos verde-mar,
apelidado de Shabine; em dialeto patoá,
mulato sarará. Eu, Shabine, vi quando
essas favelas do império eram paraíso.
Sou apenas um mulato que ama o mar,
Fruto de educação colonial exemplar,
Mescla de inglês, negro e holandês,
e ou sou ninguém, ou sou uma nação.

DEREK WALCOTT

Contam que veio da África, trazido pelos gritos dos escravizados; que se tratou de praga rogada pelo povo taino, enquanto um mundo perecia e outro nascia; que foi um demônio deslanchado na Criação quando do arrombamento do portão de tormentas nas Antilhas. *Fukú americanus*, vulgarmente conhecido como fukú — no sentido amplo, uma espécie de maldição ou condenação e, no estrito, a Maldição e a Condenação do Novo Mundo. Também conhecido como fukú do Almirante, já que esse oficial exerceu o papel de parteiro e foi uma de suas maiores vítimas no continente europeu; embora tivesse "descoberto" o Novo Mundo, o sujeito morreu indigente, de sífilis, ouvindo (dizem) vozes divinas. Em Santo Domingo, A Terra Mais Amada por Ele (que Oscar, no fim, denominou Ponto Zero do Novo Mundo), o próprio nome do Almirante tornou-se sinônimo de dois tipos de fukú, o forte e o suave; citá-lo em voz alta ou até mesmo ouvi-lo atrairia desgraças para você e sua família.

Seja lá de onde viesse e como fosse chamado, comenta-se que a chegada dos europeus à Hispaniola desencadeou o fukú no mundo e, desde então, estamos todos na merda. Pode ser que Santo Domingo tenha sido a porta de entrada, o Quilômetro Zero da praga, mas, agora, cientes ou não, somos todos sua cria.

Mas o fukú não é coisa do passado, nem história fantasiosa, que já não assusta. No tempo dos meus pais, era real à beça, algo em que gente simples levava fé. As pessoas conheciam alguém que havia sido devorado por um fukú, assim como pessoas que trabalhavam no palácio. Ele pairava no ar, embora ninguém quisesse, como ocorria com os fatos mais relevantes da Ilha, falar sobre ele. Acontece que, naquela época, o fukú ia de vento em popa; contava até com uma espécie de mestre de cerimônias de rap, um sumo sacerdote, pode-se dizer: nosso ditador-eterno de então, Rafael Leónidas Trujillo Molina.[1] Ninguém sabe ao certo se o sujeito era diretor ou representante, criador ou criatura da Maldição, mas está claro que se entendiam; como eram *próximos* aqueles dois! O povo — até o instruído — acreditava que qualquer um que tramasse contra Trujillo atrairia um tremendo fukú, que atingiria a sétima geração

---

1 Para vocês que perderam dois segundos obrigatórios sobre a história dominicana: Trujillo, um dos ditadores mais execráveis do século XX, governou a República Dominicana de 1930 a 1961, com uma brutalidade implacável. Mulato corpulento e sádico, com olhos de suíno, clareava a pele com vários produtos, gostava de sapato plataforma e colecionava acessórios masculinos da era napoleônica. Também conhecido como El Jefe, Ladrão de Gado Frustrado e Escroto, ele chegou a controlar quase todos os aspectos da vida econômica, social, cultural e política do país, por meio de uma mescla poderosa (e familiar) de violência, intimidação, massacre, estupro, cooptação e terror; tratava o país como se fosse uma colônia e ele, o senhor. À primeira vista, era apenas o prototípico caudilho latino-americano; no entanto, seu poder foi tão acachapante que poucos historiadores e escritores conseguiram de fato dimensioná-lo. Foi o nosso Sauron, nosso Arawn, nosso Darkseid, nosso Único e Eterno Ditador, um personagem tão vil, grotesco e perverso, que nem mesmo um autor de ficção científica teria concebido o sujeito. Famoso por ter mudado TODOS OS NOMES de TODOS OS PONTOS DE REFERÊNCIA da República Dominicana em homenagem a si mesmo (Pico Duarte tornou-se Pico Trujillo, Santo Domingo de Guzmán, a primeira e mais antiga cidade do Novo Mundo, virou Ciudad Trujillo); por monopolizar de forma fraudulenta cada fatia do patrimônio nacional (o que logo fez dele um dos homens mais ricos do planeta); por organizar uma das forças armadas mais poderosas do hemisfério (o cara tinha esquadras de bombardeiros, caramba!); por transar com toda gata que aparecia pela frente, até mesmo com as esposas dos subordinados, e com milhares e mais milhares de mulheres; por esperar, ou melhor, exigir a mais absoluta idolatria por parte do seu pueblo (com efeito, o lema nacional era "Dios y Trujillo"); por governar o país como se fosse um campo de treinamento de fuzileiros; por destituir amigos e aliados de seus postos e de suas propriedades sem o menor motivo; e por deter poderes quase sobrenaturais.
Seus feitos mais impressionantes incluem: o genocídio de comunidades dominicano-haitianas e haitianas em 1937; uma das ditaduras mais longas e nocivas do hemisfério ocidental, apoiada pelos EUA (e se nós, latinos, temos talento para uma coisa, é tolerar déspotas que contam com a ajuda norte-americana; então, vocês sabem que estamos falando de uma vitória suada — os chilenos e os argentinos ainda a contestam); a criação da primeira cleptocracia contemporânea (Trujillo já era Mobutu muito antes de Mobutu ser Mobutu); o suborno sistemático de senadores norte-americanos; e, por fim, mas não menos importante, a condução lenta dos povos dominicanos rumo a um estado moderno (fez o que seus treinadores de fuzileiros durante a Ocupação, não conseguiram fazer).

da pessoa ou além. Bastava ter um pensamento ruim que fosse sobre o déspota e, *zás*: um furacão passaria e levaria o sujeito e sua família para o mar; *zás*: uma rocha cairia de repente e o esmagaria; *zás*: o camarão de hoje causaria os espasmos fatais de amanhã. Isso explica o fato de que todos que tentavam matar o homem sempre eram aniquilados, e os caras que finalmente lutaram contra ele tiveram mortes tão atrozes. E o desgraçado do Kennedy? Foi ele que deu o sinal verde para o assassinato de Trujillo, em 1961, e que mandou a CIA enviar armas para a Ilha. Péssimo lance, capitão! Os agentes do serviço secreto se esqueceram de contar para ele o que todo dominicano, do mais rico jabao de Mao ao mais pobre güey de El Buey, do mais velho anciano sanmacorisano ao menor carajito de São Francisco já sabia: quem quer que matasse Trujillo sujeitaria a família a um fukú tão atemorizante, que o experimentado pelo Almirante viraria jojote em comparação. Quer uma resposta definitiva para a pergunta da Comissão Warren: quem matou JFK? Permita que eu, seu humilde Vigia, revele de uma vez por todas a Verdade absoluta: não foi a máfia, nem Lyndon Johnson, nem o espírito da maldita Marilyn Monroe. Não foi um alienígena, nem a KGB, nem um pistoleiro solitário. Não foram os irmãos Hunt, do Texas, nem Lee Harvey, nem a Comissão Trilateral, mas sim Trujillo e o fukú. E de onde coñazo vocês acham que veio a chamada Maldição dos Kennedy?[2] E o Vietnã? Por que acham que a maior potência do mundo perdeu sua primeira guerra para um país do terceiro mundo como esse? Meu irmão, *por favor*. Talvez seja interessante saber que, enquanto os EUA aumentavam sua participação no Vietnã, Lyndon Johnson deu início a uma invasão ilegal da República Dominicana (28 de abril de 1965). (Santo Domingo já era Iraque muito antes de o Iraque ser o Iraque.) Um sucesso militar tão estupendo

---

2 Uma informação para vocês, os tolos que acreditam em conspirações: na noite em que John Kennedy Jr., Carolyn Bessette e a irmã Lauren caíram no Piper Saratoga, a empregada favorita do pai de John-John, a dominicana Providencia Parédes, estava em Martha's Vineyard, preparando para John-John seu prato favorito: chicharrón de pollo. Acontece que o fukú sempre come primeiro, e sozinho.

para os EUA, que enviaram de imediato as diversas equipes do serviço secreto e as unidades que tinham participado da "democratização" de Santo Domingo para Saigon. E o que acham que esses soldados, agentes e espiões levaram junto nas mochilas, nas malas, nos bolsos das camisas, nos pelos das narinas, e na crosta enrijecida em torno dos sapatos? Um presentinho do meu povo para os Estados Unidos, uma pequena retribuição pela guerra injusta. Isso mesmo, gente. Fukú.

Por isso, é importante ter em mente que essa praga nem sempre cai como um raio. Às vezes, age com lentidão, detonando nego aos poucos, como aconteceu com o Almirante e com os EUA nos arrozais das cercanias de Saigon. Algumas vezes atua devagar, outras, depressa. Fica ainda mais devastadora assim, dificulta a detecção de sua presença e evita que as pessoas tomem precauções. Uma coisa é certa: como os Raios Ômega do Darkseid, como a imprecação do Morgoth,[3] essa porcaria, independentemente de quantas voltas dê e quantos atalhos pegue, sempre — repito: sempre — captura sua presa.

Se creio ou não no que muitos descreveram como a Grande Maldição Norte-americana, não vem ao caso. Quando se vive tanto tempo no coração do país do fukú, essas histórias fazem parte do dia a dia. Todo mundo em Santo Domingo tem um lance sobre ele rondando sua família. Meu tio de Cibao, que teve 12 filhas, acreditava que uma antiga amante havia rogado praga para que nunca tivesse varões. Fukú. Minha tía achava que nunca mais seria feliz porque riu no funeral da rival. Fukú. Meu abuelo paterno acredita que a diáspora tenha sido a vingança de Trujillo contra o pueblo que o traiu. Fukú.

---

3 "Sou o Rei Mais Antigo: Melkor, o primeiro e o mais poderoso Valar, que existiu antes do mundo e que o criou. A sombra de meus desígnios cobrirá Arda, e tudo o que nela existe lenta e invariavelmente se curvará à minha vontade. Meu pensamento pesará como uma nuvem de Destruição sobre todos os seus entes queridos, levando-os ao desespero e às trevas. Para onde quer que eles sigam, o mal ascenderá. De suas bocas só sairão palavras capciosas. O que quer que façam, há de se voltar contra eles. Morrerão sem esperança, amaldiçoando tanto a vida quanto a morte."

Não tem o menor problema se você não acreditar nessas "superstições". Aliás, é até melhor. Porque, independentemente da sua crença, o fukú crê em você.

Algumas semanas atrás, enquanto eu terminava este livro, lancei o tema "fukú" no DRI, um fórum da República Dominicana, por pura curiosidade. Ultimamente, ando nerd assim. O tema bombou; vocês nem imaginam a quantidade de respostas que recebi. E elas continuam chegando, e não só por parte dos domos. Os puertorocks também querem trocar ideia sobre fufús, e os haitianos afirmam que têm umas merdas iguais. Existe um montão de casos de fukú por aí. Até minha mãe, que quase nunca fala de Santo Domingo, resolveu contar o dela para mim.

Como vocês já devem ter adivinhado a essa altura, também tenho uma história de fukú. Bem que eu queria dizer que a minha é a melhor de todas — a maior das maldições —, só que não é esse o caso. Não se trata da mais óbvia e aterradora, tampouco da mais comovente e deslumbrante.

É apenas a que apertou o meu pescoço.

Não sei bem se Oscar curtiria este título. História de fukú. Fã de carteirinha do mundo da ficção científica e da fantasia, ele achava que era nesse universo que a gente vivia. Perguntava: O que é mais sci-fi que Santo Domingo? O que é mais fantasioso que as Antilhas?

Mas agora que estou a par do que vai acontecer, sou eu que pergunto: O que é mais fukú?

Eis um último recadinho, Totó, antes do adeusinho a Kansas: tradicionalmente, em Santo Domingo, sempre que se mencionasse ou se ouvisse falar no nome do Almirante ou que um fukú desse o ar de suas inúmeras graças, só havia um jeito de evitar que a vida da pessoa caísse em desgraça, apenas um contrafeitiço para proteger o pescoço do sujeito e de sua família. Bastava dizer uma palavra simples e nada mais (e cruzar os dedos energicamente, em seguida).

Zafa.

Ela costumava ser mais popular nos velhos tempos, mais importante, por assim dizer, em Macondo que em McOndo. Só que tem gente, como mi tío Miguel, do Bronx, que ainda usa zafa o tempo todo. Ele é antiquado a esse ponto. Se os Yanks errassem no final da partida, zafa; se alguém trouxesse conchas da praia, zafa; se se servisse parcha para um cara, zafa. Na esperança de que o azar não tivesse a chance de se instalar, zafa 24 horas por dia. Até mesmo agora, enquanto escrevo, eu me pergunto se este livro não é uma espécie de zafa. Meu próprio contrafeitiço.

PARTE I

NERD DO GUETO NO FIM DO MUNDO
1974-1987

A IDADE DE OURO

Nosso herói não era um daqueles caras dominicanos que vivia na boca do povo — não se tratava de um rebatedor venerado, nem de um bachatero badalado, tampouco de um playboy cheio de mulheres aos pés.

Salvo um curto período no início da vida, o cara sempre se deu mal com as gatas (um lado seu *nem um pouco* dominicano).

Ele tinha 7 anos, na época.

Naqueles anos abençoados da infância, Oscar era, de certo modo, um casanova. Um daqueles moleques assanhados da escola, que tentava beijar as meninas a toda hora e sempre se aproximava delas por trás, nos merengues, movendo a pélvis; o primeiro preto a aprender o perrito e a dançá-lo na primeira oportunidade. Como naquele tempo (ainda) era um garoto dominicano "normal", criado numa família dominicana "tradicional", a tendência a cafetão que despontava foi estimulada tanto pelos amigos quanto pela parentada. Durante as festinhas — e havia muitas delas nos idos anos 1970, muito antes de Washington Heights ser Washington Heights, bairro do crime, muito antes de só se ouvir espanhol nos quase cem quarteirões da Bergenline —, algum parente embriagado sempre empurrava Oscar na direção de uma garotinha e, então, os beberrões faziam a maior algazarra ao ver os dois imitarem quase com perfeição o rebolado dos adultos.

Vocês precisavam ter visto, balbuciou sua mãe em seus últimos dias. Parecia uma versão miniatura do nosso Porfirio Rubirosa![4]

Todos os outros garotos da idade dele fugiam das garotas como se elas estivessem infectadas com a supergripe "Capitão Viajante". Mas não o Oscar. O danadinho, louco pelas meninas, tinha "namoradas" de sobra. (Era um moleque robusto, com evidente tendência à obesidade, tratado com zelo pela mãe, que sempre o mantinha ajeitadinho, de roupa arrumada e cabelo cortado. E, antes de a cabeça do garoto crescer de modo exagerado, os olhos eram chamativos e brilhantes; as bochechas lembravam bumbum de bebê, visíveis em todas as fotos.) As mulheres em geral — as colegas de sua irmã Lola, as amigas da mãe e até mesmo a vizinha de 30 e poucos anos, a funcionária dos correios Mari Colón, com seu batom vermelho e seu requebrado escandaloso — admitiam sem pudor sua paixão por ele. Esse muchacho está bueno! (Que mal havia em ser ansioso e ter déficit de atenção? Nenhum!) Na RD, durante as visitas de férias à família em Baní, Oscar ficava ainda mais impossível; postava-se diante da casa de Nena Inca e mexia com as transeuntes: Tú eres guapa!

---

4 Nos anos 1940 e 1950, Porfirio Rubirosa — ou Rubi, como era chamado na mídia — tornou-se o terceiro dominicano mais famoso do mundo (O primeiro era o Ladrão de Gado Frustrado, seguido de María Montez, a Mulher Cobra em pessoa). Sujeito bonitão, alto e encantador, cujo "falo enorme causou sensação na Europa e na América do Norte", Rubirosa era o típico playboy do jet set, obcecado por polo e automobilismo, "o lado feliz" do Trujillato (já que se tratava, de fato, de uma das celebridades favoritas de Trujillo). Ex-modelo de meio expediente e bon-vivant, Rubirosa casou-se, de forma memorável, com a filha do ditador, Flor de Oro, em 1932, e, embora tenham se separado cinco anos depois, no Ano do Genocídio Haitiano, o cara continuou a desfrutar da boa vontade de El Jefe no decorrer do longo regime. Ao contrário do seu ex-cunhado Ramfis (com quem sempre era visto), Rubirosa parecia incapaz de cometer homicídios, mas, em 1935, foi a Nova York a mando de El Jefe com a missão de assassinar o líder exilado Angel Morales, mas fugiu sem cumprir a obrigação. Rubi foi o primeiro jogador dominicano; transou com todo o tipo de mulher: Barbara Hutton, Doris Duke (que, por um acaso, era a mulher mais rica do mundo), a atriz francesa Danielle Darrieux e Zsa Zsa Gabor, só para citar algumas. Como seu colega Ramfis, Rubirosa morreu em um desastre de automóvel, em 1965, quando a Ferrari de 12 cilindradas derrapou e saiu da estrada, em Bois de Boulogne. (Impossível deixar de notar a importância dos carros nessa narrativa.)

Tú eres guapa!, até que um dia uma adventista se queixou com a avó dele, que deu fim à farra na mesma hora. Muchacho del diablo! Isto aqui não é cabaré, não!

Foi mesmo uma Idade de Ouro para Oscar, uma época que atingiu o apogeu no outono do seu sétimo ano na Terra, quando o menino tinha duas namoradas ao mesmo tempo, seu primeiro e único ménage à trois: Maritza Chacón e Olga Polanco.

Maritza era amiga de Lola. Sempre bela, com os cabelos longos impecáveis, poderia ter feito o papel da Dejah Thoris criança. Já Olga não era amiga de ninguém da família. Morava numa casa no final do bairro, na área da qual a mãe de Oscar sempre se queixava por estar cheia de porto-riquenhos que sempre ficavam tomando cerveja na varanda. (¡Dios mío!, por que não fazem isso lá em Cuamo?, perguntava ela, aborrecida.) Olga devia ter uns 90 primos e, pelo visto, todos se chamavam Hector ou Luis ou Wanda. Como sua mãe era uma maldita bêbada (palavras da mãe de Oscar), às vezes a moça fedia que dava dó, o que levou a garotada a apelidá-la de Srta. Peabody, uma alusão ao cão inteligente de *História improvável*.

Srta. Peabody ou não, Oscar gostava do seu jeitinho tímido, da forma como ela brincava de luta com ele no chão e do interesse que ela demonstrava em seus bonecos de *Star Trek*. Já Maritza era a maior gata, no caso dela não havia necessidade de incentivo, ela estava sempre por perto. Oscar teve a brilhante ideia de dar em cima das duas ao mesmo tempo. No início, fingiu que quem queria ficar com elas era o Shazam, o herói mais incrível. Mas, depois que as duas concordaram, ele foi claro: o interessado era ele mesmo, não o Shazam.

Como naquela época tudo era mais inocente, sua relação se limitava a uma aproximação maior no ponto de ônibus, mãos dadas às escondidas, às vezes, e dois beijinhos no rosto, com seriedade, primeiro em Maritza, depois em Olga, escondidos do tráfego atrás de um arbusto. (Olhem só o machito, diziam as amigas da mãe dele. Que hombre!)

O trio só durou uma única e inesquecível semana. Um dia, Maritza encurralou Oscar atrás do balanço e decretou: ou ela ou *eu*! O garoto segurou a mão da moça e conversou demoradamente com ela, deixando claro que a amava e a lembrando que tinham concordado em *compartir*; só que a garota nem deu bola. Maritza tinha três irmãs mais velhas, sabia tudo de que precisava sobre as possibilidades de *compartilhar*. Nem fala mais comigo, só aparece quando se livrar dela! A menina da pele de tom chocolate e dos olhos miúdos já manifestava o poder de Ogum, que usaria pelo resto da vida para fazer picadinho de quem cruzasse seu caminho. Cabisbaixo, Oscar voltou para casa e para os desenhos animados anteriores à era-das-fábricas-escravizantes-coreanas — *Os Herculoides* e *Space Ghost*. O que é que houve com você?, perguntou a mãe. Ela se preparava para ir ao segundo emprego, o eczema das mãos lembrando restos de comida velha grudada. Quando Oscar respondeu, queixoso, Meninas, a Mãe de León quase teve um piripaque. Tú ta llorando por una muchacha? Agarrou as orelhas do menino até ele ficar de pé.

Mami, para!, gritou a irmã, para!

A mãe jogou o menino no chão. Dale un galletazo, disse ela, sem fôlego, aí vê se la putita não vai te respeitar!

Fosse ele um preto diferente, talvez tivesse pensado no galletazo. Mas Oscar não contava com nenhuma figura paterna que o pusesse a par das artimanhas masculinas, não tinha a menor tendência agressiva nem marcial. (Ao contrário da irmã, que brigava com garotos e morenas de gangues que odiavam seu nariz fino e cabelo meio liso.) Daí, a nota de Oscar no quesito combate era zero; até mesmo Olga poderia encher o moleque de porrada com seus bracinhos mirrados. Agressão e intimidação estavam descartadas. Então ele ponderou sobre o assunto e não precisou de muito tempo para tomar uma decisão. Afinal de contas, Maritza era linda, Olga, não; a feinha às vezes cheirava a xixi, a bonitinha, não; Maritza podia ir até sua casa, Olga, não. (Uma porto-riquenha aqui?, perguntava a mãe, com sarcasmo. Jamás!) O raciocínio limitado do garoto remetia à lógica rudimentar dos insetos. Oscar terminou com Olga no dia seguinte, no recreio, com Maritza do lado; e como a garota chorou! Tremeu feito vara verde com as roupas de segunda mão, os sapatos bem maiores que os pés, o nariz escorrendo e tudo o mais!

Anos depois, quando Oscar e Olga viraram esquisitões obesos, ele não conseguia evitar a pontada de culpa que sentia às vezes, quando a via andando rápido do outro lado da rua ou contemplando o mundo com olhar vago, no ponto de ônibus de Nova York; não conseguia deixar de pensar em quanto a forma tremendamente fria com que terminara o namoro tinha contribuído para o atual estado ferrado da moça. (No dia em que acabou com a relação, lembrou ele, não sentiu nada, nem se tocou quando ela chorou. Chegou a dizer: Para de chorar feito um bebê.)

No entanto, o que doeu *de verdade* foi o fora que *ele* levou de Maritza. Na segunda-feira, quando já tinha dispensado Olga, chegou ao ponto de ônibus com sua adorada lancheira do *O planeta dos macacos* e se deparou com a bela Maritza de mãos dadas com Nelson Pardo, o tapado. Nelson Pardo, que lembrava Chaka, de *O elo perdido*. Nelson Pardo, o cara tão idiota que achava que a lua era uma mancha que Deus tinha esquecido de limpar. (Ele se encarregaria disso logo; foi o que assegurou para toda a turma.) Nelson Pardo, que se tornaria o maior larápio do bairro antes de entrar na Marinha e perder oito dedos do pé na Primeira Guerra do Golfo. No início, Oscar achou que tinha visto mal; o sol batia em seus olhos e ele não dormira bem à noite. Manteve-se ao lado dos dois e admirou sua lancheira; como o Dr. Zaius parecia autêntico e maligno! Mas Maritza não *sorriu* para ele; aliás, agiu como se ele nem existisse. A gente vai se casar, disse ela para Nelson, que sorriu feito um trouxa, virando o rosto na direção da rua para ver se o ônibus vinha. Oscar estava arrasado demais para falar. Sentou-se na beira da calçada, sentindo uma dor devastadora no peito que o apavorou. Sem mais nem menos, abriu o berreiro. Quando Lola, sua irmã, foi até ele e perguntou o que estava acontecendo, o garoto balançou a cabeça. Olha só o mariconcito, comentou alguém, soltando um risinho abafado. Alguém também chutou sua adorada lancheira, arranhando o rosto do general Urko. Assim que Oscar entrou no ônibus, ainda chorando, o motorista, um notório ex- -usuário de PCP, disse: Meu Deus! Para de chorar feito um bebê, porra!

O término do namoro tinha afetado muito Olga? A pergunta a ser feita era, na verdade: *o término do namoro tinha afetado muito Oscar?*

E ele chegou à conclusão de que, desde que levara o fora de Maritza — Shazam! — a coisa começara a degringolar. Nos anos seguintes, engordou cada vez mais. A pré-adolescência foi especialmente difícil, modificando sua face sem deixar nada que se pudesse chamar de fofo, salpicando sua pele de espinhas e deixando-o complexado. Seu interesse — por ficção científica! —, que nunca antes havia sido questionado, passou, do nada, a ser sinônimo de fracassado com F maiúsculo. Oscar não conseguia fazer amizade de jeito nenhum, era lesado demais, tímido demais e (se é que se pode acreditar nos garotos do bairro dele) *esquisitão* demais (tinha o hábi- to de usar palavras difíceis, aprendidas um dia antes). Já não se aproximava das meninas porque, na melhor das hipóteses, elas o ignoravam e, na pior, soltavam gritinhos e o chamavam de gordo asqueroso! Esqueceu o perrito e o orgulho que sentia quando as mulheres da família o chamavam de hombre. Ficou sem dar um beijo em uma moça por muito, *muito* tempo. Era como se quase tudo o que conseguira no departamento feminino ti- vesse evaporado naquela semana desgraçada.

Não que suas "namoradas" estivessem em melhor situação. Pelo visto, seja qual fosse o carma maldito do desamor que atingiu Oscar, também as atingira. Já na sétima série, Olga ficara imensa e asquerosa, na certa com um gene de ogro em algum lugar; começou a encher a cara de rum 151 e acabou sendo expulsa da escola pelo hábito de vociferar *NATAS!*, satán ao contrário, no meio da sala de aula. Até mesmo os peitos dela, quando finalmente cresceram, eram flácidos e assustadores. Uma vez, no ônibus, quando Olga chamou Oscar de marica, ele quase retrucou Olha quem fala, puerca, mas temeu que ela revidasse e fizesse picadinho dele; seu índice de popularidade, já baixo, não teria resistido a esse tipo de paliza, que o poria no mesmo patamar das crianças com deficiência e de Joe Locorotundo, famoso por se masturbar em público.

E quanto à charmosa Maritza Chacón? Como andava a hipotenusa do nosso triângulo? Bom, antes mesmo que você pudesse dizer *Poderosa Ísis!*, ela virou a guapa mais empetecada de Paterson, umas das vedetes do Novo Peru. Como continuava a morar no bairro, Oscar a via o tempo todo, a Maria Joana do gueto, cabelos tão pretos e cheios como nuvens de chuva, na certa, a única peruana do planeta com a cabeleira bem mais ondulada que a da irmã dele (ele ainda não tinha ouvido falar de afro-peruanos ou de uma cidade chamada Chincha), o corpo jeitoso ainda servindo para fazer os velhos deixarem as doenças de lado. Desde a sexta série, ela namorava sujeitos que tinham o dobro ou o triplo de sua idade. (Maritza podia não ter sido bem-sucedida em vários aspectos — trabalho, estudo, esportes —, mas, no quesito homens, era.) Quer dizer, então, que ela conseguiu evitar a maldição, que era mais feliz que Oscar e Olga? Nem pensar! Pelo que ele pôde observar, Maritza parecia até gostar de apanhar dos namorados, já que levava porrada o *tempo todo*. Se um cara batesse *em mim*, dizia Lola, cheia de si, levaria uma tremenda mordida na *cara*.

Veja Maritza: beijando de língua na entrada da casa, entrando e saindo do carro de algum babaca, sendo obrigada a transar na calçada. Oscar contemplava os chupões, o ir e vir nos carros, a violência, tudo durante sua adolescência sem alegria e transas. Que outra escolha tinha? A janela do seu quarto dava para a fachada da casa dela, então ele sempre espiava a moça enquanto pintava suas miniaturas de D&D ou lia o último lançamento de Stephen King. As únicas coisas que mudaram naqueles anos foram os modelos dos carros, o tamanho do traseiro da Maritza e as canções que ressoavam dos alto-falantes. Primeiro o rap, depois o hip-hop da era ill Will e, bem no final, por um curto período, Héctor Lavoe e os rapazes.

Oscar quase sempre cumprimentava Maritza, cheio de esperança, fingindo estar feliz, e ela retribuía, com indiferença; isso era tudo. Não esperava que ela se lembrasse do seu beijo, algo que ele jamais esqueceria, claro.

INFERNO MENTECAPTO

Oscar cursou o ensino médio na Don Bosco. Como se tratava de uma escola técnica urbana, católica, só de meninos, cheia de adolescentes hiperativos e inseguros, angustiava até não poder mais um nerd gordo, fã de sci-fi como ele. Para Oscar, aquilo mais parecia um espetáculo da Idade Média, em que o cara era amarrado para ser apedrejado, e insultado em seguida, por uma cambada de ignorantes enfurecidos — uma experiência da qual, a seu ver, ele deveria ter saído mais amadurecido; no entanto, não foi o que aconteceu e, se havia algum proveito a ser tirado da provação daqueles anos, não chegou a ser assimilado. Entrava na escola todos os dias como o garoto gordo, solitário e nerd que era, e só conseguia pensar no dia da alforria, quando ficaria livre, por fim, do pesadelo interminável. Conta aí, Oscar, tem bicha lá em Marte? ... Ei, babaca, pega aqui! Quando ouviu pela primeira vez a expressão *inferno mentecapto*, sabia exatamente onde ficava e quem vivia nele.

No segundo ano, Oscar já pesava colossais 111 quilos (118 quando ficava deprimido, o que sempre acontecia); então, ficou óbvio para todos, em especial sua família, que ele tinha virado o parigüayo do bairro.[5] Não possuía quaisquer dos Poderes Supremos do dominicano típico, não conseguia atrair moças nem se sua vida dependesse disso. Jogava mal dominó, e era tão desengonçado que chutava bola feito menina e não

---

5 O termo pejorativo parigüayo, concordam os Vigias, é uma corruptela do neologismo inglês "party watcher". A palavra surgiu durante a Primeira Ocupação Norte Americana da RD, que durou de 1916 a 1924. (Vocês não sabiam que tínhamos sido invadidos duas vezes no século XX? Não se preocupem, quando tiverem filhos, eles também não vão saber que os EUA ocuparam o Iraque.) Ao longo dessa primeira intervenção, conta-se que membros das forças de ocupação estadunidenses iam muito às festas dominicanas, mas que, em vez de participar da diversão, os forasteiros ficavam à beira da pista de dança, observando. O que, obviamente, devia parecer a coisa mais absurda do mundo. Quem é que vai a uma festa só para observar? Dali para frente, os fuzileiros viraram parigüayos — termo usado atualmente para descrever qualquer pessoa que se limite a ficar olhando, enquanto outros se dão bem com as garotas. O mané que não dança, não é esperto e vive deixando os outros zombarem da sua cara é um parigüayo.
Se vocês procurassem no Dicionário de Assuntos Dominicanos, o verbete parigüayo incluiria uma xilogravura de Oscar. Era um nome que perseguiria o cara pelo resto da vida e o levaria até outro observador, um Vigia que assistia a tudo na Área Azul da Lua.

dominava nenhuma atividade esportiva. Não tinha o menor talento para música, negócios, dança, nem malícia, papo, grana. E, o que era pior: nem um pouco de charme. Mantinha os cabelos meio crespos cortados estilo afro porto-riquenho, usava óculos fundo de garrafa — apelidados de "aparatos antiboceta" pelos seus únicos amigos, Al e Miggs —, deixava um repulsivo bigode ralo no rosto e tinha olhos próximos demais, que lhe davam ar de lesado. Os Olhos de Mingus. (Uma comparação feita pelo próprio Oscar um dia, ao checar a coleção de discos da mãe, que, até onde ele sabia, era a única dominicana da antiga que tinha namorado um mulato, até o pai de Oscar pôr fim a essa fase específica do Partido Internacional Pro-Afro.) Seus olhos são iguaizinhos aos do seu abuelo, disse-lhe Nena Inca, numa de suas visitas a RD, o que deveria ter animado o rapaz — afinal, quem não gosta de se parecer com um antepassado? Acontece que o ancestral em questão tinha batido as botas na prisão.

Desde pequeno, Oscar era nerd — o tipo de garoto que lia Tom Swift, adorava histórias em quadrinhos e via *Ultraman* — e, quando chegou ao ensino médio, já havia se entregado de corpo e alma ao gênero. Na época em que a gente aprendia a bater bola, a dirigir os carros dos irmãos mais velhos, a esconder as latas de cerveja vazias dos mais velhos, ele devorava sem parar Lovecraft, Wells, Burroughs, Howard, Alexander, Herbert, Asimov, Bova, Heinlein e até mesmo os Grandes Antigos, que começavam a desaparecer — E. E. "Doc" Smith, Stapledon e o sujeito que escreveu todos os livros do Doc Savage. Oscar lia com avidez um livro após outro, um autor após outro, uma época após outra. (Foi muita sorte dele as bibliotecas de Paterson disporem de escassos recursos e serem obrigadas a manter em circulação vários materiais nerds da geração anterior.) Nada no mundo o desconcentrava quando via filmes, desenhos ou seriados de TV com monstros, espaçonaves, mutantes, máquinas apocalípticas, predestinações, magia e vilões diabólicos. Só nessas atividades Oscar já demonstrava a genialidade que a avó fazia questão de destacar, julgando fazer parte do patrimônio da família. Sabia escrever em élfico, falava chakobsa, diferenciava perfeitamente a Slan, a Dorsai e o Homem-Lente, sacava mais do universo Marvel que Stan Lee, era fanático por RPG. (Se ao menos fosse bom nos video games, teria dado uma dentro, mas, apesar de ter Atari e Intellivision, não tinha reflexos rápidos.) Se, como eu, Oscar conseguisse disfarçar sua condição de *otaku*, de fissurado por anime e mangá, talvez a parada toda tivesse sido mais fácil para ele, mas o fato é que ele não conseguia. O cara vestia a camisa de nerd como o Jedi usava o sabre de luz e o Homem-Lente, a lente. Não passaria como um sujeito normal nem a pau.[6]

---

6 De onde veio toda essa paixão por ficção científica e fantasia ninguém sabe dizer. Pode ter sido uma consequência da procedência antilhana (o que é mais sci-fi do que a gente?) ou da estadia na RD nos primeiros anos de vida. Só depois ele se mudou, de modo abrupto e doloroso, para Nova Jersey — uma simples troca de documentos mudando não só mundos (do Terceiro ao Primeiro) como séculos (de praticamente nenhuma luz elétrica e TV à fartura de ambas). Depois de uma transição assim, acho que só as situações mais radicais são apropriadas. Talvez na RD ele tivesse assistido demais ao Homem Aranha, visto demasiados filmes de kung fu do produtor Run Run Shaw, ouvido mais que suficientes histórias fantasmagóricas contadas pela Abuela sobre el Cuco e la Ciguapa. Talvez tivesse a ver com o primeiro bibliotecário que conheceu nos EUA e que despertou sua paixão pela leitura, ou com os bons fluidos que sentiu ao tocar pela primeira vez num livro com as aventuras de Danny Dunn. Talvez fosse apenas o zeitgeist, o espírito da época (a Era Nerd não surgiu no início dos anos 1970?), ou o fato de o garoto não ter tido nenhum amigo durante quase toda a infância. Ou será que teria a ver com algo muito mais profundo, ancestral? Vai saber!

O que é evidente é que, se por um lado, ser fã de carteirinha ajudou Oscar a enfrentar os dias difíceis da sua juventude, por outro, fez com que chamasse muito mais atenção nas ruas cruéis de Paterson. Fustigado pelos outros garotos — socos e empurrões, puxadas de cueca, óculos quebrados e livros escolares novinhos em folha, de 50 centavos cada, partidos ao meio bem debaixo do seu nariz. Tu gosta de livro? Agora tem dois! Ha Ha Ha! Infelizmente, não existe ninguém mais opressivo que os oprimidos. Até mesmo sua mãe achava suas manias malucas. Vai lá pra fora brincar!, ordenava ela, no mínimo uma vez por dia. Pórtate como un muchacho normal. (Só a irmã, que também gostava de ler, dava força para ele. Trazia livros da escola, cuja biblioteca era melhor.)

Quer mesmo saber o que é ser um X-Man? Basta ser um garoto de cor, esperto e fã de livros, num gueto dos EUA de hoje. Caramba! Era o mesmo que ter asas de morcego ou peitos cheios de tentáculos.

Pa fuera!, vociferava a mãe. E lá ia ele, como um garoto condenado, passar algumas horas sendo humilhado pelos outros moleques. "Deixa eu ficar aqui, vai!", implorava ele à mãe, que o empurrava para fora. "Você não é marica pra ficar dentro de casa!" Passavam-se uma, duas horas antes que ele conseguisse entrar, sorrateiro, e se escondesse no armário do andar de cima para ler com o feixe de luz que entrava pelas fendas da porta. Mais cedo ou mais tarde a mãe o encontrava: Que carajo você tem na cabeça?

(E ele já começara a fazer esboços em pedaços de papéis, nos cadernos de redação, na parte de trás das mãos. Nada muito sério, por enquanto meros fac-símiles rudimentares das suas histórias favoritas, sem nenhum sinal ainda dos pastiches de meia-tigela que fariam parte do seu Destino.)

Oscar era um cara introvertido, que tremia nas bases durante a aula de ginástica, assistia a seriados britânicos como *Doctor Who* e *Blake's 7*, sabia distinguir um caça Valkyrie de um bípede Zentraedi, e usava um monte de palavras sofisticadas de nerd, tipo *infatigável* e *ubíquo*, quando conversava com uns caras que mal terminariam o ensino médio.

Estamos falando daquele tipo de nerd que vivia enfurnado na biblioteca, que adorava obras de Tolkien e, mais tarde, de Margaret Weis e Tracy Hickman (seu personagem favorito era, como não podia deixar de ser, Raistlin) e que, ao longo dos anos 1980, ficaria cada vez mais obcecado com o Fim do Mundo. (Não havia jogo, livro ou filme apocalíptico na face da terra que ele não tivesse jogado, lido e visto — Gamma World, Christopher e Wyndham eram seus grandes favoritos.) Dá para ter uma ideia. Sua nerdice adolescente detonava qualquer possibilidade de namorar. Enquanto todo mundo enfrentava a alegria e o terror das primeiras paqueras, dos primeiros encontros e dos primeiros beijos, Oscar se sentava no fundo da sala de aula, detrás do seu Escudo do Mestre, e via sua adolescência passar. Que saco ser deixado de fora dela; era o mesmo que ficar preso num armário em Vênus, quando o sol aparecesse pela primeira vez após cem anos. Teria sido diferente se, como alguns dos nerds com quem eu cresci, Oscar não desse bola para as garotas, mas, infelizmente, ele continuava a ser o enamorado ardoroso de sempre, que se apaixonava perdidamente num piscar de olhos. Tinha amores secretos pra tudo quanto é lado, o tipo de menina de corpão violão e cabelo ondulado que nunca se dignaria a falar com um fracassado como ele; ainda assim, o cara vivia sonhando com ela. Sua paixão — aquela massa gravitacional de amor, medo, ânsia, desejo e ardor que ele dirigia a todas as mulheres da vizinhança, independentemente de raça, idade e disponibilidade — partia seu coração todo santo dia. Embora Oscar considerasse aquele sentimento uma tremenda força motriz, mais parecia um ser invisível, porque nenhuma garota o notava. De vez em quando, elas sentiam um calafrio ou cruzavam os braços quando ele passava por perto, mas era só. Oscar chorava frequentemente por estar louco por uma mulher. Derramava suas lágrimas no banheiro, onde ninguém o escutava.

Em qualquer outra parte, seu escore zero com as gatas teria passado despercebido, mas acontece que estamos falando de um garoto dominicano, de família dominicana: o cara tinha que dominar o jogo no nível atômico, ter legiões de mulheres gostosas loucas por ele. Todos notavam sua falta de ginga e, como eram dominicanos, sempre tocavam nesse assunto. Seu tío Rudolfo (apenas recentemente libertado em última instância na Justiça e agora mais um morador da casa dos Léon em Main Street) era muito generoso em seus ensinamentos. É o seguinte, palomo: pega una muchacha, y metéselo. Isso vai dar um jeito em *tudo*. Começa com uma baranga. Daí, coje esa fea y metéselo! Tío Rodolfo teve quatro filhos com três mulheres diferentes, então o cara era, sem sombra de dúvida, o morador especialista em metéselo da família.

O único comentário da mãe? Você tem é que se preocupar com as notas. E, em momentos mais introspectivos: Agradece por não ter puxado a minha sorte, hijo.

Que sorte?, ironizou o tío.

Exatamente, respondeu ela.

Os amigos Al e Miggs? Cara, cê é, tipo assim, gordo demais, sacou?

A Abuela, La Inca? Hijo, você é o rapaz mais buenmoso que eu conheço!

A irmã de Oscar, Lola, era bem mais realista. Agora que seus anos de rebeldia haviam terminado — que moça da RD não passa por eles? —, ela virara uma daquelas dominicanas de Nova Jersey, uma maratonista com carro e talão de cheques próprios que chamava os homens de putos e traçava ricaços na frente da gente sem a menor vergüenza. Quando estava na quarta série foi atacada por um conhecido mais velho, fato que era do conhecimento geral da família (e, por extensão, de boa parte de Paterson, Union City e Teaneck), e sobreviver a esse urikán de dor, crítica e bochinche deixou Lola mais resistente que adamante. A jovem tinha acabado de cortar os cabelos bem curtinhos, tirando a mãe do sério outra vez; acho até que fez isso, em parte, porque, quando ela era pequena, a família, cheia de orgulho, costumava mantê-los compridos até o bumbum e, na minha opinião, foi justamente esse atrativo que chamou a atenção do agressor.

Oscar, aconselhava Lola o tempo todo, se você não começar a *mudar*, vai morrer virgem!

E eu não sei? Mais cinco anos assim e aposto que usarão meu nome em uma igreja.

Corta o cabelo, tira os óculos, faz ginástica. E joga fora essas revistas pornôs. São um horror, incomodam a mami, e essas mulheres nunca vão sair com você.

Um conselho sensato que, no fim das contas, ele nunca acatou. Até que tentou fazer exercícios algumas vezes, flexão de quadril, abdominal, caminhadas ao redor do quarteirão de manhã cedo, esse tipo de coisas. Então, começava a perceber que todo mundo estava acompanhado, menos ele — entrava em desespero e mergulhava de cabeça nas guloseimas, nas revistas eróticas, na criação de cenários, na autocomiseração.

Creio que sou alérgico a esforço, disse Oscar. E Lola retrucou: Ah, é. O que você tem é alergia a *tentativa*.

Não teria sido tão ruim se Paterson e arredores fossem como o Don Bosco ou os romances feministas de sci-fi dos anos 1970 que Oscar lia às vezes — uma área reservada só para homens. Mas Paterson era território feminino como Nova York e Santo Domingo. Tinha garotas doidas e, se você não achasse que tinha muita guapa por ali, porra, cara, bastava se mandar para o sul, lá pelos lados de Newark, Elizabeth, Jersey City, os Oranges, Union City, West New York, Weehawken, Perth Amboy — uma zona urbana que tudo quanto é cara conhecia como Negrópole Um. Então, na verdade, ele via mulheres — moças caribenhas que falavam espanhol — em toda parte.

Não estava a salvo nem na própria casa: as amigas da irmã sempre estavam por ali — eternas convidadas. Quando iam para lá, ele nem precisava de revista pornô. Não tinham muita coisa na cabeça, mas eram gostosas pra cacete: o tipo de latinas fogosas que só namoravam morenos gostosões ou latinos que andavam armados. Todas estavam no time de vôlei, eram altas e supersaudáveis e, quando iam correr, mais pareciam o time de maratonistas do paraíso terrorista. As ciguapas de Bergen County: na frente ia Gladys, que reclamava o tempo todo do peito grande demais, supondo que, fosse ele menor, ela acharia namorados normais; em segui-da, Marisol, que acabaria entrando no MIT — o detalhe é que *odiava* Oscar, apesar de ser a preferida dele —, Leticia, ingênua e inexperiente, metade haitiana, metade dominicana, aquela mistura especial que o go-verno dominicano jura não existir, com sotaque carregado, tão recatada que se recusou a dormir com *três namorados seguidos*! Não teria sido tão ruim assim se essas gatas não tratassem Oscar como um eunuco de ha-rém, dando-lhe ordens, mandando-o resolver incumbências, caçoando dos seus jogos e livros. E, para piorar a situação, contavam animadas os detalhes da vida sexual, ignorando por completo o rapaz, que ficava sentado na cozinha, segurando com força o último exemplar da revista *Dragão*. Ei, gritava ele, sei que não notaram, mas há um representante da equipe masculina aqui.

Cadê?, perguntava Marisol, sem muito interesse. Não estou vendo.

E quando elas comentavam que os garotos latinos, pelo visto, só que-riam namorar as meninas branquelas, Oscar dizia, *Eu* gosto de garotas que falam espanhol. E Marisol, com ares de superioridade, dava a res-posta. Que bom, Oscar. Só tem um probleminha: nenhuma delas sairia com você.

Ah, dá um tempo, vai, Marisol!, pedia Letícia. Eu acho você um amor, Oscar.

A-hã!, Marisol ria, revirando os olhos. Não duvido nada que ele es-creva um livro sobre você agora.

Essas eram as fúrias de Oscar, seu panteão particular, as mulheres que povoavam seus sonhos e sua imaginação quando batia punheta; um dia, fariam parte dos seus contos. Quando sonhava com elas, ou as salvava de extraterrestres, ou voltava para o bairro, rico e famoso — É ele! O Stephen King dominicano! — e, então, Marisol aparecia, trazendo um dos seus livros para que ele o autografasse. Por favor, Oscar, casa comigo. Ele, cheio de sarcasmo: Não vai dar, Marisol, não me caso com piranhas ignorantes. (Mas, depois, claro que se casaria.) Maritza ele ainda observava de longe, convencido de que um dia, quando lançassem as bombas nucleares (ou ocorresse uma epidemia de peste ou uma invasão de Trípodes) e os seres humanos fossem aniquilados, ele acabaria salvando-a de um bando de carniceiros contaminados e, juntos, percorreriam os Estados Unidos desolados em busca de um futuro melhor. Nesses devaneios apocalípticos, Oscar era sempre uma espécie de Doc Savage plátano, um supergênio que combinava excelentes habilidades nas artes marciais com total domínio de armas de fogo. Nada mal para um sujeito que sequer tinha segurado uma pistola de ar comprimido, dado um soco ou conseguido uma pontuação acima de mil nos SATs — os testes para admissão nas universidades americanas.

OSCAR É CORAJOSO

No último ano do colégio, Oscar estava inchado, dispéptico e, para completar, era o único que não tinha namorada. Seus dois amigos nerds, Al e Miggs, tinham conseguido, numa inacreditável guinada do destino, conquistar garotas naquele período. Nada especial, para falar a verdade, putas, mas, ainda assim, mulheres. Al tinha conhecido a sua em Menlo Park. Ela deu em cima *dele*, que ficou todo orgulhoso e, quando a garota contou, depois do boquete, claro, que tinha uma amiga *louca* para conhecer alguém, Al tirou Miggs do Atari; foram ao cinema e, o resto, como se diz, é óbvio. Já no final da semana Miggs tinha conseguido transar, e foi só então que Oscar soube da história. Estavam no quarto dele, preparando-se para mais uma aventura "horripilante" dos Champions contra os Destruidores dos Villains & Vigilantes. (Oscar teve que deixar de lado sua famosa campanha Aftermath!, porque ninguém mais queria jogar nas ruínas pós-apocalípticas dos Estados Unidos assolados por um vírus.) No início, assim que soube do motim da dupla transa, não falou muita coisa. Ficou lá jogando o D10, várias vezes. Comentou: Vocês tiveram muita sorte. Ficou chateadíssimo por não ter sido incluído na investida com as garotas; odiou Al por chamar Miggs em vez dele e odiou Miggs por conseguir a gata, ponto final. Que Al (seu nome verdadeiro era Alok) ficasse com uma mina, Oscar entendia; ele era um daqueles indianos altos e bonitos que as pessoas nunca imaginariam ser um nerd fissurado por RPG. Oscar só não conseguia compreender como Miggs tinha conseguido ficar com uma garota, isso o deixou espantado e morto de inveja. Sempre achou que seu amigo fosse ainda mais esquisitão que ele. Cheio de espinhas, risada de lesado e uns malditos dentes acinzentados, resultado dos remédios que tomou quando criança. E aí, a sua namorada é bonita?, perguntou ele a Miggs, que respondeu, Cara, você precisava ter visto a mina. Gostosa pra caramba. E uns peitões, que vou te contar!, acrescentou Al. Naquele dia, a pouca fé que Oscar tinha no mundo foi atingida em cheio por um míssil SS-N-17. Quando, por fim, não conseguiu mais se conter, perguntou, pateticamente, E essas garotas não têm outra amiga?

Al e Miggs se entreolharam sobre as fichas dos personagens. Acho que não, cara.

E foi quando Oscar descobriu um lado dos amigos que jamais teria imaginado (ou, ao menos, admitido para si mesmo). Naquele momento, teve uma epifania, que reverberou pelo corpo obeso; percebeu que seus amigos fodidos, avessos a esportes, vidrados em RPG e loucos por quadrinhos tinham, na verdade, vergonha *dele*.

Chegou a ficar com as pernas bambas. Terminou o jogo mais cedo, os Exterminadores acharam logo o esconderijo dos Destruidores — Pô, isso foi embromação, reclamou Al. Depois de acompanhá-los até a porta, Oscar se trancou no quarto, tirou a roupa no banheiro — já não mais compartilhado com a irmã, que estava morando na universidade, a Rutgers — e se examinou no espelho. A banha! As estrias quilométricas! O corpo horrivelmente tumescente! Parecia ter saído direto de uma história em quadrinhos de Daniel Clowes. Fazia lembrar o garoto gordo e negro de Palomar, o lugarejo criado por Gilbert Hernández.

Meu Deus!, sussurrou ele. Sou um Morlock.

No dia seguinte, no café da manhã, ele perguntou à mãe: Eu sou feio?

Ela suspirou. Bom, hijo, você definitivamente não se parece comigo. Pais dominicanos! Não dá para deixar de gostar deles!

Depois de passar a semana inteira se olhando no espelho, avaliando os ângulos, fazendo um levantamento, sem titubear, Oscar resolveu, no fim das contas, virar o boxeador Roberto Durán: No más. Naquele domingo, foi ao Chucho e mandou o barbeiro raspar seu afro porto-riquenho. (Me diz uma coisa, exclamou o sócio do Chucho. *Tu é* dominicano mesmo?) Depois, raspou o bigode, tirou os óculos, comprou lentes de contato com o dinheiro que ganhara no depósito de madeira e tentou refinar o que lhe restava de Dominicanidade, tentou ser mais como seus primos arrogantes, de boca suja, no mínimo, porque começou a achar que talvez encontrasse uma solução na exacerbada masculinidade latina deles. Só que já estava em um estágio avançado demais para consertos rápidos. Quando se encontrou de novo com Al e Miggs, fazia três dias que passava fome. Miggs perguntou, Cara, o que foi que houve *contigo*?

Mudanças, disse Oscar, pseudocripticamente.

Quê?, virou capa de disco agora?

Ele balançou a cabeça, sério. Estou iniciando um novo ciclo da minha vida.

Ouçam só o rapaz. Falava como se já estivesse na universidade.

Naquele verão, a mãe mandou Oscar e Lola para Santo Domingo, e ele não esperneou como tinha feito havia pouco tempo. Não era como se tivesse muitas atividades prendendo-o nos EUA. Ele chegou a Baní com uma pilha de cadernos e a intenção de preenchê-los. Já que não seria mais um mestre do jogo, resolveu tentar ser um escritor de verdade. A viagem acabou se tornando uma espécie de ponto crítico para ele. Em vez de desestimular a escrita, mandando-o sair de casa como a mãe costumava fazer, Nena Inca deixou-o em paz. Permitia que o neto ficasse dentro de casa por quanto tempo quisesse e não insistia para ele "se mandar". (A avó sempre superprotegia Oscar e Lola. Essa família já tem má sorte demais, dizia ela.) Não ouvia música e levava refeições para Oscar exatamente nos mesmos horários, todos os dias. A neta badalava o tempo todo com as amigas gostosas dali, saindo de casa sempre de biquíni e fazendo viagens curtas, em que pernoitava em várias partes da Ilha; o neto, no entanto, não arredava o pé de casa. Quando alguns parentes iam atrás dele, a Abuela os afugentava com um único gesto, amplo e majestoso: Não veem que o muchacho está trabalhando? O que anda fazendo?, perguntavam os primos, perplexos. Anda pondo a cachola para funcionar, isso sim, La Inca respondia com altivez. Agora váyanse. (Depois, quando Oscar ponderou sobre isso, deu-se conta de que aquele monte de primos provavelmente teria dado um jeito de arranjar-lhe uma transa; antes tivesse se esforçado para ficar um pouco mais com eles. Mas não dá para lamentar a vida que não se levou.) Às tardinhas, quando ele já não conseguia escrever mais, ia se sentar na varanda da casa com a avó, observava o ti-ti-ti da rua e ouvia o mexerico ruidoso dos vizinhos. Uma noite, já no final da estada, a Abuela lhe contou um segredo: Sua mãe poderia ter sido médica, como o seu avô.

O que foi que aconteceu?

La Inca meneou a cabeça. Contemplou a fotografia de que mais gostava da filha, tirada no primeiro dia de aula na escola particular, numa daquelas poses sérias, típicas da RD. O que sempre acontece. Un maldito hombre.

Oscar escreveu dois livros ao longo daquelas férias, ambos sobre um jovem que lutava contra uma raça mutante no fim do mundo (nem um nem outro sobrevive). Também fez uma quantidade absurda de observações de campo, anotando nomes de coisas que, mais tarde, pretendia adaptar para usar nas histórias de ficção científica e fantasia. (Ouviu a ladainha sobre a maldição da família pela milionésima vez, mas, por incrível que pareça, não achou que valia a pena utilizá-la na sua narrativa — Caramba, que família latina não acha que é amaldiçoada?) Quando chegou a hora de voltar para Paterson com a irmã, ele quase ficou triste. Quase. A avó pousou a mão na cabeça do neto, numa espécie de benção. Cuidate mucho, mi hijo. Saiba que neste mundo tem alguém que sempre vai amar você.

No aeroporto JFK, o tio quase não o reconheceu. Ótimo, disse ele, olhando de soslaio para sua tez, agora você parece haitiano.

Depois que voltou, Oscar se encontrou com Miggs e Al, foi ver filmes e conversou com eles sobre Los Brothers Hernández, Frank Miller e Alan Moore, porém, de modo geral, nunca recuperaram a amizade que tinham antes da viagem a Santo Domingo. Ele ouvia seus recados na secretária eletrônica e resistia à tentação de ir correndo até as casas deles. Só os via uma ou duas vezes por semana. Passou a se concentrar na escrita. Foram semanas supersolitárias aquelas, em que só se entretinha com os jogos, os livros, as palavras. Quer dizer, então, que eu tenho um filho ermitão, queixou-se amargamente a mãe. À noite, sem conseguir dormir, Oscar sempre ia conferir os programas sinistros da TV; ficou obcecado por dois filmes em especial: *Zardoz* (que ele viu com o tio antes que o prendessem pela segunda vez) e *Vírus* (o filme japonês sobre o fim do mundo com a gostosa de *Romeu e Julieta*). Ele nunca conseguia chegar ao final desse segundo filme sem chorar — o herói japonês entrava no acampamento no Polo Sul, depois de ter partido da capital, Washington, e percorrido toda a cordilheira dos Andes em busca da mulher de seus sonhos. Estou trabalhando no meu quinto romance, contou Oscar aos amigos, quando perguntaram por que andava sumido. É *incrível*.

Estão vendo só? O que foi que eu disse? Sr. Universitário.

Antigamente, quando os supostos amigos de Oscar o magoavam ou acabavam com sua autoestima, ele sempre, por livre e espontânea vontade, voltava rastejando para o abuso, por medo e solidão, algo que sempre o levava a se odiar — mas não foi o que ocorreu daquela vez. Estava em uma etapa do ensino médio de que se orgulhava, sem dúvida alguma. Chegou até a revelar essa sua atitude para a irmã, quando ela foi até lá. É isso aí, O! Ele finalmente pôs as manguinhas de fora, mostrando ter um resquício de orgulho e, apesar de todo o sofrimento, o cara se sentia *bem* pra cacete.

OSCAR SE ACERCA

Em outubro, depois do envio de todos os requerimentos de admissão para as universidades (Fairleigh Dickinson, Montclair, Rutgers, Drew, Glassboro State, William Paterson — ele também solicitou vaga na NYU, uma chance em um milhão, e foi rejeitado tão depressa que ficou surpreso por aquela bosta não ter chegado via Pony Express, com uma defecada direto em sua caixa de correio), e de o inverno já ter começado a assentar o traseiro pálido e miserável na parte setentrional de Nova Jersey, Oscar se amarrou numa moça; ela estudava com ele no preparatório para o SAT. A aula estava sendo oferecida num daqueles "centros de aprendizagem" — que ficava relativamente perto da casa do rapaz, a menos de dois quilômetros —, então, ele ia caminhando, uma maneira saudável de ir perdendo peso, pensou. Não esperava conhecer ninguém, mas, quando viu a gata numa das últimas fileiras, seu coração disparou. Ela se chamava Ana Obregón, uma gordita bonita e tagarela, que lia Henry Miller quando deveria se concentrar nos problemas de lógica. Na quinta aula, Oscar notou que ela estava lendo *Sexus*, e a moça, percebendo que ele a observava, acabou se inclinando e mostrando um trecho para o rapaz, que ficou cheio de tesão no mesmo instante.

Você deve me achar esquisita, né?, perguntou ela, no intervalo.

Não acho, não, respondeu ele. Pode ter certeza, sou especialista no assunto.

Ana era uma matraca, tinha lindos olhos caribenhos, autênticos antracitos, e era o tipo de cheinha que quase todo cara da Ilha curtia, com aquele corpo que, obviamente, ficava bem com ou sem roupa. Não tinha a menor vergonha do peso. Como toda garota do bairro, usava leggings pretas e justas com tiras que se prendiam ao pé, roupa íntima da mais sexy que podia comprar e se maquiava de modo meticuloso, numa intricada rotina de tarefas múltiplas que nunca cessava de fascinar Oscar. Era um misto peculiar de safadeza e meiguice — mesmo antes de ter sido convidado para ir à casa dela, Oscar sabia que Ana teria um monte de ursinhos de pelúcia em cima da cama —, no entanto, algo na facilidade com que a moça transitava de uma característica a outra convenceu o rapaz de que tudo era uma fachada, de que havia uma outra Ana, uma Ana disfarçada, que escolhia a máscara a ser usada de acordo com a ocasião e que, de resto, não podia ser decifrada. A colega começara a ler Miller porque Manny, o ex-namorado, a presenteara com os livros antes de ir servir o exército. Ele lia passagens para ela o tempo todo: Eu ficava *super*excitada. Ana tinha 13 anos quando os dois começaram a namorar; ele, 24, um ex-dependente de cocaína em processo de recuperação. Ela conversava sobre esses assuntos sem a menor preocupação.

Você tinha apenas 13 anos, e sua mãe *permitiu* que namorasse um septuagenário?

Meus pais *adoravam* o Manny, respondeu ela. Mamãe sempre preparava o jantar pra ele.

Oscar ainda chegou a comentar, Atitude altamente heterodoxa, e, mais tarde, em casa, perguntou à irmã, que passava as férias de inverno com eles: Só por curiosidade, você deixaria sua filha pubescente namorar um marmanjo de 24 anos?

Mataria o cara antes.

Ele ficou impressionado com o alívio que sentiu ao ouvir a opinião dela.

Já sei: você conhece alguém que está fazendo isso.

O irmão assentiu. Ela se senta perto de mim na sala de aula. Ela é exuberante.

Lola fitou-o com sua íris de tigresa. Fazia só uma semana que ela voltara, e era óbvio que a maratona do nível universitário a massacrara, pois se via um monte de veias ramificadas na esclera dos seus olhos grandes, estilo mangá. Sabe, disse ela, por fim, a gente, o pessoal de cor, fala à beça do amor que sente pelos filhos, mas na hora H, cadê ele? Soltou um suspiro. Cadê? Cadê? Cadê?

Oscar tentou pôr a mão no ombro dela, mas a irmã o ignorou. Melhor você ir fazer uns abdominais, chefe!

Sempre que ficava emocionada ou fula da vida, Lola usava essa palavra ao se dirigir a Oscar: chefe. Foi o que quis escrever depois, na lápide dele, mas ninguém deixou, nem eu.

Estúpido.

PAQUERA DE PENDEJO

Oscar e Ana na sala de aula, Oscar e Ana no estacionamento, depois, Oscar e Ana no McDonald's, Oscar e Ana amigos íntimos. Todos os dias ele achava que ela diria adiós, todos os dias ela continuava ali. Os dois se acostumaram a bater papo por telefone várias vezes por semana, nada em especial, palavras soltas sobre o dia a dia. Ana ligou primeiro, oferecendo carona para o curso; na semana seguinte, foi a vez de Oscar, que resolveu se aventurar. O coração do rapaz bateu tão forte que ele pensou que ia morrer, mas ela passou para pegá-lo com toda a calma e já foi abrindo a matraca, Oscar, olha só a *conversa fiada* da minha irmã, e, dali a pouco, os dois partiram, construindo mais um dos seus arranha-palavras. No quinto telefonema, ele já não esperava mais levar o Grande Pé na Bunda. Ela era a única moça, fora da família, que conversava sobre menstruação, que dizia, Meu fluxo mais parece uma *inundação*, uma confissão chocante, que remoeu na mente do rapaz; claro que devia ter algum significado, e sempre que se lembrava da forma como ela ria, senhora de si, o coração dele, una rada isolada, disparava. Por Ana Obregón, ao contrário de todas as outras mulheres em sua cosmologia secreta, ele foi se apaixonando *conforme* se conheciam melhor. Como a jovem aparecera de repente na sua vida, no seu radar, o rapaz não tinha tido tempo de erguer seu costumeiro muro de contrassensos, nem de criar expectativas absurdas em relação a ela. Quem sabe estivesse simplesmente farto, após quatro anos sem conseguir transar, ou quem sabe tivesse encontrado, por fim, seu lugar ao sol. Por incrível que parecesse, em vez de meter os pés pelas mãos — como seria de esperar, considerando a dura realidade de que Ana era a primeira garota com quem tinha trocado ideias — ele prosseguiu com cautela. Conversava com ela abertamente, sem esforço; descobriu que sua falta de amor-próprio a agradava bastante. Incrível a relação dos dois; ele dizia algo óbvio e sem graça, e ela comentava, Oscar, você é esperto pra burro. Quando ela afirmava, *Adoro* mãos de homem, ele abria as dele no rosto e perguntava, num tom falsamente casual, *Ah, é?* Ana morria de rir.

Ela nunca falava sobre o que realmente significavam um para o outro; apenas dizia, Cara, que bom ter te conhecido.

E Oscar acrescentou, Eu é que fico feliz por ter tido o prazer de conhecer você.

Uma noite, quando ele escutava New Order e tentava bater punheta lendo *Clay's Ark*, a irmã bateu à porta.

Visita para você.

Para mim?

A-há. Lola se apoiou no umbral da porta. Tinha raspado por completo a cabeça, estilo Sinéad O'Connor e, então, a mãe e toda a galera estava convencida de que ela virara lésbica.

Melhor se ajeitar um pouco. Ela acariciou seu rosto, com suavidade. Faz a barba pra melhorar essa cara.

Era Ana, aguardando na entrada, vestindo couro de cima a baixo, a tez trigueña corada por causa do frio, o rosto charmoso com base, lápis preto, rímel, batom e blush.

Estou *congelando*, disse ela. As luvas que pendiam em uma das mãos lembravam um ramalhete ressecado.

Oi, foi tudo o que Oscar conseguiu dizer. A irmã continuava no quarto, escutando.

Está fazendo o quê?, perguntou Ana.

Nada, pô.

Pô, quer ir ver um filme, cara?

Quero, pô, respondeu.

Ainda no quarto, Lola saltitava na cama dele, falando baixinho, Vai se dar bem, vai se dar bem, daí, pulou nas costas de Oscar e quase fez os dois caírem pela janela.

Então, isto é uma espécie de encontro amoroso?, perguntou ele, ao entrar no carro.

Ela deu um meio sorriso. Se quer chamar assim.

O carro de Ana era um Cressida; em vez de a moça rumar para o cinema local, foi para o multiplex Amboy.

Adoro este lugar, comentou ela, enquanto lutava para encontrar uma vaga. Meu pai trazia a gente aqui quando ainda era drive-in. Você chegou a vir para cá naquela época?

Ele balançou a cabeça, negando. Ouvi falar que agora estão roubando muitos carros por aqui.

Ninguém vai roubar *esta* belezoca.

Era tão difícil acreditar no que estava acontecendo, que Oscar não conseguia levar a situação a sério. Ao longo do filme — *Dragão vermelho*

—, ele achou que a qualquer momento surgiriam sujeitos com câmeras, que gritariam: Surpresa! Nossa, exclamou Oscar, tentando continuar na parada. Bom filme, hein? Ana assentiu; exalava um perfume que ele não conhecia e, quando se aproximava, o calor de seu corpo era *avassalador*.

A caminho de casa, Ana reclamou que estava com dor de cabeça e permaneceu muda por um bom tempo. Oscar fez menção de ligar o rádio, mas ela pediu, Não liga, não, Oscar, minha cabeça está doendo tanto que acho que vai explodir. Ele brincou, Você quer crack? Não, Oscar. Então, o mané se recostou e contemplou o edifício Hess e a paisagem de Woodbridge, enquanto cruzavam o emaranhado de viadutos. De súbito, percebeu o quanto estava cansado; como tinha ficado com os nervos à flor da pele a noite toda e acabou abatido pra caramba. Sua prostração aumentava com o silêncio no carro. Foi só um filme, pensou ele. Não chegou a ser exatamente um encontro amoroso.

Ana parecia estranhamente triste, mordiscava o lábio inferior, verdadeiro bembe, enchendo de batom os dentes. Ele ia fazer um comentário sobre isso, mas mudou de ideia.

Está lendo alguma coisa legal?

Não, respondeu ela. E você?

Estou lendo *Duna*.

A jovem balançou a cabeça. *Detesto* esse livro.

Chegaram à saída Elizabeth, de onde se avistava o que realmente tinha dado fama a Nova Jersey: resíduos industriais nos dois lados da rodovia. Oscar já havia começado a prender a respiração, tentando evitar o ar poluído, quando Ana deu um grito, que o levou a se apoiar na porta do passageiro. Elizabeth!, ela vociferou. Fecha essas pernas, porra!

Em seguida, fitou o amigo, inclinou a cabeça para trás e deu uma gargalhada.

Quando Oscar chegou a casa, a irmã perguntou, E aí?

E aí o quê?

Transou com ela?

Jesus, Lola, disse ele, enrubescendo.

Não mente pra mim.

Minhas investidas não são tão precipitadas assim. Fez uma pausa e suspirou. Em outras palavras, não cheguei nem a tirar a echarpe dela.

Sei não, viu? Conheço bem vocês, homens dominicanos. Lola ergueu as mãos e arqueou os dedos, fazendo uma ameaça brincalhona. Son pulpos.

No dia seguinte, ele acordou com a sensação de haver sido liberado da banha, como se tivessem lavado sua alma aflita e, por um bom tempo, não entendeu o motivo daquela comoção. Então, pronunciou o nome dela.

OSCAR APAIXONADO

E, agora, eles iam ao cinema ou ao shopping todas as semanas. Conversavam. Oscar ficou sabendo que Manny, o ex-namorado da Ana, batia nela, o que, segundo a garota, acabou se tornando um problema, já que ela mesma admitia que gostava de caras meio violentos na cama; ficou sabendo que o pai dela tinha morrido em um acidente de carro quando ela era pequena, em Macorís, que o novo padrasto não dava a mínima para a enteada, mas que não fazia diferença porque quando ela entrasse na universidade não tinha a menor intenção de voltar para casa. Oscar, por sua vez, mostrou para Ana suas narrativas, contou que foi atropelado por um carro um dia e teve que ir ao hospital, que apanhava pra cacete do tío quando criança; chegou até a revelar a paixonite que tivera por Maritza Chacón, momento em que Ana perguntou, Maritza Chacón? Eu conheço aquele cuero. Ah, meu Deus, Oscar, acho que até o meu padrasto dormiu com ela!

Ah, Oscar e Ana se aproximaram para valer, mas, por acaso, se agarraram no carro dela? Ele chegou a passar a mão na sua perna, debaixo da saia ou a estimular o clitóris? Ana pressionou o corpo contra o dele, sussurrando seu nome, com a voz rouca? Oscar acariciou os cabelos da moça enquanto ela pagava um boquete? Os dois transaram?

Pobre Oscar. Sem se dar conta, tinha caído num daqueles vórtices do tipo Somos-Apenas-Bons-Amigos, o desmancha prazeres de nerds em toda a parte. Essas relações são a versão romântica do castigo no pelourinho, um suplício garantido para todo ser cativo. Que proveito se tira de relacionamentos amargos e sofridos assim, ninguém sabe. Talvez um pouco mais de conhecimento de si mesmo e das mulheres.

Talvez.

Em abril, Oscar recebeu o resultado da segunda bateria de provas do SAT (1020 no sistema antigo) e, uma semana depois, soube que estudaria na Rutgers, no campus de New Brunswick. Bom, você conseguiu, hijo, disse a mãe, com a expressão mais aliviada do que mandava a educação. Já chega de viver de bicos, concordou ele. Você vai adorar, prometeu a irmã. Eu sei que vou. Nasci para isso. Quanto a Ana, ela estudaria na Universidade Estadual da Pensilvânia, com bolsa de estudos para turma avançada. Agora, meu padrasto pode ir para o inferno! Foi também em abril que Manny, seu ex-namorado, voltou do serviço militar — Ana deu a notícia a Oscar durante um dos passeios deles no shopping Yaohan. Com o cara aparecendo do nada e a moça feliz da vida com a sua volta, as esperanças alimentadas por Oscar foram destruídas. Agora o Manny vai ficar aqui para sempre?, perguntou ele. Ana assentiu. Pelo visto, o sujeito tinha se metido em confusão de novo — drogas — só que Ana fez questão de ressaltar que, daquela vez, ele havia sido enganado por três cocolos, uma palavra nunca antes escutada por Oscar, o que o levou a supor que ela a aprendera com o namorado. Tadinho do Manny, disse Ana.

É, tadinho do Manny, resmungou Oscar, a meia-voz.

Pobre Manny, pobre Ana, pobre Oscar. A situação mudou depressa. Para início de conversa, Ana já não parava em casa, e o nerd passou a encher a secretária eletrônica dela de mensagens: Aqui é o Oscar, minha cabeça está cheia de minhoca, ligue para mim, por favor; Oi, é o Oscar, querem um milhão de dólares ou já era, ligue quando puder;

Oscar, de novo, acabei de ver um meteorito estranho e estou indo até lá para investigar. Ana sempre retornava as ligações alguns dias depois e era simpática, ainda assim... Então, cancelou os três encontros seguintes e o garoto teve que se contentar com o horário claramente reduzido de domingo, após a missa. Ana o pegava e iam até a Boulevard East, onde ela estacionava para que os dois contemplassem o contorno dos edifícios de Manhattan. Não se tratava de um oceano, nem de uma cordilheira, mas, pelo menos para Oscar, era ainda melhor e inspirava suas conversas mais bacanas.

Foi num desses momentos que Ana deixou escapar, Caramba, eu tinha esquecido como o pau do Manny é grande.

Como se eu realmente precisasse ouvir isso, vociferou ele.

Sinto muito, disse ela, hesitante. Achei que a gente podia conversar sobre qualquer coisa.

Bom, não faria mal se guardasse para você mesma esse detalhe sobre a grandiosidade anatômica do Manny.

Quer dizer que a gente não pode conversar sobre tudo?

Oscar nem se dignou a responder.

Com Manny e seu *pau grande* na parada, Oscar voltou a sonhar com a guerra nuclear. Por puro milagre, ficaria sabendo do ataque primeiro e, sem titubear, roubaria o carro do tío, iria até o supermercado (talvez atirando em alguns saqueadores no caminho) e, em seguida, pegaria Ana. E o Manny?, protestaria ela. Não temos tempo a perder!, exclamaria ele, já indo embora, atingindo mais alguns saqueadores (agora ligeiramente mutilados) antes de se dirigir ao ninho de amor abafado em que Ana sucumbiria depressa, encantada não só com sua capacidade de comando, como também, àquela altura, com seu físico ectomórfico. Quando Oscar estava mais bem-humorado, deixava Ana encontrar Manny pendurado no lustre do apartamento dele, a língua lembrando uma bexiga púrpura inchada, a calça caída à altura dos tornozelos, a TV transmitindo a notícia do ataque iminente, um bilhete mal escrito preso ao peito.

Num deu pra sigurá a onda. Em seguida, Oscar consolaria Ana com uma simples constatação: Ele era fraco demais para este Árduo Mundo Novo.

E aí, ela tem namorado?, perguntou Lola, de súbito.

Tem, respondeu Oscar.

Você deveria ficar na sua por um tempo.

E ele lhe deu ouvidos? Claro que não! Ficava à disposição de Ana sempre que a garota tinha vontade de se queixar da vida. Surgiu até — que legal! — a oportunidade de conhecer o famoso Manny, acontecimento tão agradável quanto ser chamado de bicha durante uma reunião escolar (o que realmente tinha ocorrido). (Duas vezes.) Oscar o conheceu na frente da casa de Ana. Era um cara que não parava quieto, superesquelético, com braços e pernas de maratonista e olhar voraz. Quando lhe deu um aperto de mão, Oscar teve certeza de que nego ia encher sua cara de porrada, já que agia de forma bastante ríspida. Como a careca de Manny era muy pronunciada, ele raspava a cabeça para disfarçá-la, usava uma argola em cada orelha, transmitindo o visual curtido e bronzeado de velhaco tentando dar uma de garotão sarado.

Tu é o amiguinho da Ana, disse Manny.

Sou, confirmou Oscar, em um tom de voz tão inócuo que ele teve vontade de dar um tiro na própria cabeça.

O Oscar é um ótimo escritor, observou Ana, embora nem uma vez tivesse pedido para ler algo seu.

Manny deu uma risadinha. Ah, é? E sobre o que tu escreve, hein?

Eu gosto dos gêneros mais especulativos. Oscar percebeu como aquilo devia parecer absurdo.

Gêneros mais especulativos. Manny estava com cara de poucos amigos. Que jeito mais brega de falar é esse, cara?

Oscar sorriu, esperando que, do nada, um terremoto começasse a destruir toda a Paterson.

Só espero que tu não esteja tentando sacanear a minha gata, rapaz.

E o dominicano desconversou: Ha-ha. Ana ficou rubra, baixou o olhar.

Que encontro maneiro!

Com Manny por perto, Oscar descobriu um lado totalmente novo de Ana. Nas raras vezes em que se encontravam, o assunto girava apenas em torno de Manny e das coisas terríveis que ele tinha feito com ela. Manny dava bofetadas, Manny a chutava, Manny a chamava de vaca gorda, Manny a traía — segundo ela, sem dúvida alguma com uma cubana boazuda da escola. Ah, então é por isso que eu não consegui me encontrar com você naqueles dias, a culpa é do Manny, brincou Oscar; Ana, porém, ficou séria. Bastava os dois começarem a trocar ideias que, depois de dez minutos, Manny a chamava pelo pager, exigindo que ela respondesse a chamada para se assegurar de que ela não estava com mais ninguém. Um dia, a amiga chegou à casa de Oscar com um hematoma na face e a blusa rasgada, e a mãe dele disse: Não quero confusão por aqui!

O que é que eu vou fazer? perguntava ela, sem nunca cansar. Oscar acabava abraçando-a, sem graça, e dava conselhos, Bom, acho que, como o Manny trata você tão mal, o ideal seria terminar com ele, mas ela balançava a cabeça e dizia, Sei que devia, mas não dá. Eu o *amo*.

Amor. Oscar sabia perfeitamente que tinha mais era que se afastar dela naquele momento. Gostava de se iludir, convencendo-se de que só se mantinha por perto por interesse antropológico, pois queria ver no que aquilo daria. O fato era que ele não conseguia se desvencilhar, já que estava total e perdidamente apaixonado por Ana. O que costumava sentir pelas garotas que nem bem conhecera não chegava aos pés do amor que sentia por ela. Tinha a mesma densidade de uma maldita estrela — anã e, às vezes, deixava-o convencido de que enlouqueceria. Só sua paixão pelos livros se aproximava daquele sentimento; só a combinação do amor que sentia por tudo o que havia lido e esperava escrever chegava perto.

Toda família dominicana tem histórias para contar sobre paixões desvairadas e sujeitos que levaram o amor longe demais, e os parentes do Oscar não eram uma exceção.

Su abuelo, o falecido, tinha sido obcecado por umas paradas (ninguém chegou a explicar exatamente quais) e acabou indo parar no xadrez, onde enlouqueceu e bateu as botas; sua abuela Nena Inca havia perdido o marido seis meses depois de terem se casado. O sujeito morreu afogado na Semana Santa, e ela nunca se casou de novo, nunca mais tocou em outro homem. Nós voltaremos a ficar juntos em breve, Oscar a ouvira dizer.

Sua mãe, tía Rubelka lhe contara em certa ocasião, era una loca no que dizia respeito ao amor. Quase morreu por causa dele.

E agora, pelo visto, chegara a vez de Oscar. *Bem-vindo à família*, foram as palavras da irmã, em um sonho. *À verdadeira família.*

O que estava acontecendo era evidente; no entanto, o que ele poderia fazer? Não dava para negar o que sentia. Perdeu o sono? Sem dúvida. Passou horas e mais horas sem conseguir se concentrar? Sem dúvida. Deixou de ler os livros de Andre Norton e chegou a perder o interesse pelos últimos exemplares de *Watchmen*, que se desdobravam da forma mais sinistra possível? Sem dúvida. Começou a pegar emprestado o carro do tío para fazer longos passeios à costa, indo até Sandy Hook, aonde a mãe costumava levá-los antes de ficar doente, antes de ele engordar tanto, antes de ela parar de ir à praia? Sem dúvida. Seu amor juvenil e platônico levou-o a perder peso? Não, infelizmente, foi a única coisa que não aconteceu, nem o próprio rapaz, por mais que se esforçasse, entendia o porquê. Quando Lola terminou com Luvas de Ouro, o boxeador, perdeu quase dez quilos. Que tipo de Deus fajuto teria deixado passar aquela tremenda discriminação genética?

Fenômenos sobrenaturais começaram a acontecer. Certa vez, Oscar perdeu os sentidos momentaneamente ao passar por um cruzamento e acordou com um time de rúgbi ao seu redor. Em outra ocasião, Miggs estava zombando dele, pondo em dúvida sua capacidade de criar RPG — é uma história complicada, a empresa na qual Oscar pretendia trabalhar como autor, a Fantasy Games Unlimited, que estava analisando um dos seus módulos para o PsiWorld, tinha fechado recentemente, destruindo as esperanças de Oscar de seguir em breve os passos de Gary Gygax. Pô, disse Miggs, pelo visto *esse troço* furou; pela primeira vez na sua relação com ele, Oscar perdeu a cabeça e, sem dizer uma palavra, golpeou o amigo, atingindo-o com tanta força que a boca do rapaz sangrou. Caramba!, exclamou Al. Calma aí! Sinto muito, lamentou Oscar, sem muita convicção. Não foi essa a minha intenção. *Pupa-qui-paiu*, praguejou Miggs. *Pupa-qui-paiu*! A situação chegou a tal ponto que, numa certa noite tensa, após escutar Ana se queixar do Manny outra vez, já que o cara tinha aprontado de novo, Oscar disse a ela, Tenho que ir à missa agora e, assim que desligou, foi até o quarto do tío (Rudolfo tinha ido para uma boate erótica) e roubou sua clássica Virginia Dragoon, a famigerada exterminadora de povos indígenas Colt .44, mais efetiva que má sorte e duas vezes mais cruel. Meteu o imponente cano da arma na frente da calça e fez plantão quase a noite toda diante do prédio onde Manny morava. Não desgrudou o olho do portão de alumínio da garagem. Aparece, seu filho da mãe, disse ele, com calma. Eu trouxe uma garotinha de 11 anos muito bacana para você. Oscar não se importou com a perspectiva de passar o resto da vida na cadeia, nem com a possibilidade de ser estuprado por trás e pela boca no xadrez — o que ocorria, com frequência, com caras como ele —, tampouco com a possibilidade do tío voltar para o presídio por violação de condicional, o que certamente aconteceria se os policiais pegassem Oscar com a arma. Não se importou com nada naquela noite. A mente vazia, um vácuo absoluto. Viu todo seu futuro literário passar como um raio pela cabeça; só tinha escrito um romance que valesse a pena, sobre um zumbi australiano que perseguia um grupo de amigos provincianos, e não teria a oportunidade de escrever algo melhor; a carreira tinha acabado. Mas, felizmente para o futuro da literatura norte-americana, Manny não voltou para casa naquela noite.

Era difícil explicar. A questão não se resumia apenas à visão de que Ana era sua última maldita chance de ser feliz — o que era óbvio para o cara —, mas ao fato de nunca antes ter vivenciado, em todos os seus deploráveis 18 anos de vida, nada que se aproximasse do que sentia quando estava perto dela. Sempre quis me apaixonar, escreveu ele à irmã. Quantas vezes pensei: *isso nunca vai acontecer comigo*. (Quando no anime *Macross*, considerado por ele o segundo melhor de todos os tempos, Hikaru Ichijo finalmente ficou com Misa, Oscar perdeu as estribeiras na frente da TV e se debulhou em lágrimas. Não me diga que mataram o presidente, gritou o tío do quarto dos fundos, onde cheirava, às escondidas, vocês sabem o quê.) Era como se eu estivesse no paraíso, escreveu ele à irmã. Não faz ideia do que sinto.

Dois dias depois ele não se conteve e confessou a Lola a história da arma. Ela, que fazia uma breve visita para lavar roupas, teve um chilique. Ajoelhou-se com Oscar diante do altar que tinha montado para o falecido abuelo e fez o irmão jurar pela alma da mãe que, enquanto vivesse, jamais voltaria a tomar aquela atitude. Chegou até a chorar, de tão preocupada que ficou com o irmão.

Você precisa dar um basta nisso, chefe.

Tem razão, disse ele. Mas eu me sinto meio perdido, sabe?

Naquela noite, os dois caíram no sono no sofá, a irmã primeiro. Lola tinha acabado de terminar com o namorado, imagine só, pela décima vez, mas até mesmo Oscar, no estado em que estava, não duvidava de que os dois fariam as pazes em breve. Em algum momento, antes do crepúsculo, ele sonhou com todas as namoradas que nunca havia tido, filas e mais filas delas, como os corpos extras da família Miracle em *Miracleman*, de Alan Moore. *Você vai conseguir*, diziam elas.

Oscar acordou com calafrio, a garganta seca.

Ana e Oscar se encontraram no centro comercial japonês em Edgewater Road, o Yaohan, que ele descobrira por acaso certo dia, num dos longos passeios que fazia quando estava deprimido. Ele passou a considerá-lo o recanto dos dois, um local a ser mencionado para os filhos que tivessem. Era ali que comprava suas fitas de anime e os modelos de mecha. Pediu para eles katsu de frango com molho curry e, em seguida, os dois únicos gaijin de todo o shopping sentaram-se na enorme praça, de onde se avistava Manhattan.

Você tem seios lindos, disse ele, puxando assunto.

Confusão, surpresa. Oscar. O que é que está acontecendo com você?

Ele contemplou a região oeste de Manhattan pela janela como se fosse o cara mais enigmático do planeta. Então, abriu o jogo e contou tudo.

Não houve surpresas. O olhar de Ana se suavizou, a mão pousou sobre a sua, a cadeira chiou ao ser empurrada para perto, os dentes da moça deixaram à mostra uma faixa amarelada. Oscar, ela começou a dizer, com doçura, Eu já *tenho* namorado.

Ana deu carona para o amigo, levando-o para casa; ao chegarem, ele agradeceu o passeio, entrou e deitou-se na cama.

Em junho, concluiu os estudos no Don Bosco. Veja a família na cerimônia de graduação: a mãe começando a emagrecer (o câncer se apossaria dela em breve), Rudolfo para lá de bêbado; só Lola se mostrava bem, radiante e contente. Você conseguiu, chefe. Conseguiu. Oscar entreouviu os comentários da galera e ficou sabendo que, da área deles em P-city, só ele e Olga — a fodida da Olga — não tinham ido a nenhuma festa de formatura. Cara, brincou Miggs, era *essa mina* que tu devia ter convidado pra sair.

Em setembro, Oscar foi para a Rutgers New Brunswick. A mãe deu a ele cem dólares e o primeiro beijo em cinco anos, o tío, uma caixa de camisinhas: Use todas, aconselhou e acrescentou: Com garotas. Havia aquela puta euforia por se ver sozinho na universidade, livre de tudo, dono do próprio nariz, cheio de otimismo, pois ali, entre os milhares de jovens, encontraria alguém como ele. Infelizmente, não foi o que aconteceu. A galera branca olhava para sua pele negra e seu cabelo afro e o tratava com uma indiferença desumana; a galera de cor balançava a cabeça assim que Oscar abria a boca e se movimentava. Você não é dominicano. E ele insistia, repetidas vezes, Estão enganados. Soy dominicano. Dominicano soy. Após uma série de festas que não deram em nada, salvo ameaças da galera branca e trêbada, e diversas aulas nas quais nenhuma moça sequer o olhou, Oscar já não sentia o mesmo otimismo e, antes que se desse conta do que acontecera, mergulhou na versão universitária do que tinha enfrentado, com louvor, no ensino médio: zero no quesito sexo. Seus momentos mais felizes foram aqueles em que se dedicava ao gênero, como quando *Akira* foi lançado (1988). Triste que dói. Duas vezes por semana, ele e Lola jantavam na cafeteria da universidade de Douglass; a irmã era uma Grande Mulher no Campus, conhecia praticamente todo mundo, seja qual fosse o pigmento da pele, e participava de todas as passeatas e protestos; ainda assim, isso não ajudou Oscar nem um pouco. Quando se reuniam, Lola lhe dava conselhos e ele assentia, calado; depois, esperando no ponto de ônibus, ficava azarando todas as garotas gostosas da Douglass, enquanto questionava o rumo que sua vida tinha tomado. Queria culpar os livros, a ficção científica, mas não conseguia — curtia aquilo demais. Apesar de ter jurado desde cedo mudar o jeito nerd de ser, continuou a comer demais, continuou preguiçoso pra caramba, continuou a usar palavras esdrúxulas e, depois de vários semestres sem amigos, exceto sua irmã, entrou para a associação dos alunos nerds, os RU Gamers, cujos membros, exclusivamente do sexo masculino, encontravam-se nas salas do subsolo de Frelinghuysen. Oscar tinha pensado que a universidade seria melhor, pelo menos no campo feminino; no entanto, naqueles anos iniciais, não foi.

WILDWOOD

1982-1985

As mudanças desejadas nunca são as que mudam tudo.

É assim que tudo começa: sua mãe grita seu nome, pede que vá ao banheiro. Você vai se lembrar do que fazia naquele exato momento pelo resto da vida: lia A longa jornada, *os coelhos e suas proles rumavam a toda a velocidade para o barco, e você não queria interromper a leitura, tinha que devolver o livro no dia seguinte para o irmão, só que, então, a mãe chama de novo, mais alto ainda, com o tom de não-estou-de-brincadeira-não, daí, você resmunga com irritação,* Sí, señora.

Ela está parada diante do espelho do armário, nua da cintura para cima, o sutiã enrolado ao redor da barriga como uma vela arriada, a cicatriz nas costas tão vasta e inconsolável quanto o oceano. Você quer voltar a ler, fingir que não chegou a ouvir, mas já é tarde demais. Os olhos dela, grandes e esfumaçados como os que você terá um dia, encontram os seus. Ven acá, *ordena ela. A mãe franze o cenho por causa do que vê num dos seios. Os peitos são* imensidões. Uma das maravilhas do mundo. *Maiores que eles, você só viu nas revistas de mulheres peladas e nas matronas. Tamanho 52/54, aréolas grandes feito pires e pretas feito piche, circundadas por pelos grossos que ora ela arrancava ora mantinha. Esses seios sempre te envergonharam, e, quando você caminha em público ao lado dela, não saem da sua mente. São o maior orgulho da mãe, afora o rosto e o cabelo. Seu pai nunca se cansou deles,* costumava dizer, cheia de si. Mas, considerando que ele se mandou após o segundo ano de casamento, pelo visto, cansou, sim.

Você odeia as conversas com ela. As severas reprimendas unilaterais. Conclui que sua mãe quer puxar papo para passar outro sermão sobre a dieta. Ela está convencida de que, se você comer plátanos, logo vai adquirir as mesmas características sexuais secundárias para lá de arrasadoras. Naquela idade, você não era nada, além de filha da sua mãe. Tinha 12 anos, estava tão alta quanto ela, uma menina de pescoço delgado, longilínea, uma íbis. Herdou os olhos verdes (um pouco mais claros), os cabelos meio lisos, que fazem com que se pareça mais hindu, menos dominicana, e o traseiro arrancador de suspiros dos garotos desde a quinta série, embora você não entenda por quê. Sua pele também é similar à dela, o que significa que é escura. Porém, apesar de tantas semelhanças, as tendências hereditárias ainda não atuaram nos seus seios. Os seus são bem pequeninos; de quase todos os ângulos, você é reta feito tábua e acha que a mãe a chama para pedir, outra vez, que pare de usar sutiã, já que ele aperta seu peito nascente, impedindo seu crescimento. Prepara-se para protestar, porque dá tanto valor a eles quanto aos seus absorventes, que você mesma compra.

Mas, não, senhora, ela não diz uma palavra sequer sobre o consumo de plátanos. Em vez disso, pega sua mão e a guia. Sempre tão ríspida, agora age de forma carinhosa. Você nunca imaginou que ela podia ser gentil.

Está sentindo isto?, pergunta ela, com o familiar tom de voz áspero.

No início, tudo o que você sente é o calor da pele e a densidade do tecido, semelhante a de um pão que nunca parou de crescer. Ela guia os seus dedos no busto... Mãe e filha nunca antes tão próximas, a mais nova ouvindo a própria respiração.

Está sentindo isto?

Ela se vira em sua direção. Coño, muchacha, para de me olhar e sente.

Então, você fecha os olhos e seus dedos apalpam e seus pensamentos se voltam para Helen Keller e para a vontade que tinha, quando menina, de ser como ela, só que mais beata e, então, de repente, você sente algo. Um nódulo *logo abaixo da cútis, rígido e intricado como um conluio. Nesse momento, por motivos que fogem da sua compreensão, você tem a nítida sensação e a premonição de que algo em sua vida está prestes a mudar. Fica enjoada, sente as palpitações do sangue, que vibra, tamborila, rufa. Luzes brilhantes perpassam por seu corpo como torpedos fotônicos, como cometas. Você não sabe como e por que tem esse pressentimento, mas entende que não pode duvidar dele. É arrebatador. Desde pequena tem esse lado bruja; até sua mãe o reconhece, ainda que a contragosto. Hija de Liborio, foi como a chamou quando escolheu os números vencedores para a tía; e você que chegou a achar que se referia a um parente. Isso foi antes de Santo Domingo, antes que conhecesse o Grande Poder de Deus.*

Está dando para sentir, sim, você diz, com a voz por demais estridente. Lo siento.

E assim, tudo muda. Antes do final do inverno, os médicos retiram o peito apalpado, junto com o gânglio linfático axilar. Por causa das cirurgias, pelo resto da vida sua mãe erguerá o braço com dificuldade. A queda de cabelo começa e, um dia, ela mesma arranca o que resta e põe tudo num saco plástico. Você também muda. Não de imediato, mas muda. E é justamente naquele banheiro que tudo começa. Que você começa.

Uma garota punk. Foi o que virei. Uma punk fissurada pela Siouxsie & The Banshees. Os garotos porto-riquenhos do bairro não conseguiam parar de rir quando viam meus cabelos, me chamavam de Blácula; já os morenos, sem saber bem como me definir, gritavam belzebu. Aí, aí Belzebu, *aí!* Minha tía Rubelka achava que era alguma doença mental. Hija, dizia, fritando pastelitos, acho que precisa buscar *ajuda*. Mas minha mãe era a pior. É o fim da picada, gritava ela. O. Fim. Da. Picada. Todo dia a mesma coisa. De manhã, quando eu descia, ela já estava na cozinha, preparando café na greca, escutando a rádio WADO e, assim que me via, olhava meu cabelo e se enfurecia de novo, como se durante a noite tivesse me tirado da mente. Mami era uma das mulheres mais altas de Paterson e sua raiva correspondia a sua altura. Agarrava você com seus braços longos e, se sentisse o menor sinal de fraqueza, já era. Que muchacha tan fea, dizia, indignada, despejando o resto do café na pia. Fea passou a ser meu novo nome. Grande novidade! Ela falava dessa maneira desde que eu era pequena. Garanto que jamais ganharia prêmios. Podia ser descrita perfeitamente como uma mãe ausente: se não estava no trabalho, dormia e, quando dava as caras, na maioria das vezes gritava e esbofeteava. Quando eu e o Oscar éramos pequenos, tínhamos mais medo dela que do escuro e del cuco. Ela batia na gente em toda parte, na frente de quem quer que fosse, tirava as chanclas e pegava a correia e mandava brasa, mas agora, com o câncer, já não era tão forte assim. Na última vez que tentou me espancar, por causa do meu corte de cabelo, em vez de me encolher toda e dar o fora, dei um soco na mão dela. Foi por puro reflexo, mais do que qualquer outra coisa, só que quando aconteceu, eu sabia que já não podia, e nunca mais poderia, voltar atrás, daí, mantive o punho cerrado, aguardando seu próximo passo, achando que ela me morderia como fez com a senhora do supermercado. Mas minha mãe ficou quieta, trêmula, com a peruca ridícula e a bata ridícula, as duas imensas próteses de espuma no sutiã, o cheiro de peruca queimada à nossa volta. Eu quase senti pena dela. Isso é jeito de tratar sua mãe? gritou. E me deu vontade de partir minha vida em pedacinhos para jogá-la na cara dela, só que, em vez disso, retruquei, Isso é jeito de tratar sua filha?

Nosso relacionamento tinha sido o pior possível o ano todo. E como poderia deixar de ser? Ela era a mãe Dominicana do Velho Mundo e eu, sua única filha, a que ela tinha criado sozinha, sem contar com a ajuda de ninguém, o que significava que se achava no direito de me manter esmagada debaixo do sapato. Eu tinha 14 anos e já estava louca para ter meu próprio espaço, bem longe dela. Queria a vida que via quando criança no seriado *Big Blue Marble*, que me inspirou a escrever cartas para amigos distantes e a levar o Atlas da escola para casa. Queria a vida além de Paterson, além da minha família, além do espanhol. E, assim que a velha adoeceu, vi que o momento tinha chegado; não vou dar uma de falsa, nem pedir desculpas — simplesmente vi que era minha chance e não deixei que escapasse. Se você não cresceu como eu, então não sabe como é e, se não sabe, o melhor a fazer é não julgar. Não faz ideia de como as nossas mães controlam a gente, até mesmo as que nunca estão por perto — *especialmente* as que nunca estão por perto; do que é ser a filha dominicana perfeita, um jeito eufemístico de dizer escrava dominicana perfeita. Não faz ideia do que é crescer com uma mãe que nunca abriu a boca para dizer nada construtivo, nem sobre os filhos, nem sobre o mundo, uma mulher que sempre desconfiou de tudo e de todos, pôs os filhos para baixo, destruindo por completo seus sonhos. Quando minha primeira correspondente, Tomoko, deixou de me escrever após três cartas, ela foi a primeira a rir: Por acaso acha que alguém vai perder tempo escrevendo para você? Claro que eu chorei; tinha 8 anos e já chegara à conclusão de que Tomoko e a família iam me adotar. Minha mãe, como era de esperar, sabia que o sonho era irreal e ria. Eu também não escreveria para você, menina. Ela era esse tipo de mãe, que levava você a duvidar de si mesma e que a mataria se vacilasse. Mas eu também não vou fingir. Por um longo tempo, deixei que ela falasse o que quisesse de mim e, o que é pior, por um longo tempo, acreditei nela. Eu era fea, uma completa imbecil, não prestava para nada. Dos 2 aos 13 acreditei nela e, por causa disso, era a hija perfeita. Eu que cozinhava, limpava, lavava, fazia compras, traduzia e escrevia cartas para o banco para explicar o atraso da hipoteca da casa. Tirava as melhores notas da sala de aula. Nunca aprontava, nem mesmo quando as morenas corriam atrás de mim com tesouras, por causa do meu cabelo meio liso. Ficava em casa e dava a janta para o meu irmão e cuidava de tudo direitinho enquanto ela trabalhava. Criei Oscar e me criei. Sozinha. Você é minha hija, comentou ela, não está fazendo mais do que sua obrigação. Na época em que aquele troço aconteceu comigo, quando eu tinha 8 anos, e finalmente resolvi contar para a minha mãe o que o sujeito tinha feito, ela me mandou calar a boca e parar de chorar, e foi o que fiz, calei a boca, fechei as pernas e a lembrança e, em um ano, já nem podia descrever a aparência daquele vizinho, nem dizer o seu nome. Você vive reclamando de tudo, insistia minha mãe. Mas você não tem ideia do que a vida realmente é. Sí, señora. Quando ela me deixou ir para a excursão da sexta série a Bear Mountain, e cheguei a comprar uma mochila com minha grana de entregadora de jornais e a mandar recados para Bobby Santos — já que ele tinha prometido entrar na cabana e me beijar na frente das minhas amigas —, realmente acreditei nela, só que, na manhã da viagem, ela não me deixou ir e eu ainda disse, Mas a senhora prometeu, e ela retrucou, Muchacha del diablo, não prometi coisa nenhuma. Quando isso aconteceu, eu não joguei a mochila em cima dela nem fugi de casa; depois, ao saber que o Bobby Santos acabou beijando a Laura Saenz, em vez de mim, também não disse nada. Fiquei deitada no quarto com o idiota do ursinho de pelúcia, cantarolando baixinho, imaginando para onde fugiria quando virasse gente. Quem sabe para o Japão, onde encontraria Tomoko, ou para a Áustria, onde minha voz inspiraria a refilmagem de *A noviça rebelde*. Todos os meus livros favoritos da época eram sobre fugas: *A longa jornada*, do Adams, *My Side of the Mountain*, do Craighead, e *A incrível jornada*, da Burnford. E, quando "Runaway", de Bon Jovi, foi lançada, fingi que eu era a fugitiva sobre quem cantavam. Ninguém fazia ideia. Eu era a garota mais alta e tola da escola, a que se fantasiava de Mulher Maravilha no Halloween, a que sempre ficava de boca fechada. As pessoas me viam de óculos e roupas gastas e não imaginavam do que eu era capaz. Daí, aos 12 anos, tive aquela sensação de arrepiar os cabelos e, então, mamãe adoeceu, e o espírito selvagem há tanto tempo latente — que eu vinha contendo com os afazeres domésticos e as tarefas escolares e os juramentos de que quando fosse para a universidade faria o que bem entendesse — tomou conta de mim. Não deu para evitar. Ainda tentei controlar, mas ele tomou todos os meus poros. Foi mais uma mensagem que um sentimento, uma mensagem que ressoava como um sino: mude, mude, mude.

Não aconteceu da noite para o dia. Sem dúvida, aquele espírito impetuoso já pulsava dentro de mim e fazia meu coração disparar ao longo do dia, sem dúvida, bruxuleava à minha volta quando eu andava na rua, sem dúvida, me dava forças para afrontar os rapazes que me fitavam, sem dúvida, transformava minha risada tímida numa poderosa gargalhada, embora eu ainda temesse. Como podia deixar de ter medo? Era filha da minha mãe. Seu controle sobre mim, mais forte que o carinho. Daí, um dia, eu voltei para casa com Karen Cepeda, que, na época, era meio uma amiga. Ela curtia a onda gótica, usava o cabelo espetado como o do Robert Smith, só se vestia de preto e tinha o tom de pele de um espectro. Andar com ela em Paterson era o mesmo que andar com a mulher barbada. Todo mundo olhava, o que dava um medo danado e, vai saber, talvez tenha sido por isso que entrei nessa.

Um dia, eu e minha amiga caminhávamos pela Main, os olhares de todos grudados na gente, quando, de repente, eu disse, Karen, quero cortar o cabelo. Assim que falei, senti. Aquela sensação familiar, a vibração, voltou a percorrer meu corpo. Minha amiga ergueu a sobrancelha: E a sua mãe? Estão vendo que não era só eu? Todos temiam Belicia de León.

Que se foda, respondi.

O olhar de Karen me dizia que não compreendia muito bem minha atitude — eu nunca falava palavrões, outro detalhe que mudaria em breve. No dia seguinte, a gente se trancou no banheiro dela; embaixo, o pai e os tios assistiam exaltados a uma partida de futebol. Bom, o que é que você quer fazer?, perguntou ela. Contemplei a imagem refletida no espelho por um longo tempo. A única certeza que eu tinha era que não queria vê-la de novo. Depois de ligar a máquina, fiz com que a Karen a segurasse e guiei a mão da minha amiga, até não restar nada.

Quer dizer que agora é punk?, quis saber Karen, sem muita certeza.

Pode crer.

No dia seguinte, minha mãe jogou a peruca na minha cara. Você vai usar isso. Vai usar todos os dias. E se deixar de colocar, eu mato você.

Eu não disse nada, simplesmente segurei a peruca sobre a boca do fogão.

Não faça isso, ordenou, quando o fogo foi ligado. Não ouse...

A peruca ardeu em chamas num piscar de olhos, como gasolina, como uma esperança idiota e, se eu não a tivesse jogado na pia, teria queimado a mão. O cheiro foi horrível, igual ao da fumaça tóxica de todas as fábricas de Elizabeth.

Foi quando ela veio me bater, eu golpeei a sua mão e ela recuou, como se eu pegasse fogo.

Claro que todos achavam que eu era a pior filha do mundo. Minha tía e minhas vizinhas viviam dizendo, Hija, ela é sua mãe, está morrendo, mas eu não dava a menor bola. Quando agarrei a mão dela, uma porta se abriu. E eu não ia virar as costas.

Mas, meu Deus, como a gente brigava! Doente ou não, morrendo ou não, ela nunca dava o braço a torcer. Pendeja é que não era. Eu já tinha visto minha mãe dar tapas nuns caras, fazer policiais brancos meterem o rabo entre as pernas, xingar um grupo de bochincheras. Criara eu e meu irmão sozinha, trabalhando em três empregos até conseguir comprar a casa onde a gente morava. Chegara de Santo Domingo sozinha e sobrevivera ao abandono do meu pai; antes disso, ao que tudo indica, apanhara, fora queimada e largada quase sem vida. De forma alguma ela me deixaria ir embora sem antes me matar. Figurín de mierda, dizia para mim. Você pensa que é alguém, mas não é nada. Ela cavava fundo, em busca do ponto fraco, para dilacerá-lo como de costume, mas eu não titubeava, nem me dava por vencida. A minha convicção de que longe dali teria toda uma vida pela frente me enchia de coragem. Quando minha mãe jogou fora os pôsteres dos The Smiths e The Sisters of Mercy — Aquí yo no quiero maricones —, comprei outros. Quando ameaçou rasgar minhas roupas novas, comecei a guardá-las no armário do colégio e na casa da Karen. Quando me falou que eu tinha que deixar o emprego no restaurante grego, eu disse para o meu chefe que ela estava perdendo a cabeça, por causa da quimioterapia e, daí, no dia em que ela ligou para informar que eu não podia mais trabalhar ali, ele simplesmente me passou o aparelho, desviando o olhar, sem graça, para os clientes. Quando ela mudou a fechadura da casa — eu já tinha começado a ficar fora até tarde, indo para a Limelight porque, apesar de só ter 14 anos, todos me davam 25 —, eu batia na janela do Oscar e ele me deixava entrar, apreensivo, pois sabia que no dia seguinte ela andaria de um lado para o outro, gritando, Quem foi que deixou aquela hija de la gran puta entrar? Quem foi? Hein? E Oscar, tomando café da manhã na cozinha, gaguejaria, Sei lá, mami, sei lá!

Sua raiva contaminava a casa, formando uma camada densa e poluída. Impregnava tudo, o cabelo, a comida, como a chuva radioativa mencionada na escola, que um dia cairia lentamente como neve. Meu irmão não sabia o que fazer. Ficava no quarto, embora às vezes me perguntasse, acanhado, o que estava acontecendo. Nada. Pode me contar, Lola, pedia, e eu apenas ria. Você tem que emagrecer, aconselhava eu.

Naquelas últimas semanas, eu sabia que tinha que me manter longe da minha mãe. A maior parte do tempo, ela se limitava a lançar o olhar ferino; no entanto, de vez em quando, agarrava o meu pescoço e o apertava até eu conseguir me soltar. Nem se dava ao trabalho de me dirigir a palavra, a menos que fosse para me ameaçar. Um dia você vai crescer e, quando menos esperar, vamos nos cruzar num beco escuro, então, vou matar você e ninguém vai saber que fui eu. Tripudiava, literalmente, ao falar. Você é maluca, eu dizia.

Não me chama de maluca, ela dizia e, então, ia se sentar, esbaforida.

Apesar da barra pesada, ninguém imaginava o que aconteceria em seguida. Agora, parece tão óbvio...

A vida inteira jurei que um dia sumiria de vista. E, um dia, sumi.

Fugi, dique, por causa de um rapaz.

O que posso falar, na verdade, sobre ele? Era como todos os garotos: bonito e imaturo; além disso, parecia ter formiga no corpo, pois não parava quieto. Un blanquito de pernas longas e peludas que conheci uma noite na Limelight.

O nome dele era Aldo.

Tinha 19 anos e morava na costa de Jersey, com o pai, um sujeito de 74 anos. No banco de trás do seu Oldsmobile, no bairro universitário, arregacei a saia de couro, abaixei a meia arrastão e meu cheiro se espalhou para todos os lados. Esse foi nosso primeiro encontro. Quando eu estava no segundo ano do ensino médio, a gente se correspondia e ligava um para o outro pelo menos uma vez por dia. Cheguei até a visitá-lo de carro com a Karen, em Wildwood (minha amiga tinha carteira de motorista, eu não). Ele vivia e trabalhava perto do píer de madeira, sendo um dos três operadores de carrinhos elétricos, o único sem tatuagens. Você devia ficar, foi o que ele me disse naquela noite, enquanto Karen andava na frente da gente na praia. Onde é que eu vou morar?, perguntei, e ele sorriu. Lá em casa. Não mente, pedi, e ele ficou olhando para o mar. Eu quero que você venha, ele disse sem brincar.

Ele me pediu três vezes. Eu sei. Porque contei.

Naquele verão meu irmão anunciou que se dedicaria à criação de RPG e minha mãe, pela primeira vez desde a cirurgia, tentou manter um segundo emprego. Não deu muito certo. Ela chegava exausta e, como não contava com a minha ajuda, nada na casa era feito. Em alguns fins de semana, minha tía Rubelka ajudava a fazer comida e faxina, e ainda passava um monte de sermão na gente, mas como tinha de cuidar da própria família, eu e o Oscar ficávamos sozinhos a maior parte do tempo. Vem, pediu meu namorado ao telefone. Daí, em agosto, a Karen foi embora, para Slippery Rock. Tinha terminado o ensino médio um ano antes. Espero nunca voltar a pôr os pés em Paterson, ela comentou, antes de ir embora. Foi naquele mês de setembro que matei aula seis vezes nas duas primeiras semanas. Simplesmente estava de saco cheio da escola. Algo dentro de mim me impedia de ir. Não ajudou muito estar lendo *A nascente* e ter decidido que eu era Dominique e Aldo, Roark. Acho que eu poderia ter ficado assim para sempre, com medo de ir embora, mas, um belo dia, aconteceu o que todos esperávamos. Minha mãe anunciou no jantar, com calma: Prestem atenção, vocês dois; o médico me pediu para fazer mais exames.

Oscar deu a entender que ia chorar. Inclinou a cabeça. E minha reação? Eu a encarei e pedi: Passa o sal, por favor?

Hoje em dia já não a culpo por ter me dado um tapa na cara, mas, na época, foi a gota d'água. Nós nos agarramos e derrubamos a mesa e derramamos o sancocho no chão e o Oscar ficou num canto, gritando, Parem, parem, parem!

Hija de tu maldita madre, ela praguejou. E eu disse: Tomara que desta vez você morra!

Durante alguns dias a casa virou uma zona de guerra e, então, na sexta-feira, ela me deixou sair do quarto e pude me sentar ao seu lado e ver novelas. Enquanto aguardava o resultado dos tais exames de sangue, ninguém diria que sua situação era crítica. Assistia a TV como se fosse a única coisa que importasse e, sempre que alguma personagem dava golpes baixos, ela gesticulava os braços. Alguém tem que impedir essa infeliz! Será que ninguém vê o que la puta está aprontando?

Como eu te odeio, eu disse, entre os dentes, só que ela não me ouviu. Vai pegar um copo de água para mim, ordenou. Com gelo.

Foi a última coisa que fiz para ela. Na manhã seguinte, eu estava no ônibus rumo à costa. Uma mala, duzentas pratas de gorjeta, a velha faca do tío Rudolfo. Estava apavorada. Tremia dos pés à cabeça. Durante todo o caminho, esperava que o céu se abrisse e minha mãe despencasse e me sacudisse. Mas não aconteceu. Ninguém, com exceção do homem sentado no corredor, reparou em mim. Você é muito bonita, disse ele. Igualzinha a uma moça que conheci um dia.

Não deixei um bilhete sequer, de tanto que odiava aquela família. Ela.

Naquela noite, deitamos no quarto amofumbado e cheio de areia de gato do Aldo, e eu disse: Quero que você transe comigo.

Ele começou a desabotoar minha calça. Tem certeza?

Absoluta, respondi, séria.

Ele tinha uma pica longa e fina que machucou pra caramba, só que eu falei o tempo todo, Ai, isso, isso, Aldo, porque foi o que imaginei que tivesse de ser dito quando se perdia a "virgindade" com um rapaz que se pensava amar.

Foi, tipo assim, a coisa mais idiota que já fiz. Fiquei arrasada. De saco cheio. Mas, obviamente, nunca nunquinha, daria o braço a torcer. Eu tinha fugido de casa, então estava feliz da vida! Aldo tinha se esquecido de me contar, nas vezes que me convidou para morar com ele, que o pai o odiava tanto quanto eu odiava minha mãe. O Aldo pai lutara na Segunda Guerra Mundial e nunca perdoara os "japas" pelos amigos que tinha perdido. Meu coroa é um tremendo otário, disse Aldo. A mente dele não saiu do exército, de Fort Dix. Acho que durante o tempo que vivi com eles, se o pai me dirigiu umas quatro palavras, foi muito. Era um viejito pentelho, que trancava a geladeira com cadeado. Fiquem longe dela, avisava. A gente não podia nem pegar gelo. Aldo e o pai viviam num casebre, e nós dormíamos no quarto onde o coroa mantinha a caixa de areia dos dois gatos. À noite, botávamos a caixa no corredor, mas o desgraçado sempre acordava antes da gente e a metia lá dentro de novo — Já avisei para não mexerem nas minhas coisas! O que chega até a ser engraçado quando se para para pensar no assunto. Mas não era nada divertido naquele tempo. Consegui um trabalho vendendo batata frita na frente do píer e, depois de tanto óleo quente e xixi de gato, não aguentava sentir o cheiro de mais nada. Nos dias de folga eu bebia com Aldo, ou sentava na praia, toda de preto, tentando escrever no meu diário que, na minha cabeça, serviria de base para uma sociedade utópica, depois que a gente se destruísse e virasse ração radioativa. Às vezes, outros caras se aproximavam de mim e davam uns toques, Aí, quem foi que morreu? Qual é a do cabelo? E se sentavam do meu lado na praia. Tu é a maior gata, devia estar de biquíni. Para quê? Para você me estuprar? Caramba!, exclamou um deles, levantando rápido. Qual é o seu problema?

Até hoje não sei como aguentei. No começo de outubro, perdi o emprego no palácio das fritas; naquela altura, a maioria dos barzinhos do píer tinha fechado e eu não tinha o que fazer, a não ser ficar na biblioteca pública, que era ainda menor que a do meu colégio. Aldo tinha começado a trabalhar com o pai na oficina, o que só fez com que os dois ficassem ainda mais emputecidos um com o outro e, por tabela, comigo. Quando voltavam para casa enchiam a cara de Schlitz e reclamavam das jogadas dos Phillies. Acho que tenho mais é que me dar por satisfeita por eles não terem decidido fazer as pazes com um belo bacanal. Eu ficava longe de casa o maior tempo possível, esperando a sensação estranha voltar e me dizer o que fazer a seguir, só que estava seca, arrasada, totalmente cega. Comecei a achar que o que lia nos livros tinha um fundo de verdade; assim que perdi a virgindade, perdi o poder. Fiquei muito fula da vida com o Aldo depois disso. Você é um bêbado, disse a ele. E um tapado. Ah, é?, retrucou ele. E a sua xereca fede. Então, fica longe dela! Vou ficar, está legal? Mas é claro que eu estava feliz da vida! Imaginava encontrar meus parentes fixando cartazes com a minha fotografia no píer, minha mãe, a coisa mais alta, escura e peituda à vista, Oscar parecendo uma enorme mancha marrom e minha tía Rubelka, quem sabe junto até do meu tío, se conseguissem mantê-lo afastado da heroína por tempo suficiente; mas, o mais perto que cheguei desse cenário foi encontrar os folhetos que alguém tinha espalhado por causa de um gato perdido. Olha só como são os brancos. Perdem o gato e distribuem folhetos aos quatro ventos; já nós, dominicanos, perdemos uma filha e nem chegamos a desmarcar a hora no salão.

Em novembro, eu estava na pior. Costumava sentar com Aldo e o pai caquético para ver os programas que passavam na TV, reprises dos que eu e meu irmão víamos quando crianças, *Um é pouco, dois é bom, três é demais*; *What's Happening*; *Os Jeffersons*, e minha decepção recaía num órgão muito macio e suave. A temperatura estava começando a esfriar também, e o vento entrava no casebre sem a menor cerimônia, metendo-se sob as cobertas e no chuveiro com a gente. Era deprimente. Eu não conseguia parar de ter visões do meu irmão tentando cozinhar sozinho. Não me pergunte por quê. Era sempre eu que preparava um rango para nós dois, o máximo que o Oscar fazia era misto quente. Eu o via magro feito um palito, perambulando pela cozinha, abrindo os armários, desesperado. Comecei até a sonhar com a mamãe, só que nos sonhos ela era uma garota, bem pequenina; eu a segurava na palma da mão e ela sempre balbuciava algo. Daí, eu a punha perto do ouvido, mas mesmo assim não escutava nada.

Sempre odiei sonhos óbvios como aqueles. Ainda odeio.

E, então, o Aldo decidiu dar uma de gostoso. Eu sabia que ele não estava lá muito satisfeito com a nossa relação, mas só fui ter ideia da extensão do problema uma noite, quando ele levou os amigos para o casebre. O pai tinha ido para Atlantic City, e eles beberam e fumaram e contaram piadas idiotas e, do nada, Aldo perguntou: Sabem o que quer dizer Pontiac? Pobre Otário do Negro Tem Impressão de que Anda num Cadillac. E para quem ele olhava enquanto falava? Para a minha pessoa.

Naquela noite meu namorado quis me dar uns amassos, mas eu afastei suas mãos. Nem vem!

Não fica triste, disse ele, levando a minha mão até seu pênis. Foi só uma brincadeira, porra.

Em seguida, deu uma gargalhada.

Então, o que foi que eu fiz alguns dias depois? Uma coisa muito idiota. Liguei para casa. Na primeira vez, ninguém atendeu. Na segunda, Oscar. Residência de León, em que posso ajudar? Meu irmão em carne e osso. Por isso, era odiado por todo mundo.

Sou eu, seu bobo.

Lola. Ficou muito quieto, daí, vi que chorava. Onde é que você está?

Nem queira saber. Mudei o telefone de orelha, tentando parecer tranquila. Como vai todo mundo?

Lola, mami vai *matar* você!

Seu bobo, dá pra falar mais baixo? Ela não está em casa, está? Está trabalhando.

Grande novidade, eu disse. Mami trabalhando. No último minuto da última hora do último dia ela estaria no trabalho. Estaria no trabalho quando os mísseis fossem lançados.

Não sei se por ter sentido muita saudade dele, ou apenas por querer ver alguém que me conhecesse um pouco mais, ou por ter o juízo afetado pelo xixi de gato, dei para ele o endereço de uma cafeteria que ficava no píer e pedi que trouxesse roupas e livros.

Ah, e traz grana também.

Ele fez uma pausa. Não sei onde mami a esconde.

Sabe, sim, chefe. Traz, tá legal?

Quanto?, perguntou, acanhado.

Tudo.

É muito dinheiro, Lola.

Oscar, só traz o dinheiro.

Está bom, está bom. Ele soltou um longo suspiro. Pelo menos vai me dizer como vão as coisas?

Vou bem, respondi, e foi o único momento da conversa em que quase chorei. Fiquei quieta até recuperar a fala. Então perguntei como ele faria para ir me ver sem que nossa mãe descobrisse.

Você me conhece, começou a dizer, debilmente. Posso ser tolo, mas sou despachado.

Eu devia ter imaginado que não podia confiar em alguém cujas histórias preferidas quando criança eram as da coleção *Enciclopédia Brown*. Mas minha mente não estava funcionando tão bem e eu queria muito ver meu irmão.

Então, bolei um plano. Eu ia convencer o Oscar a fugir junto comigo. Planejava ir com ele até Dublin. Tinha conhecido um bocado de irlandeses no píer e eles elogiaram a beça o seu país. Eu viraria cantora de segunda voz do U2, e tanto o Bono quanto o baterista se apaixonariam por mim; já Oscar se tornaria o James Joyce dominicano. Eu achava mesmo que ia acontecer, de tão pirada que estava na época.

No dia seguinte, fui até a cafeteria, já me sentindo outra, e lá estava ele, com a maleta. Oscar, eu disse, rindo, você está gordo pra caramba!

Eu sei, admitiu ele, constrangido. Fiquei preocupado com você.

A gente se abraçou por, tipo assim, uma hora e, daí, ele começou a chorar. Lola, *sinto muito*.

Está tudo bem, afirmei, e foi quando ergui o olhar e vi mi mamá e tía Rubelka e tío entrarem.

Oscar! gritei, mas foi tarde demais. Minha mãe já tinha me agarrado. Parecia tão magra e acabada, quase uma bruxa, mas ainda assim me segurava como se eu fosse o último níquel e, sob a peruca ruiva, os olhos verdes eram *cortantes*. Notei, distraidamente, que tinha se arrumado para o evento. Típico dela. Muchacha del diablo, bradou. Consegui arrastá-la para fora da cafeteria e, quando ela ergueu a mão para me esbofetear, dei um jeito de me libertar. E pernas para que te quero. Quando fui saindo, senti que ela tinha caído de bruços, atingindo a calçada com um forte baque, mas eu é que não ia olhar para trás. Não mesmo — corria feito uma louca. No ensino médio, sempre que promoviam o dia do esporte, eu era a mais veloz da minha série, embolsava todos os prêmios; diziam que não era justo porque eu era bem grandona, mas eu não me importava. Se quisesse, podia até ganhar dos garotos, então, minha mãe doente, meu tío ferrado e meu irmão obeso nunca me pegariam. Eu ia correr tão rápido quanto permitissem minhas pernas compridas. Ia correr pelo píer, passar pelo casebre miserável do Aldo, deixar Wildwood, deixar Nova Jersey e nunca mais ia parar. Continuaria a fugir.

Bom, teoricamente, era o que *deveria* ter acontecido. Só que eu olhei para trás. Não consegui evitar. Não é como se eu não conhecesse a Bíblia, aquela história de estátua de sal e coisa e tal, mas, quando se é filha de alguém que a criou sozinha, sem a ajuda de ninguém, não é nada fácil mudar de hábito. Eu só queria ter certeza de que minha mãe não tinha quebrado o braço ou rachado o crânio. Sabe, falando sério, quem quer matar a própria mãe sem querer? Foi só por isso que olhei de esguelha para trás. Ela estava esparramada na calçada, a peruca fora de alcance, a infeliz da careca exposta à luz do dia como algo furtivo e vergonhoso, e berrava como um bezerro abandonado, Hija, hija. E lá estava eu, querendo fugir em direção ao meu futuro. Bem que eu queria que aquela sensação estivesse ali para me guiar, mas não havia nada à vista. Só eu. No fim das contas, meti o rabo entre as pernas. Minha mãe estava no chão, careca como um neném, chorando, na certa com apenas um mês de vida, e lá estava eu, sua única filha. Não havia nada que eu pudesse fazer. Daí, voltei e, quando me abaixei para ajudá-la, ela me segurou com as duas mãos. Foi então que percebi que não estivera chorando, que tinha sido puro fingimento! Arregaçou os dentes como uma ferina.

Ya te tengo, disse ela, ficando de pé, triunfante. Te tengo.

E foi por isso que eu vim parar em Santo Domingo. Acho que minha mãe pensou que seria mais difícil eu fugir de uma ilha onde não conhecia ninguém e, de certo modo, tinha razão. Já faz seis meses que estou aqui e, nos últimos dias, tenho tentado encarar tudo de modo filosófico. Não foi assim no início, mas, depois, tive que dar o braço a torcer. É como dar murro em ponta de faca, dizia mi abuela. Uma batalha perdida. Agora, estou indo mesmo para a escola. Não que isso vá fazer diferença quando eu voltar para Paterson, mas, pelo menos, me mantém ocupada, sem aprontar e, além disso, posso conviver com jovens da minha idade. É melhor não ficar o dia todo conosco, los viejos, afirmou Abuela. Meus sentimentos sobre o colégio são confusos. Com certeza, meu espanhol melhorou muito. Mas a Academia ——————, uma escola particular e imitação barata do colégio Carol Morgan, é cheia de gente que meu tío Carlos Moya chama de hijos de mami y papi. Daí, eu tenho que lidar com esse outro aspecto. Se você acha que era impactante ser gótica em Paterson, imagine ser o que a gente chama de Dominicana York numa escola particular da RD. Nunca vai encontrar garotas mais sacanas na sua vida. Falam mal de mim até não poder mais. Fosse outra, já teria tido um troço, mas, depois de Wildwood, não me abalo com tanta facilidade. Finjo que não é comigo. E a maior das ironias? Estou na equipe de *corrida* da escola. Entrei porque minha amiga Rosío, a bolsista de Los Mina, disse que eu conseguiria uma vaga no time só por causa do comprimento das minhas pernas. Essas são as varetas de uma vencedora, estimulou ela. Bom, ela devia saber do que estava falando, porque agora sou a corredora principal da escola nas modalidades até quatrocentos metros. Que eu tivesse talento para essa atividade simples nunca deixou de me surpreender. Karen teria um ataque se me visse correr a toda a velocidade nos fundos da escola, enquanto o técnico Cortés gritava com a gente, primeiro em espanhol, depois em catalão. Respirem, respirem, *respirem*! Já não tenho um pingo de gordura no corpo, e todos, inclusive eu, ficam impressionados com a musculatura da minha perna. Não posso mais usar short sem parar o trânsito. Outro dia, quando a Abuela trancou a casa e a gente ficou do lado de fora, ela me pediu, frustrada, Hija, dá um chute na porta e abre. Daí, nós duas começamos a rir.

Tanta coisa mudou nestes últimos meses, na minha cabeça, no meu coração. Rosío me fez começar a vestir como uma "garota dominicana de verdade". Ajeitou meu cabelo e me deu várias dicas de maquiagem; às vezes, quando me olho no espelho, nem me reconheço mais. Não que eu esteja sofrendo ou coisa parecida. Mesmo se achasse um balão de ar quente que me levasse para a casa do U2, já nem sei se iria. A verdade é que estou até considerando a possibilidade de ficar mais um ano. A Abuela não quer que eu parta. Vou sentir saudade, afirma ela, com tanta simplicidade que só pode ser verdade, e minha mãe me falou que eu podia ficar, se quisesse, mas que seria bem-vinda em casa também. Tía Rubelka me disse que ela tem enfrentado tudo com coragem e que ainda mantém dois empregos. Eles me mandaram uma foto de toda a família, e Abuela a colocou num porta-retratos. Não consigo olhar aquela imagem sem ter vontade de chorar. Nela, mamãe já está sem a cabeleira postiça, tão esquelética que mal consegui reconhecê-la.

Eu quero que saiba que daria a vida por você, foi o que ela me disse, na última vez que a gente conversou. E, antes que eu pudesse dizer algo, desligou.

Mas não é sobre isso que eu queria falar, e sim sobre aquela sensação maluca que iniciou toda essa confusão, o sentimento de bruja que ecoa dos meus tutanos, que se apodera de mim como sangue em algodão. Pois, então, algo me diz que as coisas estão prestes a mudar na minha vida. Daí, sei que ela voltou. Um dia desses, quando estava tendo um monte de sonhos, acordei, e a senti, pulsando no meu corpo. Acho que deve ser isso que se sente quando se tem um feto dentro de si. No início, tive medo, porque achei que me dizia para fugir de novo, mas sempre que eu passava os olhos pela casa, que via mi abuela, a sensação ficava mais forte, então sabia que daquela vez seria algo diferente. Eu estava namorando um cara àquela altura, um morenito boa gente, chamado Max Sánchez, que conheci em Los Mina quando visitava Rosío. Ele era baixinho, mas seu sorriso e seu jeitão descontraído compensavam a falta de altura. Como eu era de Nueba Yol, o garoto dizia que um dia ia ficar rico. Eu tentava explicar que não ligava para isso, mas ele me olhava como se fosse louca. Vou comprar um Mercedes-Benz branco, ressaltava. Tú verás. Mas era o trabalho dele que eu adorava e que acabou unindo a gente. Em Santo Domingo, dois ou três cinemas tinham o costume de compartilhar os rolos dos filmes, então, quando a primeira sala terminava de exibir o primeiro rolo, ele era entregue para o Max, que o levava a toda na moto para o segundo cinema; daí, voltava, aguardava, pegava o outro rolo e assim por diante. Se ele tivesse algum problema ou se metesse num acidente, o primeiro rolo ia terminar e o segundo não estaria lá, então, a plateia jogaria garrafas. Até o momento, tinha sido abençoado — foi o que me contou, beijando o medalhão de San Miguel. Por minha causa, Max costumava se vangloriar, um filme vira três. Eu sou o cara que consegue organizar os filmes. Não era de "la clase alta", como diria mi abuela e, se algumas das sacanas de nariz empinado do colégio nos vissem, ficariam pasmas, acontece que eu gostava do cara. Ele abria as portas para mim, dizia que era sua morena e, quando se enchia de coragem, tocava meu braço com suavidade, apesar de se retrair logo depois.

Seja como for, como eu achei que a tal sensação tinha a ver com o Max, um dia, deixei que me levasse para um motel. Estava tão excitado que por pouco não caiu da cama e a primeira coisa que quis fazer foi ver meu traseiro. Nunca pensei que minha bundona seria tamanho atrativo, mas ele me beijou ali quatro, cinco vezes, me deixando toda arrepiada com a sua respiração e dizendo que aquela parte do meu corpo era un tesoro. Quando a gente acabou e ele foi até o banheiro se lavar, parei na frente do espelho, pelada, e olhei meu culo pela primeira vez. Un tesoro, repeti. Un tesoro.

E aí?, perguntou Rosío, na escola. E eu balancei a cabeça uma vez, depressa, e ela me segurou e riu e todas as garotas que eu odiava se viraram para olhar, mas o que haveriam de fazer? A felicidade, quando vem, é mais forte do que todas as babacas de Santo Domingo reunidas.

Mas eu ainda estava confusa. Porque a tal sensação aumentava cada vez mais, não me deixava dormir, não me dava paz. Comecei a perder nas competições, o que nunca tinha acontecido antes.

Você não é tão boa assim, hein, sua gringa, diziam as meninas da equipe adversária, e eu abaixava a cabeça. O técnico Cortés ficou tão triste que se trancou no carro e não disse uma só palavra para a gente.

Aquela situação estava me enlouquecendo e, então, certa noite, voltei de um encontro com Max. Ele me levara para passear no Malecón — nunca tinha grana para outras coisas — onde ficamos observando os morcegos ziguezaguearem sob as palmeiras e um navio antigo se afastar. Max conversou com tranquilidade sobre sua vontade de se mudar para os Estados Unidos, enquanto eu alongava o tendão. Minha abuela me aguardava à mesa da sala. Embora ela ainda vestisse preto em sinal de luto pelo marido que perdera ainda jovem, era uma das mulheres mais lindas que eu conhecia. Tínhamos a mesma risca de cabelo, irregular como um raio; quando bati o olho nela no aeroporto, relutei em admitir, mas eu sabia que a gente ia se dar bem. Ela me aguardava no saguão com seu jeito altivo e, assim que me viu, disse, Hija, espero por você desde o dia em que saiu daqui. E, em seguida, me abraçou e me beijou e exclamou, Sou sua abuela, mas pode me chamar de La Inca.

Parada perto dela naquela noite, a risca parecendo uma rachadura na cabeleira, senti uma onda de carinho. Quando a abracei, notei que ela estava vendo fotos. Retratos antigos, do tipo que eu nunca tinha visto lá em casa. Fotografias da minha mãe mais jovem e de outras pessoas. Peguei uma. Mami estava na frente de um restaurante chinês. Até mesmo de avental aparentava ser poderosa, como uma mulher que um dia se tornaria alguém.

Ela era muito guapa, comentei, casualmente.

Abuela resfolegou. Guapa soy yo. Sua mãe era uma diosa. Mas tão cabeza dura… Quando tinha sua idade, nós não nos dávamos bem.

Eu não sabia disso, comentei.

Ela era teimosa e eu, exigente. Mas, no fim, tudo acabou dando certo. La Inca suspirou. Temos você e seu irmão, o que é mais do que se podia esperar, considerando tudo o que aconteceu. Ela pegou uma foto. Este é o pai da sua mãe, explicou, passando o retrato. Era meu primo e…

Estava prestes a dizer algo, mas se interrompeu.

E foi quando senti um impacto tão forte quanto um furacão. A *sensação*. Levantei na hora, do jeito que minha mãe sempre esperava que eu me movesse. Abuela continuou sentada, desolada, tentando encontrar as palavras certas, e eu não consegui me mover, nem respirar. Senti o que sempre sentia nos últimos segundos de uma corrida, quando tinha certeza de que explodiria. Ela estava prestes a dizer algo; fiquei esperando que se abrisse comigo. Fiquei esperando meu recomeço.

AS TRÊS DESILUSÕES DE BELICIA CABRAL

1955-1962

VEJA A PRINCESA

Antes que houvesse uma história nos EUA, antes que Paterson se espalhasse diante de Oscar e Lola como num devaneio, antes que os clarins da Ilha ressoassem anunciando nosso despejo, havia a mãe dos dois, Hypatía Belicia Cabral:

> uma garota tão alta que os ossos da nossa perna doíam só de olhar para ela
> tão escura que parecia que Creatrix, quando a moldou, pestanejara
> que, tal qual a filha ainda-não-nascida, demonstraria ter a inquietude típica de Jersey — a sede inexaurível por outros lugares.

SOB O OCEANO

Naquela época, ela vivia em Baní. Não a mesma do atual frenesi, ressaltado pela onda interminável de Do Yos, os Dominicanos Yorks que se apoderaram da maior parte de Boston, Providence e New Hampshire. Aquela era a antiga Baní, bela e altiva. Uma área notória pela resistência à cor negra, em que, por um acaso, habitava a personagem mais escura da nossa história. Numa das ruas principais, próximo ao parque central, em uma casa que atualmente não existe mais. Ali vivia Beli, com sua dublê de mãe e tia, se não exatamente contente, então com certeza em um estado de relativa tranquilidade. Desde 1951, "hija" e "madre" administravam a conhecida padaria perto da Plaza Central e mantinham sua casinha decadente e abafada de forma impecável. (No período anterior a esse ano, nossa jovem órfã morava com outra família adotiva, pessoas monstruosas, se é que se pode dar crédito aos boatos, um período sombrio de sua vida, do qual nem ela nem sua madre voltaram a tratar. Sua própria página en blanco.)

Bons Tempos aqueles! Quando La Inca contava para Beli a nobre história de sua família, enquanto as duas amassavam e sovavam a massa com as mãos sem luva (Seu pai! Sua mãe! Suas irmãs! Sua casa!) ou quando o único som entre as duas vinha das vozes da rádio Carlos Moya e do ruído da manteiga espalhada nas costas arruinadas de Beli. Dias de mangas e de fornadas. Não restam muitas fotos desse período, mas não é difícil imaginar as duas — enfeitadas diante da casa imaculada em Los Pescadores. Sem se tocar, porque não era esse seu jeito de ser. A respeitabilidade tão solidificada por parte de la grande, que só um maçarico a destruiria, e uma fortaleza tão impenetrável quanto Minas Tirith em torno de la pequeña que, para ultrapassá-la, seria necessário toda Mordor. Levavam a vida do Povo Amável do Sul. Missa duas vezes por semana e, às sextas, um passeio pelo parque central de Baní, onde, naqueles dias nostálgicos de Trujillo, não se viam menores infratores e ainda tocavam as bandas harmoniosas. Elas compartilhavam a mesma cama empenada e, pela manhã, enquanto La Inca procurava às cegas as chancletas, Beli ia caminhando, sentindo calafrios, até a frente da casa e, enquanto a mais velha passava o café, a mais nova se apoiava no portão e ficava observando. O quê? O bairro? A nuvem de poeira? O mundo?

Hija, La Inca chamava. Hija, venha cá!

Quatro, cinco vezes, até que, por fim, a mais velha ia até lá buscá-la e, só então, a outra entrava.

Por que está gritando?, indagava Beli, aborrecida.

La Inca empurrava suas costas em direção a casa: Mas onde já se viu isso? Essa garota pensa que é gente, mas não é!

Beli era, claramente, uma dessas filhas de Iansã, sempre irrequieta, alérgica à calmaria. Quase todas as mocinhas do Terceiro Mundo teriam dado graças a Dios Santísimo se levassem sua vida abençoada: afinal de contas, a mãe não batia nela, satisfazia seus caprichos (seja por sentimento de culpa ou tendência), comprava roupas chamativas e pagava o salário da padaria, uma ninharia, admito, mas era mais do que 99 por cento das outras meninas em situação parecida ganhavam, mesmo que uma miséria. Nossa garota tinha o sucesso *garantido*; apesar disso, não era assim que se sentia por dentro. Por razões que só Beli conhecia, na época da nossa narrativa, não aguentava mais trabalhar na padaria ou ser a "filha" de uma das "mulheres mais dignas de Baní." Não aguentava mais, ponto final. Tudo relacionado à sua vida atual a irritava; desejava, do fundo do coração, algo *mais*. Quando exatamente essa insatisfação dominou seu âmago, ela não soube dizer ao certo; anos depois, comentaria com a filha que a sentira *a vida inteira*, mas sabe-se lá se é verdade. O que, de fato, ela queria, nunca ficou claro: uma vida fabulosa, sem dúvida, marido rico e bonito, sem dúvida, filhos lindos e corpo curvilíneo, sem dúvida. Se eu tivesse que explicar o que ela sentia, diria que desejava, acima de tudo, o que sempre quis durante a Infância Perdida: escapar. *Do quê*, era fácil relacionar: da padaria, da escola, da tediosa Baní, da cama compartilhada com la madre, da impossibilidade de comprar os vestidos que queria, da obrigação de esperar até os 15 anos para fazer escova nos cabelos, das expectativas impossíveis de La Inca, da morte precoce dos pais, que faleceram quando ela tinha apenas um ano, dos boatos sussurrados de que aquilo fora obra de Trujillo, dos primeiros anos da sua vida, quando órfã, das terríveis cicatrizes daquela época, da própria pele negra, tão desprezada. Porém, *aonde* queria ir, ela não sabia precisar. Não acho que tivesse feito diferença se a garota fosse uma princesa numa torre de castelo ou se a ex-mansão dos pais falecidos, a gloriosa Casa Hatüey, houvesse sido recuperada por milagre dos Raios Ômega de Trujillo — ainda assim, teria ansiado partir.

Toda manhã, a mesma rotina: Hypatía Belicia Cabral, ven acá! Ven acá a senhora, dizia Beli, a meia voz. A senhora.

A mocinha tinha as ânsias incipientes de quase toda adolescente escapista da geração, mas eu pergunto: E daí, caramba? Por mais que se iludisse, nada mudaria a realidade nua e crua de que era uma jovem moradora da República Dominicana de Rafael Leônidas Trujillo Molina, o Tirano mais Tirânico que já Tiranizou. Aquele era um país, uma sociedade, que havia sido projetado para ser à prova de fugas. O Alcatraz das Antilhas. Nem o ilusionista Houdini escaparia daquela Cortina de Plátano. Opções eram tão raras quanto tainos e, para flacas irascíveis de pele negra e poucos recursos, mais escassas ainda. (Caso se queira analisar a inquietude dela sob uma ótica mais complexa: sofria da mesma sensação de sufocamento que asfixiava toda uma geração de jovens dominicanos. Vinte e tantos anos do trujillato tinham garantido isso. A geração de Beli era a que iniciaria a revolução; no entanto, por enquanto, estava roxa por causa da falta de ar. Era a geração que se tornaria consciente em uma sociedade sem a menor consciência. Era a geração que, apesar de ouvir o tempo todo que a mudança era impossível, *ansiou* pela transformação. Nos últimos dias de vida de Beli, quando estava sendo comida viva pelo câncer, ela chegou a falar da forma como todos haviam se sentido tolhidos. A gente tinha a sensação de estar no fundo do oceano, disse ela, no breu total, sendo pressionada pelo mar. Entretanto, a maioria das pessoas tinha se acostumado tanto que achava tudo normal, esquecendo-se até de que havia um mundo acima.)

Mas o que Beli poderia fazer? Afinal, não passava de uma menina, sem poder nem beleza (por enquanto), talento e família que a ajudasse a se superar. Só contava mesmo com La Inca, e esta é que não ia ajudar nossa garota a fugir de coisa nenhuma. Muito pelo contrário, mon frère, a idosa, com seu ar autoritário e saias rígidas, tinha como principal objetivo o enraizamento de Belicia no solo provinciano de Baní e na realidade inquestionável do Passado Glorioso de seus Parentes. A família que Beli nunca conheceu, que perdera cedo. (Não esqueça, seu pai era médico, *médico*, e sua mãe, enfermeira, *enfermeira*.) La Inca achava que Beli era a última esperança da família dizimada, queria que exercesse o papel principal na missão de resgate histórico, mas o que a jovem sabia sobre seus consanguíneos, exceto as histórias contadas ad nauseam? E, no fim das contas, ela se importava? Não era uma maldita ciguapa, com os pés voltados para trás, em direção ao passado. Seus pés estão apontando para a frente, dizia sempre à mãe. Para o futuro.

Seu pai era médico, repetia a mais velha, sem se deixar abalar. Sua mãe era enfermeira. Tinham a maior casa de La Vega.

Beli não dava ouvidos, mas, à noite, quando sopravam os ventos alísios, nossa garota gemia ao adormecer.

LA CHICA DE MI ESCUELA

Quando Beli tinha 13 anos, La Inca conseguiu uma bolsa para ela no El Redentor, um dos melhores colégios de Baní. Teoricamente, seria uma jogada bastante efetiva. Órfã ou não, a jovem era a Terceira e Última Filha de uma das famílias mais tradicionais de Cibao, e uma educação adequada não só era oportuna, como seu direito nato. La Inca também esperava apaziguar um pouco a inquietude de Beli. Uma escola nova, com pessoas de excelente nível, pensou ela, não seria um santo remédio? Porém, apesar de sua nobre linhagem, Beli não crescera no ambiente de classe alta dos pais. Não havia recebido nenhuma educação até La Inca — a prima preferida do pai — conseguir encontrá-la (na verdade, resgatá-la) e tirá-la da escuridão daqueles dias, para, então, levá-la à claridade de Baní. Nos últimos sete anos, La Inca meticulosa e escrupulosa, desfizera boa parte dos danos causados pela dura vida nas cercanias de Azua, mas a garota continuava totalmente arredia. Se por um lado absorvera por completo toda a arrogância da classe abastada, por outro, era desbocada como uma celebridade abusada. Batia boca com qualquer um, por qualquer motivo. (Culpa dos anos na periferia de Azua.) Acomodar o traseiro da media-campesina de pele negra numa escola aristocrática, em que a maioria dos colegas era constituída de alunos brancos, filhos dos principais ladronazos do regime, acabou sendo uma ideia melhor na teoria do que na prática. Pai médico, brilhante ou não, Beli sobressaía no El Redentor. Considerando a delicadeza da situação, outra garota se esforçaria para sair da berlinda, manteria a cabeça baixa e sobreviveria ao ignorar as 10.001 farpas dirigidas a ela por alunos e funcionários. Mas Beli, não. Ela nunca admitiria (nem mesmo para si), mas se sentia tremendamente exposta no El Redentor; todos aqueles olhos pálidos devorando sua cor escura como gafanhotos — e Beli não sabia como lidar com essa vulnerabilidade. Recorreu ao que a tinha salvado no passado. Era desconfiada e agressiva e reagia de forma exagerada. Se alguém fizesse um comentário meio infeliz sobre seus sapatos, ela retrucava na hora, chamando a pessoa de vesga e dizendo que caminhava feito uma cabra com uma pedra enfiada no traseiro. Ai! Bastava uma brincadeira, e a garota já soltava um monte de farpas.

Digamos apenas que, no final do primeiro semestre, Beli já podia caminhar pelo corredor sem temer que alguém fosse mexer com ela. O lado ruim dessa história era que estava completamente só. (Não aconteceu como *No tempo das borboletas*, no qual uma das amáveis irmãs Mirabal[7] se aproximava e ficava amiga de uma aluna pobretona e bolsista. Como não havia nenhuma Minerva ali, ela foi marginalizada.) Apesar

---

7 As irmãs Mirabal foram as grandes mártires daquele período. Pátria Mercedes, Minerva Argentina e Antonia María — três belas moças de Salcedo, que se opuseram ao Ladrão de Gado Frustrado e foram assassinadas por esse motivo. (É por causa delas que as mulheres de Salcedo adquiriram a fama de serem muito bravas e de não levarem desaforo para casa, nem mesmo de Trujillo.) Muitos acreditam que o assassinato das irmãs e a subsequente onda de protestos marcaram o início oficial da derrocada do Trujillato, virando a "gota d'água", momento em que o povo chegou à conclusão de que não aguentava mais.

das grandes expectativas que Beli tinha tido nos primeiros dias, de se tornar a primeira da turma e ser eleita rainha da formatura ao lado do charmoso Jack Pujols, viu-se banida para além das pilhas de ossos do próprio macroverso, enviada por meio do Ritual de Chüd. Não teve sequer a sorte de ser rebaixada para o abominável subgrupo dos mega-perdedores, que eram atormentados até pelos perdedores. Estava além dele, no território da Sicorax. Entre seus colegas ultradalits, os que estavam em um nível mais baixo ainda que as castas, incluíam-se o Garoto no Pulmão de Aço, que apesar de conduzido com aparelho e tudo pelos empregados até o canto da sala, todas as manhãs, estava sempre sorrindo, o idiota, e a garota chinesa, filha do dono da maior pulpería do país, sujeito conhecido, de forma suspeitosa, como o Chino do Trujillo. Nos dois anos em que estudou no El Redentor, Wei nunca conseguiu melhorar seu precário espanhol, mas, apesar dessa evidente dificuldade, ia para a escola diariamente. No começo, os outros estudantes a puniram com as usuais baboseiras xenofóbicas. Implicavam com os cabelos (É tão seboso!), os olhos (Dá pra enxergar com eles?), os pauzinhos (Peguei estes galhinhos pra você!), a língua (variações de hoji Wei prendi falá, né?). Os garotos gostavam de esticar a pele do rosto para trás, fazendo caretas com dentes salientes e olhos puxados.

Bacana. Ha-ha. As piadinhas abundavam.

Mas quando os alunos se cansaram da novidade (ela nunca respondia), eles mandaram Wei para a Zona Fantasma, e até mesmo os gritos de *China, China, China* foram minguando.

Foi ao lado dela que Beli se sentou nos primeiros dois anos do ensino médio. E até a chinesa tinha algumas palavras primorosas para dirigir à outra.

Você é preta, disse ela, pondo o dedo no antebraço magro da colega. *Preta*-preta.

Beli bem que tentou, porém, não conseguiu obter plutônio em grau bomba a partir do urânio de baixo grau do seu dia a dia. Durante seus

Anos Perdidos não tinha recebido nenhum tipo de educação, e aquela lacuna afetara seus neurônios, de maneira que ela nunca conseguia se concentrar por completo no material à mão. Foram a teimosia e as expectativas de La Inca que mantiveram Belicia no prumo, embora ela estivesse miseravelmente sozinha e suas notas fossem piores que as de Wei. (Era de pensar, reclamava La Inca, que você obteria um resultado melhor que o de uma china.) Enquanto os outros estudantes se curvavam de modo frenético sobre os testes, Beli fitava o redemoinho na parte posterior do cabelo à escovinha de Jack Pujols.

Señorita Cabral, já terminou?

No, maestra. E, daí, um retorno forçado às questões, como se estivesse caindo num redemoinho.

O pessoal do seu barrio não fazia ideia de como ela odiava a escola. La Inca, então, nem podia imaginar! O El Redentor ficava a léguas de distância do modesto bairro de classe trabalhadora onde ela e a mãe viviam. E Beli fazia o possível para descrever a escola como um paraíso no qual cabriolava com os demais Imortais, um interlúdio de quatro anos antes da Apoteose final. Chegou até a absorver seus ares: se antes La Inca precisava corrigir a gramática e o uso excessivo de gíria, agora Beli tinha a melhor dicção e locução da Baixa Baní. (Está começando a falar como Cervantes, vangloriava-se La Inca, com os vizinhos. Não disse que aquela escola valeria a pena?) A jovem não tinha muitas amigas — apenas Dorca, filha da faxineira. Esta não possuía um par de sapatos sequer e idolatrava o chão em que a outra pisava. Para ela, Beli encenava um espetáculo que punha todos os outros no chinelo. Ficava de uniforme o dia todo, até a madre a obrigar a retirá-lo (Está pensando o quê? Que tudo isso é de *graça*?), e tagarelava sobre os colegas, falando de todos como se fossem confidentes e amigos íntimos. Até mesmo as garotas determinadas a ignorá-la de qualquer forma e a excluí-la de tudo, as quatro jovens que chamaremos de Esquadrão Supremo, foram regeneradas nas histórias de Beli, tornando-se espíritos ancestrais benevolentes que a visitavam de vez em quando para dar conselhos valiosos sobre o colégio e a vida em geral. O Esquadrão, pelo que se viu, morria de ciúmes da sua relação com Jack Pujols (que é o meu namorado, lembrava ela a Dorca) e uma das participantes sempre acabava cedendo à tentação e aventurando-se a roubar seu novio, mas ele, claro, repreendia as investidas traiçoeiras da moça. Estou *chocado*, dizia Jack, ao rejeitar a descarada. Ainda mais considerando que Belicia Cabral, filha do cirurgião mundialmente famoso, trata você tão bem. Em todas as versões, depois de levar gelo por um longo tempo, a participante insolente do Esquadrão se atirava aos pés de Beli e implorava por perdão, que, depois de uma tensa deliberação, era sempre concedido. Não têm culpa de serem tão fracas, explicava ela a Dorca. Ou do Jack ser tão guapo. Que mundo Beli criava! Falava de bailes e piscinas e jogos de polo e jantares em que fatias e mais fatias de carne malpassada eram empilhadas nas bandejas e havia uvas e tangerinas. Na realidade, descrevia, sem saber, a vida que nunca conheceu: a da Casa Hatüey. Suas histórias eram tão impressionantes que Dorca muitas vezes dizia, Eu queria ir pra escola com você um dia.

Beli debochava dela. Ficou maluca? É tão tapada!

E a outra inclinava a cabeça. Contemplava os próprios pés largos, encardidos nas chancletas.

La Inca costumava dizer que Beli se tornaria doutora (Embora não fosse a primeira da família, seria, com certeza, a mais perfeita!), imaginava a hija erguendo tubos de ensaio em direção à luminária; no entanto, a jovem passava os dias na escola sonhando com os vários garotos à sua volta (parou de azarar de forma escancarada um deles, depois que uma das professoras escreveu para La Inca, que a castigou, Onde pensa que está? Num bordel? Esta é a melhor escola de Baní, muchacha, está arruinando sua reputação!) e, quando não pensava nos rapazes, imaginava a casa que com certeza teria um dia, chegando até a mobiliá-la mentalmente e a decorar todos os ambientes. Sua madre queria que ela resgatasse a Casa Hatüey, uma residência cheia de história; porém, a de

Beli era novinha em folha e não estava presa a nenhum passado. No seu sonho acordado favorito como María Montez, um europeu arrojado, tipo Jean-Pierre Aumont, acabava conhecendo-a por acaso na padaria, daí se apaixonava por ela e a levava para seu château na França.[8]

(Acorda, menina! Vai queimar o pan de agua!)

Não era a única jovem a devanear assim. Essa geringonça estava no *ar*, era o *dreamshit*, o narcótico que as garotas tinham que digerir noite e dia. É surpreendente que Beli conseguisse pensar em algo mais, considerando o intenso turbilhão de boleros, canciones e versos que agitavam sua mente, junto com as páginas da alta sociedade do *Listín Diário*, sempre espalhadas à sua frente. Beli, aos 13, acreditava no amor como uma viúva de 70 anos, abandonada pela família, pelo marido, pelos filhos e pela sorte, acreditava em Deus. Era, se é possível, mais suscetível ainda aos Encantos de Casanova do que muitas das suas colegas, podendo ser considerada *louca por meninos*. (Uma distinção bastante peculiar numa região como Santo Domingo: significava que a moça conseguia manter paixonites que colocariam nos pés a típica norte-americana.) Paquerava os valentões do ônibus, beijava em segredo o pão dos buenmosos que frequentavam a padaria, vivia cantarolando aquelas lindas músicas românticas caribenhas.

(Que Deus tenha piedade da sua alma, resmungava La Inca, se pensa que *garotos* são a resposta para *tudo*.)

---

8 María Montez, a aclamada atriz dominicana, mudou-se para os EUA e atuou em mais de 25 filmes entre 1940 e 1951, inclusive *As mil e uma noites*, *Ali Babá e os quarenta ladrões*, *A mulher cobra* e, meu favorito, *Atlântida, o continente perdido*. Declarada "rainha do tecnicolor" por fãs e historiadores, nasceu María África Gracia Vidal, em 6 de junho de 1912, em Barahona. Seu nome artístico foi inspirado na renomada cortesã do século XIX, Lola Montez (famosa por transar com, entre outros, o meio-haitiano Alexandre Dumas). María Montez foi a J. Lo original (ou seja lá que caribeña escultural deixe você de queixo caído na sua época), a primeira estrela internacional de verdade da RD. Casou-se com um francês (lamento, Anacaona) e mudou-se para Paris após a Segunda Guerra Mundial. Morreu sozinha, afogada na banheira, aos 39 anos. Nenhum sinal de luta, nenhum indício de violência. Costumava ser contratada para posar para o Trujillato de vez em quando, nada sério. É bom ressaltar que, enquanto estava na França, María demonstrou ser bastante nerd. Escreveu três livros. Dois foram publicados. O terceiro manuscrito se extraviou após sua morte.

Porém, até mesmo a questão dos rapazes deixava muito a desejar. Tivesse Beli se interessado pelos caras do barrio, não teria problema nenhum; aqueles sujeitos acabariam satisfazendo seu espírito sonhador, trepando com ela num piscar de olhos. Contudo, a esperança de La Inca de que os ares nobres e exclusivos do El Redentor exercessem um efeito benéfico na personalidade da menina (como 12 surras de cinto molhado ou três meses em um convento sem aquecimento) havia, ao menos nesse aspecto, rendido frutos, pois Beli, aos 13 anos, só tinha olhos para os Jack Pujols do mundo. Como costuma acontecer nesse tipo de situação, os almofadinhas tão desejados pela moça não retribuíam seu interesse, e ela não contava com atrativos suficientes para tomar os Rubirosa das riquinhas rivais.

Que vida! Cada dia de rotação em torno do eixo demorando mais de um ano. Beli continuava aturando, de cara fechada, a escola, a padaria e a atenção asfixiante da madre. Observava com avidez os visitantes de outras cidades, abria os braços ao menor sinal de vento e, à noite, lutava do mesmo modo que Jacó contra o oceano que pressionava seu corpo.

KIMOTA!

E, então, o que aconteceu?
Um rapaz surgiu.
O primeiro.

NÚMERO UNO

Jack Pujols, claro: o garoto mais bonito (leia-se: o mais branco) da escola, um melniboneano de pura linhagem europeia, magro e altivo. As maçãs do rosto pareciam ter sido esculpidas por um mestre; a tez era perfeita, sem cicatrizes, manchas, marcas ou barba; os mamilos pequenos lembravam rodelas rosadas e perfeitas de salsicha. Seu pai era coronel da idolatrada Força Aérea do Trujillato, uma figura de atuação marcante em Baní (seria peça-chave no bombardeio da capital durante a revolução, assassinando todos aqueles civis inocentes, entre eles, meu pobre tio Venicio), e sua mãe, uma ex-miss com curvas de venezuelana, agora participante ativa da igreja, beijoqueira de anéis de cardeais e protetora dos órfãos. Jack, o Mais Velho, o Herdeiro, o Hijo Bello, o Abençoado, era venerado pela ala feminina da família, e as incessantes monções de elogios tinham feito com que brotasse com rapidez no rapaz o cerne do poder. Tinha o porte arrogante de um cara duas vezes maior e a petulância intragável que cravava nas pessoas como se fosse espora de metal. No futuro, ele se aliaria ao Capeta Balaguer[9] e, como recompensa, ganharia a embaixada do Panamá; entretanto, naquele momento, era o Apolo da escola, cultuado como Mitra. Professores, funcionários, alunos de ambos os sexos, todos jogavam pétalas de adoração aos seus pés charmosamente arqueados: ele era a prova viva de que Deus — o Grande Deus absoluto, o centro e a circunferência de toda democracia! — não amava seus filhos por igual.

---

9 Apesar de não ser, em si, essencial à narrativa, Balaguer é fundamental para a história dominicana; então, tenho que mencioná-lo, apesar de preferir mijar no seu rosto. Segundo os mais antigos, tudo que se expressa pela primeira vez evoca um demônio; assim sendo, quando os dominicanos do século XX disseram pela primeira vez a palavra liberdade, em uníssono, o coisa-ruim evocado foi Balaguer. (Também conhecido como Ladrão de Eleição — vide a votação de 1966 na RD — e o Homúnculo.) Nos tempos do Trujillato, esse sujeito era apenas um dos cavaleiros negros mais eficientes de El Jefe. Muito se comenta sobre sua inteligência (certamente impressionou o Ladrão de Gado Frustrado) e seu ascetismo (quando ele estuprou suas garotinhas, agiu no mais absoluto sigilo). Após a morte de Trujillo, assumiria o Projeto Domo e administraria o país de 1960 a 1962, de 1966 a 1978 e, mais uma vez, de 1986 a 1996 (a essa altura o cara estava mais cego que morcego, uma múmia paralítica). Ao longo do segundo período de seu governo, conhecido localmente como os Doze Anos, deslanchou uma onda de violência contra a esquerda dominicana, usando o esquadrão da morte para matar centenas e provocar a saída de milhares de pessoas do país. Foi ele que supervisionou/iniciou o que agora chamamos de Diáspora. Considerado o "gênio" nacional, Joaquín Balaguer era racista, apologista do genocídio, ladrão de eleição e homicida de escritores com mais talento do que ele, tendo notoriamente encomendado o assassinato do jornalista Orlando Martínez. Mais tarde, quando escreveu sua autobiografia, afirmou saber quem fora o autor da infame ação (que não era ele, claro) e deixou uma página en blanco no texto, a ser preenchida com a verdade após sua morte. (Que tal impunidade?) Faleceu em 2002. A página continua em branco. Apareceu como personagem agradável em A festa do bode, de Vargas Llosa. Tal qual a maioria dos homúnculos, não se casou nem deixou herdeiros.

E como é que Beli interagia com esse ser humano tão idolatrado? De modo condizente com sua teimosia obstinada: caminhava pelo corredor, como quem não quer nada, livros pressionados contra os seios pubescentes, olhos voltados para baixo, até dar um encontrão no objeto de sua veneração.

Caramb..., balbuciou o rapaz, mudando de direção, até ver que Belicia, uma garota, tinha parado para pegar os livros; então, ele se inclinou também (era, na verdade, um caballero), a raiva diminuindo, transformando-se em confusão e irritação. Caramba, Cabral, você virou morcego? Olha. Para. Onde. *Anda.*

Tinha uma única ruga marcando a testa larga (sua "divisória", como se tornou conhecida) e olhos de um profundo tom cerúleo. Os Olhos de Atlante. (Certa vez Beli o entreouviu quando se vangloriava para uma de suas inúmeras admiradoras: Ah, esses? São herança da minha abuela alemã.)

Cabral, qual é seu problema, hein?

A culpa é sua!, acusou ela, frase com vários sentidos ocultos.

Acho que ela veria melhor, comentou um dos compadres dele, se estivesse escuro lá fora.

E que diferença faria se estivesse escuro lá fora? Para todos os efeitos, ela era invisível para o rapaz.

E teria permanecido assim; no entanto, nas férias daquele segundo ano do ensino médio, Beli tirou a grande sorte na genética, vivenciou o Verão das suas Características Sexuais Secundárias e de todo transformou-se (*uma terrível beleza nasceu*). Se antes tinha sido uma íbis desengonçada, bonitinha, mas ordinária, já no final do verão ela se tornou un tremendo mujerón, adquirindo aquele corpo, o corpanzil que a tornou famosa em Baní. A combinação de genes transmitida pelos pais falecidos tinha alguma parada de Roman Polanski — como a irmã mais velha, que nunca conheceu, Beli virou, da noite para o dia, uma adolescente deslumbrante e, se Trujillo não estivesse quase impotente, teria enrijecido ao vê-la, como ficou, de acordo com os rumores, com a coitada da irmã morta. A propósito, naquele verão nossa garota ficou com um cuerpazo tão estarrecedor que só um ilustrador de quadrinhos ou pornógrafo conseguiria retratá-la sem peso na consciência. Toda vizinhança tem sua tetúa, mas Beli daria um banho em todas, por ser La Tetúa Suprema: seus seios eram esferas tão poderosas que levavam as almas caridosas a sentir pena da portadora e os héteros das redondezas a repensar sua vida de merda. Tinha os Bustos da Luba (tamanho 52/54). Sem falar naquele traseiro supersônico que arrancava elogios constantes das bocas dos caras e deixava todo o mundo boquiaberto. Bunda que jalaba más que junta de buey. Dios mío! Até mesmo seu humilde Vigia, revendo as fotografias antigas dela, ficou impressionado com a beleza da garota.[10]

Ande el diablo!, exclamou La Inca. Hija, o que é que está *comendo*!

Se Beli fosse uma garota normal, ser a tétua mais famosa da vizinhança poderia ter deixado a garota mais acanhada e deprimida. E essa foi sua reação inicial, além, é claro, do sentimento que nunca tarda, nem falha, na adolescência: *Shame. Sharam. Vergüenza*. Ela já se recusava a tomar banho com La Inca, uma enorme mudança na sua rotina matutina. Bueno, acho que está mesmo bem grandinha e pode se lavar sozinha, disse la madre, com suavidade. Mas dava para notar que tinha ficado magoada. No breu total do banheiro trancado, Beli, inconsolável, circundou com os dedos seu Novi Orbis, evitando a todo custo os mamilos hipersensíveis. Agora, sempre que saía, tinha a sensação de entrar numa Zona de Perigo cheia de homens com olhares laser e de mulheres com comentários cortantes. De vez em quando se sobressaltava com os toques súbitos das buzinas de carros. Ficou revoltada consigo mesma e com o mundo por causa daquele novo fardo a carregar.

---

10 Afora a homenagem a Jack Kirby, devo dizer que é difícil, como terceiro-mundista, não sentir certa empatia por Uatu, o Vigia, já que ele reside na obscura Área Azul da Lua, e nós, terráqueos da Zona Escura, vivemos (para citar Glissant) em "la face cachée de la Terre" (na face oculta da Terra).

Mas só no primeiro mês, claro. Aos poucos, Beli começou a ver além dos assobios e do *Dios mío asesina* e do *y ese tetatorío* e do *que pechonalidad*, captando os mecanismos ocultos que provocavam aqueles comentários. Um dia, quando voltava da padaria, La Inca resmungando ao seu lado sobre as contas do dia, a jovem percebeu, de repente: Os homens gostavam dela, e ficavam fissurados pra caralho! A prova chegou no dia em que um dos clientes delas, o dentista de Baní, entregou, junto com o dinheiro, um bilhete que dizia, Quero ver você; simples assim. Beli ficou apavorada, escandalizada e desconcertada. A esposa do dentista era uma gorda que encomendava bolo da sua mãe quase todo mês, quer para um dos seus sete filhos, quer para um dos 50 e tantos primos (o mais provável é que fosse mesmo para o próprio consumo). Tinha uma papada e uma bunda enormes, típicas da meia-idade, que desafiavam as cadeiras. Beli sonhou acordada com aquele bilhete como se sua mão tivesse sido pedida em casamento pelo próprio filho de Deus, embora o dentista fosse careca e mais pançudo que apostador de corrida, além de ter bochechas cheias de veias finas e avermelhadas. O sujeito ia até lá, como sempre fazia, e seu olhar sondava, Olá, señorita Beli!, o cumprimento agora fétido, cheio de luxúria e má intenção, e o coração da moça batia célere, de um jeito nunca visto antes. Após duas dessas visitas, ela escreveu, num momento de capricho, um bilhetinho no qual se lia, apenas, Está bom, pode me pegar no parque a tal hora; então, entregou-o para ele junto com o troco e, a todo custo, deu um jeito de passar pelo parque com La Inca no horário combinado, o coração batendo disparado. Não sabia o que aconteceria, mas a expectativa era grande e, quando as duas estavam prestes a sair de lá, Beli viu o dentista sentado num carro diferente do dele, fingindo ler um jornal, mas lançando olhares desesperados em sua direção. Olhe, madre, disse ela, em voz alta, é o dentista, e, quando La Inca se virou, o homem engatou a marcha de modo frenético e arrancou, antes que a mais velha pudesse acenar. Puxa vida, que estranho!, disse ela.

Eu não gosto desse sujeito, comentou a mais nova. Ele fica me olhando.

Depois disso, a esposa dele é que passou a ir até a padaria para pegar os bolos. Y el dentista? perguntou Beli, com ingenuidade. Aquele lá é um preguiçoso, não move uma palha, respondeu a esposa, muito exasperada.

Beli, que vinha esperando por algo exatamente como seu corpo a vida inteira, mal podia *conter a satisfação* diante do que sabia agora, diante da indiscutível concretização da sua desejabilidade, que lhe conferia, de certa forma, um Poder. Como descobrir por acidente Um Anel, achar a Pedra da Eternidade do mago Shazam ou encontrar a espaçonave caída do Lanterna Verde! Hypatía Belicia Cabral, por fim, adquiriu poder e muita autoconfiança. Começou a andar com os ombros retos e a usar as roupas mais apertadas que tinha. Dios mío, dizia La Inca sempre que a garota saía. Por que Deus tinha que lhe dar esse fardo, logo neste país!

Pedir a Beli que não exibisse aquelas curvas seria o mesmo que exigir que um garoto gordo e perseguido não usasse suas recém-descobertas habilidades de mutante. Com grandes poderes, vêm grandes responsabilidades... *Bobagem*! Nossa garota entrou no futuro que o novo corpo representava, sem nunca, jamais olhar para trás.

CAÇADA AO CAVALEIRO DA LUZ

Agora, já devidamente, *ham-ham*, bem-dotada, Beli regressou ao El Redentor, após as férias de verão, para desespero dos professores e estudantes, determinada a fisgar Jack Pujols com a mesma obstinação de Ahab em busca de você-sabe-quem. (E de tudo isso o garoto albino era o símbolo. E vos perguntai o que há de acontecer na caçada implacável?) Fosse outra, teria sido mais discreta, atraindo para si a presa, mas o que Beli sabia a respeito de estratégia e paciência? Atirou-se de corpo e alma em cima do rapaz. Deu tantas piscadelas para o garoto que quase deslocou a pálpebra. Colocava o busto farto no campo de visão dele sempre que podia. Passou a caminhar de um jeito que, se, por um lado fez com que levasse a maior bronca das professoras, por outro, foi sucesso de bilheteria entre os garotos e o corpo docente masculino. Mas Pujols continuou impassível; observava Beli com olhos profundos e penetrantes e não fazia nada. Depois de uma semana, a jovem começou a sair do sério, pois tinha esperado que ele se apaixonasse instantaneamente. Então, um dia, no auge do desespero, sem o menor pudor, fingiu ter deixado desabotoada, sem querer, a parte de cima da blusa; usava o sutiã de renda que tinha roubado de Dorca (que, por sinal, também contava, agora, com uma senhora peitaria). Mas, antes que Beli pudesse exibir o decote estonteante — seu canhão de ondas particular —, Wei, enrubescendo profundamente, foi correndo até ela para abotoar a blusa.

Você tudo mostra!

E lá se foi Jack, caminhando desinteressado.

Por mais que Beli tentasse, nada acontecia. E, quando menos se esperava, ela voltou a dar encontrões no rapaz, no corredor. Cabral, disse ele, com um sorriso. Você precisa tomar mais cuidado.

Eu te amo!, queria gritar a jovem, Quero ser a mãe dos seus filhos! Quero ser a sua mulher! Mas, em vez disso, ela retrucou, *Você* é que precisa!

Beli ficou de mau humor. Setembro acabou e, por incrível que pareça, foi seu melhor mês na escola. Academicamente. Inglês se tornou sua melhor matéria (quanta ironia...). Aprendeu o nome dos 50 estados. Conseguia pedir café, perguntar onde ficava o banheiro, que horas eram, como chegar ao correio. Seu professor de inglês, um tarado, assegurou que tinha uma pronúncia *notável, notável.* As outras alunas permitiam que ele as apalpasse, mas Beli, agora em sintonia com a bizarrice masculina, certa de que só seria digna de um rei, fugia de forma sorrateira do alcance daquelas mãos bobas.

Um professor pediu à classe que pensasse sobre a década seguinte. Em que situação gostariam de se encontrar, de ver o país e o eminente presidente, nos próximos anos? Como ninguém entendeu a pergunta, ele teve de dividi-la em duas partes simples.

Um dos colegas de Beli, Mauricio Ledesme, acabou se metendo em sérios apuros, tão graves que a família foi obrigada a tirá-lo às pressas do país. Era um garoto calado que se sentava próximo a uma das meninas do Esquadrão e vivia sonhando acordado com ela. Talvez tivesse pensado que assim a impressionaria. (Não seria tão improvável, pois em breve viria a geração de jovens que botaria pra quebrar, não com base no Seja como Mike, slogan do jogador de basquete, mas sim com base no Seja como Che.) Talvez tivesse perdido a paciência. Escreveu com o garrancho típico de um futuro revolucionário-poeta: Eu gostaria de ver nosso país se tornar una democracia, como os Estados Unidos. Queria que parássemos de ter ditadores. Creio que foi o Trujillo que matou o Galíndez.[11]

---

11 Figura bastante noticiada naqueles dias, Jesús de Galíndez foi um basco para lá de nerd, um aluno da Universidade de Columbia que escreveu uma tese de doutorado bastante desconcertante. O tema? Lamentavelmente, infelizmente, tristemente: a era de Rafael Leônidas Trujillo Molina. Legalista da Guerra Civil Espanhola, Galíndez conhecia a fundo o regime, pois tinha se refugiado em Santo Domingo em 1939, ocupando altos cargos. Ao partir, em 1946, já com uma alergia letal ao Ladrão de Gado Frustrado, decidiu levar adiante a nobre tarefa de expor a desgraça que foi a ditadura do sujeito. Crassweller descreve Galíndez como "um homem estudioso, do tipo encontrado com frequência entre os ativistas políticos da América Latina... ganhador de um prêmio de poesia", o que nós, dos Planos Superiores, chamamos de Nerd Classe 2. Mas o homem era um esquerdista perseverante e, apesar dos perigos, desenvolveu com coragem sua tese sobre Trujillo.

Qual é o lance entre Ditadores e Escritores? Desde antes do abominável conflito César-O-vídio eles se indispõem. Como o Quarteto Fantástico e o Galactus, os X-Men e a Irmandade de Mutantes, os Novos Titãs e o Exterminador, o Foreman e o Ali, a Morrison e o Crouch, o Sammy e o Sergio, pareciam estar eternamente fadados ao combate nos Anais da Luta. Rushdie considera déspotas e escrivinhadores antagonistas naturais, mas não creio que seja tão simples assim; acaba-se livrando a cara dos escritores depressa demais. Os ditadores, na minha opinião, sabem reconhecer seus concorrentes quando se deparam com eles. O mesmo ocorre com escritores. Afinal de contas, igual com igual se apraz.

Para encurtar a história: ao ficar sabendo da dissertação, El Jefe tentou, primeiro, comprar o texto e, quando não conseguiu, enviou seu Nazgûl principal (o sepulcral Felix Bernardino) para Nova York e, em questão de dias, Galíndez foi amordaçado, metido num saco e levado até La Capital. Segundo os boatos, quando acordou do desmaio provocado pelo clorofórmio, estava nu, pendurado pelos pés sobre um caldeirão de água fervendo, El Jefe por perto, com uma cópia da tese desagradável na mão. (E você que achou que a sua banca examinadora foi dura.) Quem em sã consciência teria imaginado algo tão horrível? Pelo visto, El Jefe queria fazer uma pequena tertúlia com aquele pobre nerd condenado. E que tertúlia foi, Dios mío! O desaparecimento de Galíndez provocou protestos nos Estados Unidos, com todos os dedos apontando para Trujillo; mas é claro que este jurou ser inocente, e foi a isso que Mauricio se referiu. Mas não há que desanimar: para cada legião de nerds que morre, há sempre outras levas que se dão bem. Não muito depois daquele assassinato medonho, um bando de nerds revolucionários aportou num banco de areia na costa sudeste de Cuba. Isso mesmo, eram Fidel e seu Grupo Revolucionário, voltando para uma nova disputa contra Batista. Dos 82 rebeldes que de-

Foi o bastante. No dia seguinte, tanto ele quanto o professor tinham desaparecido. E todo mundo ficou de bico calado.[12]

A redação de Beli não foi nem um pouco polêmica. *Eu vou me casar com um cara bonito e rico. Quero ser médica, ter meu próprio hospital, que vai se chamar Trujillo.*

Em casa, continuou a contar vantagens para Dorca sobre o paquera e, assim que a foto de Jack Pujols saiu no jornal da escola, levou-a para mostrá-la, toda prosa. A outra ficou tão abalada que dormiu no quarto de Beli, inconsolável, chorando sem parar. Esta a ouvia, com muita clareza.

E, então, no início de outubro, quando o pueblo se preparava para comemorar outro aniversário de Trujillo, Beli ouviu dizer que Jack Pujols tinha terminado com a namorada. (Ela sempre soubera da existência dessa moça, que estudava em outra escola, mas quem disse que se importava?) Pensou que fosse só um boato, não quis se torturar com falsas esperanças. Mas, no fim das contas, a notícia não só era verdadeira, como superou suas expectativas, porque, dois dias depois, Jack Pujols a parou no corredor como se a estivesse vendo pela primeira vez. Cabral, sussurrou, você é *linda*. O aroma intenso de seu perfume, inebriante. Sei

---

sembarcaram, somente 22 sobreviveram para contar história, entre eles um argentino aficionado por livros. Um banho de sangue, com as forças militares de Batista executando até os que se entregavam. Porém, aqueles 22, como se constatou, bastariam.

12 O que me traz à mente o caso triste de Rafael Yépez, homem na casa dos 30 que administrava um pequeno colégio de ensino médio na capital, não muito longe de onde eu cresci. Ele cuidava dos ladroncitos de baixo escalão do Trujillato. Certo dia fatídico, pediu que os estudantes escrevessem uma redação sobre um tema da sua escolha — esse Yépez era um cara de mente aberta, como o porto-riquenho Betances — e, como era de esperar, um dos alunos optou por compor uma canção de louvor para Trujillo e a esposa, doña Maria. Yépez cometeu o erro de insinuar na aula que outras mulheres dominicanas mereciam ser tão apreciadas quanto doña Maria e que, no futuro, jovens como seus estudantes se tornariam grandes líderes como Trujillo. Quem sabe Yépez não confundiu a Santo Domingo em que vivia com outra Santo Domingo? Naquela noite, o pobre professor, juntamente com a esposa, a filha e todo o corpo estudantil, foi arrancado da cama pela polícia militar, levado em caminhões fechados à fortaleza Ozama e interrogado. Os alunos acabaram sendo liberados, mas nunca mais se teve notícias do pobre Yépez, nem de suas esposa e filha.

que sou, respondeu ela, o rosto rubro. Bom, disse ele, passando a mão nos próprios cabelos lisos e escorridos.

A partir de então, começou a dar carona para ela no seu Mercedes novinho em folha e a comprar helados com o maço de dólares que levava no bolso. Legalmente, ele era jovem demais para dirigir, entretanto, quem seria louco a ponto de coibir um filho de coronel em Santo Domingo? Ainda mais o rebento de um sujeito que, segundo os rumores, era um dos confidentes de Ramfis Trujillo.[13]

AMOR!

O romance não foi exatamente como ela descreveria mais tarde. Algumas conversas, um passeio na praia enquanto o restante da classe fazia um piquenique e, quando ela menos esperava, já estava se esgueirando num quartinho com o garoto, depois da escola, e ele metia algo monstruoso nela. Digamos apenas que Beli compreendeu, por fim, por que os amigos o haviam apelidado de Jack, o Estripaudor; ele tinha o que, até na concepção dela, era um pênis enorme, um linga digno de Shiva, um destruidor de mundos. (E ela que achou o tempo todo que eles o chamavam de Jack, o Estripador. Dãáã!) Mais tarde, depois de ter ficado

---

13 Eu me refiro, é claro, a Rafael Leônidas Trujillo Martínez, o primogênito de El Jefe, nascido enquanto a mãe ainda estava casada com outro sujeito, um cubano. Foi só quando este se recusou a considerar o garoto seu consanguíneo, que Trujillo reconheceu a paternidade de Ramfis. (Valeu, pai!) Foi o filho "ilustre" que El Jefe tornou coronel aos 4 anos e general de brigada aos 9. (O Merdinha, seu apelido carinhoso.) Quando adulto, ele ficou famoso por jogar polo, trepar com atrizes norte-americanas (Kim Novak, como pôde?), brigar com o pai e ser um diabo calculista com Grau de Humanidade Zero, que coordenou pessoalmente os extermínios e as torturas indiscriminadas de 1959 (ano da Invasão de Cuba) e 1961 (após o assassinato do pai, encarregou-se do martírio horripilante dos conspiradores). (Em um relatório confidencial elaborado pelo cônsul dos EUA, disponível atualmente na Biblioteca Presidencial JFK, Ramfis é descrito como "desequilibrado", um jovem que, durante a infância, costumava se divertir estourando cabeças de galinhas com uma pistola .44.) Depois da morte de Trujillo, o primogênito fugiu do país, viveu de modo libertino com o dinheiro ilícito do pai e acabou morrendo em um desastre de automóvel provocado por ele, em 1969; no outro carro se encontrava Teresa Beltrán de Lis, duquesa de Albuquerque, que faleceu na hora; o Merdinha matou até o final.

com o Gângster, a jovem se daria conta de que Pujols não tinha o menor respeito por ela. No entanto, na época, sem parâmetros para avaliar a relação, supôs que transar era praticamente o mesmo que ser penetrada por um sabre. Na primeira vez, ela morreu de medo e sentiu muita dor (4d10), mas nada podia eliminar a sensação de que, por fim, tinha dado o primeiro passo, de que estava a caminho e iniciara a jornada, no começo de algo grandioso.

Depois, tentou abraçar Pujols e acariciar seu cabelo sedoso, mas ele se desvencilhou. Anda, se veste logo, vai. Se pegarem a gente estou ferrado.

Engraçado, era *exatamente* assim que ela se sentia.

Durante quase um mês eles fizeram sexo em vários recantos isolados do colégio, até que um dia, um professor, seguindo a dica dada por um dos alunos, pegou o casal furtivo em flagrante delito, num armário de faxina. Imagine só: Beli pelada, a vasta cicatriz diferente de tudo o que já se tinha visto antes, e Jack com a calça arriada.

O escândalo! Tenha em mente a época e o local: Baní no final da década de 1950. Considere que Jack Pujols era o filho mais importante do Abençoado clã B——í, uma das famílias mais veneráveis (e ricas) de Baní. Considere ainda que não foi pego com alguém da sua própria classe (embora isso também pudesse lhe trazer problemas), mas sim com uma bolsista, una prieta para traçar. (Trepar com prietas pobres era uma atitude considerada comum no meio afluente, desde que feito na moita — o que se conhece, em outra parte, como Estratégia Strom Thurmond, usada numa eleição para estimular a segregação.) Pujols, claro, acusou Beli de ser culpada de tudo. Sentado na sala do diretor, explicou em detalhes como havia sido seduzido pela jovem. Não fui eu, insistiu. Foi ela! No entanto, o verdadeiro escândalo foi que o rapaz ficara noivo da tal namorada, a múmia Rebecca Brito, ela também membro da outra família poderosa de Baní, os R——, e pode ter certeza de que Jack ser pego no flagra num armário com una prieta punha abaixo qualquer promessa futura de casamento. O velho do Pujols ficou tão furioso/

humilhado que começou a bater no filho assim que pôs as mãos nele e, em uma semana, já tinha despachado o rapaz para uma escola militar em Porto Rico, onde ele veria, de acordo com as palavras do coronel, o que era obrigação. Beli nunca mais viu o garoto, exceto uma vez no *Listín Diario*, mas, então, os dois já eram quarentões.

Pujols pode ter sido um traidor imprestável, mas a forma como nossa garota reagiu devia entrar para a história. Não só *não* ficou constrangida com o que aconteceu, mesmo depois de ser sacudida pelo diretor, pela freira e pelo supervisor, um santíssimo trio de idade, como se recusou terminantemente a admitir sua culpa. Se a cabeça dela tivesse girado 360 graus e ela houvesse vomitado sopa de ervilha, teria causado apenas um pouco menos de alvoroço. Cabeça-dura como era, Beli insistiu em afirmar que não tinha feito nada errado e que, a bem da verdade, estava só exercendo seus direitos.

Posso fazer o que bem entendo, repetiu ela, de modo obstinado, com meu marido.

Pujols, pelo visto, tinha prometido à Belicia que os dois se casariam assim que terminassem o ensino médio, e ela acreditou, sem duvidar nem por um instante do que ele dizia. Difícil conciliar tanta ingenuidade com a femme-matadora durona e franca que conheci, mas é preciso lembrar que ela era jovem e estava *apaixonada*. Mas que tremenda sonhadora! Não é que realmente achou que Jack falava a verdade?

Os Professores Amáveis do El Redentor não conseguiram arrancar nenhum mea-culpa sequer de Beli. A jovem meneava a cabeça, tão irredutível quanto as próprias Leis do Universo — Não Não Não Não Não Não Não Não Não Não Não Não Não Não Não Não Não Não Não Não Não Não Não Não Não Não Não Não Não Não Não Não Não Não Não Não Não Não Não Não Não Não Não Não Não Não Não Não Não Não Não Não Não Não Não Não Não Não Não Não Não Não Não Não Não Não Não Não Não Não Não Não Não Não Não Não Não Não Não Não. Não que tivesse feito alguma diferença no final. De qualquer forma, ela perdeu o direito de frequentar a escola e acabou com os sonhos de La Inca de inculcar na filha a genialidade, o magis (a excelência em todas as esferas) do pai.

Em qualquer outra família esse tipo de ocorrência teria resultado numa surra que deixaria Beli desfalecida, num espancamento que mandaria a garota rápido para o hospital, de maneira que, assim que se recuperasse, apanhasse outra vez e voltasse à emergência; La Inca, porém, não educava dessa forma. Era uma mulher séria, honrada e exemplar que se recusava a golpear a menina. Jogue a culpa nos astros, chame de desvario, mas não havia forma de La Inca aprovar castigos. Nem naquele momento, nem nunca. Ela se limitava apenas a agitar os braços erguidos e lamentar. Como é que isso foi acontecer?, indagava. Como? *Como*, hein?

Ele ia se casar comigo, está bom?, gritou Beli. A gente ia ter filhos.

Enlouqueceu, hija?, bradava a outra. Perdeu o *juízo* de vez?

Essa história rendeu pano para manga por um longo tempo — os vizinhos achando o máximo (Não disse que aquela negrinha não valia nada?) —, mas, por fim, a poeira assentou. Só então, La Inca convocou uma sessão especial sobre o futuro da nossa garota. Antes, passou o sermão de número quinhentos milhões e cinco, condenando sua falta de discernimento, sua falta de moral, sua falta de tudo e, só quando achou que para início de conversa estava de bom tamanho, decretou: Você vai voltar para o colégio. Não para El Redentor, mas para um tão bom quanto. Padre Billini.

E Beli, os olhos inchados em virtude da perda de Jack, riu. Eu não vou voltar para a escola, não. Nunca mais, ouviu?

Teria se esquecido do sofrimento que fora obrigada a suportar durante os Anos Perdidos por ter buscado uma educação? Do custo? Da terrível cicatriz nas costas? (De "A Queimadura".) Talvez tivesse, talvez as prerrogativas desta Nova Era houvessem tornado as expectativas da Antiga obsoletas. Mas, no decorrer daquelas tumultuadas semanas pós-expulsão, quando ela se revirava na cama, arrasada com a perda do "marido", nossa garota enfrentou momentos de extraordinária provação. Sua primeira lição sobre a fragilidade do amor e a covardice sobrenatural do homem. Desses momentos turbulentos e decepcionantes surgiu o primeiro juramento maduro de Beli, que perduraria até a maioridade, os Estados Unidos e além. Não serei mais subserviente. Ela nunca mais seguiria o exemplo de ninguém, exceto o seu próprio. Nem o do diretor, o das freiras, o de La Inca, o dos falecidos pais. Só o meu, sussurrou ela. O meu.

Esse juramento animou-a muito. Logo após o confronto a respeito da volta ao colégio, Beli pôs um dos vestidos de La Inca (ficou tão apertado que ela mal podia respirar) e pegou uma carona até o parque central. Não ficava muito longe. Ainda assim, para uma garota como Beli, era um indício do que estava por vir.

Quando voltou para casa, no final da tarde, anunciou: Arrumei um emprego. La Inca deu uma risada debochada. Pelo visto, os cabarés estão renovando os quadros.

Não era um cabaré. Pode ser até que na cosmologia dos vizinhos ela fosse uma tremenda piranha, mas cuero é que não era. Não mesmo: tinha conseguido um emprego de garçonete no restaurante do parque. O dono, um chinês corpulento e bem vestido chamado Juan Then, não precisava exatamente de ninguém; na verdade, não sabia nem se precisava de si mesmo. Negócio terrível está, lamentou-se. Política demais, non? Política ruim para tudo, menos para político.

Nenhum dinheiro sobrando. E já tem demais empregados impossíveis.

Porém, Beli se recusou a levar um não. Eu posso fazer muita coisa. Dito isso, endireitou os ombros, para ressaltar os "atributos".

Que, para um homem menos correto, teria sido um convite explícito, só que Juan simplesmente suspirou: Não necessidade perder vergonha. Testamos menina. Período experiência. Promessa non pode fazer. Política condição non dá espaço promessa.

Qual vai ser o meu salário?

Salário? Salário *non*! Você garçonete, gorjeta recebe.

E quanto dá mais ou menos?

De novo o jeitão taciturno. Não dá saber.

Eu não entendo.

Os olhos injetados de José, irmão do chinês, deram uma espiadela nos dois, sobre a seção de esportes. O que o meu irmão está querendo dizer é que depende.

E lá estava La Inca, balançando a cabeça: Uma garçonete. Mas, hija, você é filha de padeira, não tem ideia de como é servir mesas!

Como Beli não tinha demonstrado nenhum interesse, nos últimos tempos, fosse pela padaria fosse pela escola fosse pela limpeza, a mãe chegou à conclusão de que a moça tinha virado uma zángana. Mas se esqueceu de que nossa garota tinha sido tratada como criada no início da vida e de que durante metade dela não fizera outra coisa *que não* trabalhar. De qualquer forma, a mais velha supôs que ela deixaria o trabalho em breve; no entanto, não foi o que aconteceu. No emprego, Beli mostrou, de fato, seu valor: nunca chegava atrasada, nunca se fazia de doente, ralava o tempo todo. Pô, ela *gostava* do trabalho. Não era lá a função de presidente da república, mas, para uma menina de 14 anos que queria sair de casa, a grana bastava e a mantinha enquanto aguardava a concretização do Futuro Glorioso.

Por 18 meses prestou serviços no Palácio Pequim. (Originalmente chamado de El Tesoro de ————, em homenagem ao destino verdadeiro, mas nunca alcançado, do Almirante, mas os Brothers Then o mudaram assim que descobriram que o nome do sujeito era um fukú! Chinês non gosta maldición, comentou Juan.) Beli costumava dizer que atingira a maioridade no restaurante e, de certo modo, foi o que ocorreu. Aprendeu a ganhar dos homens no dominó e demonstrou ser tão responsável que os Brothers Then a deixavam no comando da cozinha e dos garçons e saíam sorrateiramente para ir pescar e visitar suas namoradas de coxas roliças. Anos depois, Beli lamentaria ter perdido o contato com seus "chinos". Eles foram tão bons comigo, dizia a Oscar e Lola. Nem um pouco parecidos com o imprestável do seu pai beberrão. Juan, o jogador angustiado, que sempre falava de Xangai como se fosse um poema de amor declamado pela linda mulher que ele amava, mas não podia ter. Juan, o míope romântico que sempre era roubado pelas namoradas e nunca conseguia melhorar o espanhol (embora muito tempo depois, já vivendo em Skokie, Illinois, gritasse com os netos americanizados usando um espanhol gutural, levando as crianças a rirem dele, achando que falava chinês). Juan, que ensinou Beli a jogar dominó, e só tinha um fanatismo: o otimismo à prova de balas. Se Almirante chega primeiro em restaurante nosso, imagine quanta confusão evitado teria! O sempre suado e venerável Juan, que teria perdido o Palácio Pequim não fosse o irmão mais velho, José, o enigmático, que rondava a periferia, ameaçador como um ciclón; José, o bravo, o guapo, que tinha perdido a esposa e os filhos, assassinados por um líder militar nos anos 1930; José, que protegia o restaurante e os quartos do andar de cima com unhas e dentes. José, que, por conta do pesar, perdeu a ternura, a prosa e a esperança. Nunca pareceu ver Beli com bons olhos, tampouco nenhum dos outros empregados; mas como ela não o temia (Sou quase tão alta quanto você!), ele retribuiu ensinando a ela lições práticas de vida: Quer ser uma mulher inútil a vida inteira? Mostrou como deveria pregar pregos, consertar tomadas elétricas, preparar *chow fun* e dirigir, ensinamentos que seriam úteis quando ela se tornasse a Imperatriz da Diáspora. (José agiria com bravura na revolução, lutando, sinto informar, contra o pueblo, e morreria em 1976, em Atlanta, de câncer de pâncreas, vociferando o nome da esposa, que as enfermeiras entenderam como palavras da Conchinchina, com ênfase especial, nas suas cabeças, em *China*.)

E, então, havia Lillian, uma garçonete atarracada e forte, tão revoltada com o mundo que só se regozijava quando a venalidade, a brutalidade e a mendacidade da humanidade ultrapassavam até mesmo as suas expectativas. No início, não gostou de Beli; encarou-a como uma concorrente, mas depois passou a tratar a colega com relativa cortesia. Foi a primeira mulher que nossa garota conheceu que lia o jornal. (A bibliomania do filho sempre faria Beli se lembrar de Lillian. Como é que está indo o mundo?, perguntava ela à garçonete. E a resposta nunca mudava: jodido.) Quanto ao outro garçom, Indian Benny, era um sujeito caladão e metódico, com o semblante triste de um homem acostumado a ter os sonhos despedaçados. Segundo os mexericos do restaurante, era casado com uma azuana imensa e fogosa, que muitas vezes o expulsava de casa para levar para cama um rapagote. A única vez que se viu Indian Benny dar um sorriso foi quando ganhou de José no dominó — os dois eram jogadores inveterados e, obviamente, rivais ferrenhos. Ele também lutaria na revolução, para a equipe da casa; segundo os boatos, ao longo daquele Verão de Nossa Libertação Nacional, Indian Benny nunca deixou de sorrir. Nem mesmo depois que um fuzileiro naval esburacou seu cérebro, espalhando os pedaços sobre todo o destacamento, ele deixou de sorrir. Por fim, havia também o cozinheiro, Marco Antonio, um sujeito grotesco que, além de perneta, era desorelhado, parecendo ter saído direto de Gormenghast (a razão dessa aparência, segundo ele: sofri um acidente). Desconfiava de forma quase obsessiva dos cibaeños, cujo orgulho regional, a seu ver, mascarava ambições imperialistas que abarcavam até o Haiti. Eles querem é se apossar da República. Escuta bem o que estou falando, cristiano, os caras vão lutar pra fundar o próprio país!

Como Beli lidava com todo tipo de homem naquele restaurante, foi ali que seu jeito tosco e rude foi sendo lapidado. Como vocês já devem imaginar, todo o mundo se apaixonava por ela. (Inclusive seus colegas de trabalho. José, no entanto, foi logo avisando: Se tocarem num fio de cabelo dela, vão se arrepender amargamente. Cê deve estar sacaneando, disse Marco Antonio, já se defendendo. Nem com as duas pernas eu conseguiria escalar aquela montanha!) A atenção dos clientes era estimulante e, em troca, ela lhes dava algo que a maioria dos homens nunca cessava de querer — a atenção e a ternura de uma mulher atraente. Até hoje têm vários sujeitos em Baní, antigos clientes, que se lembram muito bem da garçonete.

La Inca, como era de esperar, ficou angustiada com a Queda de Beli, que passou de princesa a mesera — onde é que este mundo vai parar? Em casa, as duas mal se falavam. A mãe até que tentava puxar assunto, mas como a filha não lhe respondia, preenchia o silêncio com orações, rogando por um milagre que fizesse a jovem voltar a ser como antes. Mas quis o destino que, quando a Beli escapasse de suas mãos, nem mesmo Deus tivesse caracaracol suficiente para trazê-la de volta. De vez em quando, La Inca ia ao restaurante e se sentava à mesa sozinha, rígida como um atril, toda de preto e, entre golinhos de chá, contemplava a garota com melancolia. Talvez esperasse que a jovem tomasse vergonha na cara e voltasse à Operação Restaurar Casa de Cabral, mas a garçonete se concentrava no trabalho com o zelo de sempre. Devia partir o coração da mãe observar a mudança drástica da filha, já que esta, que antes nunca falava em público e ficava imóvel feito Noh, de repente passou a demonstrar, ali no Palácio Pequim, ter um grande talento para contar piadas, o que deixava boa parte da clientela masculina extasiada. Vocês que por ventura já se acharam na esquina da 142 com a Broadway sabem perfeitamente como ela falava: o linguajar irreverente e rude do pueblo que levava todos os dominicanos cultos a terem pesadelos nos lençóis de percal 400 fios e que La Inca achava que tinha sido enterrado junto com a vida inicial de Beli na periferia de Azua; no entanto, ali, era usado com tamanha intensidade, que parecia nunca ter ido embora: Oye, parigüayo, y qué pasó con esa esposa tuya? Gordo, no me digas que tú todavía tienes hambre?

Beli acabou fazendo uma pausa e indo até a mesa da mãe:

Quer mais alguma coisa?

Só que volte para a escola, mi hija.

Não vai dar. Beli pegou o copo e limpou a mesa de modo mecânico. A gente não serve pendejada desde a semana passada.

E, então, La Inca deixava uns trocados e ia embora e um enorme peso saía das costas da filha, comprovando que agira certo.

Naqueles 18 meses, Beli aprendeu muito sobre si mesma. Descobriu que, apesar do sonho de ser a mulher mais linda do mundo, de ter os caras se jogando aos seus pés sempre que passava, bastava se apaixonar por alguém, que seu amor perdurava. Assim, apesar das levas e mais levas de caras charmosos, comuns e feios que entravam no restaurante determinados a pedir sua mão em casamento (ou, ao menos, em transamento), ela não pensava em mais ninguém a não ser em Jack Pujols. Nossa garota tendia mesmo mais para Penélope que para Prostituta da Babilônia. (Claro que La Inca, que testemunhava a fila de homens enlameando a soleira de sua porta, não concordaria.) Beli sonhava, com frequência, que Jack regressava da escola militar e ia aguardá-la à mesa do seu trabalho, esparramado como um saco de frutos proibidos, um sorriso largo no rosto belo, os Olhos de Atlante focados só nela e em ninguém mais, finalmente. *Voltei por você, mi amor. Voltei.*

Nossa garota se deu conta de que até a um calhorda ela se mantinha fiel.

Não que houvesse optado por se encerrar em clausura, longe do mundo dos homens. (Apesar da "fidelidade", era uma irmã que apreciava a atenção masculina.) Até mesmo no decorrer desse período conturbado Beli tinha seus pretendentes, sujeitos dispostos a encarar os campos minados e cercados de arame farpado da sua afeição, na esperança de que, no outro lado daquele sendeiro cruel, campos elísios os esperassem. Pobres coitados, cegos e iludidos. A Gângster faria o que bem entendesse, e os pobres infelizes podiam se considerar sortudos se conseguissem un abrazo. Tiremos do abismo dois sapos em especial: o revendedor da Fiat, careca, branquelo e sorridente, um Hipólito Mejía comum, mas distinto e meigo, tão fissurado pelo beisebol norte-americano que arriscava a própria integridade física para escutar os jogos num rádio de ondas curtas contrabandeado. Idolatrava esse esporte com o fervor de um adolescente e acreditava que, no futuro, os dominicanos tomariam de assalto a Liga

Nacional e competiriam com os Mickey Mantle e Roger Maris da vida. Juan Marichal é só o começo de la reconquista, prognosticava ele. Você está maluco, dizia Beli, zombando dele e do seu "jueguito". Num lance inspirado de contraprogramação, seu outro fã ardoroso era um aluno da UASD — um desses caras de universidades públicas que estudam há 11 anos e continuam precisando de cinco créditos para se graduar. Hoje, ser estudante não quer dizer porra nenhuma, mas na América Latina daquela época, mergulhada no caos pela Deposição de Arbenz, pelo Apedrejamento de Nixon, pelas Guerrillas de Sierra Madre, pelas manobras hipócritas e intermináveis dos Porcos Ianques — isso numa região do continente que já se encontrava metida havia um ano e meio na Década da Guerrilla —, ali, um estudante era algo mais, um fator de mudança, uma corda vibrante no universo estável de Newton. Justamente a postura adotada pelo aluno da UASD, Arquimedes. Ele também escutava as ondas curtas, mas não para ouvir a pontuação dos Dodgers — arriscava a vida a fim de captar as notícias que vazavam de Havana, as notícias do futuro. Então, era um *estudante*, filho de zapatero e parteira, um tirapiedra e quemagoma para o restante da vida. Ser pupilo não era brincadeira, não, com Johnny Abbes[14]

---

14 Johnny Abbes García era outro senhor de Morgul idolatrado por Trujillo. Chefe da temida e todo-poderosa polícia secreta (SIM), foi considerado o maior torturador do Povo Dominicano que já existiu. Apreciador de técnicas de tortura chinesa, segundo se comenta, contava em seus quadros com um anão que triturava os testículos dos prisioneiros com os dentes. Tramava o tempo todo contra os inimigos de Trujillo, tendo tirado a vida de muitos jovens revolucionários e estudantes (inclusive das irmãs Maribal). A pedido de El Jefe, Abbes planejou o assassinato do presidente da Venezuela Rómulo Betancourt, eleito democraticamente. (Este e T-zillo eram antigos inimigos, que se desentendiam desde os anos 1940, quando os SÍMios do Trujillo tentaram injetar veneno em Betancourt nas ruas de Havana.) A segunda tentativa tampouco foi bem-sucedida. Uma bomba, colocada num Oldsmobile verde, mandou o Cadillac presidencial para bem longe de Caracas, exterminou o motorista e um pedestre, mas não matou Betancourt! Isso é que é ser gângster! (Venezolanos: nunca digam que não temos uma história em comum. Não compartilhamos apenas novelas ou desembarques em massa de tantos de nós nos seus litorais à cata de trabalho, entre as décadas de 1950 e 1980. Nosso ditador tentou eliminar seu presidente!) Depois da morte do Trujillo, Abbes foi nomeado cônsul do Japão (manobra para tirá-lo do país) e acabou trabalhando para aquele outro pesadelo caribenho, o ditador haitiano François "Papa Doc" Duvalier. Mas não chegou a ser tão leal a ele quanto a El Jefe — após uma tentativa de traição, Papa Doc matou Abbes e a família e, em seguida, mandou a maldita casa deles pelos ares. (Acho que P. Daddy sabia exata-

e Trujillo perseguindo todos logo depois da desconcertante Invasão de Cuba de 1959. Não passava um dia sequer sem que a vida do cara estivesse em perigo, ele não tinha endereço fixo, ia visitar Beli sem avisar. Archie (era esse seu apelido) usava óculos iguais aos do cantor Héctor Lavoe, tinha uma cabeleira vasta e invejável, além do ardor de um dietista de South Beach. Vivia insultando os norte-americanos por causa da Invasão Silenciosa da RD e falando contra os dominicanos por sua subserviência anexionista ao Norte. Guacanagarí nos amaldiçoou! Que os ideólogos mais apreciados pelo rapaz fossem alguns alemães que nunca haviam conhecido um preto de quem gostassem não vinha ao caso.

Com esses dois caras Beli jogou duro à beça. Ia visitá-los no esconderijo e na revendedora, servindo sua porção diária de sarro zero. Não havia encontro em que o revendedor da Fiat não *implorasse* para que ela o deixasse dar uma apalpadela que fosse. Ah, deixa eu tocar aí, vai, só vou dar uma apertada, choramingava ele, mas, na maioria das vezes, nunca era o escolhido para a investida. Ao menos Arquimedes, quando repelido, agia com dignidade. Não fazia beiço nem reclamava: Por que é que estou gastando a porra do meu dinheiro? O universitário preferia filosofar. Não se faz a Revolução em um dia, dizia ele, com amargura, para, em seguida, esfriar a cabeça e entreter Beli com histórias sobre escapulidas da polícia secreta.

Até a um calhorda como Jack Pujols ela se mantinha fiel — é, foi o que aconteceu por um tempo, mas, depois, ela acabou se esquecendo do sujeito. Podia até ser romântica, mas pendeja é que não era. No entanto, quando isso aconteceu a situação do país estava, no mínimo, complicada. O caos reinava na nação; depois da fracassada invasão de 1959, um movimento estudantil de resistência foi descoberto e, em todos os lugares, jovens estavam sendo presos, torturados e exterminados. Políti-

---

mente com que tipo de criatura estava lidando.) Nenhum dominicano acredita que Abbes morreu nessa explosão. Dizem que ele ainda está em algum recôndito do mundo, aguardando a próxima aparição de um Trujillo da vida, momento em que também ressuscitará da Sombra.

ca, resmungou Juan, contemplando as mesas vazias, *política*. José ficou calado, limitou-se a subir para limpar sua Smith & Wesson na privacidade do quarto. Não sei se vou conseguir sair dessa, disse Arquimedes, numa tentativa deslavada de descolar uma transa misericordiosa. Vai dar tudo certo, incentivou Beli, afastando seu abraço. A jovem tinha razão, mas o rapaz foi um dos poucos a escapar ileso. (Archie está vivo até hoje e, quando passeio pela capital com meu compadre Pedro, às vezes dou de cara com ele nos pôsteres de campanha de um dos partidos radicais dissidentes, cuja única plataforma é levar eletricidade de novo para a República Dominicana. Pedro vocifera: Ese ladrón no va' pa' ningún la'o.)

Em fevereiro, Lillian teve que deixar o emprego e ir para el campo a fim de cuidar da madre enferma, uma señora que, segundo ela, nunca deu a menor bola para o bem-estar da filha. O destino da mulher em toda parte é sempre miserável, declarou Lillian antes de ir embora, deixando para trás só o calendário gratuito e ordinário que adorava assinalar. Uma semana depois, os Brothers Then contrataram alguém. Uma garota nova. Constantina. Vinte e poucos anos, simpática e risonha, com um cuerpo todo pipa e nada culo, uma "mujer serelepe" (no linguajar da época). Mais de uma vez, Constantina chegou para o almoço direto de uma noitada, com bafo de uísque e cheiro de cigarro. Muchacha, você não imagina el lío en que me metí anoche. Era irresistivelmente descontraída, tinha a boca mais suja da praça e, talvez, reconhecendo uma alma gêmea no mundo, gostou de imediato da nossa garota. Minha hermanita, dizia a Beli. A menina mais bonita. Você é a prova de que Deus é dominicano.

Constantina foi quem, por fim, ajudou Beli a tirar da cabeça a Triste Balada de Jack Pujols.

Seu conselho? Esquece aquele hijo de la porra, aquele comehuevo. Todo desgraciado que entra aqui fica louco por você. Podia ter o maldito mundo aos seus pés se quisesse.

O mundo! Era o que ela mais queria na vida, mas como conquistá-lo? Contemplava o vaivém do parque e fazia a pergunta irrespondível.

Um dia, numa burbuja de impulso infantil, elas saíram do trabalho mais cedo e, levando o salário até o espanhol da rua, compraram dois vestidos iguais.

Você está candela, disse Constantina, com aprovação.

O que é que você vai fazer agora?, perguntou Beli.

Um sorriso com dentes tortos. Eu vou pro Hollywood dançar sem parar. Un buen amigo meu trabalha na portaria e sei que vai ter um montão de ricaço fazendo fila pra me admirar, ay sí. Passou a mão pela curva do quadril, daí, interrompeu o show. Por que, a princesa da escola particular quer ir também?

Beli ponderou por uns momentos sobre La Inca, que estava aguardando sua chegada. Pensou na angústia que começava a diminuir.

Quero ir, sim.

Foi a Decisão que Mudou Tudo. Ou, como revelou a Lola nos seus Últimos Dias: Tudo o que eu queria era dançar. Mas acabei tendo que lidar com *esto*, disse ela, fazendo um gesto amplo com os braços para englobar o hospital, os filhos, o câncer, os Estados Unidos.

EL HOLLYWOOD

Foi a primeira boate de verdade frequentada por Beli. Imaginate: naquele tempo, El Hollywood[15] era o lugar da moda para se estar em Baní, um misto de Alexander, Café Atlântico e Jet Set. A iluminação, a decoração opulenta, os guapos com roupa de linho, as mulheres posando como aves-do-paraíso, a banda no palco parecendo uma visitación do mundo do ritmo, os dançarinos tão compenetrados nos passos, que pareciam estar dando os últimos, antes de ir para o além — tudo estava ali. Embora Beli se achasse fora do seu ambiente, impossibilitada de pedir bebidas e de se sentar nas banquetas sem perder as sandálias baratas, nada disso fez

---

15 Lugar favorito de Trujillo, foi o que minha mãe me contou quando eu estava prestes a concluir o manuscrito.

diferença quando a música começou a tocar. Um contador corpulento estendeu a mão e nas duas horas seguintes a jovem deixou de lado o constrangimento, o encantamento, a apreensão e *dançou*. Dios mío, e como dançou! Beli se sentiu nas nuvens na danceteria, esgotando um parceiro atrás do outro. Até o líder da banda, um veterano grisalho de várias turnês na América Latina e Miami, vociferou: La negra está encendida! La negra está encendida mesmo! Eis, por fim, o sorriso de Beli: melhor gravá-lo bem na mente, pois não o verá com frequência. Todos acharam que ela era uma bailarina cubana de um dos shows e não acreditaram que era dominicana como eles. Não pode ser, no lo pareces e coisa e tal.

E foi em meio ao turbilhão de passos, guapos e loções pós-barba que ele apareceu. Ela estava no bar, aguardando que Tina voltasse de uma "pausa para fumar". Seu vestido: arruinado; o permanente: desgrenhado; os pés: contorcidos, como se tivessem sido enfaixados, como os das chinesas de outros tempos. Já ele era o protótipo do sujeito dono de si. Lá estava o homem da geração futura de León e Cabral, que arrebatou o coração da sua Mãe Fundadora, lançando a jovem e os seus na Diáspora. Trajando paletó preto com calça branca no melhor estilo Rat Pack, clã de Sinatra, não tinha sequer uma gota de suor no corpo, dando a impressão de estar no mais fresco dos ambientes. Boa-pinta e com aquele jeitão mal-afamado de produtor de Hollywood quarentão e barrigudo, com bolsas sob os olhos acinzentados que tinham visto de tudo (sem deixar escapar nada). Olhos que vinham azarando Beli havia quase uma hora — e não era como se ela não tivesse notado. O cara parecia ser o dono do pedaço, pois todo o mundo na boate ia cumprimentá-lo, e tal era a quantidade de ouro que exibia, que podia ter resgatado Atahualpa.

Digamos apenas que o primeiro contato não foi promissor. Quer tomar um drinque comigo? perguntou ele e, quando ela deu as costas como uma ruda, o sujeito agarrou seu braço com força e indagou, Onde é que você vai, morena? E aquilo bastou: a Beli le salió el lobo. Em primeiro lugar, não gostava de ser tocada. Nem um pouco, nunca. Em segundo, não era morena (até o revendedor da Fiat entendia e a chamava de índia). E, em terceiro, havia aquele temperamento dela. Quando o dono do pedaço torceu seu braço, a violência brotou do nada em menos de 0,2 segundos. Esbravejou: *No. Me. Toques.* Jogou a bebida, a taça e até a bolsa nele — e, se houvesse uma criancinha por perto, também teria sido atirada no cara. Depois, ainda lançou uma pilha de guardanapos e quase cem palitinhos de plástico de azeitona e, enquanto estes rodopiavam no piso, levou a cabo uma das mais incríveis sequências de golpes de Street Fighter de todos os tempos. Durante a série de ataques sem precedentes, o Gângster se encolheu e não se moveu, exceto para desviar o rosto de um movimento que o acertaria em cheio. Quando ela terminou, ele ergueu a cabeça como quem sai de uma trincheira e pôs o dedo no lábio. Você não acertou aqui, disse ele, sério.

Bom.

Foi apenas um confronto sem grande importância. Já a briga que Beli teve com La Inca ao voltar para casa foi bem mais significativa — a mãe esperando com um cinto na mão — e, assim que a filha entrou em casa, exausta de tanto dançar, a outra, sob a luz do lampião, ergueu alto a tira de couro e os olhos brilhantes de Beli se fixaram nos dela. A cena primitiva entre mãe e filha materializada em todos os países do mundo. Vai em frente, madre, disse Beli, mas La Inca não conseguiu, a coragem se esvaiu. Hija, se voltar tarde assim de novo, vai ter que sair desta casa, e Beli exclamou, Pode ficar tranquila, não vai demorar pra eu ir embora. Naquela noite, a mãe se negou a deitar na cama com ela, indo para a cadeira de balanço e se recusou a falar com ela no dia seguinte também, indo trabalhar sozinha, a decepção tão colossal quanto um cogumelo atômico. Sem dúvida alguma, era com a mãe que ela deveria ter se preocupado, no entanto, no decorrer da semana, Beli só pensou no atrevimento daquele gordo descarado que (nas palavras dela) tinha arruinado sua noite. Quase todos os dias a jovem, quando dava por si, relatava as minúcias do confronto tanto para o revendedor da Fiat quanto para Arquimedes, só que cada vez que repetia a história ia acrescentando novos disparates, que, embora não fossem de todo verdade, assim lhe pareciam. Un bruto, xingou-o. Un animal. Quem ele pensa que é, aquél poco hombre, aquél mamahuevo! Ter a pachorra de tocar em mim!

Quer dizer que ele bateu em você?, perguntou o revendedor de carros, tentando, sem sucesso, fazer com que ela passasse a mão na perna dele. De repente, é o que eu devia fazer.

Então, vai apanhar que nem ele, disse Beli.

Arquimedes, que começara a se esconder dentro do armário quando ela ia vê-lo (caso a polícia secreta chegasse de repente), tachou o Gângster de burguês típico, sua voz chegando até a jovem através de todos os tecidos com que o revendedor lhe presenteara (e que estavam guardados na casa do outro). (Este aqui é um casaco de vison?, perguntou o universitário. É de pele de coelho, respondeu ela, mal-humorada.)

Eu devia até ter dado umas estocadas naquele cara, disse Beli a Constantina.

Muchacha, acho que ele é que devia ter dado umas estocadas em *você*.

Como assim, porra?

Pensa bem, você não para de falar dele.

Não, disse ela, brava. Não tem nada a ver.

Então, não fala mais do pentelho. Tina olhou para um relógio imaginário. Cinco segundos! Vai bater o recorde!

Beli se esforçou para não fazer alusão ao sujeito, mas não houve jeito. Seu antebraço doía nos piores momentos e ela via os olhos envergonhados por todos os lados.

A sexta-feira seguinte foi um grande dia no restaurante; os membros locais do Partido Dominicano organizaram um evento, e os empregados deram um duro danado até tarde da noite. Beli, que adorava uma confusão, demonstrou alguns dos seus magis para o trabalho pesado, e até José deixou o escritório para ajudar a cozinhar. Este presenteou o organizador do evento com uma garrafa do que denominou "rum chinês" que, na verdade, era Johnnie Walker com outro rótulo. Enquanto a turma do alto escalão apreciou muito o chow fun, o pessoal do campo brincou com o macarrão no prato, perguntando inúmeras vezes se tinha arroz con habichuelas e, claro, não tinha. De modo geral, o evento foi o maior sucesso, ninguém diria que ocorria uma guerra suja lá fora. Quando o último ébrio foi arrastado e metido em um táxi, Beli, que não estava nem um pouco cansada, perguntou para Tina: A gente pode voltar?

Para onde?

Para El Hollywood.

Mas a gente tem que trocar de...

Fica fria, eu já trouxe tudo.

E, quando menos se esperava, Beli estava à mesa dele.

Um dos cupinchas do sujeito quis saber: Ei, Dionisio, essa não é a garota que te dio una paliza na semana passada?

O dono do pedaço assentiu, taciturno.

O amigo a olhou de cima a baixo. Espero, para seu próprio bem, que ela não tenha voltado para terminar o que começou. Acho que você não ia sobreviver.

O que é que está esperando?, perguntou o dono do pedaço. O gongo?

Dança comigo. Naquele momento, foi a vez de Beli agarrá-lo e levá-lo para a pista.

Apesar de parecer uma tora de traje a rigor, o brutamontes se movia que era uma beleza. Cê veio atrás de mim, não veio?

A-há, confirmou e, só então, ela soube.

Ainda bem que você falou a verdade. Eu odeio mulher mentirosa. Ele colocou o dedo sob o queixo dela. Qual é o seu nome? Ela afastou o rosto. Eu me chamo Hypatía Belicia Cabral.

Não, disse ele, com a gravidade de um cafetão calejado. Seu nome é Linda.

O GÂNGSTER PROCURADO POR TODOS

Quanto Beli realmente sabia a respeito de Gângster nunca vamos saber. Segundo ela, o sujeito disse apenas que era um executivo. Claro que acreditei nele. E por que ia duvidar da palavra do cara?

Bom, o dono do pedaço era mesmo um homem de negócios, mas também um lacaio, por sinal, nem um pouco insignificante, do Trujillato. Não me entenda mal: nosso garoto não era um cavaleiro negro, nem um orc.

Por causa do silêncio de Beli em relação ao assunto e do desconforto que o pessoal ainda sente de discorrer sobre o regime, os detalhes a respeito do Gângster são bastante fragmentados. Vou relatar apenas o que eu consegui desvendar, e o restante vai ter que aguardar o dia em que as páginas en blanco forem preenchidas.

O Gângster nasceu em Samaná, nos primórdios dos anos 1920, o quarto filho de um leiteiro. Era um fedelho chegado a berreiros e infestado de vermes, por quem ninguém dava um tostão furado — opinião, aliás, compartilhada pelos pais, que o expulsaram da casa humilde quando ele tinha 7 anos. Mas o pessoal sempre subestima o efeito que a perspectiva de uma vida cheia de fome, necessidade e humilhação exerce na personalidade de um jovem. Já aos 12 anos, o garoto medíocre e esquálido demonstrava ter habilidade e intrepidez incomuns para a idade. Suas alegações de que tinha se "inspirado" no Ladrão de Gado Frustrado chamaram a atenção da Polícia Secreta e, antes que se terminasse de dizer SIM-salabim, nosso garoto estava se infiltrando em associações e denunciando sindicatos de esquerda e de direita. Aos 14, matou seu primeiro "comunista", um favor para o espantoso Felix Bernardino,[16]

---

16 Felix Wenceslao Bernardino, criado em La Romana, um dos agentes mais sinistros de Trujillo, seu Rei-Bruxo de Angmar. Era o cônsul de Cuba quando o líder dos trabalhadores Mauricio Báez foi eliminado de modo misterioso nas ruas de Havana. Diz-se que também esteve envolvido na tentativa fracassada de assassinar o dirigente exilado Angel Morales (os pistoleiros encontraram o secretário do sujeito fazendo a barba e, como o rosto dele estava coberto de espu-

e, pelo visto, o impacto foi tão espetacular, tão *intenso*, que meia Baní abandonou de imediato a RD, rumo à relativa segurança de Nueva York. Com o dinheiro que ganhou, ele comprou um terno novo e quatro pares de sapatos.

A partir daquele momento, nada mais conteria nosso jovem vilão. Na década seguinte fez incontáveis viagens a Cuba, envolveu-se com extorsão, lavagem de dinheiro, roubo e contrafação — tudo em prol da Glória Eterna do Trujillato. Correu até o boato, nunca corroborado, de que foi nosso Gângster que exterminou Mauricio Báez, em Havana, em 1950. Vai saber! Mas, que é bem provável, é; àquela altura, ele tinha feito contatos secretos no submundo havano e, obviamente, trucidava filhos da puta sem o menor remorso. Não há, no entanto, nenhuma prova concreta. De que ele era o preferido de Johnny Abbes e Porfirio Rubirosa não resta dúvida. Possuía um passaporte especial do Palácio e, grau de major, em uma sucursal qualquer da Polícia Secreta.

Nosso Gângster tornou-se habilidoso em vários cambalachos, mas a área de atuação em que mais sobressaía, batia recordes e ganhava medalhas de ouro, era o tráfico humano. Naquela época, como hoje em dia, Santo Domingo estava para a popóla como a Suíça está para o chocolate. E algo no encarceramento, na venda e na degradação de mulheres dava vazão às melhores qualidades do sujeito; o cara tinha instinto, talento para a coisa — pode chamá-lo de Caracaracol de Culo. Aos 22 anos, já administrava a própria cadeia de bordéis na capital e seus arredores e tinha residências e automóveis em três países. Nunca deixou o Ladrão de Gado Frustrado na mão, fosse o assunto dinheiro, honraria ou traseiro de primeira da Colômbia, e era tão leal

---

ma de barbear, confundiram o cara com o Morales e cravaram seu corpo de balas). Além disso, Felix e a irmã, Minerva Bernardino (primeira mulher do mundo a ser embaixadora das Nações Unidas), estavam em Nova York quando Jesus de Galíndez desapareceu — de modo igualmente enigmático — a caminho de casa, na estação de metrô Columbus Circle. Nada como fazer viagens armado e reviver o bangue-bangue de Paladino do Oeste. Pelo visto, o poder de Trujillo nunca o deixou; o patife morreu idoso em Santo Domingo, trujillista até o fim, preferindo afogar seus empregados haitianos a pagá-los.

ao regime que certa vez matou um cara num bar só porque ele pronunciou errado o nome da mãe do Canalha. Isso, sim, é que é homem, teria dito Trujillo, Um homem *de verdade*.

E a devoção do Gângster não passou despercebida. Em meados dos anos 1940, não era mais um simples especulador bem pago; começava a se tornar alguien. Já podia ser visto nas fotografias em companhia dos três reis-bruxos: Johnny Abbes, Joaquín Balaguer e Felix Bernardino. Apesar de não existir nenhuma foto dele com El Jefe, não há como negar que os dois comiam e falavam merda juntos. Pois foi o próprio Grande Olho que permitiu que Gângster cuidasse das concessões da família Trujillo na Venezuela e em Cuba e, sob a cruel administração do jovem trapaceiro, o retorno financeiro do investimento nas trabalhadoras sexuais triplicou. Na década de 1940, no auge, viajava de um lado para o outro das Américas, de Rosario a Nueva York e, no melhor estilo cafetão-daddy, ficava em hotéis cinco estrelas, transava com as gatas mais quentes (porém, sem nunca perder o gosto sureño por morenas), jantava nos restaurantes chiques, confabulava com criminosos do mundo inteiro.

Eterno oportunista, fazia negociatas aonde quer que fosse. Malas e malas de dólares o acompanhavam nas idas e vindas. Entretanto, sua vida nem sempre era um mar de rosas. Inúmeros atos violentos, incontáveis espancamentos e esfaqueamentos foram perpetrados. Ele próprio tinha sido vítima de várias tentativas de assalto e, após cada tiroteio, cada guinada de carro em fuga, sempre penteava o cabelo e ajeitava a gravata, um reflexo de janota. O sujeito era gângster legítimo, malandro que pegava pesado, vivendo a vida que inspirava as cenas ilusórias das rimas do rap.

Foi também nesse período que seu longo galanteio com Cuba se solidificou. O cafetão podia até ter uma queda pela Venezuela e suas inúmeras mulatas de pernas longas, desejar as belezuras altas e frias da Argentina, ficar extasiado com as incomparáveis morenas do México, mas foi Cuba que conquistou seu coração e lhe deu a sensação de estar em casa. Dizer que passava seis meses por ano em Havana seria uma estimativa modesta — é bom ressaltar que, em homenagem à sua preferência, o codinome escolhido para ele pela Polícia Secreta foi MAX GÓMEZ. Tão frequentes eram suas viagens até essa capital, que foi mais questão de inevitabilidade do que azar que, no Ano Novo de 1958, a noite em que Fulgencio Batista sacó los pies de Havana e toda a América Latina mudou, o Gângster estivesse se divertindo com Johnny Abbes lá mesmo, lambendo uísque dos umbigos de putas menores de idade, quando as guerrilhas chegaram a Santa Clara. Foi só o aparecimento oportuno de um dos informantes do dominicano que os salvou. Melhor darem o fora agora ou vão pendurar vocês pelos huevos! Numa das maiores gafes da história do serviço de informações da RD, Johnny Abbes quase não conseguiu sair de Havana naquela noite. Os dominicanos saíram, literalmente, no último avião, que decolou às pressas, a face do cafetão pressionada contra a janela, para nunca mais regressar.

Quando Beli conheceu o Gângster, aquele infame voo à meia-noite ainda o assombrava. Além das conexões financeiras, Cuba era uma parte importante do seu prestígio — da sua masculinidade, na verdade —, e nosso homem se recusava a aceitar o fato de que o país caíra nas mãos de uma trupe imprestável de estudantes. Ele se sentia melhor em alguns dias do que em outros, mas bastava escutar as últimas notícias sobre as atividades revolucionárias para ele passar a mão nos cabelos e esmurrar a parede mais próxima. Não se passava um dia sequer sem que ele criticasse Batista (Aquele animal! Aquela besta!) ou Castro (Aquele comunista filho de uma égua!) ou o chefe da CIA Allen Dulles (Aquele desmunhecado!), que não tinha conseguido impedir a irrefletida Anistia do Dia das Mães que liberou Fidel e os outros moncadistas, permitindo que lutassem outra vez. Se Dulles estivesse bem aqui na minha frente, eu dava um tiro na cara dele e, depois, bem no focinho da mãe do demente, vociferou para Beli.

A vida, pelo visto, tinha dado um duro golpe no Gângster, que ficou sem saber como agir. O futuro parecia sombrio; sem dúvida, ele sentiu a própria mortalidade e a de Trujillo, na queda de Cuba. Talvez por esse motivo tenha dado em cima de Beli de imediato. Afinal, que cara hétero de meia-idade nunca tentou se renovar por meio da alquimia da vagina de uma jovem? E, se o que Beli sempre dizia à filha fosse verdade, tinha a mais gostosa da parada. O istmo sexy da sua cintura já bastava para atrair mil yolas e, apesar dos rapazes da classe alta ficarem com um pé atrás e não se aproximarem dela, o Gângster era um cara mundano, que tinha trepado com tanta prieta que já tinha perdido a conta e não ligava para essa zorra. O que ele queria agora era chupar os peitos enormes de Beli, trepar com ela até que sua xoxota virasse puro suco de manga, deixá-la fora de si para deixar de pensar em Cuba e em seu fracasso. Como dizem os viejos, clavo saca clavo, e só uma jovem como Beli podia tirar a ruína do país da mente do mané.

No início, Beli tinha suas restrições em relação ao Gângster. Seu amor ideal havia sido Jack Pujols, e ali estava aquele Calibã de meia-idade, que pintava os cabelos e tinha tufos de pelos no ombro e nas costas. Mais um árbitro da terceira base no beisebol do que um Avatar de seu Futuro Glorioso. Mas nunca se deve subestimar o poder da perseverança, ainda mais quando incentivada por lana e privilégio. O Gângster conquistou a garota como só caras de meia-idade sabem fazer: foi eliminando suas ressalvas com muito jogo de cintura e lleno de ginga. Fez chover flores diante da jovem, em quantidade suficiente para adornar toda Azua, e esquentou seu coração enviando rosas para seu trabalho e sua casa. (É romântico, suspirou Tina. É vulgar, protestou La Inca.) Convidou Beli para ir aos restaurantes mais exclusivos da capital, levou-a para as boates que nunca antes permitiram a entrada de uma pessoa prieta que não fosse da banda (o cara era mesmo poderoso — conseguir furar a restrição contra os *negros*), lugares como o Hamaca, o Tropicalia (mas, infelizmente, não o Country Club, nem ele tinha cacife para tanto). Mimou-a com muelas de primeira (eu soube até que ele pagou alguns Cyranos universitários para tirá-las). Foi com ela assistir a peças, filmes, shows, encheu seu armário de roupas e sua cômoda de joias falsas, apresentou-a aos ricos e famosos, entre eles, certa vez, Ramfis Trujillo. Melhor dizendo, o sujeito expôs a mina para o mundo todo (ao menos o circunscrito na RD), e você se surpreenderia ao constatar que, até mesmo uma mulher obstinada como Beli, comprometida que estava com a noção idealizada do amor, acabou revendo sua posição, por causa dele.

O Gângster era um sujeito complicado (alguns diriam cômico), afável (alguns diriam burlesco) que tratava Beli com muita ternura e consideração e, nas suas mãos (literal e metaforicamente), concluiu-se a educação da moça, iniciada no restaurante. Bien sociável, ele gostava de estar em todas, de ver e de ser visto, o que concatenava com os próprios sonhos da moça. No entanto, era un hombre assolado pelas ações do passado. Por um lado, sentia orgulho do que havia conseguido. Venci na vida sozinho, disse ele a Beli, sem a ajuda de ninguém. Hoje tenho carros, casas, luz elétrica, roupas, prendas, mas, quando eu era niño, não tinha nem um par de sapatos. Nem unzinho sequer. Não tinha família, era órfão. Está me entendendo?

Ela, igualmente órfã, compreendia perfeitamente.

Por outro lado, ele se atormentava com os crimes. Quando enchia a cara, o que sempre ocorria, balbuciava coisas do tipo, Se você soubesse das diabluras que já fiz, não estaria aqui agora. E havia noites em que seus gritos acordavam Beli. Não quis fazer isso! Não agi de propósito!

E foi numa dessas ocasiões, enquanto ela embalava sua cabeça e enxugava suas lágrimas, que se deu conta, assustada, de que o amava.

Beli apaixonada! Segundo assalto! Mas, ao contrário do que houve com Pujols, aquele amor era puro e não adulterado, o Santo Graal que tanto atormentaria seus filhos ao longo de suas vidas. Considere que Beli tinha ansiado, agonizado, por uma oportunidade de amar e ser amada (não muito tempo na vida real, mas uma eternidade no cronômetro da sua adolescência). Nunca tinha tido a chance na infância perdida e, nos anos subsequentes, sua ânsia duplicara, duplicara como uma katana sendo forjada até ficar mais afiada que a verdade. Com o Gângster, nossa garota finalmente teve sua oportunidade. Por acaso é de surpreender que nos últimos quatro meses da relação houvesse tanta demonstração de afeto? Como esperado: ela, fruto da Queda, destinatária de suas irradiações mais fortes, estava amando atomicamente.

Quanto ao Gângster, àquela altura certamente já teria se cansado daquele objeto de tamanha devoção; no entanto, aterrado pelos furacões da história, ele se viu retribuindo, e passando cheques orais que seu traseiro jamais seria capaz de cobrir. Prometeu a Beli que, quando os problemas com os comunistas acabassem, iria levá-la para Miami e Havana. Eu vou te dar casas nos dois lugares, pra que veja quanto te amo!

Uma casa?, sussurrou ela. Os cabelos espetados. Está mentindo pra mim.

Eu não minto. Quantos quartos você quer?

Dez? respondeu ela, sem muita convicção.

Dez não é nada. Melhor 20!

As ideias mirabolantes que ele meteu na sua cabeça! Devia até ser preso por isso. E, pode crer, La Inca considerou a possibilidade. Não passa de um aproveitador!, condenava ela. Usurpador de inocência! Há indícios sólidos de que a mãe tinha razão, o Gângster era simplesmente um velho chulo explorando a *naïveté* de Beli. Mas, se você encarasse a situação de um ponto de vista, digamos, mais generoso *poderia* argumentar que o sujeito adorava nossa garota e que a adoração era um dos melhores presentes que alguém já lhe dera. Fez um bem enorme para ela, que sentiu os efeitos nas entranhas. (*Pela primeira vez, tive a sensação de ser dona da minha própria pele, senti que ela era eu e vice-versa.*) O sujeito fazia com que se sentisse guapa e desejada e segura, algo que ninguém tinha feito antes. Ninguém. Nas noites que ficavam juntos, ele passava a mão pelo corpo nu dela, Narciso tocando na sua lagoa, sussurrando: Guapa, guapa, seguidas vezes. (Não se importava com a cicatriz da queimadura nas costas da moça: Parece o desenho de um ciclón, e *é* o que tu é, mi negrita, una tormenta en la madrugada.) O velho voluptuoso conseguia fazer amor com Beli do nascer ao pôr do sol; foi ele que ensinou a ela tudo sobre seu corpo, os orgasmos, os ritmos, que disse, Tu tem que ser ousada, e há que se reconhecer essa atitude, indiferentemente do que acontece no final.

Foi esse o caso que incinerou de vez a reputação de Beli em Santo Domingo. Ninguém em Baní sabia bem quem o Gângster era e o que fazia (mantinha seus negócios debaixo de sete chaves), mas já era bastante ele ser um homem. Nas mentes dos vizinhos da jovem, aquela prieta comparona finalmente tinha encontrado sua posição na vida, como cuero. Os mais velhos me contaram que nos últimos meses na RD, Beli passou mais tempo dentro dos motéis que na escola — um exagero, tenho certeza, porém, era um sinal de como ela havia caído no conceito do pueblo. E ela tampouco ajudou. Que má perdedora: agora que saltara para uma camada mais privilegiada, andava empertigada pelo bairro, exultante, lançando olhares de desdém a tudo e a todos que não fossem o Gângster. Considerando o barrio um "inferno" e os vizinhos uns "brutos" e "cochinos", gostava de se vangloriar, afirmando que moraria em Miami em breve, que não teria que aguentar aquele submundo por muito tempo. Nossa garota já não mantinha um pingo de respeitabilidade em casa. Ficava fora até altas horas da noite e fazia permanente no cabelo quando lhe dava na telha. La Inca já não sabia mais o que fazer com ela; todas as vizinhas a aconselhavam a surrá-la até que virasse um farrapo (talvez até tenha que matá-la, diziam, com pesar), no entanto, a mãe não conseguia expressar o que significara encontrar a garota queimada trancafiada num galinheiro tantos anos atrás, não conseguia explicar como aquela visão penetrara na sua cabeça e mudara tudo, de maneira que agora não tinha forças para levantar a mão contra a moça. Mas nunca deixou de tentar fazer com que criasse juízo.

O que aconteceu com a universidade?

Eu não quero ir pra universidade.

Então, o que é que vai fazer? Namorar Gângster a vida inteira? Seus pais, que Deus os tenha, queriam mais para você!

Eu já pedi pra senhora não falar dessa gente comigo. A senhora é pai e mãe pra mim.

E olha só como você tem me tratado. Que belo tratamento tem me dispensado. Acho que o pessoal tem razão, prosseguia La Inca, desesperada. Talvez você esteja amaldiçoada.

A filha riu. Pode ser que a senhora esteja, eu não.

Até os chinos foram obrigados a reagir à mudança de atitude de Beli. Nós deixa menina ir, avisou Juan.

Eu não entendi.

Ele umedeceu os lábios e tentou de novo. Nós deixa menina ir.

Você está despedida, explicou José. Por favor, deixe o avental no balcão.

O Gângster ficou sabendo e, no dia seguinte, alguns dos seus capangas foram fazer uma visitinha ao restaurante dos Brothers Then, e imagine você que logo depois nossa garota foi readmitida. Porém, já não foi como antes. Os irmãos não falavam com ela, não jogavam conversa fora sobre a mocidade na China e nas Filipinas. Depois de alguns dias de tratamento gélido, Beli caiu na real e não apareceu mais lá.

E agora perdeu o emprego, La Inca enfatizou.

Eu não preciso de trabalho. Ele vai comprar uma casa pra mim.

Um cara que até hoje nem levou você para a casa dele vai dar uma de presente? E você ainda acredita nele? Ah, hija.

Sim, senhor: ela acreditava.

Afinal de contas, estava apaixonada! O mundo se encontrava em rebuliço — Santo Domingo envolto num colapso total, o Trujillato titubeando, barricadas policiais em todas as esquinas — e até os jovens com quem Beli tinha estudado, os mais brilhantes e os melhores, vinham sendo arrebatados pelo Terror. Uma garota do El Redentor contou a ela que o irmão menor de Jack Pujols tinha sido pego tramando contra El Jefe e que nem a influência do coronel pôde evitar que arrancassem um dos olhos do rapaz com choques elétricos. Beli nem quis saber! Afinal de contas, estava apaixonada! Apaixonada! Não que ela tivesse o número do telefone ou o endereço do Gângster (mau sinal número um, garotas), que, aliás, costumava desaparecer durante dias, sem dar sinal de vida (mau sinal número dois) e, agora que a guerra de Trujillo contra o mundo chegava a seu crescendo amargo (e agora que o Gângster estava com Beli na palma da mão), os dias se tornavam semanas; quando o sujeito reaparecia dos "negócios", cheirava a cigarro e temor e só queria saber de trepar e, em seguida, bebia uísque e falava sozinho à janela do motel. Seu cabelo, percebeu Beli, ficara mais branco. Não que ela aceitasse de bom grado aqueles sumiços. Faziam com que passasse por maus bocados diante de La Inca e dos vizinhos, que sempre perguntavam com doçura, Cadê o teu salvador agora, o Moisés? Claro que Beli o defendia contra toda e qualquer crítica, nenhum malandro contava com melhor advogada; mas, quando o sujeito dava as caras, ela caía em cima. Fazia expressão amuada quando ele aparecia com flores, obrigava o sujeito a levá-la para os restaurantes mais caros, enchia o saco do cara dia e noite, exigindo que a tirasse daquele bairro, perguntava que merda ele tinha aprontado nos últimos x dias, tagarelava sobre os casamentos que vira no *Listín*, e, para que você veja que os questionamentos de La Inca não chegaram a ser de todo desperdiçados, queria saber quando ele ia levá-la para conhecer sua casa. Hija de la gran puta, por que continua jodiéndome? A gente está no meio de uma guerra aqui! Ele permaneceu em cima dela, de camiseta, agitando a pistola. Não sabe o que é que os comunistas fazem com garotas como você? Eles vão te pendurar pelas suas tetas lindas. Daí, vão cortas elas fora, como fizeram com as putas em Cuba!

Durante uma das longas ausências do Gângster, Beli, entediada e louca para escapar do *schadenfreude*, do sadismo dos vizinhos, resolveu andar no Expresso Desmancha-Prazeres uma última vez — em outras palavras, foi rever seus antigos paqueras. À primeira vista, queria terminar tudo de modo formal, mas, a meu ver, ela estava apenas se sentindo deprimida e queria receber atenção masculina. Até aí, tudo bem. Só que, então, ela cometeu o erro de contar para aqueles hombres dominicanos que surgira um novo amor em sua vida e que estava apaixonada. Minhas caras: jamais façam isso. É tão sábio quanto dizer ao juiz que está prestes a anunciar sua sentença que naquele dia você tinha trepado com a mãe dele. O revendedor de carros, sempre tão gentil, tão íntegro, jogou uma garrafa de uísque nela, gritando, Por que eu deveria ficar feliz por uma mona estúpida e fedorenta? Os dois estavam no apartamento do sujeito, no Malecón — Pelo menos, o cara te levou até a casa dele, ressaltaria Constantina, mais tarde —, e, se ele fosse um direitista ferrenho, ela teria levado uma surra, talvez até sido estuprada e assassinada, mas aquele objeto atirado a toda a velocidade só roçou em Beli e, então, foi a vez dela arremessar. Ela se livrou do sujeito com quatro lances na cabeça, usando a mesma garrafa de uísque que ele jogara nela. Dali a cinco minutos, já num táxi, descalça e ofegante, ela foi detida pela Polícia Secreta, acionada por testemunhas que a viram correndo, e só quando a interrogaram ela percebeu que ainda segurava a garrafa e que, em um de seus lados, havia fios ensanguentados do cabelo louro e liso do revendedor.

(*Quando ouviram minha versão da história me deixaram ir embora.*)

Numa atitude louvável, Arquimedes se safou de um jeito mais maduro. (Talvez porque Beli tenha contado primeiro a ele e ainda não enlouquecera de raiva.) Após sua confissão, a jovem ouviu um "barulhinho" no armário em que o estudante se achava escondido, e nada mais. Após cinco minutos de silêncio, sussurrou para ele, Melhor eu ir. (Nunca mais o viu pessoalmente, só na TV, fazendo discursos; anos depois, Beli se perguntaria se ele ainda pensava nela, tal como ela, nele.)

O que é que você andou aprontando?, indagou o Gângster, quando apareceu na vez seguinte.

Nada, respondeu ela, jogando os braços em torno do seu pescoço, nada mesmo.

Um mês antes de tudo estourar, ele a levou a um dos seus lugares prediletos em Samaná. A primeira viagem de verdade que fizeram juntos, uma oferta de paz estimulada por uma ausência particularmente prolongada, uma nota promissória para futuras excursões. Para os capitaleños que nunca saem no dia 27 de Febrero ou que pensam que Güaley é o Centro do Universo: Samaná es una chulería. Um dos autores da Bíblia do rei Tiago viajou ao Caribe, e muitas vezes penso que foi um lugar como Samaná que ele tinha em mente quando se sentou para escrever os capítulos sobre o Éden. Pois era um paraíso, um meridiano abençoado em que mar e sol e verde se associaram, produzindo uma gente batalhadora que não pode ser generalizada por nenhuma prosa pomposa.[17] O Gângster estava de bom humor, a guerra contra os subversivos tomava vulto, pelo visto. (A gente pegou o pessoal fugindo, exultou ele. Logo, vai tudo entrar nos eixos.)

Quanto a Beli, ela se lembrou daquela viagem como o momento mais divertido que teve na RD. Nunca mais ouviria o nome *Samaná* sem se lembrar daquele final de primavera da sua juventude, quando estava no apogeu e ainda era jovem e graciosa. Para sempre aquela cidade despertaria lembranças daqueles momentos de lascívia, da barba por fazer do Gângster arranhando seu pescoço, do som do mar do Caribe cortejando aquelas praias impecáveis, sem pousadas; jamais se esqueceria da segurança que sentira, da esperança.

Três fotos daquela viagem e, em todas, Beli sorri.

Os dois fizeram tudo o que nós, dominicanos, adoramos fazer nas nossas férias. Comeram pescado frito e atravessaram o rio. Caminharam pela praia e encheram a cara de rum. Era a primeira vez que a jo-

---

17 No meu primeiro esboço, Samaná era, na verdade, Jarabacoa, mas aí minha amiga Leonie, moradora especialista em todos os assuntos domo, destacou que não existem praias nessa área. Lindos rios, mas nenhuma praia. Leonie também me informou que o perrito (veja os parágrafos iniciais do primeiro capítulo, "Nerd do gueto no fim do mundo") só veio a se popularizar no final dos anos 1980 e primórdios dos anos 1990, só que foi um detalhe que não deu para mudar, gostei demais da imagem. Perdoem-me, historiadores de danças populares, perdoem-me!

vem controlava o próprio espaço, então, enquanto o Gângster cochilava tranquilo na hamaca, ela se mantinha ocupada dando uma de esposa, criando um esboço da casa em que viveriam em breve. Pela manhã, submetia a cabana à mais pungente das limpezas e espalhava em cada canto iluminado e em todas as janelas ramos de flores silvestres e, por meio da troca de produtos e pescados com os vizinhos, preparava uma refeição espetacular após a outra — revelando os talentos que adquirira durante os Anos Perdidos — e a satisfação do amante, os tapinhas que dava na barriga, os elogios inequívocos, a suave emissão de gases quando ele se deitava na hamaca, eram música para os ouvidos da jovem! (Na sua mente se tornara esposa dele em todos os sentidos, exceto o legal.)

Beli e o Gângster conseguiram até realizar diversos tête-à-tête. No segundo dia, depois que ele mostrou a ela sua antiga casa, agora abandonada e destroçada por furacões, ela perguntou: Você sente falta de ter uma família?

Os dois se encontravam no único restaurante bom da cidade, onde El Jefe costumava jantar quando ia até lá (contam isso até hoje). Está vendo aquela gente? O Gângster apontou na direção do bar. Toda essa gente tem família, dá pra dizer olhando pra cara de cada um, os sujeitos têm famílias que dependem deles, assim como eles também dependem delas, acontece que pra alguns isso é bacana, pra outros não funciona. No fim a porra toda dá na mesma, porque nenhum deles é livre. Não podem fazer o que querem, nem ser o que deveriam ser. Pode ser que eu não tenha ninguém neste mundo, mas, pelo menos, eu sou livre.

Ela nunca tinha ouvido alguém falar dessa forma. *Eu sou livre* não era lá um refrão popular na Era de Trujillo. Mas aquilo lhe pareceu familiar, levou-a a compreender melhor La Inca, os vizinhos e a sua vida ainda incerta.

Eu sou livre.

Quero ser como você, disse ela ao amante alguns dias depois, enquanto comiam os caranguejos que ela cozinhara com molho achiote.

Ele acabara de discorrer sobre as praias nudistas de Cuba. Tu teria sido a rainha do pedaço, comentou, beliscando o mamilo dela e rindo.

Como assim, quer ser como eu?

Eu quero ser livre.

Ele sorriu e acariciou seu queixo. Então, tu vai ser, mi negra bella.

No dia seguinte, a redoma em que estavam por fim se quebrou, e os problemas do mundo real entraram de supetão. Uma motocicleta conduzida por um policial imenso de gordo chegou à cabana. Capitán, precisam do senhor em el Palacio, disse, sem tirar o capacete. Mais dificuldades com os subversivos, ao que parece. Vou mandar alguém te pegar, prometeu o Gângster. Espera, exclamou Beli, Eu vou junto, disse ela, pois não queria ficar só, de novo; no entanto, ou ele não escutou, ou não se importou. Espera, porra, gritou, frustrada. Porém, a moto não parou. Espera! A carona tampouco chegou. Felizmente, ela tinha adquirido o hábito de roubar dinheiro do amante enquanto ele dormia, para que pudesse se sustentar durante suas ausências; não fosse por isso, teria ficado encalhada naquela maldita praia. Depois de esperar oito horas feito uma parigüaya, Beli pegou a mala (deixou as tralhas dele na cabana) e caminhou, a vingadora em pessoa, no calor de rachar, pelo que pareceu ser a metade de um dia, até que, finalmente, encontrou um colmado, onde alguns campesinos curtidos compartilhavam cerveja morna enquanto o colmadero, sentado sob a única sombra à vista, espantava as moscas dos dulces. Quando perceberam que ela estava parada perto deles, levantaram-se com dificuldade. Àquela altura a raiva se dissipara, e Beli só esperava não ter que andar mais. Vocês conhecem alguém que tenha carro? E, ao meio-dia, já se encontrava num Chevy imundo, indo para casa. É melhor tu segurar a porta, avisou o motorista, senão ela cai.

Então, que caia, disse ela, com os braços firmemente cruzados.

A certa altura, os dois passaram por um daqueles vilarejos que brotam do nada e com frequência afetam as artérias entre as principais cidades, um aglomerado soturno de choças que aparentava haver sido deixado in situ por um ciclone ou outra calamidade. O único item à venda era uma carcaça de cabra pendurada numa corda de um jeito nada chamativo, despelada até a musculatura fibrosa, exceto pelo focinho, que permanecia intacto, como uma máscara funerária. Esse processo tinha sido feito havia pouco, pois a carne ainda oscilava sob uma moscaria. Beli não sabia se fora o calor ou se foram as duas cervejas que tomara enquanto o colmadero mandava chamar o primo ou a cabra despelada, ou as lembranças escassas dos Anos Perdidos, mas nossa garota seria capaz de jurar que um homem sentado numa cadeira de balanço diante de uma das choças *não tinha face* e acenou para ela quando passou, porém, antes que ela pudesse checar de novo, o pueblito desapareceu em meio à poeira. Você viu alguma coisa?, perguntou ela. O motorista soltou um suspiro, Olha só, dona, eu tenho que prestar atenção na estrada.

Dois dias depois do seu retorno, uma sensação de frio se instalara em seu âmago como se algo tivesse se afogado ali. Beli não sabia o que havia de errado, mas vomitava todas as manhãs.

Foi La Inca que se deu conta primeiro. Bom, você finalmente conseguiu. Está grávida.

Não estou, não, disse a filha, irritada, lavando a massa fétida da boca.

Mas estava.

REVELAÇÃO

Quando o médico confirmou os piores temores de La Inca, Beli deu um berro. (Jovenzinha, isto não é brincadeira, repreendeu o doutor.) A moça sentiu um misto de pavor extremo *e* enorme satisfação. Chegou a perder o sono de tão extasiada que ficou e, após a revelação, tornou-se estranhamente respeitosa e amável. (Quer dizer que agora está feliz? Meu Deus, menina, você é mesmo tapada!) Para Beli: ali estava. A mágica pela qual esperava. Pôs as mãos na barriga ainda reta e ouviu os sinos da igreja com toda a clareza, viu com os olhos da mente a casa prometida, com a qual sonhara.

Por favor, não conte para ninguém, implorou a mãe; no entanto, claro que ela revelou para a amiga Dorca que, por sua vez, fez a notícia vazar rua afora. Afinal de contas, quem conta um conto aumenta um ponto. O bochinche se espalhou naquele setor de Baní num piscar de olhos.

Quando o Gângster apareceu na vez seguinte, Beli tinha se enfeitado toda, pôs um vestido novo em folha, perfumou a roupa íntima com pétalas de jasmim, arrumou os cabelos e até fez as sobrancelhas, deixando-as em formato de circunflexo. Ele precisava cortar o cabelo e fazer a barba; os pelos que saíam de suas orelhas começavam a parecer uma colheita bastante lucrativa. Hum, com esse cheiro eu quero te saborear, sussurrou ele, beijando a curva suave do pescoço de Beli.

Adivinha o quê, perguntou ela, timidamente.

Ele ergueu o olhar. O quê?

PENSANDO MELHOR

Pelo que ela lembrava, ele nunca chegou a lhe dizer que se livrasse daquilo. Mas, tempos depois, quando estava morrendo de frio nos apartamentos de subsolo do Bronx, trabalhando até não poder mais, Beli chegou à conclusão de que o Gângster lhe disse, *sim,* exatamente isso. No entanto, como moçoilas apaixonadas de toda parte, apenas ouvira o que quisera ouvir.

A QUESTÃO DO NOME

Tomara que seja menino, comentou Beli.

Tomara mesmo, disse o Gângster, sem muito entusiasmo.

Encontravam-se deitados na cama de um motel. Sobre os dois, girava o ventilador, com as pás perseguidas por meia dúzia de moscas.

Qual vai ser o segundo nome?, quis saber a jovem, animada. Tem que ser um bem sério, porque ele vai ser médico, como mi papá. Antes que ele respondesse, disse: A gente vai dar o nome de Abelard.

Ele franziu a testa. Que nome mais maricón é esse? *Se* o bebê for menino, a gente vai pôr o nome de Manuel. Igual ao meu avô.

Achei que você não sabia quem era a sua família.

O Gânsgter se afastou. No me jodas.

Magoada, ela levou as mãos à barriga.

VERDADES E CONSEQUÊNCIAS 1

O amante contara a Beli muitas coisas ao longo da relação, mas omitira um pequeno detalhe: era casado.

Tenho certeza de que vocês já tinham adivinhado. Afinal de contas, estávamos falando de um *dominicano*! Mas aposto que não adivinharam com quem era casado.

Com uma Trujillo.

VERDADES E CONSEQUÊNCIAS 2

Estou falando sério. A esposa do Gângster era — que rufem os tambores, por favor — *a desgraçada da irmã do Trujillo*! Por acaso achou que um marginal de Samaná chegaria aos altos escalões do Trujillato à custa do próprio esforço? Irmão, por favor — isto não é uma maldita história em quadrinhos!

Sim, senhor, a irmã do Trujillo, carinhosamente conhecida como La Fea. Os dois se conheceram quando o Gângster farreava em Havana; ela era uma tacaña amarga, 17 anos mais nova. Trabalharam muito juntos vendendo traseiros e, em pouco tempo, ela começou a curtir a irresistível *joie de vivre* do cara. Ele a encorajou — sabia aproveitar uma fantástica oportunidade quando surgia — e, antes do término do ano, os dois já estavam cortando o bolo e colocando o primeiro pedaço no prato de El Jefe. Ainda tem gente por aí que afirma que La Fea tinha sido, na verdade, uma profissional da noite antes da ascensão do irmão, entretanto, isso parece ser mais calúnia do que qualquer outra coisa, como dizer que Balaguer gerou um monte de filhos ilegítimos e, daí, usou o dinheiro do povo para abafar tudo — espere aí, isso é verdade, mas a outra parte provavelmente não era — porra, é difícil saber ao certo o que tem e o que não tem fundamento num país tão baká quanto o nosso — só se sabe que o período anterior à subida do irmão tornara La Fea una mujer bien fuerte y bien cruel; pendeja é que não era. Devorava garotas como Beli como se fossem pan de água — estivesse Dickens no controle, ela gerenciaria um bordel — mas, alto lá, ela *realmente* administrava prostíbulos! Bom, na certa Dickens a poria a cargo de um orfanato. Mas a mulher era uma daquelas personagens que só uma cleptocracia teria concebido: centenas de milhares no banco e nem um yuan sequer de piedade na alma; trapaceou todos os parceiros de negócios, inclusive o irmão, já tendo levado precocemente ao túmulo dois comerciantes respeitáveis ao extorqui-los até a última mota. Sentada na casa imensa em La Capital como uma laracna na teia, o dia todo controlando as contas e dando ordens aos subordinados, em certas noites dos fins de semana ela oferecia tertúlias em que as "amigas" se reuniam para aturar horas de poesias declamadas pelo filho absurdamente desafinado (do seu primeiro casamento; ela e o Gângster não tinham filhos). Bom, um belo dia de maio uma empregada apareceu à sua porta.

Dê o fora, disse La Fea, um lápis na boca.

Uma inalada. Doña, tenho notícias.

Notícias sempre há. Dê o fora.

Uma expirada. Notícias do seu marido.

À SOMBRA DO JACARANDÁ

Dois dias depois, Beli passeava pelo Parque Central bastante atordoada. Seus cabelos já tinham visto melhores dias. Ela fora caminhar porque não aguentava mais ficar em casa com La Inca e, agora que perdera o emprego, já não tinha outra escolha. Estava mergulhada nos seus pensamentos, uma das mãos na barriga, a outra na cabeça latejante. Pensava na discussão que ela e o Gângster haviam tido no início da semana. De péssimo humor, ele bradara, de repente, que não queria trazer um bebê a um mundo tão terrível quanto aquele, e Beli retrucara que a situação não era tão ruim em Miami e, em seguida, ele lhe dissera, agarrando sua garganta, Se está com tanta pressa assim, então, por que não vai nadando até lá? O amante não tentara contatá-la desde a discussão, e ela resolvera passear na esperança de vê-lo. Como se ele ficasse em Baní. Os pés da jovem estavam inchados, a cabeça irradiando ondas extras de dor para o pescoço e, para completar, dois brutamontes com topetes iguais agarraram seus braços e a arrastaram até o meio do parque, onde uma senhora bem-vestida se encontrava sentada, sob um jacarandá decrépito. Luvas brancas e um colar de pérolas no pescoço. Inspecionando Beli com olhos de iguana inflexíveis.

Sabe quem sou eu?

Não faço a menor ideia de quem carajo...

Soy Trujillo. Também esposa do Dionisio. Chegou aos meus ouvidos que você anda dizendo por aí que vai se casar com ele *e* que está esperando um filho. Bom, vim aqui para lhe informar, mi monita, que não vai fazer nenhum dos dois. Estes dois agentes grandalhões e eficientes vão acompanhá-la até o médico e, depois que ele tiver retirado esse seu totó podrido, já não terá bebê do qual falar. E, então, será melhor para você que eu nunca mais veja essa sua cara negra de culo de novo, porque, se isso acontecer, pode ter certeza de que vai virar ração para meus cães. Mas já chega de conversa fiada. Você tem hora marcada. Pode se despedir agora, não quero que chegue atrasada.

Embora Beli tivesse tido a sensação de que a velha rabugenta jogara óleo fervente em seu corpo, ainda teve a coragem de dizer, Cómeme el culo, sua vieja feia e asquerosa.

Vamos, Elvis Um ordenou, torcendo o braço dela nas costas e, com a ajuda do outro, arrastando-a pelo parque até o local em que um automóvel estava estacionado de modo agourento, ao sol.

Déjame, ela gritou, e, quando ergueu o rosto, notou que havia outro agente sentado no carro e, quando este se virou para ela, percebeu que ele *não tinha face*. Toda força se esvaiu de seu corpo.

Isso mesmo, calminha agora, disse o maior.

Que triste fim teria sido se a sorte da nossa garota não tivesse mudado e ela não tivesse visto José Then regressando a passos lentos de uma das idas ao cassino, com um jornal enrolado debaixo do braço. Beli tentou dizer seu nome, mas, como naqueles pesadelos que todos temos, não restava alento em seu pulmão. Só quando tentaram obrigá-la a entrar no veículo e a sua mão encostou no cromo pelando do carro, que ela encontrou forças. José, sussurrou ela, por favor, me ajude.

E então o feitiço se rompeu. Cala essa boca! Os Elvis golpearam sua cabeça e suas costas, mas foi tarde demais, José Then já corria até lá e, atrás dele, um milagre, vinham o irmão Juan e o resto da equipe do Palácio Pequim: Constantina, Marco Antonio e Indian Benny. Os policiais tentaram sacar as armas, mas Beli se atirou em cima deles e, em seguida, José encostou o cano da pistola na cabeça do grandalhão e todos ficaram imóveis, exceto, claro, Beli.

Seus hijos de puta! Estou grávida! Entenderam? Grávida! Ela se virou até o local em que a velha rabugenta tinha se acomodado; mas ela *desaparecera misteriosamente*.

A garota está sendo presa, explicou um dos gigantes, impaciente.

Não está, não. José puxou Beli dos braços deles.

Sozinha deixa!, gritou Juan, com um facão em cada mão.

Olha só, chino, cê não sabe o que está fazendo.

Este chino aqui sabe exatamente o que está fazendo. José engatilhou a pistola, um ruído mais pavoroso, como uma costela partindo. O rosto contraído deixou transparecer tudo o que havia perdido. Corra, Beli, ordenou ele.

E a jovem correu, as lágrimas escorrendo pela face, mas, antes, deu um último chute nos grandalhões.

Mis chinos, contou ela à filha, salvaram minha vida.

HESITAÇÃO

Beli também deveria ter corrido sem parar, mas foi direto para casa. Dá para acreditar? Como todos os outros nesta maldita história, não tinha noção da merda em que tinha se metido.

O que houve, hija?, La Inca perguntou, deixando a frigideira de lado e abraçando a garota. Você tem que me contar.

Beli balançou a cabeça, sem fôlego. Trancou bem a porta, fechou as janelas e, em seguida, encolheu-se na cama, segurando uma faca, tremendo e chorando, o frio no estômago cada vez mais intenso. Eu quero o Dionisio, choramingou. Eu quero agora!

O que é que *aconteceu*?

A filha deveria ter gritado, sabe, mas precisava ver seu amante, queria que ele explicasse o que estava ocorrendo. Apesar de tudo o que acabara de transpirar, ainda alimentava a esperança de que ele daria um jeito, de que sua voz brusca ainda apaziguaria seu coração, dando um basta ao temor brutal que consumia suas entranhas. Pobre Beli. Acreditava no Gângster. Foi leal até o fim. Motivo pelo qual, horas depois, quando uma vizinha gritou, Oye, Inca, o novio está aqui fora, ela pulou da cama como se tivesse sido arremessada por uma catapulta eletromagnética, passou voando por La Inca, pela precaução e correu descalça até o local em que o veículo a esperava. Na escuridão, não percebeu que, na verdade, não era o carro dele.

Sentiu nossa falta?, perguntou Elvis Um, algemando seus pulsos.

Ela tentou gritar, porém, era tarde demais.

LA INCA, A DIVINA

Depois que a filha saiu às pressas de casa, La Inca foi informada pelos vizinhos de que a Polícia Secreta a havia levado e soube, no fundo do coração endurecido, que os dias da moça estavam contados, que a Maldição dos Cabral conseguira se infiltrar em seu círculo familiar, por fim. Parada nos limites do bairro, rígida como um poste, contemplando sem esperança a noite, sentiu uma onda de desespero tomar conta de si, tão infindável quanto nossas necessidades. Um milhão de razões poderia explicar o motivo do ocorrido (a começar, claro, pelo execrável Gângster), porém, nenhuma tão importante quanto o fato de que já havia acontecido. Desamparada em meio à escuridão cada vez maior, sem um contato, um endereço ou um parente en el Palacio, La Inca quase sucumbiu, deixando-se levar ingenuamente pela maré, como um emaranhado de algas que a correnteza arranca dos recifes brilhantes da fé e carrega às profundezas obscuras. No entanto, nesse momento atribulado, uma determinada mão se estendeu, e ela se lembrou de quem era. Myotís Altagracia Toribio Cabral. Uma das Poderosas do Sur. *Você tem que salvá-la*, disse o espírito de seu marido, *ou ninguém mais o fará*.

Afugentando o cansaço, La Inca se pôs a fazer o que muitas mulheres com a mesma criação teriam feito. Postou-se ao lado da imagem de La Virgen de Altagracia e rezou. Nós, plátanos pós-modernos, tendemos a considerar atávica a devoção católica das nossas viejas, uma regressão constrangedora ao passado, mas é exatamente nesses instantes, quando toda a esperança já se esvaiu, quando o fim se aproxima, que o poder da prece se revela.

E vou lhes dizer uma coisa, Fiéis Seguidores: nos anais da devoção dominicana nunca se viu tanta oração. Os rosários passando pelos dedos de La Inca como linha pelas mãos de um pescador condenado. E, antes que se pudesse terminar de dizer Santo! Santo! Santo!, um bando de mulheres se uniu a ela, jovens e velhas, ferozes e mansas, alegres e sérias; até mesmo as que haviam criticado a garota, chamando-a de prostituta, chegaram sem ser convidadas e se puseram a rezar sem nem um resmungo. Dorca estava lá, junto à esposa do dentista e a inúmeras outras. Em um instante, o ambiente ficou cheio de fiéis, vibrando com espírito tão denso que, segundo os boatos, até o próprio Diabo se viu obrigado a evitar o Sur por meses após o evento. La Inca nem se deu conta. Um furacão poderia ter carregado toda a cidade e, ainda assim, ela teria se mantido compenetrada. As veias saltando do rosto, as artérias do pescoço dilatadas, o sangue latejando em seus ouvidos. Muito absorta, por demais concentrada em resgatar a filha do abismo em que se achava. O seu ritmo era tão frenético e inflexível que várias mulheres sofreram *shetaat* (esgotamento espiritual), tiveram um colapso e nunca mais sentiram o sopro divino do Todo-poderoso no pescoço. Uma mulher chegou a perder a capacidade de distinguir o certo do errado e, alguns anos depois, tornou-se uma das principais assistentes de Balaguer. Já no final da noite, restavam somente três do grupo original: La Inca, claro, sua amiga e vizinha Momóna (que, de acordo com os boatos, podia tirar verrugas e determinar o sexo de um ovo só de olhar) e uma valente garotinha de 7 anos cuja religiosidade, até aquele momento, fora ofuscada pela tendência de tirar muco do nariz, como um garoto.

Rezaram para além da exaustão, até alcançar aquele lugar brilhante em que o corpo padece e renasce, em que a agonia vai ficando para trás; então, assim que La Inca começou a sentir o espírito se libertar de seus rêmiges terrenos, assim que o círculo começou a dissolver...

ESCOLHAS E CONSEQUÊNCIAS

Eles dirigiram rumo ao leste. Naqueles dias, as cidades ainda não haviam metastatizado a ponto de se tornar *kaiju*, assombrando-se com barracos fumegantes, que cresciam uns sobre os outros, feito trepadeiras; naquela época, suas fronteiras eram um sonho corbusiano, e o urbano se desprendia de forma tão repentina quanto uma pulsação — em um minuto se estava no auge do século XX (bom, o do Terceiro Mundo, claro), no outro, regredia-se 180 anos, até os canaviais infindáveis. A transição entre essas duas condições parecia efeito de máquina do tempo. A lua, ao que se sabe, estava cheia, e a luz que banhava as folhas de eucalipto as tornava semelhantes a moedas espectrais.

O mundo exterior tão lindo; entretanto, no interior do carro...

Os grandalhões vinham batendo em Beli, de modo que o olho direito da moça inchara, abrindo um corte pernicioso, o seio direito dilatara de modo tão prepóstero que dava a impressão de que explodiria a qualquer momento, o lábio estava cortado e, além disso, havia algo errado com o maxilar, já que ela não conseguia engolir sem sentir pontadas de dor excruciantes. A jovem gritava toda a vez que a golpeavam; no entanto, não chorou, entiendes? Sua força me espanta. Simplesmente não lhes deu o prazer. Havia tanto temor, aquele medo nauseante que deixa a face sem cor quando se tem um revólver apontado ou se acorda com um estranho ao lado da cama, um pavor contido, que pairava no ar. Tanto temor e, não obstante, ela se negava a demonstrá-lo. Como odiava aqueles sujeitos! Iria odiá-los a vida inteira, jamais os perdoaria, nunca pensaria neles sem sucumbir a um vórtice de ira. Qualquer outro teria desviado a face das pancadas, mas Beli, oferecia a sua. E, entre os socos, erguia os joelhos, para aliviar o estômago. Você vai ficar bem, sussurrava, com a boca quebrada. Vai escapar dessa.

Dios mío.

Eles estacionaram o carro no acostamento da estrada e a levaram até o canavial. Caminharam até que o ruído no meio da plantação ficasse tão alto que mais parecia que estavam no centro de uma tormenta. Nossa garota balançava a cabeça para tirar os cabelos do rosto e só conseguia pensar no pobre filhinho; foi apenas por isso que começou a chorar.

O grandalhão maior entregou um cassetete ao parceiro.

Vamos logo.

Não, exclamou Beli.

Como a jovem sobreviveu, nunca vou saber. Bateram nela como se fosse uma escrava. Como se fosse uma cadela. Melhor relevar a violência em si e informar somente os danos infligidos: a clavícula, despedaçada; o úmero direito, fraturado em três pontos (ela nunca recuperaria a força nesse braço); cinco costelas, quebradas; rim esquerdo, inchado; fígado, lesionado; pulmão direito, em colapso; dentes da frente, arrancados. Eram 167 pontos de dano; foi apenas questão de sorte os filhos da mãe não terem partido o crânio da moça, embora sua cabeça tenha inchado, lembrando a do homem-elefante. Houve tempo para algum estupro? Creio que sim, porém, jamais saberemos, pois ela nunca fez comentários a respeito disso. Só se pode afirmar que o sucedido marcou o fim do diálogo e da esperança. Foi o tipo de surra que aniquila as pessoas, deixando-as literalmente destroçadas.

Ao longo do trajeto no carro, e até mesmo durante os primeiros versos daquela tragédia lírica, manteve a esperança dos tolos de que o Gânsgter a salvaria, surgindo do nada, com revólver e indulto. E, quando ficou claro que não haveria resgate, ela fantasiou que, caso perdesse os sentidos, o amante a visitaria no hospital e se casariam lá mesmo, ele de terno e gravata, ela toda engessada. No entanto, tal sonho revelou ser também uma plepla, com o estalo repulsivo de seu úmero, e agora só restava a agonia e o desvario. Ao desmaiar, viu-o desaparecendo na moto de novo, sentiu o peito contraído quando, aos gritos, suplicou, Espere, espere. Viu por um breve instante La Inca rezando no quarto — o silêncio entre as duas, àquela altura, maior que o amor —, e no lusco-fusco de sua força minguante despontou uma solidão tão absoluta que ultrapassava a morte, uma solidão que apagava toda lembrança, uma solidão de alguém que, na infância, não tivera sequer um nome. E era justamente nessa solidão que Beli ingressava, para com ela conviver o resto da vida, sozinha, negra, fea, rabiscando a terra com um graveto, fazendo de conta que os garranchos eram letras, palavras, nomes.

Toda a esperança se esvaíra, mas, então, Fiéis Seguidores, como a própria Mão dos Ancestrais, ocorreu um milagre. Quando nossa garota estava prestes a desaparecer no horizonte daquele incidente, quando o frio da extinção se infiltrava em suas pernas, Beli encontrou dentro de si um último resquício de força: o magis Cabral — e bastou apenas se dar conta de que mais uma vez fora tapeada, mais uma vez fora *embromada* pelo Gângster, por Santo Domingo, por suas necessidades idiotas, para acioná-lo. Tal como o Super-homem em *O Cavaleiro das Trevas*, que extraiu da floresta a energia fotônica de que precisava para sobreviver à ogiva nuclear soviética, nossa Beli extraiu de sua raiva a própria sobrevivência. Em outras palavras, a coragem salvou sua vida.

Como se houvesse uma luz branca dentro de si. Um sol.

Ela se recuperou ao intenso luar. Uma garota toda quebrada, sobre colmos quebrados de cana.

Dor por todos os lados, mas viva. Viva.

E agora chegamos à parte mais estranha de nossa história. Se o que ocorreu a seguir foi fruto da imaginação deteriorada de Beli ou algo mais, não sei dizer. Até mesmo seu Vigia tem seus momentos de silêncio, suas páginas en blanco. Mas, seja lá qual for a verdade, lembre-se: dominicanos são caribenhos e, portanto, têm uma extraordinária tolerância para fenômenos fora do comum. De que outra forma poderíamos ter sobrevivido ao que sobrevivemos? Então, enquanto Beli perdia e recobrava a consciência, apareceu ao seu lado uma criatura que teria sido um amável mangusto, não fosse por seus olhos dourados leoninos e seus pelos totalmente pretos. Bastante grande para a espécie, o bicho astucioso pousou as patinhas no seu peito e a fitou.

Você tem que se levantar.

Meu bebê, pranteou Beli. Mi hijo precioso.

Hypatía, seu bebê morreu.

No, no, no, no, no.

A criatura puxou seu braço quebrado. *Você precisa se levantar agora ou não terá o filho nem a filha.*

Que filho? Lamuriou. Que filha?

Os que aguardam.

Estava escuro e as pernas da moça tremulavam como fumaça. *Tem que continuar.*

O bicho ingressou na plantação, e Beli, de olhos marejados, percebeu que não sabia de que lado ficava a saída. Como alguns de vocês sabem, canaviais não são brincadeira, até mesmos adultos mais espertos podem se perder em sua maldita imensidão, apenas para ressurgir meses depois, como um camafeu de ossos. Porém, antes que a jovem perdesse a esperança, ouviu a voz da criatura. Ela (já que sua entonação era feminina) cantava! Com um sotaque que Beli não soube precisar: talvez venezuelano, talvez colombiano. *Sueño, sueño, sueño, como tú te llamas.* A jovem se apoiou de modo instável nas canas, como um anciano se apoia numa rede e, arquejando, deu o primeiro passo — uma tontura prolongada — e, lutando para não desmaiar, conseguiu dar o próximo. Progrediu com fragilidade, ciente de que, se caísse, jamais se ergueria de novo. Às vezes, via os olhos de tom chabine da criatura, cintilando em meios aos colmos. *Yo me llamo sueño de la madrugada.* O canavial, claro, não queria deixá-la sair; açoitava as palmas das mãos, estocava os flancos, feria as coxas e, com seu aroma adocicado, obstruía a garganta da moça.

Quando achava que ia cair, Beli se concentrava nas feições do futuro prometido — nos filhos assegurados — e, então, extraía a força necessária para continuar. Tirou energia da força, da esperança, do ódio, do coração invencível, cada um deles um impulso diferente estimulando-a a prosseguir. Por fim, quando todos eles já se esvaíam, quando a jovem começou a cambalear com a cabeça encurvada, prestes a tombar como um boxeador nocauteado, esticou o braço ileso e não se deparou com canas, mas com o mundo aberto da vida. Beli sentiu o asfalto sob os pés quebrados e descalços, e também a brisa. A brisa! No entanto, só teve um segundo para desfrutar dela, pois naquele momento um ônibus com as luzes apagadas surgiu da escuridão a toda a velocidade. Que vida, pensou ela, toda aquela lucha para ser atropelada feito uma vira-lata. Porém, não chegou a virar sanduíche. O motorista, que mais tarde jurou ter visto algo semelhante a um leão na penumbra, com olhos parecendo assustadoras luzes de tom âmbar, meteu o pé no freio e parou a centímetros do ponto em que Beli cambaleava, nua e ensanguentada.

Agora, veja só: no ônibus se encontrava um conjunto de perico ripiao, que acabara de se apresentar num casamento em Ocoa. Tiveram de reunir toda a sua coragem para não dar marcha à ré e sair dali o mais rápido possível. Gritos de, É um baká, é uma ciguapa, não, é um haitiano! O vocalista mandou-os calar a boca e gritou, É uma garota! Os membros da banda deitaram Beli entre os instrumentos, cobriram-na com suas chacabanas e lavaram seu rosto com a água que levavam para o radiador e para diminuir o efeito do klerin. Observaram a jovem, mordendo os lábios e passando as mãos com apreensão pelos cabelos escassos.

O que vocês acham que aconteceu?

Acho que foi atacada.

Por um leão, sugeriu o motorista.

Talvez tenha caído de um carro.

Mais parece que caiu *debaixo de* um carro.

Trujillo, ela suspirou.

Aterrorizado, o grupo se entreolhou.

Melhor a gente deixar a moça.

O guitarrista concordou. Deve ser uma subversiva. Se acharem essa figura aqui, a polícia vai matar a gente também.

Deixem a garota na estrada, implorou o motorista. O leão vai dar um jeito nela.

Silêncio e, então, o vocalista acendeu um fósforo, segurou-o no ar e, em meio à luz parca, revelou-se um jovem de traços marcantes com olhos dourados de chabine. A gente não vai deixar a moça, não, disse ele, com um peculiar sotaque cibaeño e, só então, Beli se deu conta de que estava salva.[18]

---

18 Mangusto, uma das grandes partículas instáveis do Universo e, ao mesmo tempo, um de seus grandes exploradores. Acompanhou os seres humanos que partiram da África e, após uma

FUKÚ VS. ZAFA

Ainda há muitos, dentro e fora da Ilha, que citam a surra quase fatal de Beli como prova de que a Casa de Cabral havia sido vítima, de fato, de um fukú de alto nível, a versão local da Casa de Atreu. Dois Truji-líos, em uma só vida — que outro carajo poderia ser? Já outros questionam essa lógica, afirmando que a sobrevivência de Beli provava justamente o contrário. Afinal de contas, gente amaldiçoada não costuma sair de canaviais com um monte de lesões abomináveis para, em seguida, receber carona de um grupo de músicos solidários no meio da noite e ser levada depressa para casa e deixada com a "mãe" cheia de contatos incríveis na comunidade médica. Se essas serendipidades significavam algo, alegava essa outra vertente, era justamente o quanto nossa Beli fora abençoada.

Mas, e o filho morto?

O mundo já está cheio demais de tragédias para a gente ter que recorrer a maldições a fim de obter explicações.

Uma conclusão que La Inca jamais questionaria. Até o dia de sua morte, acreditaria que Beli não se deparara com uma maldição naquele canavial, e sim com Deus.

Encontrei algo, afirmou Beli, de modo circunspecto.

DE NOVO NO MUNDO DOS VIVOS

Por um triz, diga-se de passagem, até o quinto dia. E quando, por fim, recobrou a consciência, Beli acordou *gritando*. O braço parecia ter sido enfiado num amolador, à altura do cotovelo, a cabeça dava a impressão de haver sido marcada com metal quente, os pulmões lembravam piñatas

---

longa estada na Índia, foi parar na outra, também conhecida como Antilhas. Desde que apareceu pela primeira vez nos registros escritos — 675 a.C., na carta de um escriba anônimo enviada ao pai de Assurbanipal, Esar-Hadom —, o Mangusto sempre foi contra carruagens reais, grilhões e hierarquias. É considerado um aliado do Homem. Muitos Vigias suspeitam de que ele veio de outro planeta; entretanto, até o momento, não se obteve nenhuma prova de tal migração.

despedaçadas — Jesú Cristo! Ela começou a chorar quase que de imediato, porém, não sabia que, nos últimos dias, dois dos melhores médicos de Baní a tinham atendido em sigilo; amigos íntimos de La Inca e opositores radicais de Trujillo, eles consertaram seu braço e o engessaram, costuraram os talhos assustadores do seu couro cabeludo (um total de sessenta pontos), passaram mercurocromo suficiente para desinfetar uma tropa inteira em suas feridas, aplicaram morfina e antitetânica. Foram muitas noites em claro, cheias de tensão; entretanto, ao que tudo indicava, o pior já passara. Esses médicos, com o auxílio espiritual do grupo de orações de La Inca, haviam feito um milagre e, agora, só restava à nossa garota se recuperar. (Ela tem sorte de ser tão forte, disseram os médicos, guardando os estetoscópios. Beli está nas Mãos de Deus, confirmaram as líderes das preces, guardando a Bíblia.) No entanto, a moça não se sentiu abençoada. Após soluçar histericamente por alguns minutos, perceber onde estava e notar que vivia, gemeu, clamando por La Inca.

Ao lado da cama, a voz suave da benfeitora: Não fale. A menos que seja para agradecer ao Salvador por sua vida.

Mamá, gritou Beli. *Mamá*. Eles mataram o meu bebê, tentaram me matar...

E não conseguiram, ressaltou a outra. Não que não tenham se esforçado. A mais velha pôs a mão na fronte da jovem. Melhor você se acalmar agora. Fique quieta.

Aquela noite foi uma tortura medieval. Beli ora chorava baixinho, ora tinha acessos de raiva tão violentos que ameaçavam arrancá-la da cama e reabrir suas feridas. Como uma mulher possuída, ela se jogava no colchão, ficava rígida como uma tábua, agitava o braço bom, batia nas pernas, cuspia e praguejava. Soluçou — apesar do pulmão perfurado e das costelas quebradas —, de modo incontrolável. *Mamá, me mataron a mi hijo. Estoy sola, estoy sola.*

Sola? La Inca se inclinou. Quer que eu chame seu Gângster?

No, sussurrou ela.

A mais velha fitou-a. Eu também não o chamaria.

Naquela noite, Beli ficou à deriva em um oceano vasto de solidão, sacudida por gritos de desespero. Durante um dos inúmeros cochilos intermitentes, sonhou que havia morrido de verdade e que ela e o filho compartilhavam o mesmo caixão; quando finalmente despertou para valer, a noite já irrompera, e da rua vinham lamentos nunca antes ouvidos pela jovem, uma cacofonia de gemidos que parecia irromper da alma ferida de toda a humanidade. Como um canto fúnebre para todo o planeta.

Mamá, chamava, sem folego, *mamá*.

Mamá!

Tranquilízate, muchacha.

Mamá, isso é para mim? Estou morrendo? Dime, mamá.

Ay, hija, no seas ridícula. La Inca a abraçou, meio sem jeito, e sussurrou ao seu ouvido: É o Trujillo. Foi atingido, murmurou a mais velha, na noite em que raptaram você. Ninguém sabe de nada ainda. Exceto que ele bateu as botas.[19]

---

19 Dizem que o Ladrão de Gado Frustrado ia atrás de um rabo de saia naquela noite. É de surpreender? Culocrata inveterado até o fim. Talvez naquela última noite, El Jefe, esparramado no banco traseiro do seu Bel Air, só pensasse na costumeira vagina que o esperava na Estancia Fundación ou talvez não pensasse em nada. Vai saber! Seja como for: um Chevrolet preto foi se aproximando depressa, como a Morte em si, repleto até os dentes de sanguinários do mais alto escalão, apoiados pelos Estados Unidos. Àquela altura, ambos os carros chegavam aos limites da cidade, onde a iluminação de rua acabava (pois a modernidade tem, de fato, seus limites em Santo Domingo) e, a curta distância, em meio ao breu, estava o pasto em que, 17 meses antes, outros jovens haviam tentado liquidá-lo. El Jefe pediu que o motorista, Zacarías, ligasse o rádio, que foi desligado assim que se constatou a transmissão de um recital de poesia — que apropriado! Talvez poemas o fizessem lembrar Galíndez. Talvez, não. O carro preto piscou os faróis de modo inofensivo, requisitando passagem, e Zacarías, pensando que se tratava da Polícia Secreta, aquiesceu, diminuindo a velocidade. Quando os dois automóveis emparelharam, a escopeta segurada por Antonio de la Maza (cujo irmão — surpresa, surpresa — foi exterminado na emboscada contra Galíndez, demonstrando o cuidado que se deve ter ao matar nerds, pois nunca se sabe quem irá perseguir o perpetrador) fez irra! E, então (reza a lenda) El Jefe gritou, Coño, me hirieron! A segunda rajada de balas atingiu o ombro de Zacarías, que freou, em virtude da dor, do choque e da surpresa. Agora, o famoso interlóquio: Pegue as armas, ordenou o ditador, Vamos a pelear. E o motorista disse: No, Jefe, son muchos, e o déspota insistiu: Vamos a pelear. Poderia ter mandado Zacarías dar a volta e regressar à cidade, mas, em vez disso, resolveu dar uma de Tony Montana. Saiu aos trancos e barrancos do Bel Air cravado de balas, com um .38 na mão. O resto da história, claro, já é conhecido e, se isto fosse um filme, seria necessário rodá-lo em câmera lenta ao estilo John Woo. Apesar dos 27 tiros — que número mais dominicano — e dos 400 pontos de dano, conta-se que Rafael Leônidas Trujillo Molina, mortalmente ferido, ainda deu dois passos em direção ao seu lugar de nascimento, San

LA INCA, EM DECLÍNIO

É a mais pura verdade, plataneros. Por meio do poder espiritual da prece, La Inca salvou a vida da garota, meteu um zafa nota 10, com louvor, no fukú da família Cabral (mas a que custo para si mesma?). Todos os vizinhos são testemunhas de como, logo depois da fuga sorrateira de Beli do país, La Inca começou a encolher, tal qual Galadriel após a tentação do Anel — embora alguns achassem que de tristeza, em virtude dos fracassos da jovem, e outros pensassem que por causa da noite de preces incessantes. Seja qual fosse o motivo, não se podia negar que, assim que Beli partiu, os cabelos da mãe ficaram brancos como a neve e, quando Lola foi morar com ela, já não era mais o Grande Poder de outrora. Sim, salvara a vida da filha, mas, até que ponto? Beli ainda era muito vulnerável. No final de *O retorno do rei*, o espírito de Sauron foi levado por um "forte vento" e "se esvaiu" de modo primoroso, sem grandes consequências para nossos heróis;[20] entretanto, Trujillo era por demais poderoso, uma radiação demasiadamente tóxica para se dissipar com tanta facilidade. Até mesmo após sua morte, sua maldade *perdurou*. Poucas horas depois do baile bien pegao de El

---

Cristóbal, pois, como sabemos, todas as criancinhas, boas ou más, acabam encontrando o caminho de casa — não, pensando melhor, o ditador se virou rumo a La Capital, sua cidade adorada, antes de tombar pela última vez. Zacarías, atingido na região interparietal por um projétil de uma .357, foi parar no canteiro que ladeava a estrada e, por verdadeiro milagre, sobreviveu para contar a história do ajustamento. De la Maza, talvez pensando no coitado do irmão morto e enganado, tirou o .38 da mão sem vida de Trujillo, atirou no rosto do ditador e proferiu a agora famosa frase: Éste guaraguao ya no comerá más pollito. E, então, os assassinos esconderam o cadáver de El Jefe. Onde? Na mala do carro, claro.

E assim expirou o velho Canalha. E assim expirou a Era de Trujillo (até certo ponto).

Fui várias vezes ao trecho da estrada em que ele foi liquidado. Nada a declarar, salvo que, em todas elas, por pouco não fui atropelado pela guagua de Haina quando atravessava a rodovia. Eu soube que, por algum tempo, aquela área virou reduto dos que mais preocupavam El Jefe: los maricones.

20 "E, quando os Capitães olharam para o sul, na direção da Terra de Mordor, notaram que uma sombra imensa, escura e impenetrável, coroada de raios, vinha encobrindo todo o firmamento, em meio a um manto de nuvens. Gigantesca, ela se alastrava no céu, estendendo na direção deles uma garra hercúlea e ameaçadora, abominável, porém impotente, já que, assim que se inclinou sobre eles, foi levada por um forte vento e se esvaiu; então, a calmaria reinou."

Jefe com os 27 projéteis, seus cupinchas se descontrolaram — cumprindo, por assim dizer, seu último testamento e vingança. Uma grande escuridão encobriu a Ilha e, pela terceira vez desde a ascensão de Fidel, as pessoas foram presas pelo filho de Trujillo, Ramfis, sendo que várias acabaram sacrificadas da forma mais perversa possível, uma sádica homenagem póstuma de filho para pai. Até mesmo uma mulher tão forte quanto La Inca, que com sua força de vontade engendrou um anel élfico no interior de Baní, formando a própria Lothlórien, sabia que não conseguiria proteger a filha de uma investida direta do Olho. O que impediria os assassinos de regressarem para concluir o que haviam começado? Afinal de contas, tinham exterminado as internacionalmente conhecidas Irmãs Mirabal,[21] pessoas de Renome; por que não haveriam de eliminar sua pobre negrita órfã? Para La Inca, o perigo era algo palpável, podia sentir sua presença no âmago. E talvez em decorrência da tensão de sua última prece, sempre que olhava para Beli, podia jurar que havia uma sombra ao lado do ombro da jovem, que se esvaía assim que a mãe tentava focalizar melhor. Uma sombra escura e medonha que agarrava o coração da moça. E, pelo visto, crescia cada vez mais.

La Inca precisava fazer *algo*, então, embora ainda não estivesse recuperada do dia das Ave-marias, pediu ajuda aos ancestrais e a Jesú Cristo. Rezou de novo. E, além disso, para demonstrar sua devoção, jejuou. Agiu como Mãe Abigail. Não comeu nada além de laranja, não tomou nada além de água. Depois do último episódio de reza desgastante e prolongada, seu espírito estava caótico. Ficou desnorteada. Tinha a mente similar a de um mangusto, mas, no fim das contas, não era uma mulher mundana. Conversou com as amigas, que lhe aconselharam enviar Beli ao interior. Lá ela estará a salvo. La Inca trocou ideias com o padre. A senhora precisa rezar por ela.

---

21 E onde as irmãs foram assassinadas? Em um canavial, claro. E, depois, seus cadáveres foram colocados em um carro e um desastre de automóvel foi simulado! Verdadeiro dois em um!

No terceiro dia, a resposta lhe foi dada. La Inca vinha sonhando que ela e o falecido marido se encontravam na praia em que ele havia perecido. O marido estava bastante queimado do sol, como sempre ficava, durante o verão.

Você tem que tirá-la daqui.

Mas eles vão encontrá-la no interior.

Precisa mandá-la para Nueva York. Algo me diz que é a única forma.

Em seguida, mergulhou com elegância no mar; a esposa tentou chamá-lo, Por favor, volte, mas ele não lhe deu ouvidos.

Seu conselho sobrenatural era por demais terrível para ser considerado. Exílio no Norte! Em Nueva York, uma cidade tão estranha, que ela própria nunca tivera coragem de visitar. La Inca acabaria perdendo a garota e poria a perder sua grande causa: a cura da ferida da Queda, para ressuscitar a Casa de Cabral. E quem sabe o que aconteceria com a jovem entre os ianques? Em sua mente, os EUA não passavam de um país infestado de gângsteres, putas e vagabundos. As cidades repletas de máquinas e indústrias, tão cheias de sinvergüencería quanto Santo Domingo de calor, um cuco revestido de ferro, exalando vapores tóxicos, com a promessa chamativa de um punhado de trocados nas profundezas obscuras de seus olhos. Como La Inca se debateu naquelas noites intermináveis! Mas de que lado estava Jacó e de que lado estava o Anjo? Afinal, quem poderia afirmar que os Trujillos ficariam no poder por muito mais tempo? O poder necromântico de El Jefe esmorecia e, em seu lugar, já se sentia algo semelhante a uma brisa. Rumores se espalhavam tão rápido quanto ciguas, espalhavam-se boatos de que os cubanos se preparavam para atacar, que os fuzileiros navais haviam sido avistados no horizonte. Quem podia adivinhar o que o amanhã traria? Por que mandar para longe sua adorada filha? Por que se *precipitar*?

La Inca se achava quase na mesma situação em que se encontrara o pai de Beli dezesseis anos antes, quando a Casa de Cabral enfrentou, pela primeira vez, o poder dos Trujillos: tentando decidir se tomava uma atitude ou se ficava de braços cruzados.

Incapaz de se decidir, ela orou, rogando por mais orientação — mais três dias sem alimentação. Quem sabe o que teria ocorrido se os dois Elvis não tivessem aparecido? Nossa Benfeitora poderia ter agido exatamente como Mãe Abigail. Entretanto, por sorte, os Elvis a surpreenderam quando ela varria a calçada na frente da casa. Tu é Myotís Toribio? Os topetes lembravam cascos de besouros. Músculos africanos recobertos por ternos claros de verão e, sob os paletós, os coldres rígidos e lustrosos das armas.

A gente quer ter uma conversinha com a tua filha, resmungou Elvis Um.

Agora, acrescentou Elvis Dois.

Por supuesto, disse ela e, quando saiu de casa com um facão, os dois recuaram em direção ao carro, rindo.

Elvis Um: A gente vai voltar, vieja.

Elvis Dois: Pode ter certeza.

Quem era?, quis saber Beli, deitada, as mãos apertando a barriga inexistente.

Ninguém, respondeu La Inca, guardando o facão ao lado da cama.

Na noite seguinte, "ninguém" deu um tiro na porta, deixando um buraco do tamanho de um olho mágico.

Nas outras noites, La Inca e Beli dormiram sob a cama e, no final da semana, ela disse à filha: Aconteça o que acontecer, quero que se lembre de que seu pai foi médico, *médico*. E sua mãe, enfermeira, *enfermeira*.

E, por fim, as palavras: Você precisa partir.

Àquela altura, a garota já ia ao banheiro sozinha. Havia mudado muito. Durante o dia se sentava à janela em silêncio, como La Inca fizera após o falecimento do marido. Não sorria, não ria, não conversava com ninguém, nem mesmo com a amiga Dorca. Um véu negro a encobria, como nata no café.

Você não entende, hija. Tem que sair do *país*. Vão matá-la se não partir.

A jovem riu.

Ah, Beli; não de forma irrefletida, não de forma irrefletida: O que você sabia sobre estados ou diásporas? O que sabia sobre Nueba Yol e apartamentos sob a "lei antiga", sem janelas nem calefação? O que sabia sobre crianças que entravam em curto-circuito por falta de autoestima? O que sabia, madame, sobre *imigração*? Não ria, mi negrita, pois seu mundo está prestes a se transformar de todo. Sim: uma terrível beleza está etc. etc. Pode crer. Você ri porque seu amante a traiu e quase a matou, ri porque seu primeiro filho nunca nasceu. Ri porque perdeu os dentes da frente e jurou jamais sorrir outra vez.

Eu queria poder dizer o contrário, porém tenho tudo bem aqui, gravado. Quando La Inca a avisou que teria de deixar o país, você riu.

Fim de conversa.

OS ÚLTIMOS DIAS DA REPÚBLICA

Beli pouco lembraria dos últimos meses, além da angústia e do desespero (e o desejo de ver o Gânsgter morto). Estava sob o domínio da Escuridão, passava os dias como uma sombra passa pela vida. Não arredava o pé de casa, a menos que fosse obrigada; por fim, as duas tinham a relação tão ansiada por La Inca, exceto que não se falavam. O que havia a dizer? A mãe fazia comentários sérios sobre a viagem rumo ao norte e a filha tinha a sensação de que boa parte de si mesma já embarcara. Santo Domingo desaparecia. A casa, La Inca, a yuca frita que Beli saboreava já haviam ido — era só questão de deixar o resto do mundo ir atrás. A única vez em que quase voltou a ser a velha Beli de sempre foi quando avistou os dois Elvis espreitando o bairro. Estava prestes a gritar, atemorizada, porém, eles aceleraram e se mandaram, sorrindo de modo malicioso. A gente vai se ver logo. Logo mesmo. À noite, vinham os pesadelos com os canaviais, o Sem Face, mas, quando ela acordava, lá estava La Inca. Calma, hija. Calma.

(Com relação aos Elvis: O que impediu sua ação? Talvez o medo de uma revanche, já que que o Trujillato havia sucumbido? Talvez o poder de La Inca? Talvez aquela força do futuro que voltara para proteger a terceira e última filha? Vai saber!)

La Inca, que a meu ver não dormiu um dia sequer no decorrer daqueles meses, levava o facão para todos os lados. Ela não queria correr riscos. Sabia que na queda de Gondolin não se esperavam os balrogs baterem à porta. Era preciso dar o fora. E foi o que Beli fez. Documentos foram reunidos, subornos acertados e permissões obtidas. Em outra época, teria sido impossível, mas, com El Jefe morto e a Cortina de Plátano despedaçada, todo tipo de fuga se tornou viável. La Inca entregou a Beli fotos e cartas da mulher com a qual ela ficaria, em um lugar chamado El Bronx. Entretanto, nada disso fez diferença. Ela ignorou as fotografias, não leu as cartas, de modo que quando chegou a Idlewild não sabia por quem deveria procurar. La pobrecita.

Quando o impasse entre a Boa Vizinha e o que restava da Família Trujillo atingiu seu ápice, Beli se apresentou ante um juiz. La Inca fez com que ela metesse ojas de mamón nos sapatos para que ele não fizesse muitas perguntas. A nossa garota enfrentou todo o procedimento, entorpecida, divagando. Na semana anterior, ela e o Gângster finalmente tinham conseguido se encontrar em um dos motéis mais antigos da cidade. O administrado pelos chinos, tema da famosa canção de Luis Díaz. Não foi bem o encontro esperado por Beli. Ay, mi pobre negrita, murmurou ele, acariciando seus cabelos. Se antes uma corrente elétrica percorria seu corpo, agora restavam apenas dedos gordos tocando suas mechas alisadas. Tu e eu fomos traídos, horrivelmente traídos. Ela tentou falar do bebê morto, mas ele afastou com um gesto esse diminuto fantasma do passado e se pôs a tirar seus peitos gigantescos da enorme armadura do sutiã. A gente vai ter outro, prometeu. Eu vou ter dois, disse ela, tranquila. Ele riu. Vamos ter 50.

O Gângster ainda estava de cabeça cheia. Vinha se preocupando com o que aconteceria com o Trujillato e a possível invasão dos cubanos. Esses caras mataram gente como eu nos julgamentos de fachada. Vou ser o primeiro a ser procurado por Che.

Estou pensando em ir para Nueba Yol.

Beli havia sonhado que ele diria, Não, não vá, ou pelo menos, que iria junto com ela. Porém, em vez disso, o Gângster contou-lhe o que ocorrera em uma de suas viagens a Nueba Yol, um trabalho para Jefe, e como passara mal com o caranguejo que comera em um restaurante *cubano*. Evidentemente, não mencionou a esposa, e Beli tampouco perguntou, pois teria ficado arrasada.

Mais tarde, quando o Gângster se aproximava do clímax, ela tentou abraçá-lo, porém, ele se desvencilhou e gozou na superfície escura e arruinada de suas costas.

Como giz numa lousa, brincou ele.

Dezoito dias depois, no aeroporto, Beli ainda pensava nele.

Você não precisa ir, disse La Inca, de repente, um pouco antes que a jovem entrasse na fila. Tarde demais.

Eu quero ir.

Durante toda a sua vida tentara ser feliz, mas Santo Domingo... a MALDITA SANTO DOMINGO havia arruinado todas as suas tentativas. Nunca mais quero voltar para cá.

Não fale assim.

Nunca mais quero voltar para cá.

Ela jurou que se tornaria uma pessoa melhor. Apesar do antigo provérbio — quem nasceu para lagartixa nunca chega a jacaré —, todos iam ver só.

Não vá assim. Toma, para a viagem. Dulce de coco.

Na fila do controle de passaporte ela o jogaria no lixo; entretanto, enquanto isso, seguraria o pote.

Lembre-se de mim. La Inca beijou-a e abraçou-a. Lembre-se de quem você é. A terceira e última moça da Família Cabral. Filha de médico e de enfermeira.

A última visão da mãe: acenando com veemência, debulhando-se em lágrimas.

Mais perguntas no controle de passaporte e, após a última série de carimbos idiotas, deixaram-na passar. E, em seguida, a sala de embarque e o bate-papo com o cara elegante sentado à sua direita, com quatro anéis nos dedos — Aonde você vai? Para a Terra do Nunca, respondeu ela — e, por fim, o avião, vibrando com o ronco do motor, irrompeu da superfície da Ilha e Beli, apesar de não ser crente, cerrou os olhos e implorou pela proteção do Senhor.

Pobre Beli. Praticamente até os últimos instantes ela acreditou que o Gângster apareceria para salvá-la. Sinto muito, mi negrita, sinto muito, eu nunca devia ter deixado você ir embora. (Os sonhos de resgate ainda lhe povoavam a mente.) Ela procurou por ele em toda parte: no caminho do aeroporto, nos rostos dos policiais checando passaportes, no embarque e, finalmente, durante um momento irracional, chegou a achar que o amante viria da cabine de pilotagem, com um uniforme impecável de capitão — Eu enganei você, não enganei? Porém, o Gângster jamais voltaria a aparecer em carne e osso, somente surgiria em seus sonhos. No avião, havia outros dominicanos da Primeira Leva. Vários cursos d'água tentando se tornar rios. Ali estava Beli, mais próxima do que nunca da mãe que precisávamos que fosse, se quiséssemos que Oscar e Lola nascessem.

Tinha 16 anos; a pele de um tom escuro quase negro, como o jambo da última luz do dia; os seios, ocasos aprisionados sob a tez — apesar da beleza e do frescor, trazia uma expressão amarga e desconfiada que só se dissipava com imenso prazer. Seus sonhos eram dispersos, sem o ímpeto de uma missão, e sua ambição não tinha lastro. Sua maior esperança? Encontraria um homem. O que ela ainda desconhecia: o frio, o trabalho árduo e opressivo das factorías, a solidão da Diáspora, o fato de que nunca voltaria a viver em Santo Domingo, o próprio coração. O que mais não sabia: que o homem ao seu lado se tornaria seu marido e seria pai de seus dois filhos, que, após dois anos juntos, ele a deixaria, sua terceira e última desilusão; então, Beli jamais voltaria a amar.

Ela despertou no momento em que, no seu sonho, alguns cegos entravam no ônibus, implorando por esmolas — imagens de seus Dias Perdidos. O guapo sentado ao lado tocou seu cotovelo.

Señorita, está perdendo a linda paisagem.

Eu já vi, disse ela. E, em seguida, recuperando-se, olhou de esguelha pela janela.

Era noite, e as luzes de Nueva York se alastravam por toda parte.

EDUCAÇÃO SENTIMENTAL
1988-1992

Começou comigo. No ano anterior à queda de Oscar, eu também passei por uns maus bocados; fui assaltado quando voltava do Roxy para casa. Pelos vagabundos que não vão para New Brunswick com intenção de estudar, e sim de zonear. Um bando de morenos desgraçados. Duas da matina, quando eu andava pela Joyce Kilmer, de bobeira. Caminhava sozinho. Por quê? Porque eu era durão, não via o menor problema em passar perto do grupo de malandros cheios de si que estava na esquina. Maior vacilo. Vou me lembrar do sorrisinho idiota de um daqueles babacas pelo resto da vida. Dele e do anel de formatura do ensino médio do sujeito, que fez um tremendo sulco na maçã do meu rosto (ainda tenho a marca). Queria poder dizer que lutei até o fim, só que aqueles caras me fizeram perder os sentidos. Não fosse um bom samaritano, que passava de carro por ali, eles teriam me matado. O velho queria me levar para o Robert Wood Johnson, mas eu não tinha seguro e, além do mais, desde que meu irmão morreu de leucemia, eu não era muito chegado a médicos, então, é claro que fui logo dizendo: Não, não, não. Para quem tinha acabado de levar *porrada*, eu até que estava numa boa. Até o dia seguinte, claro, quando achei que ia morrer. Tão tonto que não conseguia levantar sem vomitar. Parecia que tinham arrancado minhas entranhas, socado tudo com um taco de polo e fechado a barriga com clipes. Fiquei na pior, e, de todos os meus amigos — todos os meus maravilhosos amigos do peito —, só Lola me deu a maior força. Soube da surra pelo meu compadre Melvin e foi me visitar rapidinho. Nunca na vida fiquei tão feliz em ver alguém. Lola, ingênua, mas pau para toda obra. Lola, que chegou a *chorar* quando viu o estado em que eu me encontrava.

Foi ela que cuidou de mim. Cozinhou, limpou, pegou minhas tarefas, comprou meus remédios e até fez questão que eu tomasse banho. Em outras palavras, conseguiu me pôr nos eixos, e não é qualquer garota que faz isso por um cara. Pode crer. Eu mal podia ficar em pé, minha cabeça doía pra caramba, mas ela lavava minhas costas — minha lembrança mais marcante daquela experiência. A mão dela na esponja, a esponja na minha pele. Embora eu tivesse namorada, quem passou aquelas noites comigo foi Lola. Ela costumava pentear o cabelo — uma, duas, três vezes —, antes de meter o corpo longilíneo debaixo do edredom. Nada de perambular à noite sozinho, hein, Kung Fu?

Na universidade, ninguém devia se preocupar com nada — a ideia era não fazer porra nenhuma — mas, por incrível que pareça, eu me importava com Lola, o que não requeria esforço nenhum. Ela era o oposto total das gatas que eu azarava: media cerca de 1,80m, não tinha peito e era a mais escura das minas. Parecia duas garotas em uma: a parte de cima do corpo magérrima combinada com um quadril Cadillac e um traseiro pra lá de gostoso. Uma daquelas estudantes supercompetentes que dirigia todas as organizações na universidade e frequentava as reuniões de terninho. Era presidente da sua irmandade, encabeçava a S.A.L.S.A. e codirigia o movimento antiestupro "Resgatando a Noite". Falava um espanhol pra lá de afetado.

A gente se conhecia desde aquelas festas de confraternização anteriores ao primeiro ano, mas apenas no segundo a mãe dela adoeceu de novo e nós dois ficamos. Foi Lola que chegou para mim e disse: Yunior, me dá uma carona até em casa. Lembro que usava moletom da Douglass e uma camiseta. Tirou a aliança que o namorado tinha dado para ela e, depois, me beijou. Os olhos escuros nunca desgrudaram dos meus.

Você beija bem, comentou ela.

Dá para esquecer uma mina assim?

Mas, três noites depois, a Lola se sentiu culpada, por causa do namorado, e terminou tudo comigo. E quando ela dava um basta a algo, não voltava atrás nem a *pau*. Nem mesmo naquelas noites em que eu apanhei, ela me deixou tirar uma lasquinha. Quer dizer então que você pode *dormir* na minha cama, mas não pode dormir *comigo*?

Yo soy prieta, Yuni, respondeu ela, pero no soy bruta.

Sabia exatamente que tipo de sucio eu era. Dois dias depois do término do nosso caso, Lola me viu dando em cima de uma das suas amigas correligionárias e virou as longas costas para mim.

Acontece o seguinte: quando o irmão dela entrou naquela megadepressão no final do segundo ano — o cara bebeu três garrafas de Cisco porque tinha levado um fora de uma garota, e quase morreu, levando a mãe doente junto —, quem acham que deu a maior força?

Eu.

A Lola mal acreditou quando eu disse que ia morar com ele no ano seguinte. Vou ficar de olho no mané para você. Depois do drama do suicídio, ninguém de Demarest estava a fim de dividir o quarto com o cara. Ele ia ter que passar o terceiro ano sozinho, sem a irmã também, já que ela tinha sido selecionada para passar um ano na Espanha. Lola estava superpreocupada com o irmão por causa disso. Ficou de queixo caído quando comentei que ia morar com ele e quase teve um troço quando mantive a minha palavra. Fui mesmo viver com o mané. Na desgraça de Demarest. Paraíso dos esquisitos, fracassados, aloprados e androides fêmeas. Eu, um cara que chamava Demarest de Corredor Gay e levantava 150 kg como se não fosse nada. Que toda vez que me deparava com um branquelo aloprado queria encher o cara de porrada. Entreguei meu pedido de matrícula no departamento de Letras e, no início de setembro, lá estávamos Oscar e eu. Juntos.

Eu gosto de tirar onda afirmando que agi movido por pura filantropia, só que não foi bem assim. Claro que eu queria ajudar Lola, ficar de olho no seu irmão pirado (sabia que era a única coisa que ela realmente amava no mundo), mas também estava cuidando da minha própria pele. Naquele ano, eu tinha tirado o menor número da história no sorteio de alojamentos. Fui parar, oficialmente, no último lugar da lista de espera, o que significava que ou o durango aqui morava em uma casa ou ia para o olho da rua; assim sendo, apesar de toda a esquisitice de Demarest e dos infortúnios do Oscar, aquela era a minha melhor opção.

Não que ele fosse um estranho completo — *era* o irmão da garota com quem eu tinha transado na surdina. Quando o via no campus naqueles primeiros anos, mal conseguia acreditar que era parente de Lola. (Eu, Apokolips, dizia ele, ela, Nova Gênese.) Ao contrário de mim, que teria fugido desse Calibã, ela amava o mala sem alça. Convidava o cara para ir às festas e aos comícios com ela, para empunhar cartazes e distribuir panfletos. Era seu assistente de peso.

Dizer que nunca na minha vida conheci um dominicano como ele não seria um exagero.

E aí, Cão de Cristo?, foi como Oscar me cumprimentou no meu primeiro dia em Demarest.

Levei uma semana para descobrir o que ele realmente quis dizer.

Cristo. Domini. Cão. Canis.

E aí, Dominicanis?

Acho que eu devia ter adivinhado. O cara costumava dizer que era amaldiçoado, repetia isso o tempo todo e, se eu fosse mesmo um dominicano das antigas teria (a) dado ouvidos ao lesado e, em seguida,

(b) corrido na direção oposta. A minha família é sureña, de Azua, e se tem uma coisa de que a gente entende é das malditas pragas. Sabe, você conhece essa província? Minha mãe nem teria perdido tempo escutando, simplesmente daria o fora na hora. Não brincava, de forma nenhuma, com fukús nem guanguas! Só que, na época, eu não era tão experiente quanto agora, não passava de um tremendo otário, não achava que ficar de olho no Oscar seria uma tarefa hercúlea. Afinal de contas, eu *malhava*, porra, levantava pilhas de pesos maiores do que ele, todo santo dia.

Podem começar a rir, se quiserem.

Achei que o Oscar não seria muito diferente. Mesmo volumoso — como o rapper Biggie Smalls, sem o "smalls" — e desnorteado. Mesmo escrevendo 10, 15, 20 páginas por dia. Mesmo fissurado, com suas manias de fã. Sabem que cartaz o mané colou na nossa porta? *Fale, amigo, e entre*. Em élfico, cacete! (Nem me perguntem como eu sabia disso, está legal?) Quando vi, disse: De León, está querendo curtir com a minha cara? Élfico?

Na verdade, começou a explicar ele, dando uma tossida, é *sindarin*.

Na verdade, disse Melvin, é *gay-ei-ei*.

Embora eu tivesse prometido a Lola que prestaria atenção no Oscar, nas primeiras semanas praticamente não fiquei com o mané. O que é que eu posso dizer? Estava ocupado pra caramba. Que universidade estadual não é assim? Eu tinha o trabalho, a academia, a galera, a noiva e, claro, as vagabas.

Saí tanto naquele primeiro mês que a única coisa que via de O era seu corpanzil adormecido debaixo do lençol. A única coisa que mantinha o nerd acordado até altas horas era o RPG e os desenhos animados japoneses, especialmente *Akira*, que eu acho que ele viu, no mínimo, umas mil vezes naquele ano. Perdi a conta das vezes em que cheguei e encontrei o cara com os olhos grudados no filme. Eu dizia: Está vendo esta porra de novo? E Oscar respondia, praticamente pedindo desculpas por existir:

Já está quase acabando. Sempre está quase acabando, reclamava eu. Mas não me importava. Eu gostava da porra do *Akira*, apesar de nem sempre conseguir ficar acordado até o final. Deitava na cama enquanto Kaneda gritava *Tetsuo* e, quando dava por mim, Oscar estava parado ao meu lado, dizendo, Yunior, o anime já acabou, daí eu me sentava e exclamava, *Que droga*!

Depois eu percebi que a parada não era tão ruim assim. Apesar da nerdice, o cara era um companheiro de quarto pra lá de atencioso. Nunca recebi bilhetinhos idiotas dele, como acontecia com os outros babacas com quem morei, ele sempre rachava tudo e, se eu chegasse no meio de um dos jogos de *Dungeons & Dragons*, ia para a sala sem que eu precisasse pedir. *Akira* eu ainda aturava, mas já *Lolth, a rainha das aranhas*, não.

Mas, de vez em quando, eu demonstrava minha boa vontade, claro. Rangava junto com ele uma vez por semana. Pegava os seus textos, cinco livros até aquele momento, e tentava ler. Não eram muito minha praia — *Largue o phaser, Arthurus Prime!* —, mas até eu podia sacar que ele levava jeito para a coisa. Mandava bem tanto nos diálogos quanto nas descrições, e a narrativa fluía bem. Mostrei para ele alguns dos meus textos, com os roubos, o tráfico de drogas, os *Vai se foder, Nando*, e o BLAU! BLAU! BLAU! Depois, ele me entregou quatro páginas de comentários sobre a minha história de oito páginas.

Se eu tentei ajudá-lo no quesito garotas? Passar para o cara minhas dicas de especialista na área?

Claro que sim. A questão é que, quando o assunto era mujer, não tinha ninguém no planeta igual ao Oscar. Por um lado, o caso de no-to-to-itis dele era o pior que eu já tinha visto na vida. O último sujeito que chegou mais ou menos perto foi um salvadorenho que conheci no ensino médio — o coitado tinha o rosto todo queimado, nenhuma garota chegava perto porque ele parecia o Fantasma da Ópera. Bom: o caso do meu companheiro era ainda pior. O Jeffrey, pelo menos, podia jogar a culpa num caso clínico verídico. Mas qual era a justificativa do Oscar? O culpado era o Sauron? O mané pesava 139 quilos, caramba! Falava como um computador de *Star Trek*. O mais irônico é que nunca se viu um cara tão fissurado por garotas como ele. Porra, achei que eu curtia gatas, mas, ninguém, ninguém *mesmo*, gostava de minas como o Oscar. Para ele, eram começo e fim, alfa e ômega, DC e Marvel. O moleque estava *ferrado*, não podia ver uma gostosa sem se derreter todo. Começava a se amarrar do nada — deve ter tido no mínimo umas 20 paixonites de alto nível só naquele primeiro semestre. Não que alguma delas desse em algo. E como poderiam? O único G que Oscar conhecia era o do RPG! Que piração! (Para mim, a melhor dele foi a frase que usou um dia, no ônibus E, para puxar conversa com uma morena gostosa: Se nós estivéssemos jogando, eu lhe daria *18* de Carisma, no mínimo!)

Eu tentei aconselhar o cara, sério! Nada muito complicado. Tipo, Para de mexer com as gatas desconhecidas na rua, e não fica falando do Beyonder o tempo todo. Mas ele me deu ouvidos? Claro que não! Tentar meter um pouco de bom senso na cabeça do Oscar no que dizia respeito às garotas era como apedrejar Unus, o Intocável. O cara era impenetrável. Assim que me ouvia, dava de ombros. Como nada mais dá certo, melhor ser eu mesmo.

Mas o seu eu é a maior roubada!

Lamentavelmente, é tudo o que tenho.

Daí, meu papo favorito:

Yunior?

Há?

Você está acordado?

Se for sobre *Star Trek*...

Não é sobre *Star Trek*. Ele deu uma tossida. Ouvi de fonte fidedigna que nenhum homem dominicano morreu virgem. Você, que tem experiência nessas questões, acha que é verdade?

Eu me sentei. O cara me olhava no escuro, sério pra cacete.

O, é contra a lei da natureza qualquer dominicano morrer sem trepar pelo menos uma vez.

Isso, afirmou ele, suspirando, é que me tira o sono.

Então, o que é que acontece no início de outubro? O que sempre ocorre com fodões como eu.

Fui pego no flagra.

Nada que surpreendesse, considerando que eu vinha dando uma de gostosão. E não foi uma parada discreta. Minha namorada Suriyan descobriu que eu tinha aprontado com uma das suas hermanas. Compadres: nunca *nunquinha* transem com uma vagaba chamada Megera. Porque se der na telha dela dar uma de megera pra cima de você, já era. A mina em questão me dedurou, sabe-se lá por que — chegou ao cúmulo de gravar meus telefonemas para ela e, antes de você terminar de dizer *Sacanagem*, o mundo inteiro já sabia. A minha gata deve ter ouvido a gravação no mínimo 500 mil vezes. Foi a segunda vez que fui pego com a boca na botija em dois anos, um recorde até mesmo para a minha pessoa. Suriyan ficou *fula da vida* e me atacou no ônibus E. A galera rindo e correndo, e eu fingindo que não era comigo. De uma hora para outra, comecei a passar um tempão no quarto. Daí, comecei a ficar de olho em algumas histórias. A ver alguns filmes com o Oscar. *A guerra dos planetas. Appleseed. Project A: patrulha pirata.* A buscar uma tábua de salvação.

Eu tinha mais é que ter ido para uma clínica de reabilitação de traseiro-maníacos. Mas, se você por acaso achou que eu chegaria a fazer isso, então, não conhece caras dominicanos. Em vez de me concentrar em algo complicado e útil, como, digamos, minhas próprias paradas, eu me dediquei a uma parada fácil e redentora.

De repente, inclusive nem um pouco influenciado pela minha situação desastrosa — óbvio que não! —, resolvi dar um jeito na vida do Oscar. Uma bela noite, quando ele estava reclamando da sua vida miserável, eu disse: Você está a fim mesmo de mudar?

Claro que estou, respondeu ele, mas tudo o que tentei até o momento malogrou.

Eu vou mudar a sua vida.

Sério? O modo como me olhou — ainda me parte o coração, mesmo após todos esses anos.

Sério. Só que vai ter que me escutar.

Oscar se levantou. Pôs a mão no coração. Juro obedecer às suas ordens, meu senhor. Quando começamos?

Você vai ver.

No dia seguinte, às seis da matina, chutei a cama do Oscar. Que foi?, gritou ele.

Nada de mais, respondi, jogando os tênis em cima da barriga dele. Só o primeiro dia da sua vida.

Eu devia estar mesmo na corda bamba por causa da Suriyan — razão pela qual me atirei de cabeça no Projeto Oscar. Naquelas primeiras semanas, enquanto esperava que minha ex me perdoasse, treinei o gorducho como um Grão-mestre do Templo Shaolin. Fiquei em cima dele dia e noite. Fiz o cara parar de se declarar para as gatas desconhecidas com os desvarios do Eu-amo-você. (Está assustando as pobres garotas, O.) Fiz o cara começar a cuidar da alimentação e parar de dizer coisas negativas — *Sou um sujeito malfadado, Sei que vou morrer virgem, Não tenho sequer pulcritude* —, pelo menos, quando eu estava por perto, ele obedecia. (Pensamentos positivos, eu ressaltava, pensamentos positivos, caramba!) Cheguei até a convidar o mano para sair comigo e a galera. Nada sério — só uma saída para tomar uma birita quando só tinha a gente, assim Sua Monstruosidade não chamaria muita atenção. (Meus compadres odiavam — Pô, e agora? Vamos convidar também todos os moradores de rua?)

Mas, a minha maior proeza? Consegui que ele fizesse ginástica comigo. Começou até a *correr*.

O que demonstra que o Oscar me tinha em alto conceito. Ninguém mais teria conseguido que ele fizesse isso. A última vez que havia tentado correr fora no primeiro ano, quando ainda estava com uns 20 quilos a menos. Tenho que ser sincero, nas primeiras vezes eu quase ri, ao ver o cara ofegante na George Street, com os joelhos de tom negro acinzentado sacudindo. Mantinha a cabeça inclinada para não ter de ver nem prestar atenção nas reações. Geralmente, só umas risadas e um ou outro *Ei, balofo*. A melhor que ouvi? Mãe, olha lá, aquele garoto está levando o planeta para dar uma corrida.

Não dá bola pra esses engraçadinhos, aconselhei.

Tudo bem, esbaforiu-se, a ponto de *morrer*.

Oscar não curtia nem um pouco a ideia. Assim que a gente terminava, ele voltava depressa para a escrivaninha. Só faltava grudar nela. Tentava de tudo para escapar das corridas. Começou a acordar às cinco, porque, quando eu levantasse, podia argumentar que estava no meio de um capítulo importante e fascinante. Escreve depois, bundão. Depois da nossa quarta corrida, O chegou a implorar de joelhos. Por favor, Yunior, não consigo. Ordenei, Vai pegar a droga do tênis.

Eu sabia que não era nada fácil para ele. Fui durão, mas não tanto assim. Percebia o que rolava. Vocês acham que as pessoas odeiam gente gorda? É porque não viu um balofo tentando perder peso. Fazia os caras se comportarem como tremendos balrogs. As garotas mais doces do mundo diziam os troços mais desprezíveis para ele na rua, as velhotas ralhavam, Nossa, você é repugnante, *repugnante*, e até mesmo Harold, que jamais dera algum indício anti-Oscar, deu para chamá-lo de Jabba, o Bunda, do nada. Uma piração total.

Está legal, as pessoas são sacanas, mas quais eram as outras opções do O? Ele tinha que fazer *algo*. Grudado o tempo todo no computador, escrevendo obras-monstros de ficção científica, passando de vez em quando no Centro Estudantil, daí, jogando video game e falando de garotas apesar de nunca tocar numa — que tipo de vida era aquela? Putz, a gente estava na Rutgers, chovia garota por toda parte, e lá estava o Oscar fazendo com que eu ficasse acordado até de madrugada para falar do

Lanterna Verde? Perguntando em voz alta, Se nós fôssemos orcs, não crê que, no plano racial, *acharíamos* que éramos elfos?

O cara precisava *tomar uma providência.*

E fez.

Desistiu.

Foi uma coisa muito louca. A gente estava correndo quatro dias por semana. Normalmente eu corria oito quilômetros; no entanto, com ele, só um pouco a cada vez. Achei que ele ia bem, considerando as circunstâncias. Esforçando-se devagar, sacou? Daí, no meio de uma das nossas corridas, na George Street, quando olhei por sobre o ombro, ele tinha parado. Suava em bicas. Está tendo um infarto? Não, respondeu ele. Então, por que parou? Resolvi que não vou mais correr. Por que não, porra? Não vai dar certo, Yunior. Não vai mesmo, se você não fizer um mínimo de esforço. Eu sei que não vai adiantar. Ah, vai, O, move esses pés, anda. Mas ele balançou a cabeça. Tentou apertar a minha mão e, em seguida, caminhou até o ponto da Livingston Avenue e pegou o E para casa. Na manhã seguinte, dei uma sacudida nele, com os pés, mas ele nem se moveu.

Não vou mais correr, ele entoou sob seu travesseiro.

Acho que eu devia ter ficado bravo e ter sido mais paciente com o idiota. Só que fiquei *fulo*. Era assim que o desgraçado ia retribuir o puta esforço que eu estava fazendo para ajudar? Tomei a atitude dele como algo pessoal.

Atazanei o cara por três dias seguidos, querendo que voltasse a correr, mas ele continuava a dizer, Prefiro não ir, Prefiro não ir. O, por sua vez, fez um esforço para apaziguar a situação. Tentou compartilhar os filmes e os quadrinhos, manter o papo nerd, fazer com que tudo voltasse a ser como antes do meu Programa de Redenção do Oscar. Acontece que eu não dei o braço a torcer. Por fim, resolvi dar um ultimato. Ou você corre, ou já era.

Mas eu não quero mais! Não quero!, a voz cada vez mais alta.

Teimoso feito uma porta, igual à irmã.

Última chance, enfatizei. Eu já estava de tênis, pronto para sair, e ele, na escrivaninha, fingindo não perceber.

Não se moveu. Coloquei as mãos nele.

Levanta!

E foi então que ele gritou. Me deixa em paz!

Na verdade, até me empurrou. Não acho que tenha sido de propósito, mas essa foi a sua atitude. Nós dois ficamos boquiabertos. Ele, tremendo nas bases, morrendo de medo, e eu, de punhos em riste, pronto para matar um. Por alguns instantes, quase deixei passar, foi só um deslize, um mero deslize, daí, caí em mim.

Empurrei o cara, com ambas as mãos. Ele foi de encontro à parede e se espatifou.

Vacilo, vacilo, vacilo. Dois dias depois, Lola ligou da Espanha, às cinco da manhã.

Que droga, qual é o seu *problema*, hein, Yunior?

De saco cheio daquela história toda, respondi, sem pensar, Ah, não fode, Lola!

Não fode? Silêncio mortal. Vai *se* foder, Yunior. Nunca mais fala comigo, ouviu?

Diz para o seu namorado que mandei um abraço, eu disse, com ironia, mas ela já tinha batido o telefone na minha cara.

Puta merda, gritei, jogando o aparelho no armário.

Então, isso é tudo. O final do nosso grande experimento. Oscar tentou se desculpar algumas vezes, à sua maneira, mas eu não dei trela. Se antes tinha sido legal com ele, àquela altura passei a dar o maior gelo. Não o convidava mais para jantar nem para tomar uma birita. Agia como agem companheiros de quarto quando não se dão bem. Nós dois agíamos de forma educada e fria, se antes trocávamos ideias sobre escrever e coisa e tal, agora, eu não tinha mais nada a dizer. Voltei a cuidar da minha própria vida, a ser o sucio de sempre. Acabei tendo um acesso repentino de toto-energia. Fui vingativo, de certa forma. Ele voltou a comer os oito pedaços de pizza e a se atirar à moda kamikaze em cima das garotas.

A galera, claro, percebeu o que ocorria, notou que eu já não protegia mais o gordo e caiu em cima dele.

Gosto de pensar que não foi *tão* ruim assim. Eles não batiam no Oscar, nem roubavam as coisas dele. Mas, de uma forma ou de outra, eram bastante maldosos. Você já comeu um toto?, perguntava Melvin e O meneava a cabeça e respondia numa boa, sempre que a pergunta era feita. Aí, é a única coisa que você ainda não comeu, né?, Harold dizia, Tú no tienes nada de dominicano, e o cara insistia, com tristeza, Sou dominicano, sim. O que o mano dizia não fazia diferença. Quem neste mundo conhecia um Domo como ele? No Halloween, Oscar cometeu o erro de se vestir de Doctor Who, fantasia pela qual, aliás, ele morreu de amores. Quando o vi passando em Easton, com dois outros babacas do departamento de Letras, fiquei pasmo ao constatar quanto ele parecia com aquele gordo gay Oscar Wilde e comentei isso com o mané. Você está igualzinho a ele, o que, na verdade, não foi uma boa para O, porque o Melvin foi logo perguntando, Oscar Wao, quién es Oscar Wao, daí, a gente passou a chamar meu colega de quarto dessa forma: E aí, Wao, tudo bom? Wao, dá pra tirar os pés da minha cadeira?

E o pior de tudo? Após algumas semanas o cara começou a aceitar o *apelido*.

Nunca se aborrecia quando a gente judiava dele. Ficava no seu canto, com uma expressão confusa no rosto. Eu chegava a me sentir mal. Algumas vezes, depois que meus amigos se mandavam, eu dizia para ele, Você sabe que a gente só estava tirando onda, né, Wao? Eu sei, respondia, com ar fatigado. No fundo, o pessoal é gente boa, prosseguia eu, dando uns tapinhas no seu ombro. Gente boa.

Quando a Lola ligava e eu atendia o telefone, por mais que tentasse soar animado, ela me dava o maior gelo. O meu irmão está aí?, era a única pergunta que fazia. Fria como Saturno.

Hoje em dia, eu me pergunto: o que me emputeceu mais? Que Oscar, o gorducho perdedor, desistiu, ou que Oscar, o gorducho perdedor, desafiou a minha pessoa? E fico imaginando: o que o teria magoado mais? Que nunca fui um amigo de verdade ou que apenas fingi ser?

A coisa devia ter morrido aí. No terceiro ano da faculdade, dividi o quarto com um garoto gordo. Nada mais do que isso. No entanto, o otário do Oscar resolveu se apaixonar. E, em vez de passar um mísero ano com ele, acabei tendo que aturar o panaca pelo resto da vida.

Você já viu aquele quadro do Sargent, *Madame X*? Claro que sim. Oscar tinha um pôster dele na parede — junto com um do *Macross* e um original de *Akira*, aquele com Tetsuo e a frase NEO-TÓQUIO ESTÁ PRESTES A EXPLODIR.

A nova paixonite do Oscar era tão gostosa quanto a madame. Só que totalmente pirada.

Se você tivesse morado em Demarest naquele ano, na certa teria conhecido a peça: Jenni Muñóz. Uma gata boricua que tinha vindo do leste da "cidade de tijolos", Newark, e vivia na área latina. Primeira gótica radical que eu conheci — nos anos 1990, caras como nós tínhamos a maior dificuldade de entender esse estilo de vida, e fim de papo — porém, a ideia de uma porto-riquenha gótica parecia tão inusitada para a gente quanto um nazista negro. Jenni era seu nome verdadeiro, mas seus amiguinhos góticos a chamavam de La Jablesse e, para os sujeitos comuns como eu, a diabla tinha alguns parafusos a menos. A morena *reluzia*. Linda tez de jíbara, traços marcantes, cabelos supernegros com corte egípcio, olhos carregados de lápis preto, lábios com batom bem escuro, peitos volumosos, os maiores e mais redondos do mundo. Todo dia era Halloween para essa gata que, no verdadeiro Dia das Bruxas, resolveu se fantasiar de — adivinhou — dominadora, levando um dos caras gays do departamento de Música numa coleira. Mas confesso que nunca vi um corpaço como o dela. Até eu fiquei a fim da Jenni no primeiro semestre, só que, na única vez que dei em cima, na biblioteca da Douglass, ela riu e, quando eu pedi, Não ri de mim, ela perguntou: Por que não?

Filha da mãe.

Seja como for, adivinha quem chegou à conclusão de que a gata era o amor de sua vida? Quem se apaixonou perdidamente por ela, por tê-la ouvido escutar Joy Division no quarto e ser fissurado por aquela banda pós-punk? Oscar, óbvio. No início, o cara só ficava azarando Jenni de longe, exaltando sua "perfeição inefável". Está fora do seu alcance, avisei, porém, ele deu de ombros, e comentou, sem desgrudar os olhos da tela do computador: Todas elas estão fora do meu alcance. Nem pensei mais no assunto, até ver o cara, uma semana depois, no refeitório Brower Commons, puxando assunto com ela. Eu estava com a galera, ouvindo os comentários sobre as jogadas do New York Knicks, observando Oscar e La Jablesse na fila da comida quente, aguardando o momento em que ele levaria um fora dela, pois, se eu tinha sido colocado para escanteio, o cara nem *entraria* no campo. Claro que O foi com tudo, usando seu costumeiro roteiro de *G-Force*, tagarelando sem parar, o suor escorrendo pelo rosto, a mina olhando para ele com desconfiança — nem toda garota pode fazer isso e manter as batatas fritas com queijo na bandeja sem deixar cair nenhuma —, era por isso que os caras tinham ficado fissurados por La Jablesse. Quando ela começou a se afastar, Oscar exclamou, alto à beça, Até mais ver! E a gostosona respondeu com um *Mal posso esperar*, carregado de ironia.

Acenei para ele. E aí, como é que foi, Romeu?

O cara olhou para as mãos. Acho que estou amando.

Como assim, mano? Acabou de conhecer a vadia.

Não chame a garota de vadia, pediu, com a face contorcida.

É, cara, não chame a garota de vadia, imitou Melvin.

A persistência de Oscar precisa ser reconhecida. Ele não deu trégua. Azarou a garota sem a menor autoestima. Nos corredores, na frente do banheiro, no refeitório, nos ônibus, o cara se tornou *ubíquo*. Pendurava histórias em quadrinhos na porta do quarto da mina, caramba!

No meu universo, quando um bundão como Oscar tentava conquistar uma garota como Jenni, geralmente era recusado mais rápido que os cheques de aluguel da sua tía Daisy. Porém, a gostosona devia ter algum dano cerebral ou realmente curtir nerds gordos fracassados, pois, no final de fevereiro, já tinha começado a tratá-lo com educação e tudo o mais. Antes mesmo que eu conseguisse entender, vi os dois saindo juntos! Em público! Fala sério! Não acreditei no que vi! Daí, um belo dia, quando eu voltava da aula de escrita criativa, encontrei La Jablesse e Oscar no nosso quarto. Só estavam trocando ideia sobre Alice Walker, mas, ainda assim... Parecia até que o cara tinha sido convidado para ingressar na Ordem Jedi; Jenni estava linda e sorridente. E eu? Pasmo. Claro que a mina se lembrava de mim. Lançando seu olhar atraente e charmoso, ela perguntou, Quer que eu saia da sua cama? O sotaque de Nova Jersey bastou para me nocautear.

Não, respondi. Peguei minha bolsa da ginástica e saí às pressas, feito um babaca.

Quando voltei da academia, Oscar já estava diante do computador, na página número um bilhão do seu novo livro.

Eu quis saber, E aí, o que está rolando entre você e a fantasminha?

Nada.

Do que é que vocês falam?

Assuntos corriqueiros. Algo no seu tom de voz me fez perceber que ele sabia do chega para lá que eu tinha levado de La Jablesse. O imbecil. Eu disse, Então, desejo boa sorte, Wao. Tomara que ela não te ofereça como sacrifício para diabla pavio curto ou coisa parecida.

Durante o mês de março, eles andaram o tempo todo juntos. Tentei não prestar atenção, mas, como a gente estava no mesmo quarto, ficava difícil não notar. Tempos depois, Lola me contou que os dois tinham começado até a ir ao cinema. Viram *Ghost — Do outro lado da vida* e um outro filme intitulado *Hardware — O destruidor do futuro*. Foram fazer um rango no Franklin Diner, e O se esforçou para não comer por três. Eu não fiquei coçando o saco nesse ínterim, fui azarar as gatinhas, entregar mesas de bilhar e badalar com a galera no fim de semana. Se fiquei arrasado pelo Oscar estar saindo com um avião daqueles? Claro que sim. Sempre me vi como o Kaneda da nossa díade, só que, em vez disso, lá estava eu, representando o Tetsuo.

Jenni gostava de chamar atenção ao lado do Oscar. Andava de braço dado com ele, e o abraçava sempre que podia. A adoração do mano equivalente à luz de uma nova estrela. Ser o centro do Universo era algo que a atraía. Costumava ler para ele todos os seus poemas (Tu és a musa dentre todas as musas, ouvi-o comentar), mostrar seus desenhos estúpidos (que Oscar pendurava na droga da porta) e contar os pormenores da sua vida (que o cara anotou, zeloso, no diário). Vivia com a tia desde os 7 anos, porque a mãe voltara para Porto Rico para ficar com o novo marido. A partir dos 11, começou a visitar o Village com frequência. Nos EUA, morou num prédio ilegalmente ocupado um ano antes de ir para a universidade; a construção se chamava Crystal Palace.

Se eu estava mesmo lendo às escondidas o diário do meu companheiro de quarto? Lógico que eu estava.

Ah, mas vocês precisavam ter visto O. Ficou de um jeito nunca antes observado — amor, o transformador. Começou a se arrumar mais, passando as camisas todas as manhãs. Tirou a espada samurai de madeira do armário, e passou a ir bem cedo para o parque de Demarest, onde, de peito nu, aniquilava um bilhão de adversários imaginários. Chegou até a voltar a correr! Bom, a caminhar em ritmo lento. Ah, quer dizer então que *agora* pode correr, né?, censurei, e ele se limitou a me saudar, erguendo a mão de modo brusco.

Eu tinha mais é que ter ficado feliz por Wao. Falando sério, quem era eu para invejar um pouco de ação na vida do cara? Eu, que estava traçando não só uma ou duas, mas sim três boazudas de uma vez, sem contar as vagabas adicionais que eu conquistava nas festas e nas boates; eu, que tinha rios de xoxota? Ainda assim invejava o idiota. Um coração como o meu, que nunca recebeu afeição ao crescer, era, acima de que tudo, cruel. Aliás, não só era como continuava sendo. Em vez de encorajar Oscar, eu ficava de cara feia quando o via com La Jablesse; em vez de compartilhar com o mané meu conhecimento sobre mulheres, avisei que ele tinha que tomar cuidado — em outras palavras, fui um tremendo invejoso.

Eu, o maior malandro de todos.

Não deveria ter perdido meu tempo. Sempre tinha uma porrada de caras interessados na Jenni. Oscar não passava de uma calmaria em meio à tempestade, tanto assim que, um belo dia, eu a vi no parque de Demarest batendo papo com um punk alto, que costumava frequentar a cidade universitária, apesar de não ser aluno, e que dormia no quarto de qualquer garota que deixasse. Magro como o Lou Reed e tão arrogante quanto ele. Estava mostrando para ela uma posição de ioga, e ela ria. Nem bem passaram dois dias e encontrei Oscar aos prantos na cama. Pô, cara, o que é que aconteceu?, perguntei, apoiando a mão no cinto de musculação de suporte dorsal.

Me deixa em paz, pediu.

Ela te largou? Largou, não foi?

Me deixa em paz, gritou. ME. DEIXA. EM. PAZ.

Achei que ia ser como sempre. Uma semana de sofrimento, e daí o cara voltaria a escrever, o que costumava estimulá-lo. Acontece que, daquela vez, foi diferente. Notei que havia algo errado quando ele parou de escrever — nunca deixava de fazer isso; gostava de narrativas como eu de trair. Ficava deitado na cama, os olhos grudados no SDF-1 Macross. Dez dias se passaram com ele totalmente baratinado, dizendo bobagens do tipo, Sonho com o esquecimento como outros sonham com uma boa noite de sexo. E fiquei meio preocupado. Daí, anotei o número de telefone da irmã dele em Madri e liguei sem que ele percebesse. Tive que tentar pelo menos seis vezes e gastar dois milhões de fichas antes de conseguir falar com ela.

O que é que você quer?

Não desliga, Lola. É sobre o Oscar.

Ela telefonou para o irmão naquela noite, perguntou como estava, e ele, obviamente, contou tudo para a irmã, embora eu estivesse sentado na sua frente.

Xará, ordenou a irmã, você tem que deixar pra *lá*.

Não consigo, protestou ele. Meu coração está partido.

Mas é preciso, e coisa e tal, prosseguiu Lola, até conseguir do cara, duas horas depois, a promessa de que tentaria.

E aí, Oscar, eu disse, após lhe dar vinte minutos para pensar. Está a fim de jogar video game?

Ele balançou a cabeça, impassível. Não vou mais jogar *Street Fighter*.

E então?, perguntei para Lola mais tarde, ao telefone.

Não sei. Meu irmão fica assim de vez em quando.

O que você quer que eu faça?

Fique de olho nele para mim, está bom?

Não cheguei a ter essa oportunidade. Duas semanas depois, La Jablesse traiu a amizade do rapaz: Oscar entrou no quarto justo quando a mina estava "entretendo" o punk, pegou os dois nus, na certa cobertos de sangue ou algo assim e, antes que ela pudesse dizer Se manda, meu colega se descontrolou. Chamou a amiga de puta e atacou seu mural, rasgando os pôsteres e jogando no chão os livros da estante. Fiquei sabendo de tudo porque uma branquela subiu para me chamar, vociferando, Olha só, seu companheiro de quarto enlouqueceu, daí, eu desci voando e imobilizei o Oscar com um mata-leão. Cara, gritei, calma aí, *calma aí*. Me deixa em *paz*, porra!, gritou ele, tentando pisar no meu pé.

Foi uma baixaria. Quanto ao punk, pelo visto o sujeito pulou pela janela e saiu correndo, sem parar, até George Street. Peladão.

Assim era Demarest. Não tinha momento banal naquela droga.

Para encurtar a história, Oscar foi obrigado a participar de sessões terapêuticas para não perder o direito ao dormitório e, além disso, foi terminantemente proibido de ir até o segundo andar; a partir de então, todo mundo passou a achar que ele era um psicopata. As garotas, em especial, mantinham distância dele. Quanto a La Jablesse, como ela ia se graduar naquele ano, um mês depois acabou sendo transferida para os dormitórios próximos ao rio e a coisa morreu ali. Nunca mais a vi, salvo uma vez, quando a vislumbrei, do ônibus, entrando no alojamento Scott Hall com as botas de dominadora.

E foi assim que o ano terminou. Ele despojado de toda esperança e digitando no computador, eu sendo questionado no corredor, já que todo mundo queria saber como era viver com o Sr. Maluco. Quando perguntavam se eu gostava de compartilhar o quarto com ele, eu indagava se gostariam de compartilhar os traseiros comigo e levar um tremendo pé na bunda. Vou te contar, aquelas foram semanas de merda. Quando chegou a hora de resolver a questão do dormitório, eu e Oscar nem tocamos no assunto. Como meus amigos ainda não tinham desmamado, só eu tive que correr o risco de novo no sorteio, mas, daquela vez, ganhei o primeiro prêmio, pois consegui um quarto só para mim, em Frelinghuysen. Assim que contei para Oscar que eu sairia de Demarest, ele deixou a depressão de lado por alguns momentos, a expressão transtornada, como se tivesse esperado outra coisa. Achei que... Comecei a dizer e, antes que eu prosseguisse, o cara falou, Tudo bem e, quando me virei para ir embora, ele agarrou minha mão e a apertou com toda formalidade: Senhor, foi uma honra.

Oscar, eu disse.

As pessoas me perguntam, Você não percebeu nada? Nada? Talvez tenha visto, só que não quis pensar no assunto. Talvez não tenha. E que diferença faz, caramba? Uma coisa era certa, eu nunca tinha visto o cara tão infeliz antes; porém, um lado meu não se importou, estava louco para dar o fora dali da mesma forma que ansiei sair da minha cidade natal.

Na nossa última noite como colegas de quarto, Oscar abriu duas garrafas de Cisco de laranja que eu havia comprado para ele. Vocês se lembram desse troço? Era conhecido como crack líquido. Pois então, o Sr. Peso Pena ficou no maior *porre*.

À minha virgindade!, gritou ele.

Relaxa, cara. As pessoas não querem ficar ouvindo essas coisas.

Tem toda razão, só querem me *olhar fixamente*.

Poxa, tranquilízate.

Ele se curvou. Eu me sinto lépido.

Você não é patético.

Eu disse *lépido*. Todo mundo, afirmou, meneando a cabeça, interpreta mal o que digo.

Todos os pôsteres e livros já haviam sido embalados, e teria sido como no primeiro dia, não fosse a tristeza do Oscar. Na primeira vez que ficamos juntos no quarto, ele estava superanimado, dizia meu nome completo sempre que se dirigia a mim, até que expliquei, É Yunior, Oscar. Só Yunior.

No fundo, acho que eu sabia que tinha que ter ficado com ele. Deveria ter sentado o traseiro na cadeira e dito para o cara que tudo ia entrar nos eixos, mas era a nossa última noite juntos e eu estava de saco cheio. Queria transar a noite toda com uma mina indiana da Douglass, puxar fumo e, depois, cair no sono.

Até mais ver, disse ele, quanto fui embora. Até mais ver!

O que Oscar fez foi o seguinte: bebeu a terceira garrafa de Cisco e, em seguida, rumou cambaleando até a Estação Ferroviária de New Brunswick — esta tinha a fachada deteriorada e a linha férrea cheia de curvas, que passava bem no alto de Raritan. Mesmo de madrugada, não era difícil chegar à estação e caminhar pelos trilhos, exatamente como o cara fez. Foi aos trancos e barrancos em direção ao rio e à Route 18. New Brunswick ficando para trás aos poucos, abaixo dele, que logo se encontrou a 23 metros de altura do asfalto. Exatos 23 metros. Pelo que se lembraria mais tarde, ficou ali por um longo tempo. Contemplando as faixas de luz do tráfego lá embaixo, na estrada. Recapitulando sua vida miserável. Desejando ter nascido com um corpo diferente. Lamentando todas as obras que deixaria de escrever. Talvez tenha até se esforçado para reconsiderar. E, então, ouviu o apito do trem expresso das 4h12, que se dirigia a Washington, ressoar a curta distância. Àquela altura, mal conseguia se manter em pé. Cerrou os olhos (ou talvez não) e, quando os abriu, viu algo que aparentava haver saído direto de uma obra de Ursula Le Guin e se acomodado ao seu lado. Mais tarde, quando o descreveu, chamou-o de Mangusto Dourado, embora soubesse não se tratar bem disso. Era algo de extrema placidez e beleza. Os olhos contornados por um tom alaranjado penetravam fundo, não tanto com o intuito de julgar ou condenar, mas com um objetivo bem mais assustador. Os dois se entreolharam — a criatura pacata como um budista, Oscar, totalmente aturdido — e, então, o apito ressoou de novo, momento em que os olhos do rapaz se abriram (ou se fecharam) e a visão se esvaiu.

O cara esperou a vida inteira que algo assim ocorresse, sempre ansiando viver no mundo da magia e do mistério; no entanto, em vez de considerar a visão e mudar as aspirações, apenas assentiu com a cabeça. Naquele momento, o trem estava mais próximo e, antes que perdesse a coragem, Oscar se jogou na escuridão.

Tinha deixado um bilhete para mim, claro. (E, sob ele, três cartas: para a irmã, para mãe e para Jenni.) Ele me agradeceu por tudo. Disse que eu podia ficar com os livros, os jogos, os filmes e o D10 especial. Contou que apreciara muito a nossa amizade. E assinou: Seu compañero, Oscar Wao.

Se ele tivesse caído na Route 18, conforme planejado, as luzes teriam se apagado para todo o sempre. Porém, por causa do porre, Oscar deve ter calculado mal, ou talvez, tal como a mãe afirma, tenha recebido proteção lá de cima, pois, em vez de despencar na 18, aterrissou na divisória. O que normalmente não faria muita diferença, considerando que barreiras de proteção podem atuar como guilhotinas de concreto e, na certa, teriam dado conta do recado, espalhando-o para todos os lados, feito confete intestinal. Acontece que o canteiro era um daqueles em que se plantam arbustos, e Oscar despencou justamente no solo recém-lavrado, e não no concreto. Em vez de acordar no paraíso dos nerds — onde cada um deles ganha 58 virgens para jogar RPG —, ele despertou no Robert Wood Johnson, com as duas pernas quebradas e um ombro deslocado, sentindo que, bom, tinha pulado da ponte da linha férrea de New Brunswick.

Eu estava lá, óbvio, com sua mãe e seu tio matador, que ia o tempo todo cheirar coca no banheiro.

Quando o idiota do Oscar viu a gente, o que foi que fez? Virou o rosto e chorou.

A mãe foi logo dando um tapa no ombro bom do rapaz. Vai fazer outras coisas além de chorar depois que eu acabar de falar.

No dia seguinte, Lola chegou de Madri. Antes mesmo que abrisse a boca, a mãe a saudou no estilo dominicano tradicional. Então, é só agora que dá as caras, quando o seu irmão está batendo as botas? Se eu soubesse que ia ser assim, já teria me matado há muito tempo.

Lola ignorou a mãe e nem quis saber de mim. Sentou-se ao lado do irmão e pegou sua mão.

Xará, perguntou, tudo bom?

Ele balançou a cabeça: *No*.

Isso foi há muito tempo; porém, sempre que penso na Lola, eu me lembro dela no hospital, naquele primeiro dia, chegando direto do aeroporto de Newark, olheiras enormes, cabelos em desalinho, parecendo uma mênade e, ainda assim, tendo reservado um tempinho para passar batom, rímel e sombra antes de entrar no quarto.

Eu esperava que rolasse um clima — até no hospital, tentando tirar proveito —, só que levei a maior bronca da Lola. Por que você não cuidou do Oscar?, quis saber. Quer fazer o favor de me explicar?

Quatro dias depois, levaram o cara para casa. E eu retomei a minha vida. Fui para casa, visitar minha mãe solitária no condomínio London Terrace, já decadente. Acho que se eu fosse, tipo assim, um amigo do peito, teria ido visitar Oscar em Paterson, no mínimo, uma vez por semana, mas não foi o que fiz. O que posso dizer? Era verão, e eu estava mais a fim de conquistar umas gatas diferentes; além disso, tinha o meu trabalho. Realmente me faltavam tempo e, mais ainda, *ganas*. Cheguei a ligar algumas vezes, para ver como andavam as coisas. Até isso requereu esforço, pois eu esperava que a mãe e a irmã me dissessem que ele tinha morrido. Mas não, Oscar dizia que tinha se "regenerado". Nunca mais tentaria cometer suicídio. Estava escrevendo muito, o que era sempre um bom sinal. Vou ser o Tolkien dominicano, afirmou.

Só fui visitá-lo uma vez, isso porque tinha ido ficar com uma das minhas sucias em P-city. Não fazia parte dos planos, mas, como eu estava de bobeira, parei num posto de gasolina e fiz a ligação. Quando vi, já me encontrava na casa em que Oscar crescera. A mãe doente demais para sair do quarto. Nunca o tinha visto tão magro antes. A tentativa de suicídio me fez bem, brincou o cara. O quarto mais nerd que ele, se é que possível. X-wings e TIE-fighters pendurados no teto. A minha assinatura e a da irmã, as únicas verdadeiras no gesso mais recente dele (a perna direita ficou em pior estado que a esquerda); as outras, consolos fictícios de Robert Heinlein, Isaac Asimov, Frank Herbert e Samuel Delany. Lola ignorou minha presença, e dei uma risada quando, pela porta entreaberta, peguei-a passando pelo corredor. Perguntei, bem alto: E como vai a muda?

Ela odeia estar aqui, disse Oscar.

O que é que tem de errado com Paterson?, quis saber em voz alta. Ô, muda, conta aí, o que é que tem de errado com Paterson?

Tudo, vociferou ela, corredor abaixo. Usava um daqueles shortinhos de corrida, a visão dos músculos das pernas dela se movendo bastavam para compensar a visita.

Oscar e eu ficamos um tempo no quarto, sem falar muito. Olhei todos os seus jogos e livros. Esperei que ele dissesse algo. Devia saber que eu ia fazer algum comentário.

Foi uma tolice, disse o mané, por fim. Agi sem refletir.

Pode crer. Em que merda você estava pensando, O?

Ele deu de ombros, com tristeza. Não sabia mais o que fazer.

Cara, virar presunto não é a saída. Pode ter certeza. Ficar sem transar é uma merda, mas morrer é ficar sem transar multiplicado por dez.

A gente bateu papo por meia hora, mais ou menos. Algo, no entanto, chamou minha atenção. Antes de eu ir embora, Oscar disse: Foi a maldição que me levou a fazer aquilo, sabe.

Eu não acredito nessa baboseira, cara. Isso é idiotice dos pais da gente.

É nossa também, salientou ele.

Ele vai se recuperar completamente?, perguntei a Lola, na saída.

Acho que sim, respondeu ela, enchendo de água uma forma de gelo. Disse que vai voltar para Demarest na primavera.

Vai ser uma boa?

Ela pensou por um instante. Assim era Lola. Vai, respondeu ela.

Bom, você deve saber. Peguei a minha chave. E aí, como vai o namorado?

Bem, respondeu, sem muito entusiasmo. Você e a Suriyan ainda estão juntos?

Senti um arrepio só de ouvir o nome da figura. Terminamos faz um tempão.

Daí, nós dois ficamos ali, olhando um para o outro.

Num mundo melhor, eu teria dado um beijo nela, sobre a bandeja de gelo e, então, nossas preocupações acabariam. Mas, vocês sabem muito bem em que mundo a gente vive. Não é a maldita Terra-média! Inclinei de leve a cabeça, disse, Tchau, Lola, e me mandei.

A história deveria ter morrido aí, certo? Só a lembrança de um nerd que conheci e que tentou acabar com a própria vida; nada menos, nada mais. Acontece que a família de León não era um clã que simplesmente se tirava da cabeça.

Duas semanas após o início do meu último ano, Oscar foi me visitar no dormitório! Para levar suas narrativas e perguntar das minhas! Mal pude acreditar! A última notícia que eu tinha tido era que ele pretendia trabalhar como professor substituto no seu antigo ensino médio e estudar na BCC; no entanto, lá estava ele, parado à porta, segurando, com timidez, uma pasta azul. Saudações, nobre guerreiro Yunior, disse ele. Oscar, balbuciei, sem poder crer. O cara tinha perdido ainda mais peso; dava para notar que agora se esforçava para manter os cabelos bem cortados e fazer a barba. Sua aparência era, por incrível que pareça, boa. Mas continuava falando estilo Space Opera — acabara de terminar o primeiro dos quatro volumes de um romance, pelo qual estava totalmente obcecado. Vai acabar me matando, comentou ele, suspirando e, então, caindo em si, disse, Foi mal. Óbvio que ninguém em Demarest queria dividir o quarto com o Oscar — que surpresa (todos sabemos quão tolerantes são os tolerantes) —, então, quando voltasse na primavera, teria um canto com duas camas só para ele. Não que fosse melhor, brincou o nerd.

Demarest não será igual sem a sua severidade mesomórfica, comentou ele, sem rodeios.

Há?, perguntei.

Você precisa, definitivamente, ir me visitar em Paterson, assim que tiver um tempo livre. Tenho uma pletora de desenhos nipônicos para entretê-lo.

Claro, mano, com certeza, vou.

Mas não cheguei a ir. Não tive tempo, juro: estava fazendo entregas de mesas de bilhar, tentando tirar boas notas e me preparando para a graduação. Além do mais, naquele outono um milagre aconteceu: Suriyan foi até o meu quarto. Mais gostosa do que nunca. Queria que a gente reatasse. Claro que eu aceitei, mas, então, saí e meti o cuerno nela naquela mesma noite. Dios mío! Enquanto alguns caras não conseguiam transar nem no Dia do Juízo Final, eu não conseguia parar, nem quando tentava.

Minha falta de atenção não impediu O de me visitar de vez em quando, trazendo algum capítulo inédito ou alguma história nova de uma garota que vira no ônibus, na rua, na aula.

O velho Oscar de sempre, eu disse.

É, confirmou ele, debilmente, o Oscar de sempre.

Rutgers sempre foi um pandemônio, mas, naquele último outono, pareceu ter piorado. Em outubro, um bando de garotas calouras que eu conhecia, do campus Livingston, foi pego traficando cocaína, quatro das gordinhas mais quietinhas das redondezas. É como dizem: los que menos corren, vuelan. No campus Bush, os Lambda iniciaram uma briga com os Alpha por causa de uma bobagem e, durante semanas, rolou o boato de que haveria uma guerra entre latinos e negros; no fim das contas, não chegou a acontecer nada, todo mundo ocupado demais fazendo festas e amor até não poder mais.

Naquele inverno, consegui ficar no quarto por tempo suficiente para escrever uma história, que ficou até razoável, sobre a mulher que costumava viver no quintal atrás da minha casa na RD, uma mulher que todos afirmavam ser uma piranha, mas que costumava ficar comigo e com o meu irmão enquanto minha mãe e meu abuelo trabalhavam. Meu professor mal acreditou no que leu. Estou impressionado. Nenhum tiroteio ou esfaqueamento sequer em toda a história. Não que tenha feito tanta diferença assim. Não ganhei os prêmios de escrita criativa naquele ano. E olha que eu estava louco para receber um.

Daí, chegaram as provas finais, e com quem me deparei um dia? Lola! Quase não a reconheci, porque seus cabelos estavam supercompridos e ela usava um daqueles óculos fundo de garrafa baratos, do tipo que uma branquela alternativa usaria. Nos pulsos, prata suficiente para resgatar a família real e pernas tão à mostra com a minissaia jeans que chegava até a ser injusto. Assim que me viu, ajeitou a saia, o que não ajudou muito. Estávamos no ônibus E; eu voltava de um encontro com uma mina insignificante, e Lola ia para uma festa de despedida idiota de uma das amigas. Eu me sentei ao lado dela e perguntei: E aí, tudo bom? Seus olhos tão incrivelmente grandes, sem nenhuma malícia. Nem expectativa, por sinal.

Que é que você manda?, perguntei.

Tudo bem. E você?

Contando os dias para as férias.

Feliz Natal. Daí, numa típica atitude de León, voltou a ler o livro!

Dei uma espiada na obra. Introdução ao japonês. O que é que está estudando agora? Ainda não expulsaram você daqui?

Vou ensinar inglês no Japão no ano que vem, explicou, sem rodeios. Vai ser muito *legal*.

Não *Estou pensando em*, nem *Talvez me aceitem*, e sim *Vou*. Japão? Ri, com certa ironia. O que que uma dominicana quer fazer no Japão?

Você tem toda razão, concordou ela, virando a página, com irritação. Por que *alguém* ia querer ir a *algum lugar* quando pode contar com *Nova Jersey*?

A gente ficou calado por alguns instantes.

Você pegou meio pesado, eu disse.

Sinto muito.

Como eu disse: era dezembro. Minha gata indiana, Lily, esperava por mim em College Avenue, e também Suriyan. Só que eu não estava pensando em nenhuma das duas. Não conseguia deixar de me lembrar da única vez em que vira Lola naquele ano: ela lia um livro diante da Henderson Chapel, tão concentrada que achei até que acabaria se ferindo. Oscar tinha me contado que a irmã estava morando em Edison com algumas amigas, trabalhando aqui e ali, economizando para a próxima grande aventura. Nesse dia em que a vi, até tive vontade de ir falar com ela, mas acabei amarelando, achando que levaria o maior fora.

Observei Commercial Avenue passar e, a distância, as luzes da Route 18. Aquele foi um dos momentos típicos da Rutgers para mim. As garotas na minha frente dando risadinhas por causa de um cara. As mãos de Lola naquelas páginas, as unhas pintadas em tom framboesa. Minhas mãos, parecendo caranguejos monstruosos. Se eu não agisse logo, em alguns meses voltaria para o London Terrace, e ela iria para Tóquio ou Quioto ou seja lá aonde estivesse indo. De todas as minas que conheci, a que menos consegui entender foi Lola. E por que tinha a sensação de que era justamente ela que me conhecia mais? Pensei em Suriyan e em como nunca mais falaria comigo. Pensei nos meus temores de ser um cara legal, porque Lola não era como Suriyan; com ela, eu teria que agir de outra forma. Estávamos chegando à College Avenue. Última chance; então, dei uma de Oscar e disse, Janta comigo, Lola. Juro que não vou tentar tirar sua calcinha.

A-hã, respondeu ela, quase rasgando a página do livro, ao virá-la.

Coloquei minha mão sobre a dela, que me lançou um olhar comovente e frustrado, como se já estivesse andando ladeira abaixo comigo, sem entender, por mais que tentasse, o motivo.

Vai dar certo, afirmei.

Que certo que nada. Você é *baixinho* demais. Mas não retirou a mão.

A gente foi para a casa dela em Handy e, antes que eu a pegasse de jeito, ela parou tudo, me tirou do seu toto puxando minhas orelhas. Por que não consigo me esquecer desse rosto, nem mesmo agora, depois de todos esses anos? O semblante aparentando cansaço por causa do trabalho, os olhos inchados por falta de sono, uma mistura enlouquecedora de ferocidade e vulnerabilidade que traduziam e sempre traduziriam Lola.

Ela me fitou até eu não aguentar mais e, então, pediu:

Nunca minta para mim, Yunior.

Nunca, juro.

Não riam. Eu estava sendo sincero.

Não há muito mais a dizer. Salvo o seguinte:

Naquela primavera, voltei a morar com Oscar. Ponderei sobre isso durante todo o inverno. Até mesmo no final da estação, quase mudei de ideia. Fui esperar à porta do quarto dele em Demarest e, apesar de ter aguardado a manhã toda, ainda assim, quase dei o fora, mas, daí, escutei vozes de gente subindo a escada, trazendo as tralhas dele.

Não sei quem ficou mais perplexo: Oscar, Lola ou eu.

Na versão de Oscar, ergui a mão e disse, *Mellon*. Ele reconheceu a palavra em um piscar de olhos.

Mellon, repetiu ele, para mim.

Aquele outono após a Queda foi sombrio (Li no diário de Oscar): tenebroso. Ele ainda pensava em acabar com a vida, mas tinha medo. Não só da irmã, como de si mesmo. E da possibilidade de um milagre, de um verão imbatível. Lendo, escrevendo e vendo TV com a mãe. Se fizer alguma besteira, juro que vou assombrar você pelo resto da vida, ameaçara ela. Pode ter certeza.

Está bom, señora. Fora a resposta que Oscar anotara no diário. Está bom.

No decorrer daqueles meses o cara não conseguiu dormir, e foi por isso que começou a pegar o carro da mãe para passear à meia-noite. Toda vez que saía de casa, achava que seria a última. Ia para todas as partes. Certa noite, ele se perdeu em Camden; numa outra ocasião, visitou o bairro onde eu tinha crescido. Foi a New Brunswick, na hora em que as boates fecham as portas, e fitou a multidão, sentindo uma tremenda dor de estômago. Chegou a ir a Wildwood, onde procurou a cafeteria na qual salvara a irmã; no entanto, ela estava fechada. Nada havia sido aberto em seu lugar. Uma noite deu uma carona. Uma garota grávida, com a barriga imensa. Mal falava inglês. Era uma imigrante ilegal da Guatemala, a face cheia de cicatrizes de acne. Precisava ir até Perth Amboy, e Oscar, nosso herói, disse: No te preocupes. Te llevo.

Que Dios te bendiga!, exclamou ela, embora aparentasse estar disposta até a pular da janela, se fosse preciso.

Oscar deu a ela seu número de telefone, Caso necessário, só que a moça nunca ligou. Ele não se surpreendeu.

Dirigia por tanto tempo e ia tão longe, em algumas noites, que às vezes cochilava ao volante. Num instante pensava nos personagens, no outro, ia à deriva, em meio a um transe inebriante e agradável, que certamente o levaria para o além; mas, então, no último minuto, soava algum alarme.

Lola.

Nada mais reconfortante (escreveu ele) que salvar a própria vida simplesmente por despertar.

PARTE II

Os homens não são indispensáveis. Trujillo, no entanto, é insubstituível, já que não se trata de um homem, mas sim, de uma... força cósmica... Enganam-se os que tentam compará-lo a seus contemporâneos ordinários. Ele pertence à... categoria dos que nasceram com um destino especial.

La Nación

Claro que tentei de novo. E foi mais estúpido que da primeira vez. Quatorze meses e Abuela anunciou que estava na hora de eu voltar para Paterson, para a minha mãe; mal consegui acreditar no que dizia. Encarei aquilo como a pior das traições. Eu só senti algo parecido quando terminei com você.

Mas eu não quero ir!, protestei. Quero ficar aqui!

Só que ela não me deu ouvidos. Ergueu as mãos no ar como se não restasse outra escolha. É o que a sua mãe quer, o que eu quero e, além do mais, é a coisa certa a se fazer.

Mas, e eu?

Sinto muito, hija.

Assim é a vida. Quando você consegue ter um mínimo de felicidade, ela desaparece como se nunca tivesse existido. Se quer saber, eu não acredito que tenha a ver com maldição. Na minha opinião, são coisas da vida, e pronto.

Não fui madura. Larguei a equipe. Parei de ir às aulas e de falar com as minhas amigas, até mesmo com Rosío. Terminei com o Max, que me olhou como se eu tivesse dado um tiro no meio da testa dele. Ele tentou impedir que eu me afastasse, mas dei um grito, igual ao da minha mãe, e meu ex deixou cair a mão como se ela estivesse inerte. Achei que estava fazendo um favor para o meu namorado; não queria feri-lo além do necessário.

Acabei agindo feito uma idiota naquelas últimas semanas. Talvez porque, no fundo, quisesse desaparecer, mais do que qualquer outra coisa no mundo. Cheguei a sair com um sujeito, de tão pirada que estava. Era o pai de uma das minhas colegas. O velho vivia atrás de mim, mesmo quando a filha estava por perto, então, resolvi ligar para ele. Em Santo Domingo não se pode contar nem com energia elétrica, nem com a lei, mas, com sexo, sim.

Nunca deixa de existir.

Nem perdi tempo com namoricos. Deixei que ele me levasse para um motel no nosso primeiro encontro "amoroso". Era um daqueles políticos fúteis, um peledista, que tinha a própria jipeta espaçosa, com ar-condicionado e tudo o mais. Quando tirei a calcinha, o membro do PLD ficou feliz da vida.

Até eu pedir 2 mil dólares para ele. Norte-americanos, ressaltei.

É como diz a Abuela, a cobra sempre acha que está mordendo um rato, até o dia em que morde um mangusto.

Esse foi meu grande momento de puta. Sabia que o velho tinha grana, caso contrário, não teria pedido; além do mais, não era como se estivesse roubando o sujeito. Acho que a gente transou umas nove vezes, no total, então, na minha opinião, ele recebeu muito mais do que pagou. Depois, eu ficava lá, bebendo rum, enquanto o homem cheirava um daqueles saquinhos de coca. O bom era que ele era meio caladão. Após cada transa, ficava envergonhado, o que eu achava ótimo. Reclamava que aquele dinheiro era para a escola da filha. Blá-blá-blá. Então, rouba do Estado, aconselhei, com um sorriso. Dei um beijo nele quando me deixou em casa só para ter o prazer de vê-lo se encolher todo.

Não conversei muito com La Inca naquelas últimas semanas; ela, em compensação, não fechou a matraca. Quero que você se dê bem no colégio. Quero que venha me ver quando puder. Quero que se lembre de onde vem. E tomou conta de todos os preparativos relacionados à minha viagem. Eu estava zangada demais para me preocupar com ela, para pensar na tristeza que sentiria quando eu partisse. Desde que a minha mãe foi embora, fui a única a viver com vovó. La Inca começou a fechar a casa, como se estivesse prestes a se ausentar.

Como assim?, perguntei. Você vai comigo?

No, hija. Vou passar um tempo no campo.

Mas a senhora detesta ir para lá!

Tenho que ir, explicou, fatigada. Mesmo que seja só por algum tempo.

Daí, Oscar ligou, sem mais nem menos. Tentando fazer as pazes, agora que eu ia voltar. Então, quer dizer que vem para cá.

Não conte com isso, enfatizei.

Não haja de modo precipitado.

Não haja de modo precipitado. Dei uma risada. Você tem noção do que diz, Oscar?

Ele suspirou. Como sempre fazia.

Todas as manhãs, quando eu acordava, a minha primeira providência era verificar se a grana ainda estava debaixo da cama. Com 2 mil dólares, naquele tempo, a gente podia ir a qualquer parte, e eu pensava em ir a Goa ou ao Japão, já que uma colega minha da escola tinha falado muito bem de lá. Também era uma ilha, só que muito bonita, garantiu ela. Nem um pouco parecida com Santo Domingo.

Daí, um belo dia, minha mãe foi me pegar. Nunca fazia nada de forma discreta. Não chegou num táxi comum, mas numa limusine preta, e todos os garotos do barrio se reuniram para ver que show era aquele. Ela fingiu não ter notado a presença da molecada. O motorista, claro, deu em cima da minha mãe, que parecia magra e esgotada. Não acreditei no taxista!

Deixe minha mãe em paz!, exclamei. Não tem vergonha na cara?

Ela balançou a cabeça, com tristeza, e olhou para La Inca. A senhora não ensinou nada para essa menina.

Minha avó não se deixou abater. Fiz o melhor que pude.

E, daí, o grande momento, o temido por toda filha. Minha mãe passou a me examinar. Eu nunca tinha estado em melhor forma, nem me sentido mais bonita e atraente, mas o que é que a sacana me disse?

Coño, pero tú sí eres fea.

Aqueles 14 meses — desapareceram. Como se jamais tivessem existido.

Agora que eu também sou mãe, sei que ela não poderia ter sido diferente. Aquela era sua personalidade. É como dizem: Plátano maduro no se vuelve verde. Até mesmo no final recusou-se a demonstrar qualquer sentimento que se aproximasse de amor. Nunca chorava por mim ou por ela, sempre por Oscar. Mi pobre hijo, balbuciava. Mi pobre hijo. A gente sempre pensa que a nossa relação com os pais, ao menos no fim da vida, vai mudar e melhorar. Não foi o nosso caso.

Eu, se pudesse, com certeza teria fugido. Esperaria até a gente chegar aos Estados Unidos, aguardaria como paja de arroz, queimando aos poucos, até eles se distraírem e, um belo dia, sumiria de vista. Como meu pai fez com minha mãe: jamais voltou a ser visto. Desapareceria como tudo desaparece, sem deixar rastros. Moraria num lugar bem distante. Seria feliz, tenho certeza, e nunca teria tido filhos. Ficaria mais escura ainda sob os raios do sol, dos quais não me esconderia mais, e deixaria meus cabelos soltos, ondulados; daí, quando minha mãe cruzasse comigo na rua, não me reconheceria. Esse era meu sonho. Mas, se aprendi algo naqueles anos, foi que nunca se pode fugir. Jamais. A única saída é ficar.

E acho que é isso que as histórias contam.

É, não tenho a menor dúvida, eu teria fugido. Apesar de La Inca, teria saído correndo.

No entanto, Max morreu.

Depois do dia em que terminei com ele, não cheguei a vê-lo de novo. Meu pobre Max; palavras não bastam para descrever o amor que ele sentia por mim. Sempre dizia *Sou um cara de sorte* quando a gente dormia junto. Não chegávamos a frequentar os mesmos círculos e o mesmo bairro. Mas, às vezes, quando o peledista me levava para os motéis, eu podia jurar ter visto Max ziguezagueando pelo tráfego congestionado do meio-dia, levando um rolo de filme debaixo do braço (tentei convencer meu ex a comprar uma mochila, mas ele me disse que gostava de carregar os rolos daquele jeito). Meu arrojado Max, que se esgueirava entre dois para-choques como a mentira se esgueira pelos lábios da gente.

O que aconteceu foi que, um dia, ele calculou mal — por causa do coração partido, posso apostar — e acabou sendo esmagado entre o ônibus que ia a Cibao e o que se dirigia a Baní. O crânio se partiu em um milhão de pedacinhos, o filme se projetou por toda a rua.

Quando fiquei sabendo, Max já havia sido enterrado. Foi a irmã dele que me ligou.

Ele te amava mais do que tudo, disse, chorando. Mais do que tudo.

A maldição, dirão alguns de vocês.

É a vida, digo eu. É a vida.

Nunca se viu uma pessoa tão calada. Foi o que aconteceu quando dei à mãe dele a grana que eu arrancara do peledista. Com ela, Maxim, o irmão caçula do Max, comprou uma yola e foi até Porto Rico. A última notícia que tive foi que estava bem de vida e que tinha até comprado uma lojinha; a mãe já não vivia em Los Tres Brazos. Meu toto serviu para alguma coisa, no fim das contas.

Sempre vou te amar, disse minha abuela, no aeroporto, dando-me as costas, em seguida.

Assim que entrei no avião, comecei a chorar. Sei que parece bobagem, mas acho que só parei quando me encontrei com você. Meu pranto naquela aeronave foi incontrolável. Os outros passageiros, na certa, devem ter pensado que eu era louca. Achei que, a qualquer momento, minha mãe me bateria e me chamaria de idiota, bruta, fea, malcriada, ou que mudaria de lugar, só que ela não arredou o pé.

Colocou a mão sobre a minha e deixou-a ali. Quando a mulher sentada na nossa frente se virou e disse: Manda essa sua filha calar a boca, ela retrucou, Manda esse teu culo tomar o que merece.

Fiquei morrendo de pena do viejo que se sentou perto de nós. Dava para notar que tinha ido visitar a família. Usava um chapeuzinho de feltro e uma chacabana impecável. Tudo vai dar certo, muchacha, consolou-me ele, dando uns tapinhas nas minhas costas. Santo Domingo não sairá do lugar. Ali estava nos primórdios e ali haverá de permanecer até o fim.

Pelo amor de Deus, sussurrou minha mãe e, em seguida, fechou os olhos e dormiu.

POBRE ABELARD
1944-1946

O FAMOSO MÉDICO

Quando a família trata do assunto — o que, tipo assim, nunca acontece — sempre começa do mesmo ponto: Abelard e a Grande Bobagem que ele foi dizer sobre Trujillo.[22]

Abelard Luis Cabral era o avô de Oscar e Lola, um cirurgião que havia estudado na Cidade do México durante a presidência de Lázaro Cárdenas e que, em meados dos anos 1940, antes que todos nós tivéssemos nascido, gozava de boa reputação em La Vega. Un hombre muy serio, muy educado y muy bien plantado.

(Já deu para notar aonde queremos chegar.)

Naqueles idos anos — anteriores à delincuencia e às falências bancárias, anteriores à Diáspora — os Cabral estavam entre os Grandes do País. Não eram tão importantes ou podres de ricos quanto os Ral Cabral de Santiago, mas tampouco podiam ser considerados os primos pobres. Em La Vega, onde a família vivia desde 1791, possuíam status similar ao de realeza, sendo praticamente uma referência, como La Casa Amarilla ou el Río Camú; não raro os vizinhos mencionavam a mansão de 14

---

22 Claro está que há outros começos, seguramente melhores — se querem saber, eu mesmo teria iniciado quando os espanhóis "descobriram" o Novo Mundo, ou quando os EUA invadiram Santo Domingo, em 1916. Mas, se aquele era o ponto de partida escolhido pelos de León, quem era eu para questionar sua historiografia?

quartos construída pelo pai de Abelard, a Casa Hatüey.[23] Circundada de amendoeiras e mangueiras anãs, a vila labiríntica e eclética era renovada com frequência: seu núcleo principal, feito de pedra, fora reformado e virara o escritório de Abelard. Havia também o apartamento moderno, em estilo *art déco*, em Santiago, onde Abelard costumava passar os fins de semana, cuidando dos negócios da família; os estábulos recém-reformados que poderiam abrigar com conforto uma dúzia de cavalos; os cavalos em si: seis Berberes de pelo lanoso; e, claro, cinco empregados em período integral (todos rayanos). Enquanto os demais habitantes do país sobreviviam à base de argila e raspas de yuca com as barrigas cheias de lombrigas, os Cabral saboreavam massas e linguiças italianas em meio ao tinir dos talheres de prata de Jalisco na porcelana de Belleek. Embora a renda de cirurgião fosse adequada, o portfólio (se é que isso existia naquele tempo) de Abelard revelava a verdadeira fonte de riqueza da família: do pai odioso e intratável (já falecido), ele herdara dois prósperos supermercados em Santiago, uma fábrica de cimento e escrituras de uma série de fincas na região setentrional.

Os Cabral faziam parte, como você já deve ter adivinhado, do seleto grupo de Pessoas Afortunadas. No verão, "pediam emprestada" a cabaña de um primo em Puerto Plata, onde passavam no mínimo três semanas. As duas filhas de Abelard, Jacquelyn e Astrid, nadavam e brincavam nas ondas (muitas vezes, sofrendo de Transtorno de Degradação do Pigmento Mulato, também conhecido como bronzeamento), sob o olhar atento da mãe que, sem poder correr o risco de ficar ainda mais escura,

---

23 Hatüey, caso você tenha esquecido, foi o Ho Chi Minh taino. Enquanto os espanhóis cometiam o Primeiro Genocídio na República Dominicana, ele deixou a Ilha e foi de canoa até Cuba, à cata de reforços, na viagem anterior à empreendida por Máximo Gómez quase 300 anos depois. A Casa Hatüey foi assim denominada porque supostamente pertencera a um descendente do padre que tentara batizar Hatüey antes que ele fosse queimado vivo pelos espanhóis. (As palavras do ameríndio na pira são lendárias: Tem branco no Paraíso? Então, eu prefiro ir para o Inferno.) A história, porém, não tem sido muito benevolente com esse chefe. Se não se tomar rápido uma providência, ele vai ter o mesmo destino de seu colega Cavalo Louco, que virou marca de cerveja em um país alheio.

não arredava o pé da sombra do guarda-sol; já seu pai, quando não ouvia notícias sobre a guerra, perambulava pela praia, com ar compenetrado e expressão tensa. Andava descalço, de camiseta branca e colete, a calça enrolada, o semiafro emblemático, a barriga proeminente por causa da meia-idade. Vez por outra um fragmento de concha ou um caranguejo-ferradura chamavam a atenção de Abelard, que se punha de quatro, com uma lente de aumento, para examinar o achado, de maneira que, tanto para as filhas fascinadas, quanto para a esposa consternada, parecia um vira-lata cheirando bosta.

Até hoje ainda há em Cibao gente que se lembra desse homem, que dirá a você que, não só era um médico brilhante, como também uma das mentes mais incríveis do país, dona de curiosidade infatigável e prodigiosidade inquietante, sem mencionar o talento excepcional no âmbito da linguística e da matemática. O viejo falava bem espanhol, inglês, francês, latim e grego; colecionava obras raras; defendia ideias exóticas, contribuía para o *Journal of Tropical Medicine*; atuava como etnógrafo amador, na linha de Fernando Ortíz. Em suma, era um verdadeiro Crânio — não de todo incomum no México, onde estudara, porém uma espécie bastante rara na Ilha do General Supremo Rafael Leónidas Trujillo Molina. Incentivava as filhas a lerem e as preparava para seguir sua Profissão (elas já falavam francês e liam textos em latim antes dos 9 anos). Tão insaciável era a sede de conhecimento do médico, que qualquer tipo de informação, por mais obscura ou misteriosa que fosse, poderia fazê-lo ir ao cinturão de Van Allen, se necessário. Sua sala de estar, com o belo papel de parede colocado pela segunda esposa do pai, era o ponto de encontro principal dos todólogos. Ali os debates duravam tardes inteiras e, apesar de Abelard se frustrar, às vezes, com a qualidade precária dos argumentos — nada parecidos com os da UNAM, sua faculdade no México —, não perderia aquelas tardes por nada no mundo. Em diversas ocasiões, as filhas davam boa noite ao pai e, na manhã seguinte, ainda o encontravam absorto, numa discussão completamente obscura com os amigos, os olhos esbugalhados, os cabelos espetados, semblante aturdido, mas decidido. Elas lhe davam um beijo e ele, por sua vez, dizia a ambas que eram seus Brillantes. Um dia, essas moçoilas inteligentes, costumava se gabar o pai, hão de nos superar a todos.

O Reino de Trujillo não era exatamente a melhor época para se apreciar Ideias, nem para se debater na sala de estar, muito menos para se oferecer tertúlias e se dedicar às atividades fora do comum. Abelard, no entanto, agia de modo bastante meticuloso. Nunca permitia que se tratasse de política contemporânea (ou seja, Trujillo), mantinha os assuntos no plano abstrato e permitia que todos os que quisessem (inclusive o pessoal da Polícia Secreta) participassem das reuniões. Considerando que se podia entrar numa tremenda fria até por pronunciar mal o nome do Ladrão de Gado Frustrado, não havia muita margem para erro, na verdade. De modo geral, Abelard se esforçava até para não pensar em El Jefe, meio que seguindo o Tao da Esquiva de Ditador, o que chegava até a ser irônico, considerando que mantinha como ninguém as aparências de um ferrenho Trujillista.[24] Tanto como indivíduo quanto como diretor executivo de sua associação médica, fazia doações generosas ao Partido Dominicano; ele e a esposa, que era sua enfermeira principal e melhor assistente, participavam de todas as missões médicas organizadas por Trujillo, não importando quão longínquo fosse o campo; ninguém conseguia conter uma gargalhada melhor que Abelard quando El Jefe ganhou a eleição com margem de 103 por cento! Que entusiasmo do pueblo! Quando se organizavam banquetes em homenagem a Trujillo, o

---

24 O que era mais irônico era que Abelard tinha fama de manter a cabeça baixa durante as piores loucuras do regime, de fazer vista grossa, por assim dizer. Em 1937, por exemplo, quando os Amigos da República Dominicana lutavam de modo ferrenho contra haitianos e dominicano-haitianos e dominicanos com cara de haitianos, nos primórdios do genocídio, Abelard manteve a cabeça, os olhos e o nariz enfiados com determinação nos livros (encarregou a esposa de esconder os empregados e não se preocupou mais com o assunto). Nas ocasiões em que os sobreviventes chegavam, em estado de choque, à sua sala cirúrgica, com feridas de machete indescritíveis, ele os tratava da melhor forma possível, sem jamais fazer quaisquer comentários sobre as lesões horripilantes. Agia sempre como se aquele fosse um dia como outro qualquer.

médico ia de carro a Santiago para participar. Chegava cedo, saía tarde, sorria sem parar, *e não abria a boca*. Desligava o motor de dobra intelectual e operava estritamente abaixo da velocidade da luz. No momento oportuno, apertava a mão de El Jefe, transmitindo-lhe o calor efusivo de sua adoração (se você pensa que o Trujillato não era homoerótico, então, citando o Judas Priest, saiba que *ainda vem mais por aí*), e, sem mais tardar, voltava aos bastidores (como no filme preferido do Oscar, *À queima-roupa*). Procurava manter distância de El Jefe — não se iludia a ponto de achar que o cara o via como um igual ou o considerava amigo ou alguém de que necessitasse — afinal de contas, todo cara que mexia com Ele acabava padecendo de um caso grave de morbidez. Uma vantagem adicional era a família de Abelard não estar inteiramente sob as garras do Canalha, já que o pai nunca conduzira negócios que concorressem com os do homem, nem cultivara terras em locais próximos às dele. Felizmente, seu contato com Trujillo era reduzido.[25]

Os caminhos de Abelard e do Ladrão de Gado Frustrado jamais teriam se cruzado nos Anais da História, não fosse o fato de, a partir de 1944, o médico se recusar a levar esposa e a filha aos eventos de El Jefe, como era de praxe, passando a deixá-las em casa. Explicou aos amigos que a esposa começara a "sofrer dos nervos" e que Jacquelyn tinha de ficar para tomar conta da mãe. Porém, a verdadeira razão para a ausência das duas era a clara avidez de Trujillo e a beleza estonteante da filha. A mais velha, séria e intelectual, deixara de ser uma flaquita alta e desajeitada; a adolescência a atingira em cheio, transformando-a em uma moça

---

25 Bem que ele gostaria que fosse esse o caso com seu contato Balaguer. Demônio que, naquele tempo, ainda não havia se tornado Ladrão de Eleição; era apenas o ministro da Educação de Trujillo — nota-se que foi muito bem-sucedido nesse emprego —, mas não perdia a oportunidade de colocar Abelard contra a parede. Gostava de trocar ideias com o médico sobre suas teorias, as quais eram 40 por cento Gobineau, 40 por cento Goddard e 20 por cento eugenia racial germânica. As teorias alemãs, assegurava ele a Abelard, são a última moda no Velho Continente. O médico assentia. Sei. (No entanto, você pergunta, quem era mais inteligente? Não tem nem comparação. Numa luta romana disputada com mesas e escadas de verdade, Abelard, Cerebro del Cibao, teria derrotado o "Genio de Genocidio" em menos de dois segundos.)

de extraordinária beleza. Contraíra uma combinação fulminante de busto-quadril-bunda, condição que, em meados dos anos 1940, equivalia a um trucidamento assim soletrado: T-R-U-jillo.

Pergunte a qualquer um dos seus Antigos e eles lhes dirão: Trujillo pode ter sido um Ditador, mas era um Déspota Dominicano, o que, em outras palavras, significava que se tratava do Bellaco Número Um do País. O sujeito acreditava que todo toto na RD lhe pertencia, literalmente. Foi fato bem documentado que, nos anos Trujillo, se a pessoa pertencesse a certa classe e deixasse a filha charmosa ao alcance de El Jefe, em uma semana ela estaria mamando o carajo dele como uma profissional, *sem que houvesse nada que se pudesse fazer!* Parte do preço que se pagava por se viver em Santo Domingo e um dos segredos mais conhecidos da Ilha. Tão corriqueiro era o hábito, tão insaciável o apetite de Trujillo, que havia muitos sujeitos na nação, hombres de calidad y posición, que, por incrível que pareça, ofereciam as filhas por *livre e espontânea vontade* para o Ladrão de Gado Frustrado. No entanto, Abelard, num gesto louvável, recusou-se a se incluir entre eles; assim que se deu conta do que acontecia — a filha começara a parar o tráfego na Calle El Sol e um dos pacientes dissera, assim que vira a moça, Vai precisar tomar muito cuidado com essa aí, hein? — então, o médico começou a tratar a filha como uma Rapunzel e a manteve *em casa*. Foi um ato de Grande Coragem, não muito condizente com sua personalidade; entretanto, bastou observar Jacquelyn se arrumar para ir para a escola um dia, o corpo de mulher numa mente de menina, minha Nossa!, numa mente de menina, e a Grande Coragem veio com facilidade.

Entretanto, esconder a filha de seios fartos e olhos de corça de Trujillo requeria um tremendo jogo de cintura. (Como manter Um Anel longe de Sauron.) Se você pensa que o dominicano comum era terrível, El Jefe conseguia ser mil vezes pior. O cara tinha centenas de espiões, cuja única obrigação era esquadrinhar as províncias à cata do próximo pedaço de mau caminho que ele traçaria; se a aquisição de traseiros houvesse sido mais concentrada no Trujillato, o regime teria se tornado a primeira culocracia do mundo (e talvez, de fato, tenha sido). Nesse contexto, deixar as mulheres presas em casa possuía um peso equivalente à traição; os infratores que não soltassem as muchachas poderiam, com facilidade, se ver desfrutando do encanto revigorante de um mergulho com oito tubarões. Sejamos claros: Abelard corria um grande risco. Não importava que ele pertencesse à classe alta ou que tivesse estabelecido uma base sólida, a ponto de fazer com que um amigo diagnosticasse a esposa como maníaco-depressiva e permitir que a notícia vazasse e chegasse aos círculos da elite em que andava. Se Trujillo e companhia ficassem sabendo de sua duplicidade, eles o acorrentariam (e fariam Jacquelyn ficar de quatro) num piscar de olhos. É por isso que, cada vez que El Jefe se aproximava, arrastando os pés, cumprimentando todos na fila de boas-vindas, Abelard imaginava que ele exclamaria, com a voz estridente, Dr. Abelard Cabral, onde está aquela sua filha *suculenta*? Seus *vizinhos* já me falaram muito dela. Era o bastante para provocar no médico um estado febril.

Sua filha Jacquelyn, porém, não fazia a menor ideia do perigo que corria. Estamos falando de uma época mais inocente, e ela era uma jovem pueril; a possibilidade de ser estuprada pelo Ilustre Presidente nem passava por sua mente brilhante. Das duas filhas do médico, fora ela que herdara a inteligência do pai. Estudava francês religiosamente, decidida a seguir os passos de Abelard e a cursar a universidade no exterior, na Faculté de Médecine de Paris. Iria para a França! Seria a próxima Madame Curie! Antes, teria de se dedicar à leitura dia e noite e praticar francês com o pai e o empregado Esteban El Gallo, que tinha nascido no Haiti e dominava bem esse idioma.[26] Nenhuma das filhas do médico percebia

---

26 Depois que Trujillo deu início, em 1937, ao genocídio de haitianos e dominicano-haitianos, já não se viam muitos indivíduos daquelas bandas trabalhando na RD. Pelo menos, não até o final dos anos 1950. Esteban era uma exceção porque (a) ninguém dizia que o cara não era dominicano e (b) durante o genocídio, Socorro o tinha escondido dentro da casa de bonecas da filha, Astrid. Ele passou quatro dias lá dentro, espremido como se fosse a versão morena de Alice.

o risco que corria; ambas eram tão despreocupadas quanto os hobbits e não faziam ideia da Sombra que se assomava no horizonte. Nos dias de folga, quando não estava na clínica ou no escritório, escrevendo, Abelard ficava parado à janela dos fundos, observando as brincadeiras ingênuas das filhas, até o coração partido não aguentar mais.

Todas as manhãs, antes de Jackie iniciar os estudos, escrevia numa folha de papel em branco: *Tarde venientibus ossa.*

Aos que chegam tarde, só restam os ossos.

Abelard só havia tratado da questão da filha com três pessoas. A primeira delas, claro, era a esposa, Socorro. A mulher (é preciso dizer) era de um enorme Talento. Beldade famosa do Leste (Higüey), fonte de toda a beleza das filhas. Quando jovem, além de parecer uma Dejah Thoris morena (um dos principais motivos que levaram Abelard a cortejar uma garota tão abaixo de sua classe social), era também uma das melhores enfermeiras com quem ele tivera a honra de trabalhar no México e na República Dominicana, o que, considerando sua opinião sobre os colegas mexicanos, devia ser tomado como um grande elogio. (Segundo motivo que o levou a ir ao encalço dela.) Sua burro-de-carguice e seu conhecimento enciclopédico de remédios caseiros fizeram com que se tornasse uma parceira indispensável na prática médica. Porém, reagia de forma típica às preocupações do marido em relação a Trujillo; embora fosse uma mulher esperta, habilidosa e trabalhadora, que enfrentava sem titubear esguichos arteriais dos braços esquartejados com machete, no que dizia respeito às ameaças mais abstratas, tais como, digamos, El Jefe, ela, obstinada e propositadamente, se recusava a admitir que poderia haver um problema, apesar de, nesse ínterim, obrigar Jacquelyn a usar as roupas mais recatadas possíveis. Por que você anda espalhando por aí que eu sou loca?, Socorro quis saber.

A segunda confidente do médico era a amante, señora Lydia Abenader, uma das três moças que recusaram seu pedido de casamento quando ele retornou do México após concluir os estudos; agora viúva e amante principal, era com ela que o pai preferia que ele tivesse ficado e, quando o rapaz não conseguiu levar a coisa adiante, o pai o acusou de não ser homem de verdade e o ridicularizou até os últimos dias de sua vida biliosa (terceiro motivo que levou o médico a cortejar Socorro).

Abelard também havia conversado com o vizinho e amigo de longa data, Marcus Applegate Román, que muitas vezes pegava carona com ele para ir aos eventos presidenciais, por não ter carro. Acabou desabafando com esse companheiro de modo espontâneo um dia, já sentindo o peso do problema; os dois voltavam para La Vega por uma das antigas estradas ocupadas pela Marinha, numa madrugada de agosto, passando pelas fazendas de terras pretas e férteis de Cibao, o calor tão intenso que iam com as janelas escancaradas, fazendo com que um fluxo constante de mosquitos chegasse às suas narinas, e, sem mais nem menos, Abelard começou a falar. As mocinhas não têm chance de se desenvolver em paz neste país, reclamou. Então deu, como exemplo, o nome de uma jovem que El Jefe acabara de usurpar, uma muchacha familiar a ambos, formada na Universidade da Flórida e filha de um conhecido. No início, Marcus não disse nada; no interior escuro do Packard não dava para ver seu rosto ensombrecido. Um silêncio preocupante. Marcus não era fã do Canalha, já que em mais de uma ocasião chamou-o de "bruto" y un "imbecil"; entretanto, isso não impediu Abelard de se dar conta, de súbito, de sua tremenda indiscrição (assim era a vida naqueles dias de Polícia Secreta). Por fim, Abelard perguntou, Isso não incomoda você?

Marcus se inclinou para acender um cigarro e, por fim, sua face apareceu, tensa, porém, familiar. Não tem nada que a gente possa fazer, Abelard.

E se você estivesse passando por semelhante dificuldade, o que faria para se proteger?

Faria todo o possível para ter filhas feias.

Já Lydia era bem mais realista. Naquele momento estava sentada à penteadeira escovando os cabelos úmidos. O médico se encontrava deitado na cama, desnudo, mexendo, distraído, com o pene. A amante havia sugerido, Mande Jacquelyn para o convento. Mande a moça para Cuba. Meus parentes de lá vão tomar conta dela.

Cuba era o sonho de Lydia, seu México. Sempre falava em se mudar para lá.

Mas eu teria que pedir autorização do Governo!

Então, pede.

E se El Jefe encontrar a petição?

Lydia pôs a escova na mesa, provocando um ruído seco. Quais são as chances disso acontecer?

Nunca se sabe, disse ele, na defensiva. Neste país, nunca se sabe.

A amante preferia Cuba; a esposa, a prisão domiciliar; o grande amigo não emitiu opinião. Seu próprio instinto lhe dizia para aguardar mais indícios. E, no final do ano, ele os obteve.

Em um dos incontáveis eventos presidenciais, El Jefe apertou a mão de Abelard e, em vez de prosseguir, fez uma pausa — um pesadelo que se tornou realidade — e, sem afrouxar os dedos, perguntou, com a voz estridente: É o Dr. Abelard Cabral? O médico fez uma reverência. Às suas ordens, Vossa Excelência. Em menos de um nanossegundo Abelard ficou molhado de suor; já fazia ideia do que viria a seguir, pois como o Ladrão de Gado Frustrado nunca lhe dirigira mais de três palavras até o momento, o que mais haveria de ser? Não ousou desviar o olhar do rosto coberto de pó de arroz de Trujillo, mas, com o canto dos olhos, vislumbrou os lambesacos adejando, começando a se dar conta de que haveria um colóquio.

Já o vi por aqui muitas vezes, doutor, mas, nos últimos tempos, sem a sua senhora. Vocês se separaram?

Não, continuo casado, Vossa Enormidade. Com Socorro Hernández Batista.

Bom saber disso, comentou El Jefe, pensei que tinha se tornado *un maricón*. Em seguida, virou-se para os lambesacos e riu. Ah, Jefe, exclamaram eles, o senhor *é demais*.

Nessa altura do campeonato, outro sujeito teria, em meio a um acesso de cojones, dito algo para defender a honra, porém, não Abelard. O médico ficou mudo.

Entretanto, El Jefe, continuou, enxugando uma lágrima dos olhos, Você não é maricón, Dr. Cabral, pois soube que tem filhas e que una de ellas, inclusive, es muy bella y elegante, no?

Abelard havia ensaiado várias respostas a essa pergunta, mas a sua lhe veio por puro instinto, do nada: Sim, o senhor tem toda razão, tenho duas filhas. Mas, para falar a verdade, só as consideram bonitas os que gostam de mulheres bigodudas.

Por uns instantes, El Jefe não disse nada e, no silêncio constrangedor que se seguiu, Abelard imaginou a filha sendo estuprada na sua frente, enquanto ele era imerso com lentidão agonizante no tanque de tubarões do sujeito. Entretanto, como por milagre, Trujillo enrugou o rosto porcino e riu, imitado pelo médico, e, então, seguiu seu caminho. Quando Abelard voltou para La Vega tarde da noite, despertou a esposa do sono profundo para que ambos pudessem rezar e agradecer aos céus pela salvação da família. Nunca tivera respostas na ponta da língua. A inspiração deve ter vindo dos recônditos da minha alma, contou à esposa. Transmitida por um Ser Numinoso.

Quer dizer, por Deus?, pressionou a esposa.

Por alguém, respondeu ele, sombriamente.

E ENTÃO?

Ao longo dos três meses seguintes, Abelard aguardou o Fim. Esperou que seu nome começasse a aparecer na seção "Foro Popular" do jornal, em meio a críticas veladas dirigidas a um tal médico dos ossos, morador de La Vega — forma através da qual o regime iniciava a destruição de cidadãos respeitados como ele —, e a comentários a respeito do seu extremo mau gosto na hora de combinar meias e camisas; esperou que chegasse uma carta, requisitando uma reunião a sós com Trujillo, esperou que a filha desaparecesse ao voltar do colégio. Perdeu quase dez quilos durante aquela vigília. Começou a beber copiosamente. Quase matou um paciente, sem querer, quando a mão resvalou. Não fosse a esposa haver visto o estrago antes da sutura, sabe-se lá o que teria ocorrido. Abelard passou a gritar com as filhas e a esposa quase todos os dias. E já não conseguia ficar muito rijo diante da amante. Não obstante, o verão foi deixando para trás a estação das chuvas, e a clínica se encheu de desafortunados, feridos e atormentados, de forma que, após quatro meses sem que nada acontecesse, Abelard quase deixou escapar um suspiro de alívio.

Talvez, escreveu ele, na palma da mão cabeluda. Talvez.

SANTO DOMINGO CONFIDENCIAL

De certo modo, a vida na capital no decorrer do Trujillato se assemelhava muito à de um famoso episódio de *Além da imaginação* de que Oscar tanto gostava, aquele em que o garoto branco monstruoso, com poderes sobrenaturais, dominava Peaksville, uma cidade completamente isolada do resto do mundo. O menino branco era cruel e esquisito; os habitantes da "comunidade" morriam de medo dele e denunciavam e traíam uns aos outros sem titubear, na esperança de não se tornarem as próximas vítimas a ser mutiladas por ele ou, ainda mais deploravelmente, mandadas para o milharal. (Após cada atrocidade cometida pelo garoto — seja transformar um roedor numa criatura de três cabeças, seja banir um companheiro de jogo que já não lhe parecia interessante, enviando-o para o milharal, seja fazendo gear nas novas plantações — a gente apavorada de Peaksville ainda tinha de dizer, Você fez bem, Anthony. Fez *bem*.)

Entre 1930 (quando o Ladrão de Gado Frustrado tomou o poder) e 1961 (ano em que ele virou presunto), Santo Domingo era a própria

Peaksville do Caribe, com Trujillo interpretando Anthony e o resto de nós atuando como o Homem que foi Transformado em Caixa-Surpresa. Essa comparação pode levar vocês a revirarem os olhos, mas, meus caros: é difícil exagerar o poder que Trujillo exerceu sobre a população e a sombra de pavor que ele espalhou na região. O sujeito dominava Santo Domingo como se fosse sua própria Mordor;[27] por um lado, manteve o país isolado do restante do mundo, escondendo-o por trás da Cortina de Plátano e, por outro, agiu como se estivesse na própria colônia e fosse o dono de tudo e todos; assassinou ao bel-prazer filhos, irmãos, pais, mães e arrancou esposas dos maridos nas noites de núpcias, para depois se vangloriar em público, exaltando a "inesquecível lua de mel" que tivera. Seu Olho estava em toda parte; tinha uma Polícia Secreta que sobre-stasi-ava até a Stasi e vigiava todos, inclusive "todos" aqueles que moravam *nos Estados Unidos*; contava com um sistema de segurança tão absurdamente similar aos dos mangustos, que se o cara fizesse um comentário maldoso sobre El Jefe de manhã, às 8h40, antes mesmo das 10 horas, já estaria na Cuarenta sendo violado com um bastão elétrico. (Quem disse que nós, povos do Terceiro Mundo, somos inaptos?) Era preciso se preocupar não só com o Sr. Sexta-Feira 13, como também com toda a Nação

---

27 Se Anthony isolou Peaksville com o poder da mente, Trujillo repetiu a dose com o poder político! Assim que se apoderou da presidência, El Jefe afastou o país do resto do mundo — um isolamento forçado que aqui denominamos Cortina de Plátano. No que diz respeito à fronteira historicamente flexível com o Haiti — que era mais baká que borda —, o Ladrão de Gado Frustrado agiu como o Dr. Gull, personagem de *Do inferno;* adotando a crença dos Arquitetos Dionisíacos, aspirou se tornar o arquiteto da história e, por meio de um ritual horripilante de silêncio e sangue, machete e perejil, obscuridade e negação, impôs uma verdadeira divisa entre os países, uma demarcação que ia além de mapas, circunscrita diretamente nas histórias e no imaginário daquele povo. Já em meados da segunda década de T-illo no "cargo", a Cortina de Plátano fora tão bem-sucedida que, quando os Aliados ganharam a Segunda Guerra Mundial, a maioria do pueblo não fazia a menor ideia do que havia ocorrido. Os que sabiam acreditaram na propaganda política do regime, segundo a qual Trujillo exercera um papel importante na derrota de japoneses e alemães. O cara não teria tido um reino mais privativo nem se houvesse um campo de força ao redor da Ilha. (Afinal, para que utilizar geradores futuristas quando se conta com o poder do machete?) A maior parte das pessoas alega que El Jefe tentou manter o mundo fora dali; no entanto, outras ressaltam que ele também fez o possível para manter algo lá dentro.

Chivato que ele ajudou a disseminar, pois, tal como todo Senhor do Escuro digno de sua Sombra, o sujeito contava com a devoção dos súditos.[28] Segundo se dizia, em qualquer período daquela época, entre 42 e 87 por cento da população dominicana estavam na folha de pagamento da Polícia Secreta. Seus próprios malditos vizinhos podiam acabar com você simplesmente porque possuía algo que cobiçavam ou furara a fila no colmado. Gente indignada era eliminada dessa forma, traída pelos que considerava seus panas, por membros da própria família, por atos falhos. Um dia você era um cidadão cumpridor da lei, que quebrava coco na varanda, no outro, quebravam o *seu* coco na Cuarenta. A situação chegara a um ponto tão crítico que muitas pessoas acreditavam que Trujillo possuía poderes sobrenaturais. De acordo com o disse me disse, ele não dormia, nem suava, mas podia enxergar, farejar e sentir eventos a centenas de quilômetros de distância, gozando da proteção do fukú mais atroz da Ilha. (Não é à toa que, duas gerações depois, nossos pais ainda sejam tão reservados; não é à toa que você acabe descobrindo sem querer que seu irmão não é seu irmão.)

Mas não cheguemos a ir tão longe assim: Trujillo era, de fato, terrível, e o regime, sob vários aspectos, uma versão caribenha de Mordor; entretanto, havia muita gente que menosprezava El Jefe e que, além de transmitir de modo pouco dissimulado seu desrespeito, *resistia* a ele. Porém, Abelard não se incluía entre esse grupo. Não atuava como os colegas mexicanos, que sempre acompanhavam o que acontecia nas outras partes do planeta e acreditavam na possibilidade de mudança. Não sonhou com a revolução, não se importou com o fato de Trotsky haver vivido e morrido a cerca de dez quarteirões de sua pensão estudantil em Coyoacán; queria apenas atender aos pacientes enfermos e endinheirados para,

---

28 Com efeito, tão devoto era o pueblo que, como Galíndez relata em *La Era de Trujillo*, quando a banca examinadora pediu que um estudante de pós-graduação discorresse sobre a cultura pré-colombiana nas Américas, o rapaz respondeu, sem hesitar, que a mais importante era "a da República Dominicana durante a era de Trujillo". Ah, cara! Mas o mais cômico é que a banca se recusou a reprovar o estudante, uma vez que "ele havia citado El Jefe".

depois, voltar ao consultório, sem se preocupar com a possibilidade de levar um tiro na cabeça ou ser atirado aos tubarões. De vez em quando, um de seus conhecidos — em geral, Marcus — lhe descrevia a última Atrocidade de Trujillo: um clã afluente despojado de suas propriedades e exilado; uma família inteira esquartejada e jogada aos tubarões, porque um filho ousara comparar El Jefe a Adolf Hitler diante dos olhares estupefatos de seus colegas; um assassinato suspeito em Bonao, que tirara a vida de um renomado sindicalista. Abelard ouvia essas histórias com muita apreensão e, em seguida, após um silêncio constrangedor, mudava de assunto. Não queria pensar nos destinos das Pessoas Desafortunadas, nem no que ocorria em Peaksville. Não queria saber daquelas histórias em sua casa. Sua forma de encarar tudo aquilo — sua filosofia Trujillo, por assim dizer — era passar despercebido, manter a boca fechada, os bolsos abertos e as filhas escondidas por mais uma ou duas décadas. Até lá, previa ele, o Ladrão de Gado Frustrado morreria, e a República Dominicana se tornaria uma verdadeira democracia.

No fim das contas, Abelard não foi muito bem-sucedido no âmbito das previsões. Tampouco pôde contar com algumas décadas. Sua onda de sorte acabou muito mais cedo do que o esperado.

A GRANDE BOBAGEM

Mil novecentos e quarenta e cinco deve ter sido um ano de grande importância para Abelard e a família. Dois dos artigos do médico foram publicados com considerável reconhecimento, um no prestigioso —— e outro, numa revista de menor porte de Caracas, tendo recebido elogios favoráveis de alguns doutores da Europa, todos bastante lisonjeiros, de fato. Os negócios nos supermercados andavam às mil maravilhas — com a Ilha desfrutando de um crescimento de consumo em virtude da guerra, os gerentes de Abelard mal conseguiam manter as prateleiras cheias de mercadorias. Nas fincas as colheitas eram abundantes e lucrativas, e o colapso global dos preços agrícolas ainda demoraria anos. Abelard tinha uma enorme quantidade de pacientes e fazia várias cirurgias com irrepreensível destreza; as filhas prosperavam (Jacquelyn fora aceita em um prestigioso internato em Le Havre, para onde iria no ano seguinte — sua chance de fugir); de modo geral, o bom médico devia estar imensamente satisfeito consigo mesmo. Na certa, no fim do dia colocava os pés para cima, punha un cigarro no canto dos lábios e mantinha um amplo sorriso no rosto ursino.

Tudo indicava que — ousaremos dizer? — a vida era *boa.*

Só que não era.

Em fevereiro houve outro Evento Presidencial (em virtude do Dia da Independência!) e, daquela vez, o convite foi explícito. Para o Dr. Abelard Luis Cabral *e* esposa *e* filha Jacquelyn. As últimas duas palavras haviam sido sublinhadas pelo anfitrião do evento. Não uma, nem duas, mas três vezes. Abelard quase teve um chilique quando viu o detalhe infeliz. Deixou-se cair sobre a mesa, o coração retumbando contra o esôfago. Fitou o retângulo de velino por quase uma hora antes de dobrá-lo e guardá-lo no bolso da camisa. Na manhã seguinte, foi visitar o anfitrião, um de seus vizinhos. O sujeito se encontrava no estábulo, os olhos cravados de forma carrancuda em alguns dos seus capatazes, que tentava estimular o cruzamento de um dos garanhões. Quando viu Abelard, o semblante do homem se fechou. O que queria que eu fizesse, hein? A ordem veio direto del Palacio! Quando o médico voltou para o automóvel, tentou não deixar que os tremores transparecessem.

Consultou Marcus e Lydia mais uma vez. (Não disse nada a respeito do convite para a esposa e a filha, já que não queria que entrassem em pânico. Não tinha a menor vontade, inclusive, de pronunciar aquelas palavras em seu próprio lar.)

Se na última vez conseguira agir com razoável comedimento, naquela estava fuera de control, delirando como um louco. Por cerca de uma hora, queixou-se indignado com Marcus da injustiça, da falta de cabimento de tudo aquilo (um circunlóquio estupendo e digno de nota, já que em nenhum momento citou o nome do indivíduo do qual reclamava), alternando uma fúria impotente com uma patética autopiedade. No final, o amigo foi obrigado a cobrir a boca do bom médico na tentativa de meter o bedelho na conversa; ainda assim, Abelard continuou a falar. É uma loucura! Pura loucura! Sou um pai de família! Quem manda nesta casa sou eu!

E o que é que pode fazer?, perguntou Marcus, com seu jeito fatalista. Trujillo é o presidente, e você, um reles médico. Se o homem quer ver sua filha na festa, não resta outra alternativa, se não obedecer.

Mas isso é inumano!

E desde quando este país foi humano, Abelard? Você é o especialista em História. Já devia estar careca de saber.

Lydia foi ainda menos condescendente. Leu o convite, praguejou *coño* a meia-voz e, em seguida, virou-se para o amante. Eu avisei, Abelard. Não disse para mandar sua filha para o exterior enquanto ainda havia tempo? A essa altura, ela podia estar em Cuba com a minha família, sã e salva, mas, agora, estas jodido. Agora, Ele está de Olho em você.

Eu sei, eu sei, Lydia, mas o que é que devo *fazer?*

Jesú Cristo, Abelard, exclamou ela, estremecendo. E por acaso tem alguma opção? É do Trujillo que estamos falando.

Em casa, como todo bom cidadão, o doutor pendurara o retrato do Ladrão de Gado Frustrado, que agora parecia lhe sorrir com insípida e pérfida benevolência.

Talvez se Abelard tivesse pegado de imediato a esposa e as filhas e as retirado do país clandestinamente, a bordo de um barco de Puerto Plata, ou se houvesse atravessado de modo sorrateiro a fronteira com o Haiti, elas teriam tido uma chance. A Cortina de Plátano era firme, mas não de todo intransponível. Porém, infelizmente, em vez de tomar uma atitude, o médico se afligiu, procrastinou e se desesperou. Não conseguia comer, nem dormir, caminhava de um lado para outro no corredor de sua casa, noite após noite, vindo a perder depressa todo o peso que ganhara nos últimos meses. (Quando a gente pensa no assunto, percebe que ele devia ter dado ouvidos à filosofia de Jackie: *Tarde venientibus ossa*.) Sempre que podia, Abelard ficava com as filhas. A mais velha, a Menina dos Olhos do pai, já havia decorado os nomes das ruas do Quarteirão Francês e recebera, só naquele ano, não quatro, nem cinco, mas 12 propostas de casamento. Todas comunicadas a Abelard e à esposa, claro. Apenas Jackie não era informada de nada. Ainda assim. E Astrid, de 10 anos, igualzinha ao pai em aparência e natureza, além de simples, brincalhona e ingênua, tocava piano da forma mais genial de toda Cibao e defendia a irmã mais velha sempre que podia. As duas se perguntavam qual seria o motivo da repentina solicitude de Abelard: Está de férias, papi? Ele balançou a cabeça, com tristeza. Não, simplesmente gosto de ficar com vocês.

O que está havendo, homem de Deus?, quis saber a esposa, porém, o marido se recusou a falar com ela. Me deixa em paz, mujer.

A situação se agravou tanto que ele chegou até a ir à igreja, algo inaudito para Abelard (o que pode ter sido uma péssima ideia, já que todos sabiam que a Igreja, naquele tempo, estava nas mãos de Trujillo). O médico ia se confessar quase diariamente e desabafava com o padre, embora não recebesse nenhum retorno; apenas rezava, sentia mais esperança e acendia umas velas idiotas. Passou a entornar três garrafas de uísque por dia.

Seus amigos mexicanos teriam pegado os rifles e se mandado para o campo (ao menos, era o que Abelard supunha que haveriam feito); no entanto, o médico era, sob vários aspectos, mais filho de seu pai do que gostava de admitir. Seu progenitor, homem culto que hesitara enviar o filho ao México, sempre colaborara com Trujillo. Em 1937, ano em que o Exército começou a trucidar todos os haitianos, ele permitiu que usassem seus cavalos e, quando não os devolveram, não disse uma só palavra ao presidente. Considerou a perda parte do custo dos negócios.

Abelard continuou a beber e a se preocupar, parou de ver Lydia, passou a se isolar no consultório e, no fim das contas, acabou se convencendo de que nada aconteceria. Não passava de um teste. Mandou a filha e a esposa se prepararem para a festa. Não mencionou que se tratava de um evento para Trujillo. Agiu como se não houvesse nada de errado. Odiou a si mesmo por atuar com tal falsidade, mas, o que mais haveria de fazer?

Tarde venientibus ossa.

Muito provavelmente tudo teria transcorrido sem o menor problema, não fosse a grande animação de Jackie; por ser sua primeira grande festa, acabou se tornando um grande acontecimento. A jovem foi comprar um vestido de gala com a mãe, adquiriu sandálias novas, ganhou um par de brincos de pérolas de uma de suas familiares e até planejou fazer um penteado no salão. Socorro apoiou a filha em todos os aspectos dos preparativos, sem suspeitar de nada; não obstante, uma semana antes da festa, começou a ter pesadelos terríveis. Estava em sua velha cidade, onde crescera até a tia adotá-la e colocá-la na faculdade de enfermagem, antes de descobrir que tinha o dom da Cura. Fitava a estrada cinzenta, ladeada de frangipanas, que, segundo diziam, conduzia à capital; em meio às ondas de calor, entreviu um homem se aproximando a distância, uma figura indistinta que lhe provocou tamanho pavor, que a fez despertar, aos berros. Abelard pulou da cama, em pânico, e as meninas saíram dos quartos, gritando. Socorro teve esse pesadelo quase toda maldita noite da semana anterior à festa, uma verdadeira contagem regressiva.

Em T-menos-dois, Lydia implorou a Abelard que partisse com ela em um barco a vapor com destino a Cuba. Conhecia o capitão, que já lhe dissera que os esconderia e que não haveria problema. Voltamos para pegar as meninas depois, eu prometo.

Não posso fazer isso, disse ele, arrasado. Não posso abandonar minha família.

Lydia recomeçou a escovar os cabelos. Os dois não voltaram a tratar do assunto.

Na tarde da festa, quando Abelard se dirigia, cabisbaixo, até o carro, olhou de relance para a filha, já com o vestido de gala, parada na sala, inclinada sobre mais um de seus livros em francês, totalmente deslumbrante, totalmente juvenil, e teve, naquele momento, um daqueles lampejos com o qual nós, da área literária, somos sempre obrigados a lidar. Não chegou como um raio de luz, nem como um novo tom de cor, tampouco como um sentimento novo no coração. Ele simplesmente soube. Tinha consciência de que não poderia seguir adiante. Pediu à esposa que se esquecesse do evento. Fez o mesmo com Jackie. Ignorou os protestos chocados das duas. Entrou no carro, pegou Marcus e foi para a festa.

E Jacquelyn?, indagou Marcus.

Ela não vem.

Marcus balançou a cabeça. Não disse mais nada.

Na fila de cumprimentos, Trujillo parou, de novo, diante de Abelard. Farejou algo no ar como um felino. E sua senhora e filha?

O médico estremeceu, mas, a duras penas segurou as pontas, já pressentindo que tudo mudaria. Sinto muito, Vossa Excelência. Não puderam vir.

Ele franziu os olhos porcinos. Percebi, disse, friamente e, em seguida, despediu-se de Abelard, com um gesto seco.

Nem mesmo Marcus ousou olhá-lo.

CHISTE APOCALYPTUS

Nem bem quatro semanas após a festa, o Dr. Abelard Luis Cabral foi preso pela Polícia Secreta. A acusação? "Difamação e grave calúnia contra a Pessoa do Presidente."

A julgar pelo que se escuta por aí, tudo por causa de uma brincadeira.

Segundo os boatos, certa tarde, logo após a fatídica festa, Abelard, que, melhor revelarmos de uma vez, era um sujeito baixinho, barbudo e corpulento, dono de surpreendente força física e de olhos muito próximos e curiosos, foi até Santiago no velho Packard a fim de comprar uma cômoda para a esposa (e, evidentemente, para se encontrar com a amante). Seu estado continuava deplorável, e os que o viram naquele dia se lembram não só de sua aparência lastimável, como também de sua perturbação. A cômoda foi adquirida sem maiores dificuldades e amarrada de modo descuidado no teto do carro; entretanto, antes que Abelard se dirigisse à casa de Lydia, dois "colegas" o abordaram na calçada e o convidaram para tomar uns drinques no Club Santiago. Quem sabe por que ele aceitou? Talvez porque quisesse tentar manter as aparências ou porque todo convite dava a impressão de ser uma questão de vida ou morte. Naquela noite, no Club, tentou afugentar a sensação de desgraça iminente, discorrendo com veemência sobre história, medicina, Aristófanes, enchendo muito a cara. Lá pelas tantas, pediu que os "rapazes" o ajudassem a tirar a cômoda do teto para colocá-la no porta-malas do Packard. Explicou-lhes que não confiava nos manobristas, que tinham as mãos pesadas. Os muchachos ajudaram, bem-dispostos. Entretanto, enquanto lidava de modo desajeitado com as chaves, na tentativa de abrir o bagageiro, Abelard resolveu dizer, em voz alta, Tomara que não haja cadáveres aqui. De que ele fez mesmo tal observação não resta dúvida. O próprio médico o admitiu em sua "confissão". A brincadeira do porta-malas provocou mal-estar entre os "rapazes", cientes que eram do passado sombrio do Packard na história dominicana — fora com esse veículo que Trujillo havia, nos primórdios, aterrorizado as duas eleições iniciais, coagindo el pueblo. No decorrer do Ciclone de 1931, os capangas de El Jefe costumavam ir com seus Packards até as fogueiras nas quais os voluntários queimavam os mortos e, dos porta-malas dos carros, tiravam as "vítimas da tempestade". Todas pareciam estranhamente secas e, com frequência, seguravam panfletos do partido de oposição. Não é que o vento, brincavam os sujeitos, carregou uma bala direto para o rosto deste cara? Ha-ha.

O que aconteceu em seguida é até hoje motivo de grande controvérsia. Tem gente que jura pela própria mãe que quando Abelard conseguiu abrir, por fim, o porta-malas, meteu a cabeça ali dentro e disse, Não tem cadáveres aqui. É, inclusive, o que o próprio médico afirma ter comentado. Uma brincadeira de mau gosto, sem dúvida, mas não uma "difamação", tampouco uma "grave calúnia". Na versão dada por Abelard sobre o fato, os "colegas" deram uma risadinha, a cômoda foi disposta ali e, depois, ele se dirigiu ao seu apartamento em Santiago, onde Lydia o aguardava (42 anos e ainda charmosa e ainda morta de preocupação com a filha do amante). No entanto, os funcionários do tribunal e suas "testemunhas" ocultas alegaram que algo bem diferente ocorrera; contaram que quando o Dr. Abelard Luis Cabral abriu o porta-malas do Packard, disse, Não tem cadáveres aqui. *Na certa, Trujillo deu um jeito neles para mim.*

Final da citação.

EM MINHA HUMILDE OPINIÃO

Parece ser o maior e mais improvável monte de baboseira destes lados de Sierra Madre. Mas o que é baboseira para um sujeito é a vida do outro.

A QUEDA

Abelard ficou com Lydia naquela noite. A relação dos dois vinha atravessando uma fase esquisita. Menos de dez dias antes a amante anunciara que estava grávida. Vou ter um filho seu, alardeou com alegria. Porém, dois dias depois, soube que não passara de um alarme falso; na certa, havia sido apenas uma indigestão. O médico sentiu um misto de alívio — seria algo mais com que se preocupar e, além disso, poderia ter sido outra menina — e decepção, pois não teria sido nada mal ter um menininho, mesmo que o carajito fosse o filho de uma amante, nascido no pior momento possível. Sabia que Lydia vinha requerendo algo novo havia algum tempo, algo concreto que pudesse compartilhar com ele, apenas a dois. A amante vivia lhe pedindo que abandonasse a esposa e fosse morar com ela e, embora a ideia lhe parecesse agradável enquanto estavam juntos em Santiago, a possibilidade se esvaía assim que entrava em sua casa e as duas filhas lindas corriam para abraçá-lo. Abelard era um homem previsível, que apreciava sua vidinha igualmente previsível; não obstante, Lydia nunca desistia de tentar convencê-lo, de modo discreto, de que paixão era paixão e devia ser obedecida. A amante fingiu não ter ficado sentida por não haver concebido um filho seu. Por que ia querer arruinar estes seios!, brincou ela, mas o médico percebeu que ela ficara abatida, tal como ele. Nos últimos dias, o doutor vinha tendo sonhos vagos e desconcertantes, cheios de crianças aos prantos à noite, na primeira residência de seu pai. Eles faziam com que passasse o dia todo amargurado. Sem querer, Abelard acabara não voltando para ver Lydia desde aquela noite em que recebera a má notícia e fora beber, em parte, creio eu, porque temia que o não nascimento do menino tivesse acabado com sua relação. Entretanto, acabou voltando a sentir o antigo desejo, aquele que quase o pegara de jeito na primeira vez que ambos se conheceram, no aniversário do primo dele, Amílcar, quando os dois tinham silhuetas elegantes e eram tão jovens e cheios de possibilidades.

Pelo menos naquela vez não falaram de El Jefe.

Mal dá para acreditar que ficamos tanto tempo afastados!, exclamou ele, pasmo, durante seu último encontro amoroso no sábado à noite.

Dá, sim, respondeu Lydia, com tristeza, alisando a própria barriga. É como se fôssemos relógios, Abelard. Nada mais do que isso.

O médico balançou a cabeça. Nós somos mais do que isso. Somos seres maravilhosos, mi amor.

Bem que eu gostaria de prolongar esse momento, de estender os dias felizes de Abelard; infelizmente, não é possível. Na semana seguinte, dois olhos atômicos se abriram sobre centros urbanos no Japão e, embora ninguém soubesse ainda, o mundo foi refeito. Nem dois dias após as bombas deixarem o arquipélago do Oriente marcado para sempre, Socorro sonhou que o homem sem face se encontrava de pé ao lado da cama do marido e que ela não conseguia gritar, nem dizer nada. Para completar, na noite seguinte, sonhou que o sujeito ficava ao lado das filhas, também. Tenho sonhado, revelou ela ao marido; entretanto, ele fez um gesto com as mãos, sem querer saber. Socorro começou a observar a rua diante de sua casa e a acender velas no quarto. Em Santiago, enquanto Abelard beijava a mão de Lydia, que suspirava de prazer, já se vislumbravam a Vitória no Pacífico e os três agentes da Polícia Secreta que, num Fusca reluzente, chegavam à rua da residência do médico. Era a Queda.

ABELARD ACORRENTADO

Dizer que o doutor levou o maior choque de sua vida quando os agentes da Polícia Secreta (está cedo demais para o SIM, mas assim vamos chamá-los, de qualquer forma) o algemaram e o levaram para a viatura não seria exagero, não fosse o fato de, ao longo dos nove anos seguintes, Abelard continuar a receber um "maior choque de sua vida" após o outro. Por favor, implorou ele, quando recobrou a fala, preciso escrever um bilhete para minha esposa. Pode deixar que o Manuel vai cuidar disso, explicou o SÍMio Número Uno, gesticulando em direção ao maior dos SÍMios, que já espiava a casa. A última visão que Abelard teve de seu lar foi de Manuel revirando sua escrivaninha com ágil indiferença.

Abelard sempre supôs que o SIM era cheio de vagabundos e pervertidos ignorantes, mas os dois agentes que o levaram à viatura até que eram bem-educados, parecendo mais vendedores de aspirador de pó que torturadores desalmados. O SÍMio Número Uno assegurou-lhe no percurso que todas as suas "dificuldades" certamente seriam resolvidas. Nós já vimos casos assim antes, contou ele. Algumas pessoas andaram falando mal de você, mas logo ficará claro que era um bando de mentirosos. Tomara, ressaltou Abelard, meio indignado, meio apavorado. No te preocupes, disse o SÍMio Número Uno. El Jefe não costuma prender gente inocente. O Número Dos continuou calado. Seu terno estava para lá de surrado e, tanto ele quanto o outro, tinham bafo de uísque. O médico tentou manter a calma — o medo, como nos ensina *Duna*, destrói a mente —, mas não se saiu muito bem. Imaginou as filhas e a esposa sendo estupradas inúmeras vezes. Imaginou a casa sendo incendiada. Se não tivesse esvaziado a bexiga instantes antes dos canalhas darem as caras, teria mijado na viatura.

Abelard foi levado com rapidez até Santiago (todos os que cruzavam com eles na rua desviavam o olhar de imediato ao vislumbrar o Fusca), rumo à Fortaleza San Luis. Seu temor já cortante transformou-se em navalha quando ingressaram naquele famoso local. Têm certeza de que estamos no lugar certo? Tão amedrontado estava o médico que a voz saiu trêmula. Não esquenta, não, doutor, disse Número Dos, tu estás no canto certo. O sujeito ficara calado por tanto tempo que Abelard quase se esquecera de que não era mudo. Agora o Número Dos sorria e o Número Uno se concentrava no que ocorria do lado de fora.

Uma vez no interior dos muros de pedra, os atenciosos agentes do SIM entregaram o médico a uma dupla de guardas bem menos polida, que tomou seus sapatos, carteira, o cinto, a aliança e, em seguida, obrigou-o a se sentar num cubículo quente e microscópico para preencher uns formulários. Havia um odor penetrante de excremento no ar. Nenhum oficial apareceu para explicar seu caso, ninguém deu ouvidos aos seus pedidos e, quando ele começou a erguer a voz para reclamar do tratamento, o sujeito que batia os formulários à máquina se inclinou e lhe deu um sopapo no rosto. Com a mesma prontidão de quem se estica para pegar um cigarro. O homem usava um anel, que fez um corte horrendo no lábio do médico. A dor foi tão excruciante, a incredulidade tão impactante que, com a mão protegendo parte da face, Abelard chegou a indagar, Por quê?, e o sujeito lhe deu outro murro, formando um sulco na sua têmpora. É assim que a gente responde pergunta idiota nestas bandas, avisou ele, sem rodeios, curvando-se para se certificar de que o formulário estava bem centrado na máquina. Abelard pôs-se a chorar, o sangue jorrando entre seus dedos. Atitude muito apreciada pelo guarda, que chamou os companheiros dos outros cubículos. Venham aqui ver, pessoal! Chegou um tremendo bebê chorão!

Antes que o médico percebesse o que ocorria, foi jogado numa cela de bandidos comuns, que fedia a suor de malária e diarreia e estava abarrotada de representantes indecorosos do que Broca teria denominado "classe criminosa". Em seguida, os policiais informaram aos demais prisioneiros que Abelard era homossexual e comunista. Isso não é verdade!, protestou o médico, mas quem daria ouvidos a um gay comunista? Nas horas seguintes, ele foi incrivelmente fustigado, obrigado a tirar quase toda a roupa. Um cibaeño corpulento exigiu sua cueca e, quando o médico a tirou, o indivíduo a vestiu sobre o jeans. Es muy cómoda, anunciou para os amigos. Abelard se viu forçado a se acocorar, pelado, próximo aos vasos sanitários; quando tentava se aproximar, aos poucos, da área menos suja, os outros prisioneiros vociferavam: Quédate ahí con la mierda, maricón. Foi assim que teve de dormir, em meio à urina, às fezes e às moscas, sendo acordado diversas vezes por alguém esfregando dejetos secos nos seus lábios. A preocupação com as condições sanitárias não era o forte dos fortalezanos. Os pervertidos tampouco permitiram que o médico se alimentasse, roubando suas míseras porções de comida durante três dias seguidos. No quarto dia, um batedor de carteiras de um braço só compadeceu-se do novo prisioneiro e permitiu que ele comesse uma banana inteira, sem interrupção, e até tentasse devorar a casca fibrosa, de tão faminto que estava.

Pobre Abelard. Foi também no quarto dia que finalmente recebeu atenção de alguém do mundo exterior. No final da noite, quando todos os outros dormiam, um pelotão de policiais o carregou até uma cela menor, parcamente iluminada. Foi amarrado, com certo cuidado, em uma mesa. Desde o momento que o haviam trazido, ele não parara de falar um segundo. Isto é um mal-entendido, senhores, por favor, venho de uma família muito respeitável, se entrarem em contato com minha esposa e meus advogados, eles esclarecerão tudo, mal posso acreditar que venho sendo tratado de modo tão desprezível, exijo que o diretor escute minhas reclamações. As palavras não saíam de sua boca com a rapidez que ele queria. Foi apenas quando se deu conta do aparelho elétrico no qual os policiais mexiam no canto que se calou. Abelard fitou o artefato com grande apreensão e, então, sem poder conter seu apetite insaciável por taxonomia, indagou, Minha Nossa, qual é o nome desse troço?

A gente chama isto de pulpo, respondeu um dos policiais.

E, durante toda a noite, eles lhe mostraram como funcionava.

Três dias já haviam passado quando Socorro finalmente conseguiu localizar Abelard; outros cinco seriam necessários antes que ela recebesse permissão da capital para vê-lo. A sala de visitas onde a esposa aguardava o marido mais parecia um banheiro reformado. Havia apenas um lampião a querosene, que chiava, e, ao que tudo indicava, um monte de excrementos deixados por vários indivíduos num dos cantos. Uma humilhação proposital que passou despercebida a Socorro, nervosa demais para se dar conta. Após o que pareceu ser uma hora (mais uma vez, outra señora teria protestado, mas ela aguentou estoicamente o cheiro de merda, a escuridão e a ausência de assento), trouxeram Abelard, algemado. Tinham lhe dado uma camisa e uma calça pequenas demais; ele caminhava sem erguer os pés, como se temesse que algo fosse cair das mãos ou dos bolsos. Apesar de se encontrar preso havia apenas uma semana, sua aparência já era espantosa. Os olhos estavam arroxeados, as mãos e a nuca cheias de hematomas e o lábio cortado, monstruosamente inchado, com a cor do fundo do globo ocular. Na noite anterior, Abelard fora interrogado pelos policiais, que o espancaram sem a menor dó, com cassetetes de couro; um de seus testículos ficaria atrofiado para sempre em virtude dos golpes.

Pobre Socorro. Eis uma mulher que se preocupara a vida inteira com catástrofes. A mãe era muda; o pai, ébrio, torrara pouco a pouco o patrimônio de classe média da família, até suas propriedades se reduzirem a uma espelunca e algumas galinhas. Então, o velho foi forçado a trabalhar na terra dos outros, condenado a uma vida de mudanças constantes, à saúde debilitada e às mãos calejadas; segundo diziam, Pa Socorro jamais se recuperara da visão do pai espancado até a morte por um vizinho, sujeito que também era sargento de polícia. A infância da enfermeira se resumira a refeições perdidas e roupas de primas, ao convívio com o pai apenas três, quatro vezes por ano, durante visitas em que ele não falava com ninguém e ficava deitado no quarto, ébrio. Ela se tornou uma muchacha "ansiosa" e adquiriu o tique nervoso de arrancar o próprio cabelo. Apesar de já ter 17 anos quando atraiu o interesse de Abelard em um hospital-escola, só começou a menstruar um ano *depois* de se casar. Até mesmo quando adulta, Socorro costumava despertar no meio da noite, aterrorizada, convencida de que a casa estava pegando fogo, o que a levava a correr de um quarto ao outro esperando encontrar tudo em chamas. Quando o marido lia o jornal para a esposa, ela demonstrava ter especial interesse por terremotos, incêndios, enchentes, estouros de boiadas e naufrágios de navios. Tornou-se a primeira catastrofista da família, sem dúvida nenhuma teria enchido Cuvier de orgulho.

O que esperava encontrar, enquanto remexia nos botões do vestido, reajeitava a bolsa pendurada no ombro e tentava não tirar do lugar o chapéu da Macy? Um homem sujo, na certa un toyo, mas não um marido de aspecto degradante, que rastejava como um velho e trazia nos olhos um brilho de pavor que não se esvai facilmente. Estava pior do que ela, em seu fervor apocalíptico, imaginara. Era a Queda.

Quando tocou Abelard, ele começou a chorar alto, muito envergonhado. As lágrimas rolavam por sua face, enquanto tentava contar à esposa tudo o que lhe ocorrera.

Não muito tempo depois dessa visita, Socorro se deu conta de que estava grávida. Da Terceira e Última Filha de Abelard.

Fukú ou Zafa?

Você é quem sabe.

A especulação nunca acabaria. No mínimo, perguntavam se ele teria realmente dito aquilo. (Outra maneira de indagar: será que Abelard acabou cavando a própria cova?) Até a família estava dividida. La Inca, com a ideia fixa de que o primo não dissera nada, de que fora uma cilada, orquestrada pelos inimigos dele para despojar a família da riqueza, das propriedades e dos negócios. Já outros não tinham tanta certeza. Abelard provavelmente *havia* dito algo naquela noite no Club e, por azar, os agentes de El Jefe o entreouviram. Nada de conspiração intricada, pura besteira por causa da bebedeira. E quanto à carnificina que se seguiu: qué sé yo — um tremendo azar, mesmo.

A maior parte das pessoas com quem a gente conversa prefere a versão com um toque sobrenatural. É adepta da teoria de que Trujillo não só queria a filha de Abelard, como também, por não ter conseguido agarrá-la, havia lançado um fukú na família, a título de vingança. O que explica o porquê de toda aquela desgraça.

Mas o que foi que houve, enfim?, você pergunta. Um acidente, uma conspiração ou um fukú? A única resposta que posso dar é a menos satisfatória: você vai ter que decidir por si mesmo. A única certeza é que não há certezas. Estamos tateando no escuro. Trujillo e companhia não deixaram registros escritos — não compartilhavam da fixação de seus coetâneos alemães pela documentação. E ninguém espera que o próprio fukú tenha deixado uma autobiografia ou coisa parecida. Os Cabral restantes tampouco ajudam muito; em todos os assuntos relacionados à prisão de Abelard e a subsequente destruição do clã, prevalece no seio da família um silêncio em tributo às gerações, que torna esfíngica toda tentativa de reconstituição narrativa. No máximo há um sussurro aqui e ali, e nada mais.

O que significa que, se você quer saber de toda a história, não vou poder ajudar. Oscar também tentou desvendá-la, nos seus últimos dias, e não se sabe se conseguiu ou não.

Mas sejamos francos. O rap sobre A Garota que Trujillo Queria é comum à beça na Ilha.[29] Tão comum quanto krill. (Não que esses crustáceos sejam lá muito corriqueiros naquela região, mas deu para sacar o que eu quis dizer.) Comum a ponto de Mario Vargas Llosa não precisar fazer muita coisa, além de abrir a boca e captar a parada no ar. Na cidade natal de quase todo mundo pode-se encontrar uma dessas histórias sobre sujeitos bellacos. Os relatos são simples porque, a bem da verdade, *explicam tudo*. Trujillo tomou suas casas e propriedades, meteu seus velhos na cadeia? Bom, foi porque queria transar com a moça atraente da sua família! E os seus pais se recusaram a deixar!

---

29 Anacaona, também conhecida como Flor de Oro. Uma das Mães Fundadoras do Novo Mundo e a ameríndia mais linda do Planeta. (Os mexicanos têm Malinche e nós, dominicanos, ela.) Era a mulher de Caonabo, um dos cinco caciques que mandavam na nossa Ilha na época do "Descobrimento". Em seus relatos, Bartolomé de las Casas a descreve como "uma moçoila de notável prudência e autoridade, deveras cortês e agradável tanto no trato quanto nos gestos". Outras testemunhas fazem uma descrição bem mais sucinta: a mulher era gostosa e, além do mais, tinha espírito de guerreira. Quando os Euros começaram a dar uma de Hannibal Lecter para cima dos tainos, mataram o marido da Anacaona (o que é outra história) e ela, como toda mulher guerreira que se prezasse, tentou organizar sua gente e resistir; no entanto, como os europeus eram o fukú original, não havia como impedi-los. Foi um Massacre atrás do outro. Ao ser capturada, Anacaona tentou negociar, dizendo: "Matar não é honroso, e violência também não devolver honra. Temos que construir ponte de amor para inimigo atravessar, e pegadas deles vão servir de exemplo para povos." Acontece que os espanhóis não estavam tentando construir pontes. Após um julgamento fictício, enforcaram a corajosa Anacaona, à sombra de uma das primeiras igrejas de Santo Domingo. Fim.
Uma história comum que se ouve na RD sobre essa guerreira é que, na véspera da sua execução, ofereceram-lhe a oportunidade de salvação: tudo que tinha a fazer era se casar com um espanhol que estava obcecado por ela. (Captou a tendência? Trujillo desejava as Irmãs Mirabal, e o Espanhol, Anacaona.) Basta fazer essa mesma oferta para uma garota contemporânea da Ilha, que ela preencherá num segundo o formulário do passaporte. No entanto, dizem que a mulher de Caonabo, tragicamente da velha guarda, exclamou, Vão se foder, seus brancos! E esse foi o fim de Anacaona. A Flor de Oro. Uma das Mães Fundadoras do Novo Mundo e a ameríndia mais linda do Planeta.

A parada é realmente perfeita. Dá pano pra manga para muita interpretação divertida.

Mas há outra variante, menos conhecida, da narrativa Trujillo vs. Abelard. Uma história secreta, segundo a qual o médico não entrou pelo cano por causa do culo da filha, nem pela brincadeira sem graça.

De acordo com essa versão, ele teria se metido em confusão em virtude de um livro.

(Pode ir ligando o theremin, por favor.)

Em algum momento de 1944 (reza a lenda), enquanto Abelard ainda não sabia ao certo se tinha se metido em confusão com o Ladrão de Gado Frustrado, começou a escrever um livro sobre — e quem mais? — El Jefe. Até 1945, já fazia parte da tradição ex-oficiais escreverem obras reveladoras a respeito do regime. Entretanto, ao que tudo indica, o livro que Abelard escrevia não tratava desse assunto. A parada dele era uma exposição das bases sobrenaturais do governo de Trujillo, um livro sobre os Poderes Obscuros do presidente em que Abelard argumentava que as histórias contadas pelas pessoas simples a respeito de seu líder — que ele seria sobrenatural, e não humano — poderiam, de certa forma, ter um fundo de *verdade*. O médico alegava ainda que El Jefe podia, se não de fato, mas em princípio, ser considerado uma criatura de outro planeta!

Bem que eu queria ter lido esse texto. (Sei que o Oscar também estava muito a fim disso.) O troço teria sido uma viagem pra lá de radical. Sinto informar, no entanto, que o referido esboço (segundo os boatos) foi convenientemente destruído após a prisão de Abelard. Não há mais cópias. Nem a esposa nem as filhas sabiam de sua existência. Apenas um dos empregados, que o ajudou a reunir as lendas populares na surdina etc. e tal, conhecia a obra. O que posso dizer? Em Santo Domingo, uma história não é uma história a menos que possua aspectos assombrosos e sobrenaturais. Aquela, especificamente, era uma daquelas exposições com muitos divulgadores e nenhum crente. Não surpreende que Oscar tenha achado essa versão da Queda muitíssimo interessante. Satisfez as estruturas profundas da sua mente nerd. Livro enigmático, um ditador sobrenatural, talvez até extraterrestre, que, após se instalar na primeira Ilha do Novo Mundo, isolou-a de todo o planeta, um sujeito que rogava praga para destruir os inimigos — a coisa toda seguia um estilo Lovecraft da Nova Era.

A obra final e extraviada do Dr. Abelard Luis Cabral. Tenho certeza de que não era nada mais que fruto da imaginação voduísta hipertrofiada da nossa Ilha. E nada menos que isso. Embora A Garota que Trujillo Queria me parecesse ser uma parada meio fraca em termos de mitos de criação, era, ao menos, algo em que se podia acreditar, no? Algo real.

Estranho que, depois de todo o sucedido, Trujillo nunca tenha ido atrás de Jackie, embora Abelard estivesse de mãos atadas. Todos sabiam que ele tinha fama de ser imprevisível, mas, ainda assim, atitudezinha esquisita, hein?

Também era estranho que nenhum dos livros do médico, nenhum dos quatro que escreveu, tampouco das centenas que possuía, tenha sido conservado. Nem em arquivos, nem em coleções privadas. Todo documento que ele guardava em sua casa fora confiscado e, supostamente, queimado. E sabe do que mais? Não restou sequer um exemplo de sua caligrafia. Tudo bem, Trujillo foi cuidadoso. Mas nem um pedaço de papel com a letra do médico? Cuidadoso é apelido! É preciso mesmo ter muito medo de um desgraçado ou do que ele escreve para que se faça algo assim.

Mas, poxa, é apenas uma história, sem nenhuma prova concreta, o tipo de parada que só nerd mesmo gosta.

A SENTENÇA

Seja qual for a sua teoria: em fevereiro de 1946, Abelard foi oficialmente declarado culpado de todas as acusações e condenado a 18 anos de prisão. Dezoito anos! O abatido médico foi retirado do tribunal sem ter a chance de dizer uma palavra sequer. Socorro, com a barriga enorme, precisou ser contida, para não atacar o juiz. Talvez você se pergunte, Por que não houve protestos nos jornais, movimentos entre os grupos a favor dos direitos civis ou passeatas dos partidos da oposição? Irmão, por favor: notícias zero, direitos civis zero, partidos de oposição zero — só havia Trujillo. E, quanto à jurisprudência: o advogado de Abelard recebeu uma ligação del Palacio e desistiu de interpor recurso de apelação. Melhor não falarmos nada, aconselhou ele a Socorro. Ele vai viver mais se fizermos isso. Não comentar nada, manter a boca fechada — não importava. Era a Queda. A mansão de 14 quartos em La Vega, o apartamento luxuoso em Santiago, os estábulos nos quais se podia alojar uma dezena de cavalos, a fábrica de cimento, os dois supermercados prósperos e a série de fincas desapareceram na detonação; tudo foi confiscado pelo Trujillato e distribuído entre El Jefe e seus cupinchas, incluindo os dois que estiveram com Abelard na noite em que ele disse a Grande Bobagem. (Eu poderia revelar seus nomes, mas acho que você até já conhece um deles: um vizinho de confiança.) Porém, nenhum desaparecimento foi mais drástico e radical que o de Abelard.

A perda de mansões e propriedades não era nenhuma novidade naquele governo; no entanto, a prisão (ou, caso você prefira a versão mais irreal, o livro) provocou um declínio sem precedentes no destino da família. Lançou, no plano cósmico, um pêndulo de aço contra ela. Chame de grande maré de azar, de enorme dívida cármica ou de outra coisa (Fukú?). Seja lá o que fosse, a parada começou a exercer um poder terrível naquela linhagem; alguns creem, inclusive, que nunca mais parou.

CHUVA RADIOATIVA

A Família alega que o primeiro sinal foi a terceira e última filha de Abelard, que veio ao mundo no início da encapsulação do pai, ter nascido negra, não de um matiz escuro qualquer, mas negro *negro* — negro congo, xangô, kali, sapota, Rekha — e nenhuma artimanha racial dominicana encobriria esse fato. É esse o tipo de cultura a que pertenço: as pessoas consideram a compleição escura dos seus filhos um mau agouro.

Quer ver um indício de que isso tem fundamento?

Nem dois meses após parir a terceira e última filha (denominada Hypatía Belicia Cabral), Socorro, talvez cega pela tristeza, pelo sumiço do marido, pelo fato de toda a família do médico ter começado a evitá-las, como se fossem, na verdade, um fukú, atravessou a rua diante de um caminhão de munição, levada pela depressão pós-parto. Foi arrastada quase até a frente de La Casa Amarilla antes de o motorista perceber que havia algo errado. Se não morreu com o impacto, certamente já tinha sucumbido quando foi retirada do eixo do caminhão.

Foi uma terrível onda de azar, mas o que se haveria de fazer? Com a mãe morta e o pai na cadeia, e os parentes afastados (e quero dizer Trujillo-afastados), as filhas tiveram de ficar com quem quer que as aceitasse. Jackie foi enviada para os padrinhos ricaços em La Capital e Astrid foi morar com parentes em San Juan de la Maguana.

As duas nunca mais se viram, nem vislumbraram o pai de novo.

Até aqueles, entre vocês, que não acreditam em fukú, teriam se perguntado o que, em nome da Criação, andava acontecendo. Logo após o terrível acidente de Socorro, Esteban o Gallo, empregado principal da família, foi fatalmente apunhalado diante de um cabaré; os agressores jamais foram encontrados. Dentro em pouco, Lydia faleceu, segundo alguns, de pesar, segundo outros, de um câncer nas partes femininas. Seu corpo só veio a ser encontrado meses depois. Afinal de contas, vivia sozinha.

Em 1948, Jackie, a Menina dos Olhos da família, foi encontrada afogada na piscina dos padrinhos, embora esta houvesse sido esvaziada, estando com apenas 60 cm de água. Até aquele instante, nunca deixara de lado a alegria de viver, era o tipo de negra tagarela que acharia um lado positivo até num ataque de gás de mostarda. Apesar dos seus traumas, apesar das circunstâncias em torno da separação dos pais, ela não desapontou ninguém e excedeu todas as expectativas. Era a primeira da turma na esfera acadêmica, superando até as meninas da escola particular da Colônia Americana. Dona de inteligência tão extraordinária, que até costumava corrigir os erros dos professores nas provas. Era capitã da equipe de debates e do time de natação, insuperável nas quadras de tênis, medalha de ouro em todas as áreas. Entretanto, não pôde sobrepujar a queda nem seu papel; essa é a explicação das pessoas. (Embora seja bastante estranho ela ter sido aceita na faculdade de Medicina na França três dias antes de ter "se suicidado" e, ao que tudo indicava, mal pudesse esperar para deixar Santo Domingo.)

A irmã, Astrid — a gente mal conheceu você, querida — tampouco teve melhor destino. Em 1951, enquanto rezava durante a missa, em San Juan, onde vivia com os tios, uma bala perdida atravessou a nave lateral e atingiu-a na cabeça, matando-a na hora. Ninguém viu de onde veio o projétil, nem se lembrava de ter ouvido o tiro.

Do quarteto inicial da família, Abelard foi quem mais viveu. O que é irônico, já que quase todos do seu círculo, incluindo La Inca, acreditaram no governo quando oficiais anunciaram, em 1953, que o médico havia morrido. (Mas por que fizeram isso? Porque sim.) Foi apenas quando ele faleceu de verdade que se revelou que estivera vivo no presídio de Nigüa naquele ínterim. Ficou preso durante 14 anos seguidos pela Justiça de Trujillo. Que pesadelo![30] Eu poderia lhes contar milhares de histórias

---

30 Nigüa e El Pozo de Nagua eram campos de extermínio — Ultamos — considerados os piores presídios do Novo Mundo. A maior parte dos sujeitos que foram parar lá durante o Trujillato nunca saiu viva e, a que saiu, na certa desejou não tê-lo feito. O pai de um amigo meu, que passou oito anos em Nigüa, por não ter sido reverente o bastante com o velho El Jefe, contou que, um dia, um colega prisioneiro cometeu o erro de reclámar para os guardas de dor de dente. Os sujeitos enfiaram o cano da arma na boca do cara e mandaram seus miolos para o espaço. Aposto que agora não dói mais, disse um deles, às gargalhadas. (O tipo que de fato cometeu o homicídio ficou conhecido, dali em diante, como El Dentista.) Há muitos ex-alunos famosos de Nigüa, incluindo o escritor Juan Bosch, que se tornaria o Exilado Antitrujillista Número Um e, depois, presidente da República Dominicana. Como Juan Isidro Jiménes Grullón disse em seu livro *Una Gestapo en América*, "es mejor tener cien niguas en un pie que un pie en Nigüa".

sobre a detenção de Abelard — milhares de histórias que arrancariam lágrimas dos seus malditos *olhos* —, mas vou poupá-los da angústia, da solitude, da tortura e da enfermidade daqueles 14 anos desperdiçados; vou poupá-los, de fato, dos acontecimentos, para colocá-los a par apenas das consequências (e vocês ainda podem se perguntar, cobertos de razão, se cheguei a protegê-los de algo).

Em 1960, no auge do movimento clandestino de resistência contra Trujillo, submeteram Abelard a um procedimento especialmente pavoroso. Ele foi algemado a uma cadeira, colocado no sol escaldante e, depois, uma corda molhada foi cingida com crueldade em sua fronte. Era conhecido como La Corona — uma tortura simples, mas eficaz, perpetrada de modo sádico. No início, a corda apenas envolvia seu crânio, mas, à medida que se ressecava com o sol, apertava cada vez mais, provocando uma dor excruciante e enlouquecedora. Entre os prisioneiros do Trujillato, poucas torturas eram mais temidas que essa. Pois, se por um lado nunca matava o sujeito, por outro, nunca o deixava vivo. Apesar de Abelard ter sobrevivido, jamais voltou a ser o mesmo. Ela fez dele um vegetal. A chama magnífica do seu intelecto foi extinta. Pelo resto de sua vida curta, permaneceu alheio, em estado de torpor; ainda assim, alguns prisioneiros se lembraram de momentos nos quais ele aparentou estar quase lúcido, quando ficava parado no meio dos campos e olhava para as mãos e caía em pranto, como se recordasse que, em certo período de sua vida, tivera mais do que aquilo. Os outros detentos, por respeito, continuaram a chamá-lo de El Doctor. Dizem que Abelard morreu alguns dias antes do assassinato de Trujillo. Foi enterrado em uma vala comum, em algum lugar nas cercanias de Nigüa. Oscar visitou o local em seus últimos dias. Nada a declarar. Pareceu-lhe igual aos outros campos decadentes de Santo Domingo. Ele acendeu velas, depositou flores, fez uma oração e voltou para o hotel. O Governo ficou de colocar uma placa em homenagem aos mortos do Presídio de Nigüa, porém, nunca o fez.

A TERCEIRA E ÚLTIMA FILHA

E o que foi feito da terceira e última filha, Hypatía Belicia Cabral, que tinha apenas 2 meses de vida quando a mãe morreu, que jamais conheceu o pai, que foi carregada pelas irmãs apenas algumas vezes antes que essas também desaparecessem, que não chegou a passar nem um segundo sequer na Casa Hatüey, que era, literalmente, a Filha do Apocalipse? O que foi feito dela? Encontrar um lugar para a bebê não foi tão fácil quanto no caso de Astrid e Jackie; afinal de contas, era uma recém-nascida, e, bom, de acordo com as fofocas que circulavam entre os parentes, era tão escura que os familiares do lado de Abelard se recusaram a ficar com ela. Para completar, a menina tinha nascido bakiní — abaixo do peso, doentinha. Tinha dificuldade de chorar, de ser amamentada, e ninguém, afora a família, queria que a neném de pele escura vivesse. Sei que é uma acusação polêmica, mas duvido que alguém da família pensasse diferente. Durante algumas semanas, sua vida ficou por um fio e, não fosse por uma bondosa mulher de tez negra chamada Zoila, que lhe dava o próprio leite materno e a carregava no colo, durante horas, todos os dias, na certa não teria sobrevivido. Já no final do quarto mês, parecia que a bebê resistiria. Ainda era primordialmente bakiní, mas começara a engordar, e seu choro, que antes parecia um sussurro fantasmagórico, ficava cada vez mais forte. Certo dia, Zoila (que se tornara uma espécie de anjo da guarda) acariciou a cabecinha sarapintada e declarou: mais seis meses, mi'jita, e você vai ficar más fuerte que o Lílis.

Beli não tinha nem seis meses. (Estabilidade não estava no destino da nossa garota, apenas mudança.) Sem aviso prévio, um grupo de parentes distantes de Socorro apareceu e exigiu a menina, arrancou-a dos braços de Zoila (os mesmos consanguíneos que a enfermeira havia deixado para trás com satisfação ao se casar com Abelard). Acho que essa gente não tinha a menor intenção de cuidar da neném por algum tempo, apenas agiu assim com o intuito de receber alguma compensação financeira dos

Cabral. Quando perceberam que a grana não apareceria, a Queda foi total, os brutos entregaram a bebê para uns parentes ainda mais distantes, na periferia de Azua. E é aqui que a trilha fica obscura. Pelo visto, essa gente de Azua era totalmente destrambelhada, o que a minha velha chama de selvagens. Depois de um mês cuidando da neném infeliz, a mãe da família sumiu uma tarde, junto com a pequena e, quando voltou para o vilarejo depois, estava sem ela. Disse para os vizinhos que a menina tinha morrido. Alguns acreditaram nela. Afinal, fazia um tempo que a bebê não andava bem. A negrita mais miudinha do planeta. Fukú, parte três. Já outros, chegaram à conclusão de que ela tinha vendido a garota para alguma outra família. Naquela época, como agora, a compra e venda de crianças era uma prática bastante corriqueira.

E foi exatamente o que ocorreu. Como uma personagem de um dos livros de ficção do Oscar, a órfã (que pode ou não ter sido objeto de uma vendeta sobrenatural) foi vendida para pessoas completamente estranhas em outra área de Azua. Isso mesmo... vendida. Virou uma criada, uma restavek. Viveu no anonimato nos bairros mais pobres da Ilha, sem nunca saber quem era sua família verdadeira e, mais tarde, sumiu de vista por um longo, longo tempo.[31]

---

31 Morei em Santo Domingo até os 9 anos, e até eu conhecia criadas. Duas viviam no callejón atrás da nossa casa, e eram os seres humanos mais acabados e sobrecarregados de trabalho que eu já tinha visto até aquele momento. Uma delas, Sobeida, preparava todas as refeições, fazia faxina, pegava água e cuidava de dois bebês para uma família de oito — a menina tinha apenas 7 anos! Nunca ia para a escola e, se a primeira namorada do meu irmão, Yohana, não tivesse reservado algum tempo — roubado em segredo do pessoal dela — a fim de ensinar para a garota o ABC, ela não teria aprendido nada. Todos os anos, quando eu voltava dos EUA, era a mesma coisa; a calada e trabalhadora Sobeida ia até lá por alguns instantes para trocar palavras com o meu abuelo e a minha mãe (e também para ver alguns minutos de novela) antes de sair correndo para concluir o próximo trabalho doméstico. (Minha mãe sempre levava uma grana para presentear a menina; na única ocasião em que resolveu dar um vestido, alguém da "família" dela já o estava usando no dia seguinte.) Tentei abrir os olhos dela, claro — Sr. Ativista da Comunidade —, mas a garota fugia de mim e das minhas perguntas idiotas. Sobre o que é que vocês dois podiam conversar?, quis saber minha mãe. La pobrecita mal consegue escrever o próprio nome! E, então, quando ela fez 15 anos, um dos babacas do callejón a engravidou e, agora, segundo minha velha, a "família" pôs o filho da garota para trabalhar para eles também; o garoto vai buscar água no lugar da mãe.

A QUEIMADURA

Beli só voltou a aparecer em 1955. Sob a forma de um sussurro no ouvido de La Inca.

Acho que devemos ser muito claros e francos sobre o paradeiro de La Inca ao longo do período que chamamos de a Queda. Apesar de algumas afirmações de que ela se achava no exílio, em Porto Rico, no decorrer desses anos, estava, na verdade, em Baní, isolada da família, lamentando o falecimento do marido três anos antes. (Ponto de esclarecimento para os chegados a uma conspiração: a morte ocorreu antes da Queda, então, com certeza ele não foi uma vítima dessa derrocada.) Os anos iniciais de luto tinham sido terríveis. Aquele fora o único homem que ela amara na vida, e vice-versa; além do mais, só estavam casados havia alguns meses quando ele faleceu. La Inca ficou perdida na vastidão de seu sofrimento e, quando soube que o primo Abelard se metera numa Grande Confusão com Trujillo, para sua eterna vergonha, não moveu uma palha. Estava por demais angustiada — que o resto da família desse um jeito. Foi apenas quando soube que Jackie e Astrid tinham falecido que deixou de lado o mal-estar por tempo suficiente para perceber que, marido morto ou não, de luto ou não, havia abandonado por completo a responsabilidade para com o primo, que sempre fora muito amável com ela, apoiando seu casamento mesmo quando os demais parentes se opuseram. Essa constatação envergonhou e atormentou La Inca, que resolveu se arrumar e ir procurar a Terceira e Última Filha — porém, quando encontrou em Azua a família que comprara a menina, eles lhe mostraram uma pequena sepultura, e foi tudo. Achou bastante suspeitos aqueles parentes diabólicos e a suposta morte da neném; no entanto, como não era clarividente, nem CSI, não havia nada que pudesse fazer. Só restava aceitar que a garota tivesse perecido e admitir a sua própria parcela de culpa. Um lado bom de se sentir culpada e constrangida: ela superou o pesar e voltou a viver. Abriu uma rede de padarias. Dedicou-se a servir a clientela. De vez em quando sonhava com a pequena negrita, derradeiro fruto do primo morto. Oi, tía, dizia a menina, e La Inca despertava com o coração apertado.

Então, chegou 1955. O Ano do Benfeitor. As padarias da prima de Abelard iam de vento em popa, e ela voltara a se tornar uma figura respeitada na cidade. Um belo dia, soube de uma história mirabolante. Disseram que uma campesinita, que morava nas cercanias de Azua, tinha tentado ir para a nova escola rural que o Trujillato construíra ali; porém os pais, que não eram os verdadeiros, impediram que ela assistisse às aulas. A menina, no entanto, era extremamente teimosa, e os pais, que não eram os verdadeiros, sempre se enfureciam quando ela deixava o trabalho de lado para ir à escola e, na briga subsequente, a pobre muchachita sofreu uma terrível queimadura; o pai, que não era o verdadeiro, jogara uma panela de óleo fumegante nas costas nuas dela. A lesão quase a matou. (Se as notícias boas viajam rápido como um raio em Santo Domingo, as más se propagam na velocidade da luz.) E a parte mais assombrosa dessa história? De acordo com os rumores, a menina queimada era parente de La Inca!

Como é possível?, indagou ela.

Você se lembra do seu primo, do tal médico de La Vega? Daquele que foi parar na cadeia por dizer a Grande Bobagem sobre Trujillo? Pois então, fulano, que conhece sicrano, amigo de beltrano, disse que aquela menininha é filha dele!

Dois dias haviam se passado, e La Inca se recusava a acreditar na história. Todo mundo gostava de iniciar boatos em Santo Domingo. Ela se negava a crer que a garota tinha sobrevivido e que estava vivendo, logo onde!, na periferia de Azua![32] Durante essas duas noites, mal dormiu,

---

32 Vocês que conhecem a Ilha (ou têm familiaridade com a música de Kinito Méndez) sabem exatamente a que tipo de panorama me refiro. Não se trata dos campos sempre comentados com algazarra por suas famílias, tampouco das plantações de guanábana dos nossos sonhos. A periferia de Azua, uma das áreas mais pobres da RD, nossa terra inculta, nosso sertão autóctone, lembra os campos radioativos daqueles cenários de fim de mundo tão adorados por Oscar; é o

viu-se obrigada a se automedicar com mamajuana e, por fim, depois de sonhar com o falecido marido e chegar à conclusão de que precisava ficar com a consciência limpa, La Inca pediu que o vizinho e melhor sovador de pão, Carlos Moya (o sujeito que, em outros tempos, manipulara sua massa, antes de dar o fora e se casar) a levasse até a área em que a menina supostamente vivia. Se ela for filha do meu primo, vou saber só de olhar, anunciou. Vinte e quatro horas depois, La Inca voltou acompanhada de uma garota incrivelmente alta e impressionantemente magra, a morta e viva Beli. Sua mente agora em total e eterna oposição aos campos e seus habitantes. Não satisfeitos com o fato de já terem queimado a menina, aqueles selvagens a castigaram ainda mais, trancando-a no galinheiro à noite. No início, relutaram em entregá-la. Ela não pode ser da tua família, não, é uma prieta. Mas La Inca insistiu, ergueu a Voz contra eles e, quando a menina surgiu do galinheiro, sem conseguir desencurvar o corpo por causa da queimadura, a mais velha fitou os olhos furiosos e arredios e viu Abelard e Socorro retribuindo o seu olhar. Esqueça a pele

---

Exterior, as Terras Erodidas, a Terra Amaldiçoada, a Zona Proibida, o Grande Ermo, o Deserto de Vidro, as Terras Vulcânicas, o Doben-al, e ainda o Salusa Secundus, o Ceti Alpha 6, o Tatooine. Até mesmo seus habitantes poderiam passar por sobreviventes de algum holocausto recente. Os pobres — e era com esses infelices que Beli vivera — muitas vezes vestiam trapos, andavam descalços e viviam em barracos que pareciam ter sido construídos com os destroços do Exterior. Se o astronauta Taylor houvesse sido largado em meio àquela gente, teria se jogado no chão e bramido, Nós finalmente conseguimos! (Não, Charlton, não é o Fim do Mundo, não, você só está na Periferia de Azua.) Os únicos organismos não reptilianos não artrópodes não espinhosos que prosperavam naquelas latitudes eram as atividades de mineração da Alcoa e os famosos bodes da região (los que brincan en los Himalayas y cagan en la bandera de España).
A Periferia de Azua era, de fato, uma terra devastada. Minha velha, contemporânea de Belicia, bateu o recorde e passou 15 anos nessa área. E embora sua infância tenha sido muito melhor que a de Beli, ela conta que, no início dos anos 1950, abundavam naqueles arredores a poluição, a procriação consanguínea, os parasitas intestinais, as noivas de 12 anos e os açoitamentos sistemáticos. As famílias se tornavam gigantescas como o gueto de Glasgow porque, segundo ela, não havia nada para fazer quando anoitecia e, além disso, a taxa de mortalidade infantil era tão elevada, que as pessoas precisavam de um suprimento vultoso de reposição, se desejassem dar continuidade à estirpe. Crianças que não tivessem escapado por um triz da morte costumavam ser olhadas com desconfiança. (Minha mãe sobreviveu a uma febre reumática que matou sua prima favorita; quando parou, por fim, de ter febre e recobrou a consciência, meus abuelos já tinham comprado o caixão em que esperavam enterrá-la.)

negra — era ela. A Terceira e Última Filha. Dada por perdida, agora encontrada.

Somos parentes de verdade, disse La Inca, com veemência. Vim salvá-la.

E assim, com um sussurro, duas vidas mudaram, num piscar de olhos, de modo irrevogável. A mais velha instalou Beli no próprio quarto e passou a dividir a própria cama com ela. Cuidou da papelada para dar à menina uma identidade, chamou os médicos. A queimadura da garota era absolutamente cruel. (Uns 110 pontos de dano.) Uma monstruosa camada de pele supurada e disforme, que se estendia da base da coluna ao dorso da nuca. Uma cratera de bomba, uma cicatriz do mundo, como as dos *hibakusha*. Assim que Beli pôde trajar roupas de verdade de novo, La Inca a vestiu e tirou sua primeira foto de verdade na frente da casa.

Lá estava ela: Hypatía Belicia Cabral, a Terceira e Última Filha. Desconfiada, brava, taciturna, emburrada; uma campesina ferida e faminta de porte imponente que parecia trazer escrito na testa, em negrito e em letras góticas, REBELDE. De tez escura, mas filha de sua família. Disso não restava dúvida. Já era mais alta que Jackie fora no apogeu. Os olhos exatamente da mesma cor que os do pai, de quem não sabia nada a respeito.

NÃO-ME-ESQUEÇAS

Daqueles nove anos (e da Queimadura), Beli nunca falou. Ao que tudo indica, assim que os dias na periferia de Azua terminaram e ela chegou a Baní, todo aquele capítulo de sua vida foi jogado num contêiner similar aos que os governos utilizam para guardar resíduos nucleares — com lacre triplo a laser industrial — e, em seguida, lançado nos recônditos obscuros e inexplorados de sua alma. *Quarenta anos* nos quais jamais fez um comentário sequer sobre esse período de sua vida, nem para a madre nem para as amigas nem para os amantes nem para o Gângster nem para o marido. *Quarenta anos* que revelaram muito do seu temperamento: também não se abriu com os adorados filhos, Lola e Oscar. *Quarenta anos*. O pouco que se sabia sobre sua vida em Azua se limitava ao que La Inca ouvira no dia em que a resgatara dos supostos pais. Até hoje, a "mãe" raramente diz algo além de *Casi acabaron con ella*.

Para falar a verdade, eu acho até que, salvo alguns momentos-chave, Beli nunca chegou a pensar naquela vida de novo. Deu vazão à amnésia, tão comum em todas as Ilhas: em parte negação, em parte alienação. Incorporou a força lá dos Untilles. E, daí forjou uma nova Beli.

SANTUÁRIO

Mas, já chega. O que importa é que em Baní, naquela casa, Belicia Cabral encontrou seu Santuário. E, La Inca, a mãe que nunca teve, acabaria ensinando a menina a ler, escrever, vestir-se, alimentar-se e comportar--se normalmente. Equivalia a um curso acelerado de bons modos; pois ali estava uma senhora com *missão civilizadora*, motivada pelas próprias sensações de fracasso, traição e culpa avassaladoras. E Beli, apesar de tudo o que passara (ou talvez por causa disso) acabou se tornando uma pupila aplicada. Habituou-se aos modos civilizados da outra como um mangusto se habitua a comer frango. No final do primeiro ano no Santuário, o jeito rústico da menina havia sido aprimorado; embora reclamasse mais, tivesse um humor ainda oscilante demais, tivesse tendência a agir agressiva e incontidamente e seus olhos fossem tão impiedosos quanto os de um falcão, tinha a postura e o linguajar (e a arrogância) de una muchacha respetable. Quando andava de manga comprida, só se via a cicatriz em seu pescoço (a extremidade de um estrago bem maior, sem dúvida, mas pouco visível coberto pelo tecido). Essa era a garota que viajaria para os EUA, em 1962, e que Oscar e Lola nunca conheceriam. La Inca seria a única a ter visto Beli no início, quando dormia completamente vestida e gritava no meio da madrugada. A única que tivera contato com ela antes que se educasse, desenvolvendo a personalidade que se comportava de modo vitoriano à mesa e sentia repugnância por gente pobre e suja.

A relação das duas, como se poderia esperar, era peculiar. La Inca jamais procurou conversar a respeito da vivência de Beli em Azua, nunca fez menção a ela, tampouco à Queimadura. Fingiu que não ocorreu (da mesma forma que fingia que os pobretões do bairro não existiam, quando, verdade seja dita, abundavam na região). Até mesmo nas ocasiões em que untava as costas da garota, todas as manhãs e todas as noites, La Inca dizia apenas, Siéntese aqui, señorita. O silêncio que se fazia entre as duas, a ausência de sondagem, era muito apreciado pela garota. (Se ao menos as ondas de sentimento, que vez por outra marejavam em suas costas, pudessem ser esquecidas com facilidade.) Em vez de conversar sobre a Queimadura e a Periferia de Azua, a mais velha relatava à mais nova seu passado perdido e esquecido, que incluía o pai, médico famoso, a mãe, a bela enfermeira, as irmãs Jackie e Astrid, e o maravilhoso castelo em Cibao: a Casa Hatüey.

Embora as duas não tenham se tornado amigas íntimas — uma por demais colérica, a outra por demais correta —, La Inca deu a Beli o maior dos presentes, que a outra só viria a apreciar tempos depois. Certa noite, ela lhe entregou um jornal antigo e apontou para a fotografia: Estes, explicou, são seu pai e sua mãe. Isto, prosseguiu ela, simboliza o que você é.

O dia em que Abelard e Socorro abriram sua clínica: apesar de jovens, ambos com semblantes tão sérios.

Para Beli aqueles meses foram de fato seu único Santuário, um mundo seguro que jamais imaginou que existisse. Além de ter roupas, comida e tempo de sobra, La Inca nunca gritava com ela — não o fazia sob nenhuma circunstância, tampouco permitia que outros o fizessem. Antes de a mãe matriculá-la no El Redentor com os ricaços, a garota frequentou uma escola pública imunda e pulguenta, com crianças três anos mais novas; não fez amigos (nem sabia o que era isso) e, pela primeira vez na vida, passou a se lembrar dos seus sonhos. Um luxo ao qual nunca tinha se dado antes. No início, pareciam tão poderosos quanto tempestades. Todas as variedades típicas povoaram sua mente, ora voava, ora se achava perdida, ora sonhava com a Queimadura — via a face do "pai" se transfigurar ao pegar a panela. Naqueles sonhos, nunca sentia medo. Apenas meneava a cabeça. Você já era, dizia ela. Basta.

Um deles, no entanto, assombrava a garota. Ela caminhava sozinha por uma casa imensa e vazia, cujo telhado era açoitado pela chuva. De quem seria aquela residência? Não fazia a menor ideia. Mas ouvia vozes de crianças ali.

No final do primeiro ano, a professora pediu a Beli que escrevesse a data na lousa, privilégio apenas concedido às "melhores" alunas da turma. Ela parecia gigantesca diante da lousa, e as demais crianças a chamaram, em suas mentes, da mesma forma como a veem fora dali: La Prieta Quemada ou La Fea Quemada. Quando voltou a se sentar, a professora olhou-a de esguelha e fez o elogio, Muito bem, señorita Cabral! A garota jamais se esqueceria daquele dia, nem mesmo quando se tornou Rainha da Diáspora.

Muito bem, señorita Cabral!

Jamais se esqueceria. Tinha 9 anos e 11 meses. Estava na Era de Trujillo.

ELO PERDIDO
1992-1995

A ERA DAS TREVAS

Após se graduar, Oscar voltou para casa. Na ida virgem, na volta idem. Tirou os pôsteres da infância — *Patrulha estelar*, Capitão — e colocou os da universidade — *Akira* e *Exterminador do futuro II*. Agora que Reagan e o Império do Mal tinham partido para a Terra do Nunca, Oscar parou de sonhar com o final e passou a se concentrar na Queda. Guardou o RPG Aftermath! e pegou o Space Opera.

Aqueles eram os primórdios da era Clinton, mas a economia ainda estava fodida por causa dos anos 1980, e Oscar ficou de bobeira, sem fazer nada por quase sete meses; às vezes, ia substituir professores no Don Bosco quando um deles adoecia. (Ah, a ironia!) Começou a enviar as narrativas e os romances para vários lugares; no entanto, ninguém demonstrou interesse. Ainda assim, continuava tentando, continuava escrevendo. Um ano depois, as substituições se tornaram um emprego em período integral. Ele poderia ter recusado e feito um "teste de resistência" contra a Tortura, mas, em vez disso, deixou a parada rolar. Embora estivesse vendo suas perspectivas irem por água abaixo, dizia a si mesmo que não importava.

Por acaso o Don Bosco, desde a última vez em que ali estivemos, havia sido transformado miraculosamente pelo espírito da fraternidade cristã? Por acaso a eterna benevolência do Senhor havia lavado a alma maldosa daqueles alunos? Irmão, por favor. Oscar achou o colégio menor quando voltou, após aqueles cinco anos, e o "aspecto" dos caras mais antigos, inclusive, levou-o a se recordar dos habitantes de Innsmouth; notou também que havia um punhado a mais de alunos de cor — ainda assim, algumas coisas (como o conceito de supremacia branca e auto-ódio das pessoas de cor) nunca mudavam: a mesma carga de sadismo malicioso, vívida em sua memória desde os tempos da adolescência, continuava a eletrizar os corredores. E se ele tinha achado naquela época que o Don Bosco era o inferno mentecapto, imagine agora que era mais velho e ensinava Inglês e História. Jesú Santa María. Um pesadelo. Oscar nem era lá muito bom professor. Não curtia muito a profissão, e a garotada de todas as séries e tipos vivia fazendo troça dele. Os alunos davam risadinhas quando o viam nos corredores. Fingiam esconder seus sanduíches. Perguntavam no meio da aula se ele já tinha transado e, fosse qual fosse sua resposta, gargalhavam de forma impiedosa. Oscar sabia que os estudantes se divertiam tanto com o seu constrangimento quanto com a imagem que faziam dele esmagando uma pobre infeliz. A galera costumava desenhar essas cenas, e o professor as encontrava no chão depois da aula, com seus balões de diálogo. *Não, Sr. Oscar, não!* Mais desmoralizante que isso, impossível! Dia após dia, o coitado via os garotos "legais" martirizarem até não poder mais os gordos, feios, pobres, morenos, negros, impopulares, africanos, indianos, árabes, imigrantes, aloprados, afeminados, gays — e, em cada um desses confrontos, ele se via. Antigamente, só os brancos eram os grandes atormentadores, mas, àquela altura do campeonato, os de cor também faziam sua parte. Às vezes, Oscar tentava dar uma força para os chorões da escola, oferecendo palavras de consolo, Você não está sozinho, sabe, neste universo, mas a última coisa que um lesado queria era a ajuda de outro. Esses garotos fugiam correndo dele, aterrorizados. Ainda assim, em um surto de entusiasmo, o nerd tentou iniciar um clube de ficção científica e fantasia, pregou cartazes nos corredores e, por duas quintas-feiras seguidas, ficou na sala depois da aula, os livros expostos de forma chamativa, ouvindo o estrondo de passos se afastando ao lado de fora e, vez por outra, um Me teletransporta! e um Nano-nano!, então, passados 30 minutos sem movimento, ele pegava os livros, trancava a sala e caminhava pelos mesmos corredores, sozinho, os passos soando estranhamente tímidos.

Sua única amiga entre os funcionários era outra latina alternativa e secular de 29 anos, chamada Nataly (sim, ela fazia Oscar se lembrar de Jenni, sem a impressionante pulcritude, sem a chama ardente). A moça tinha passado quatro anos num hospício (sofria dos nervos, segundo ela) e era uma wiccana assumida. Seu namorado, Stan, o Tantã, que Nataly tinha conhecido no manicômio ("nossa lua de mel"), trabalhava como paramédico e, segundo ela, os cadáveres que ele via esparramados nas ruas o deixavam com tesão, por algum motivo. Pelo visto o Stan, disse Oscar, é um indivíduo bastante incomum. Eu que o diga, concordou ela, suspirando. Apesar da insipidez da moça e do atordoamento provocado pelos remédios, Oscar cultivava estranhas fantasias Harold Lauder por ela. Na sua cabeça, como não era gostosa o bastante para que namorassem abertamente, ele imaginava os dois numa daquelas relações pervertidas que se resumiam à cama. Ele se via entrando no apê dela e mandando que tirasse a roupa e preparasse mingau de milho, nua. Nem dois segundos depois Nataly já estava ajoelhada no piso da cozinha, apenas de avental, enquanto ele continuava totalmente vestido.

Dali em diante, a parada foi ficando cada vez mais esquisita.

No final do seu primeiro ano, Nataly, que tomava uns tragos de uísque às escondidas, nos intervalos, que tinha apresentado para ele as revistas *Sandman* e *Eightball*, e que continuava a lhe pedir muito dinheiro emprestado, sem nunca pagar, foi morar em Ridgewood — Iahuuuuu!, exclamou ela, com o usual semblante inexpressivo, Vou para um bairro maneiro — e assim terminou sua amizade. Oscar ainda tentou ligar algumas vezes, mas o namorado paranoico dela parecia viver com o telefone grudado no ouvido e nunca passava os seus recados para ela; daí, ele acabou deixando a relação ir definhando.

Vida Social? Naqueles anos iniciais em casa, não tinha nenhuma. Uma vez por semana ia ao Woodbridge Mall e checava os RPGs no Game Room, os quadrinhos no Hero's World e os livros de ficção na Waldenbooks. O circuito nerd. Depois, ficava olhando fixamente para a garota negra, magra feito um palito, que trabalhava na Friendly's; apesar de estar vidrado na gata, nunca chegou a falar com ela.

Al e Miggs — fazia um tempão que não via os dois. Tinham largado as faculdades, respectivamente Monmouth e Jersey City State, e trabalhavam numa Blockbuster no outro lado da cidade. Na certa, vão acabar também na mesma cova.

Maritza, ele nunca mais vira. Ouviu dizer que se casara com um cara de Cuba, que morava em Teaneck e tinha um filho e coisa e tal.

E Olga? Ninguém sabia ao certo. De acordo com os boatos, tentou assaltar o Safeway, estilo Dana Plato — sem nem se dar ao trabalho de usar máscara, apesar de ser superconhecida naquele supermercado. Daí, disseram que ela ainda estava no Middlesex, onde provavelmente ficaria até que todos eles completassem 50 anos.

Nenhuma mulher que amasse Oscar? Nenhuma mulher em algum lugar de sua vida?

Nenhuma. Lá na Rutgers, pelo menos, tinha um montão e, além do mais, vários pretextos institucionais permitiam que um mutante como ele se aproximasse sem provocar pânico. No mundo real, a coisa não era tão simples assim. Nele, as garotas reais viravam as costas, enojadas, quando ele passava por elas. Mudavam de lugar no cinema; uma mulher no ônibus circular chegou a pedir que ele parasse de pensar nela! Sei o que você está querendo, resmungou ela. Pode esquecer.

Sou o eterno solteirão, escreveu Oscar numa carta para a irmã, que tinha largado o Japão para ficar em Nova York comigo. Nada no mundo é permanente, respondeu Lola. Ele esmurrou o próprio olho. Anotou: Tem sim, eu.

A vida em casa? Se por um lado não acabava com ele, por outro, não o estimulava. Sua velha, mais magra e calada, menos afetada pela juventude atribulada, continuava a trabalhar feito golem e a permitir que seus hóspedes peruanos metessem quantos parentes quisessem no primeiro andar. E tío Rudolfo, Fofo para os íntimos, havia tido uma recaída e retomado alguns dos hábitos pré-xadrez. Recomeçou a curtir os caballos e a ter suores frios durante o almoço; mudou-se para o quarto da Lola. Daí, Oscar o ouvia desossar as namoradas strippers quase todas as noites. Tío, vociferou certa vez, dá para bater menos na cabeceira? Nas paredes do quarto, Rudolfo pendurara fotos dos anos iniciais no Bronx, quando tinha 16 anos e andava na estica com a indumentária na linha cafetão, no melhor estilo Willie Colón, fotografias anteriores à sua ida para o Vietnã — O único dominicano, costumava dizer, em todas as malditas forças armadas. E havia também retratos da mãe e do pai de Oscar. Quando jovens. Tiradas durante os dois anos de sua relação.

Você o amou, disse o rapaz para a mãe.

Ela deu uma gargalhada. Não fala do que não entende!

Por fora, Oscar simplesmente parecia cansado, nem mais alto, nem mais gordo, somente as bolsas sob seus olhos tinham inchado depois de anos de desespero silencioso. Por dentro, era um poço de amargura. Vez por outra, tudo ficava escuro diante dos seus olhos, e ele se via caindo no ar. Tinha consciência do ente em que estava se transformando. Começava a se tornar a pior espécie de ser humano do planeta: um aloprado velho e amargurado. Tinha visões de si mesmo o tempo todo no Game Room, escolhendo miniaturas pelo resto da vida. Não era o futuro que desejava; no entanto, não via forma de evitá-lo, nem achava maneiras de escapar.

Fukú.

A escuridão. Em algumas ocasiões, quando acordava, não conseguia sair da cama. Era como se houvessem posto um peso de 10 toneladas no seu peito e estivesse sob o efeito das forças de aceleração. Seria até engraçado, não fosse a dor no tórax. Oscar sonhava que estava vagando pelo diabólico planeta Gordo, procurando peças para sua espaçonave danificada, mas só encontrava ruínas em chamas, todas fumegando com novas formas debilitantes de radiação. Não sei o que há de errado comigo!, disse para a irmã, pelo telefone. Creio que a palavra certa seria *crise*, já que sempre que abro os olhos só vejo *catástrofes*. Foi aí que começou a expulsar os alunos da sala pelo simples fato de respirarem, a mandar a mãe se ferrar, a não conseguir escrever uma só palavra, a ir ao armário do tío e pôr o revólver na têmpora, a pensar na linha férrea. Nos dias em que ficava na cama, muitas vezes imaginava a mãe fazendo seu prato pelo resto de sua vida e se lembrava da conversa dela com o tío um dia daqueles, quando, achando que o filho não a estava escutando, comentou, *Não me importo, estou feliz por mi hijo estar aqui.*

Depois, quando Oscar parava de se sentir como um vira-lata surrado no âmago e conseguia pegar uma caneta sem ficar com os olhos marejados, não podia evitar a acachapante sensação de culpa. Pedia desculpas à mãe. É como se alguém tivesse partido em desembestada com o meu lado bom. Não se preocupe, hijo, tranquilizava-o Beli. Oscar pegava o carro e ia visitar Lola. Depois de ter ficado um ano no Brooklyn, ela estava agora em Washington Heights, deixando os cabelos crescerem; tinha engravidado uma vez, mas, apesar de ter sido um momento de grande curtição, acabou abortando porque eu meti o chifre nela com uma mina qualquer. Cá estou, anunciava Oscar para a irmã quando chegava à porta. Ela também dizia para ele não se preocupar, preparava um rango, daí o irmão se sentava junto dela e dava uma tragada no seu baseado com hesitação, incapaz de compreender por que não conseguia manter aquela sensação boa no coração para sempre.

Começou a planejar uma obra em quatro volumes de histórias de ficção científica, que seria seu maior feito. Um híbrido de J. R. R. Tolkien e E. E. "Doc" Smith. Passou a fazer longas caminhadas. A ir de carro até as terras dos Amish, a comer sozinho na lanchonete da estrada, a azarar as garotas da seita, a ver a si mesmo com terno de pastor, a dormir no banco traseiro do automóvel — depois, voltava para casa.

De vez em quando, à noite, sonhava com o Mangusto.

(E, se você por acaso pensa que a vida dele não podia piorar: certa ocasião, ao entrar no Game Room, Oscar ficou espantado ao constatar que, de uma hora para outra, a nova geração de nerds já não comprava jogos de RPG. Estava obcecada pelos cards de *Magic*! Quem imaginaria que aconteceria uma coisa dessas! Nada de personagens e campanhas, apenas batalhas intermináveis entre decks. Tinham tirado do jogo toda a representação e deixado apenas uma mecânica sem graça. Como os garotos curtiam essa parada! Oscar até que se esforçou em dar uma chance para o *Magic*, tentou reunir um deck decente, mas o jogo não fez a sua cabeça. Ao perder tudo para um imbecil de 11 anos, percebeu que nem se importava. Primeiro sinal de que sua Era estava para acabar. Quando as últimas novidades do mundo nerd já não pareciam cativantes e se dava preferência às criações antigas.)

OSCAR TIRA FÉRIAS

Quando já fazia três anos que ele trabalhava no Don Bosco, a mãe lhe perguntou quais eram seus planos para o verão. Nos últimos dois, o tío havia passado boa parte de julho e agosto em Santo Domingo e, naquele ano, Beli decidiu que havia chegado a hora de ir junto. Não vejo mi madre há séculos, explicou, à meia voz. Ainda tenho que cumprir muchas promesas, então, melhor agora do que quando eu bater as botas. Havia muito tempo que Oscar não ia até lá. A última vez fora na ocasião em que a empregada principal da Abuela, acamada fazia meses e convencida de que a fronteira seria invadida de novo, gritara *Haitianos!* e, em seguida, falecera, e todos foram ao enterro.

É estranho. Tivesse ele se recusado a ir, na certa ainda estaria numa boa. (Se você considera que nego fukú-dido não tem mais salvação, tudo bem.) Mas isto daqui não é a HQ *O que aconteceria se...*, da Marvel — a especulação vai ter que esperar, pois o tempo, como dizem, está cada vez mais curto. Naquele maio, Oscar, pela primeira vez, estava mais animado. Alguns meses antes, depois de um confronto bastante desagradável com a Escuridão, tinha começado a fazer mais uma de suas dietas e caminhar lentamente pelo bairro. E adivinha o quê? O cara não desistiu e acabou perdendo quase 10 quilos! Un milagro! Por fim, conseguiu consertar o propulsor iônico; embora o diabólico planeta Gordo o estivesse obrigando a ficar, sua espaçonave modelo anos 1950, a *Hijo de Sacrificio*, recusou-se a desistir. Vejam nosso explorador cósmico: olhos arregalados, na poltrona de aceleração, com a mão no coração de mutante.

Não estava, nem de longe, esbelto, mas tampouco lembrava mais a esposa de Joseph Conrad. No início do mês, tinha chegado até a puxar papo no ônibus com uma garota negra, que usava óculos; disse, Quer dizer então que você gosta de fotossíntese, e ela, por incrível que pareça, abaixou o exemplar de *Cell* e respondeu, Gosto, sim. Que diferença fazia se o Oscar não tinha estudado nada além de ciências da Terra? Que diferença fazia se não havia conseguido obter um número de telefone, nem marcar um encontro naquela breve interlocução? Que diferença fazia se saíra do ônibus na parada seguinte e a moça, ao contrário do que ele esperava, não descera? O cara tinha a nítida sensação, pela primeira vez em dez anos, de estar renascendo; nada parecia incomodá-lo, nem os alunos, nem o fato de a PBS ter cancelado a transmissão do *Doctor Who*, nem a solidão, nem o fluxo interminável de cartas de rejeição. Oscar se sentia insuperável, e os verões de Santo Domingo... bom, os verões de Santo Domingo têm seu charme específico, até mesmo para um otário tão nerd quanto o Oscar.

Nessa época do ano, a capital da RD dava marcha a ré no motor da Diáspora e trazia de volta o maior número possível de seus filhos expulsos. Os aeroportos ficavam apinhados de gente vestida na maior estica; pescoços e carrinhos de malas rangiam sob o peso acumulado de cadenas e paquetes naquele ano, e os pilotos temiam não só pelos aviões — sobrecarregados até não poder mais — como por si mesmos; restaurantes, bares, boates, teatros, malecones, praias, hotéis, pousadas, motéis, quartos de hóspedes, barrios, colônias, campos, ingenios pululavam com quisqueyanos de todas as partes do mundo. Como se alguém houvesse dado uma ordem geral de evacuação e retorno: Voltem para casa, gente! Já para casa! De Washington Heights a Roma, de Perth Amboy a Tóquio, de Brijeporr a Amsterdá, de Lawrence a San Juan — o princípio termodinâmico básico se modificava, permitindo que a realidade refletisse um último aspecto, a escolha de boazudas a serem levadas para os moteles; era a maior festa; badalação para todo o mundo, exceto para os pobres, os escuros, os desempregados, os doentes, os haitianos, os seus filhos, os bateys e as crianças que certos turistas canadenses, americanos, alemães e italianos adoram violar — é isso aí, nada como o verão de Santo Domingo. Então, pela primeira vez em anos, Oscar disse, Meus espíritos ancestrais têm conversado comigo, Ma. Acho que vou com a senhora. Ele já estava se vendo no meio de toda aquela conquista de gostosonas, apaixonado por uma morena da Ilha. (Um mano não pode pisar na bola eternamente, pode?)

Foi tão abrupta essa súbita mudança de comportamento, que até Lola quis confirmar a história com o Oscar. Mas você *nunca* vai para Santo Domingo.

O irmão deu de ombros. Acho que é porque quero mudar de ares.

BREVE RECAPITULAÇÃO DO RETORNO À TERRA NATAL

A família de León foi até a Ilha no dia 15 de junho. Oscar tremendo nas bases e animado. Nenhum deles mais divertido que a mãe, que se empetecou toda, como se tivesse uma audiência com o rei Juan Carlos I da Espanha, em pessoa. Se ela tivesse um casaco de pele, certamente o teria usado, pondo o que fosse para evidenciar o chão que tinha percorrido e enfatizar como era diferente dos demais dominicanos. Para início de conversa, Oscar nunca vira a mãe tão emperiquitada e elegante. Nem se comportando como uma tremenda comparona. Ela dificultou a vida de *todo mundo*, desde os funcionários no check-in às comissárias de bordo e, quando a família finalmente se acomodou nas poltronas da primeira classe (ela estava bancando tudo), olhou ao redor, parecendo horrorizada: Não tem gente de calidad aqui!

Também ouvi dizer que Oscar babou durante o voo e que não acordou nem para comer nem para ver o filme, só abriu os olhos quando o avião aterrissou e todos bateram palmas.

O que foi que houve?, perguntou, assustado.

Calma, chefe. Isso quer dizer que a gente chegou bem.

O calor de matar continuava igual e também o rico aroma tropical, para Oscar mais sugestivo do que pão de ló e tão inesquecível quanto o eram o ar poluído; os milhares de carros, motos e caminhões caindo aos pedaços nas estradas; os aglomerados de vendedores ambulantes a cada sinal (tão escuros, comentou ele, e a mãe, desdenhosa, falou, Malditos haitianos); os pedestres caminhando languidamente, sem nada para protegê-los do sol; os ônibus que passavam tão apinhados de passageiros que de longe parecia até que iam fazer uma entrega rápida de braços e pernas extras para alguma guerra distante; o péssimo estado de conservação de muitos dos prédios, como se Santo Domingo fosse o lugar para o qual todas as estruturas de concreto frágeis e destroçadas fossem levadas para se acabar de vez; a fome nos rostos dos moleques — impossível esquecê-la também. Não obstante, em vários pontos se tinha a impressão de que um novo país se formava sobre as ruínas do antigo: havia estradas melhores; veículos mais chamativos; frescões novinhos em folha, com ar-condicionado, cruzando as longas rotas em direção a Cibao e outras cidades; cadeias de fast food internacionais (Dunkin' Donuts e Burger King) e nacionais, com nomes e logotipos desconhecidos por Oscar (Pollos Victorina e El Provocón Nº 4); semáforos por toda a parte, aos quais ninguém parecia obedecer. A maior mudança de todas? Alguns anos antes La Inca havia transferido seus negócios para La Capital — Estamos grandes demais para Baní — e, então, a família possuía uma nova casa em Mirador Norte e seis padarias na periferia da região. A gente agora é capitaleño, anunciou seu primo, Pedro Pablo (que tinha ido buscá-los no aeroporto), cheio de orgulho.

La Inca também mudara desde a última visita de Oscar. Sempre dera a impressão de ser imortal, a Galadriel em pessoa da família, mas o neto percebeu que não era bem assim. Quase todos os seus cabelos tinham ficado brancos e, apesar da postura bastante ereta, em sua pele se viam rugas entrecruzadas de modo meticuloso; além disso, para ler o que quer que fosse, ela precisava pôr os óculos. Mas continuava altiva e animada e, quando viu o neto, pela primeira vez em sete anos, segurou seus ombros e disse, Mi hijo, você finalmente voltou para nós.

Oi, Abuela. E, em seguida, meio sem jeito, pediu: Bendición.

(Nada mais tocante, no entanto, que o reencontro entre La Inca e a filha. A princípio, as duas não trocaram palavras, mas, então, Beli cobriu o rosto e desatou a chorar, dizendo com voz de garotinha: Madre, estou em casa. Daí, elas se abraçaram e choraram e Lola se uniu a elas e Oscar, sem saber o que fazer, foi se unir a Pedro Pablo, que ia e vinha carregando toda a bagagem da van para el patio de trás.)

Impressionante mesmo quanto Oscar se esquecera da RD: lagartixas em todas as partes, galos pela manhã, seguidos em pouco tempo pelos berros dos plataneros, do sujeito do bacalao e do tío Carlos Moya, que acabou com o sobrinho naquela primeira noite com doses de Brugal e que ficou com olhos marejados ao trazer à tona as lembranças de Oscar e de Lola.

Mas o que mais tinha escapado da memória do rapaz era a beleza das mulheres dominicanas.

Dááá, exclamou a irmã.

Nos passeios de carro que Oscar fez naqueles primeiros dias, ele quase torceu o pescoço, de tanto se virar para olhar.

Estou no Paraíso, escreveu no diário.

Paraíso? Pedro Pablo estalou a língua com desdém exagerado. Esto aquí es un maldito *infierno*.

PROVAS DO PASSADO DE UM SUJEITO

Entre as fotografias que a Lola trouxe para cá havia fotos do Oscar no pátio da casa lendo Octavia Butler, fotos do Oscar no Malecón, com uma garrafa de Presidente na mão, fotos do Oscar no El Faro a Colón, onde antes se situava metade de Villa Duarte, fotos de Oscar com Pedro Pablo em Villa Juana comprando velas de ignição, fotos de Oscar provando um chapéu no Conde, fotos de Oscar ao lado de um burro em Baní, fotos de Oscar perto da irmã (ela está usando um fio dental que te faria perder a cabeça). E deu para perceber que ele estava mesmo se esforçando. Sorria muito, apesar do olhar desconcertado.

Além disso, se você reparar bem, vai perceber que ele não vestia o casaco de rapaz obeso.

OSCAR VIRA NATIVO

Após ter passado sua primeira semana na Ilha, após ter sido levado para um monte de pontos turísticos pelos primos, após ter se acostumado um pouco mais com o calor abrasador e a surpresa de acordar com o canto dos galos e de ser chamado de Huáscar por todo o mundo (era o seu nome dominicano, outra coisa de que tinha se esquecido), após ter se recusado a sucumbir à voz interior comum a todos os imigrantes de longa data, à voz que afirma *Você não pertence mais a esta terra*, após ter ido a umas 50 boates e, por não saber dançar salsa, merengue nem bachata, ter ficado sentado e entornado garrafas de Presidente, enquanto Lola e os primos esquentavam a pista de dança, após ter explicado às pessoas centenas de vezes que tinha sido separado da irmã ao nascer, após haver passado algumas manhãs tranquilas, escrevendo, após ter doado quase toda sua grana do táxi para uns mendigos e se ver forçado a pedir que Pedro Paulo fosse buscá-lo, após ter visto garotos de 7 anos sem sapatos e camisas brigarem entre si por causa das migalhas que ele deixara no prato numa cafeteria, após a mãe ter levado a família para jantar na Zona Colonial e os garçons ficarem olhando o tempo todo para seu grupo, com desconfiança (Cuidado, mãe, disse Lola, eles devem estar achando que você é haitiana — La única haitiana aquí eres tú, mi amor, alfinetou a outra), após uma vieja esquelética ter agarrado suas mãos, implorando por uma esmola, após a irmã ter comentado, Se ficou impressionado com ela é porque não viu os bateys, após ter passado um dia em Baní (o campo onde La Inca crescera) e defecado num banheiro público e se limpado com uma espiga de milho — *Isso* é o que eu chamo de entretenimento, escreveu ele, no diário —, após ter se acostumado um pouco mais com o turbilhão surreal que era a vida em La Capital — as guaguas, os policiais, a pobreza inconcebível, o Dunkin' Donuts, os indigentes, os haitianos vendendo amendoim torrado nos cruzamentos, a pobreza inconcebível, os turistas babacas emporcalhando todas as praias, a novela *Xica da Silva*, em que a colega ficava pelada a cada cinco segundos, muito curtida por Lola e as primas, a pobreza inconcebível, o emaranhado de ruas e barracos com teto de zinco enferrujado que eram os barrios populares, as massas de pessoas com os quais Oscar cruzava, multidões que certamente o atropelariam se ficasse parado, os vigias desnutridos diante das lojas, com suas espingardas danificadas, a música, as piadinhas grosseiras entreouvidas nas travessas, a pobreza inconcebível, o esmagamento no canto do concho com o peso somado de quatro outros passageiros, a música, os novos túneis que abriam passagem pelas bauxitas e as placas de trânsito que proibiam carroças nesses mesmos subterrâneos, após ele ter ido a Boca Chica e Villa Mella e se empanturrado tanto de chicharrones que acabou regurgitando na estrada. *Isso*, sim, é o que eu chamo de entretenimento, disse tío Rudolfo, após ter levado uma tremenda bronca do tío Carlos Moya por ter ficado tanto tempo afastado, após ter levado uma tremenda bronca da Abuela por ter ficado tanto tempo afastado, após ter levado uma tremenda bronca dos primos por ter ficado tanto tempo afastado, após ter admirado a beleza inolvidável de Cibao, após ter ouvido as histórias sobre sua mãe, após ter parado de se surpreender com a enorme quantidade de propaganda política colada em cada espaço vazio de muro — ladrones, afirmava Beli, todos eles —, após o tío-que-não-batia-bem-da-bola, o que havia sido torturado durante o reinado de Balaguer, ter ido visitá-los e iniciado uma acalorada discussão política com Carlos Moya (e, em seguida, ambos encherem a cara), após ter ficado queimado demais no sol, pela primeira vez na vida, em Boca Chica, após ter nadado no mar caribenho, após tío Rudolfo tê-lo feito ficar ébrio com mamajuana de marisco, após Oscar ter testemunhado haitianos sendo expulsos de uma guagua, afirmando que "fediam", após ter quase enlouquecido com as bellezas que viu, após ter ajudado a mãe a instalar dois ares-condicionados novos e esmagado o dedo com tanta força que ficou com sangue pisado sob a unha, após todos os presentes que eles haviam trazido dos Estados Unidos terem sido adequadamente distribuídos, após Lola tê-lo apresentado ao cara que namorara na adolescência, sujeito que também virara capitaleño, após ter visto as fotos de Lola com o uniforme da escola particular, uma muchacha alta, de olhos amargurados, após ter ido depositar flores no túmulo da empregada principal da Abuela, senhora que havia cuidado dele quando pequeno, após ter tido uma diarreia terrível a ponto de fazê-lo salivar depois de cada defecada, após ter visitado todos os museus tradicionais da capital com a irmã, após ter parado de se espantar com o fato de todos o chamarem de gordo (e, pior, de gringo), após terem lhe cobrado o dobro por quase tudo o que desejou comprar, após La Inca orar por ele quase todas as manhãs, após ter pegado um resfriado porque a Abuela ligara o ar-condicionado no máximo, Oscar resolveu, de uma hora para outra, ficar na Ilha com a mãe e o tío até o final do verão. Optou por não voltar com Lola. A decisão foi tomada certa noite em Malecón, enquanto contemplava o oceano. O que tenho para fazer em Paterson?, perguntou-se. Não ia dar aulas naquele verão e, além do mais, estava com todos os seus apontamentos. Acho que é uma boa, incentivou Lola. Vai fazer bem para você ficar mais um tempo en la patria. Quem sabe não encontra uma campesina legal? Parecia ser a atitude certa a tomar. Ajudaria a tirar de sua mente e de seu coração a tristeza que os tinha aniquilado naqueles últimos meses. Sua mãe não gostou muito da ideia, mas La Inca impediu, com um gesto, que se manifestasse. Hijo, pode ficar aqui a vida inteira. (Embora Oscar tenha estranhado a Abuela tê-lo obrigado a pôr um crucifixo em seguida.)

Então, após Lola ter voltado para os EUA (se cuida, chefe) e a mistura de terror e alegria sentida na chegada à Ilha haver diminuído, após ele ter se acostumado com a casa de La Inca, a residência que a Diáspora construiu, e haver tentado imaginar o que faria no resto do verão, agora que Lola partira, após ter concluído que sua fantasia de conseguir uma namorada na Ilha parecia mais uma piada velha — A quem é que *ele* estava tentando enganar, hein?, afinal, não sabia dançar, não era abastado, não andava arrumado, não tinha a menor autoconfiança, não contava com boa aparência, não havia nascido na Europa, não estava transando com nenhuma garota nativa —, após ter passado uma semana escrevendo e (por incrível que pareça) negado, umas 50 vezes, no mínimo, as ofertas dos primos de levá-lo a um bordel, Oscar se apaixonou por uma prostituta semiaposentada.

Seu nome era Ybón Pimentel, mulher que, para o rapaz, simbolizava o início de sua vida *real*.

LA BEBA

Ela morava a duas casas da Abuela e, como os de León, acabara de chegar a Mirador Norte. (A velha do Oscar tinha adquirido a casa deles labutando em dois empregos. Ybón também conseguira a dela trabalhando dobrado, só que numa janela em Amsterdã.) Era um tipo de mulata dourada que os caribenhos falantes de francês chamavam de chabines e os meus compadres, de chicas de oro; a de Oscar tinha cabelos emaranhados e apocalípticos, além de olhos cor de cobre; com mais um parente branco, iria se tornar jaba.

No início, Oscar achou que aquela gata miúda, de barriguinha ligeiramente protuberante, que sempre ia de salto alto para o seu Pathfinder, era uma turista. (Ao contrário da maioria de seus vizinhos, não tinha o jeito de nativa do Nuevo Mundo aspirante a americana.) Nas duas vezes em que o rapaz se encontrara com Ybón — nas pausas que fazia na escrita, ele ia caminhar pelos becos quentes, sem saída e tediosos ou se dirigia à cafeteria local — ela sorrira para ele. E, na terceira vez em que se viram — é aqui, galera, que o milagre começa —, a mulher foi se sentar à mesa dele e perguntou: O que você está lendo? No início, Oscar não se deu conta do que ocorria e, então, a ficha caiu: *Puta Merda*! Uma mulher estava se dirigindo a *ele*. (Mudança sem precedentes na sua sorte, dando a impressão de que a desgastada Meada do seu Destino tinha se entrelaçado sem querer com a de um doidão, mais sortudo.) Acabou descobrindo que Ybón conhecia sua abuela, a quem dava carona sempre que Carlos Moya tinha de fazer entregas. Você é o garoto das fotos dela, comentou, com um sorriso malicioso. Eu era pequeno, explicou ele, na defensiva. E, além do mais, isso foi antes que a guerra me fizesse mudar. Ela não riu. É bem provável, mesmo. Bom, tenho que ir andando. Os óculos foram para o rosto, o traseiro foi levantado e a belleza, levada embora. A ereção de Oscar a seguiu como uma varinha de rabdomante.

Ybón estudara na UASD fazia muitos anos e não era uma jovem universitária, tinha pés de galinha e parecia, ao menos para Oscar, totalmente aberta e mundana, exercendo sem o menor esforço aquele intenso poder de zíper-atração tão comum às mulheres maduras e gostosas. Na vez seguinte em que o rapaz se encontrou com ela, a moça estava diante da própria casa (ele tinha ficado observando) e o cumprimentou em inglês, Good morning, Mr. de León. How are you? E ele respondeu, I am well. And you? Ela sorriu. Oscar, sem saber o que fazer com as mãos, optou por cruzá-las nas costas, como um vigário soturno. Por alguns instantes, ficaram calados; entretanto, quando ele viu que ela já estava destrancando o portão, disse, desesperado, Está fazendo muito calor. Ay si, concordou a moça. Eu já estava achando que era minha menopausa. E então, observando-o por sobre o ombro, talvez intrigada com aquela estranha figura, que evitava seu olhar a todo custo, ou talvez percebendo que estava louco por ela e se sentindo benevolente, fez o convite: Entra comigo. Vou servir uma bebida para você.

A casa quase vazia... a da avó era simples, mas aquela dava a impressão de ser coisa do além. Não tive tempo de me mudar ainda, explicou Ybón, de modo casual e, como não havia móveis além da mesa da cozinha, da cadeira, da cômoda, da cama e da TV, tiveram que se sentar no leito. Ao dar uma espiada debaixo do móvel, Oscar entreviu uns livros de astrologia e uma coleção de romances de Paulo Coelho. Ela acompanhou seu olhar e comentou, risonha, Esse escritor salvou minha vida. Deu uma cerveja para ele, serviu uma dose de uísque dupla para si e, ao longo das seis horas seguintes, entreteve o rapaz relatando eventos de sua vida. Dava para notar que fazia muito tempo que não tinha com quem conversar. Oscar apenas anuindo com a cabeça e tentando rir quando ela o fazia. O tempo todo suando em bicas, perguntando-se se aquele era o momento certo para tomar uma iniciativa. Foi apenas no meio da conversa que se deu conta de que o trabalho tão citado por Ybón se relacionava à prostituição. Era *Puta Merda!*, a segunda parte. Embora as putas fossem um dos principais produtos de exportação de Santo Domingo, Oscar jamais, em toda a vida, tinha estado na casa de uma.

Olhando pela janela do quarto, viu a Abuela no jardim, procurando por ele. Teve vontade de abrir a ventana e chamá-la, mas a mulher não parava de falar um instante sequer.

Ybón era uma peça rara. Podia ser que fosse tagarela e tivesse aquela personalidade tranquila, que deixava os compadres à vontade, mas transmitia também um ar meio desinteressado; como se (palavras de Oscar, neste trecho) fosse uma princesa alienígena abandonada, com existência parcial em outra dimensão; um tipo de mulher que, apesar de legal, saía da cabeça dos caras um pouco rápido demais. Ybón tinha consciência dessa qualidade e era grata a ela, como se apreciasse, embora não por muito tempo, o fascínio temporário que exercia sobre os homens. Pelo visto, não se importava em ser a mulher para quem se telefona apenas algumas vezes por ano, às 23 horas, somente para checar o que "anda fazendo". Era o máximo que ela conseguia aturar em termos de relação. Até me faz lembrar da planta morir-vivir com que a gente brincava quando criança, só que com efeito contrário.

Entretanto, os truques mentais Jedi dela não deram certo com Oscar. No que dizia respeito às mulheres, a mente do cara era igual à de um iogue. Uma vez concentrada em algo, nada fazia com que dispersasse. Quando ele saiu, por fim, da casa de Ybón naquela noite e foi caminhando para casa, em meio à nuvem de mosquitos famintos da Ilha, já estava perdido.

(Por acaso fazia alguma diferença Ybón ter falado uma mistura de italiano e espanhol após o quarto trago ou ter quase caído dura no chão ao levá-lo até a porta? Claro que não!) Oscar estava apaixonado.

A mãe e a Abuela foram ao seu encontro na entrada da casa — perdão pelo estereótipo, mas as duas estavam com bobes nos cabelos e mal podiam acreditar na sinvergüencería dele. Sabia que aquela mulher é uma PUTA? Sabia que comprou aquela casa CULEANDO?

Por alguns instantes, ele ficou estupefato com a fúria de ambas, mas, em seguida, recuperou-se e retrucou, Sabiam que a tia dela era JUÍZA? Sabiam que o pai dela trabalhou na COMPANHIA TELEFÔNICA?

Se quer tanto uma mulher, consigo uma para você, disse a mãe, perscrutando, enraivecida, a paisagem da janela. Aquela puta só vai arrancar seu dinheiro.

Eu dispenso a sua ajuda. E ela não é puta.

La Inca o fitou com um de seus Olhares de Incríveis Poderes. Hijo, obedeça a sua mãe.

Por um instante, o rapaz quase o fez. Ambas as mulheres concentravam suas energias nele; então, Oscar sorveu a cerveja e balançou a cabeça.

Seu tío Rudolfo, que assistia a um jogo na TV, aproveitou aquela deixa para bradar, com caprichada entonação de Vovô Simpson: As prostitutas acabaram com a minha vida.

Mais milagres. Na manhã seguinte, Oscar acordou e, apesar da tremenda agitação em seu coração e da vontade de ir correndo até a casa de Ybón e se acorrentar à cama dela, conseguiu se conter. Sabia que precisava cogerlo con calma e controlar o coração desvairado ou tudo iria por água abaixo. Seja lá o que esse *tudo* fosse. É óbvio que o cara estava tendo um monte de fantasias malucas na cabeça. O que você queria? Ali estava um gordo não-tão-pesado-assim, que nunca tinha beijado ninguém, muito menos deitado na cama com uma mulher e, então, o mundo resolveu agitar uma puta gostosa bem debaixo do seu nariz. Oscar tinha certeza absoluta de que Ybón era a última tentativa desesperada do Poder Supremo de colocá-lo no caminho certo da hombredad dominicana. Se deixasse essa chance escapulir, bom, teria que se contentar com o RPG *Villains & Vigilantes*. É agora ou nunca, pensou Oscar. Sua chance de ganhar. Decidiu dar a última cartada. Então, optou por ficar em casa o dia inteiro — perambulou; tentou escrever, sem sucesso; assistiu a um seriado cômico em que dominicanos negros com saias de palha colocavam dominicanos brancos com trajes de safari em caldeirões de canibal, e todo o mundo se perguntava em voz alta onde estava seu biscocho. Medonho. Já às 12 horas, tinha enlouquecido Dolores, a "muchacha" de 38 anos, com rosto coberto de cicatrizes, que fazia faxina e cozinhava para eles.

260

No dia seguinte, às 13 horas, vestiu uma chacabana limpa e andou até a casa de Ybón. (Na verdade, quase correu.) Havia um jipe vermelho estacionado do lado de fora, bem na frente do Pathfinder. A placa era da Polícia Nacional. Oscar ficou parado diante do portão dela, sob o sol implacável. Sentiu-se um verdadeiro idiota. Claro que ela era casada. Óbvio que tinha namorados. Seu otimismo, aquele gigante vermelho em expansão, começou a se retrair e se transformou num ponto obscuro praticamente imperceptível, do qual não havia escapatória. A experiência não o impediu de voltar no dia seguinte; no entanto, não havia ninguém em casa. Quando viu Ybón de novo, três dias depois, já tinha começado a achar que ela voltara em velocidade de dobra para seja lá qual mundo Forerunner, à la Andre Norton, a houvesse gerado. Onde é que você estava?, perguntou ele, tentando disfarçar o enorme mal-estar que sentia. Pensei até que tinha levado um tombo no metrô ou algo parecido. Ela sorriu e deu uma rebolada no traseiro. Eu estava tonificando a pátria, mi amor.

Quando ele chegara, ela estava fazendo aeróbica na frente da TV, com uma malha e o que poderia ser descrito como uma frente única. Fora difícil para ele desviar o olhar do corpo dela. Então, Ybón o convidou para ir até a sala, vociferando, Oscar, querido! Entra! Entra!

UMA OBSERVAÇÃO DO SEU AUTOR

Eu sei muito bem o que nego vai dizer. Olha só, agora ele está parecendo um escritor provinciano dos trópicos. Uma puta que não cheira coca, nem está meio pirada, nem é menor de idade? Não rola. Seria melhor eu dar um pulo na Feria e buscar um modelo mais representativo? Seria melhor transformar Ybón na outra piranha que eu conheço, Jahyra, uma amiga e vizinha de Villa Juana, que vivia num daqueles antigos casebres de madeira rosada e teto de zinco? Jahyra — sua típica puta caribenha, a um só tempo bonitinha e derrubada —, que saiu de casa com 15 anos e morou em Curaçao, Madri, Amsterdã e Roma; que teve dois filhos; que pôs silicones enormes nos peitos aos 16, em Madri, ficando com bustos quase maiores que os da Luba, de Love & Rockets, (mas não tão grandes quanto os de Beli); que afirmou diversas vezes, orgulhosa, que graças a sua grutinha tinha mandado asfaltar metade das ruas da cidade de sua mãe. Teria sido uma opção melhor eu ter feito Oscar conhecer Ybón no Mundialmente Famoso Lavacarro, onde Jahyra trabalhava seis dias por semana e onde os manos podiam dar um trato nas peças do corpo *e* do carro? Conveniente à beça! É uma alternativa melhor que a outra? Hein?

Só que, daí, eu estaria mentindo. Admito que enfeitei o texto com um monte de fantasia e ficção, mas acontece que este é, supostamente, o relato *real* de *A vida breve e fantástica de Oscar Wao*. Não dá mesmo para acreditar que mulheres como Ybón existem e que um cara como Oscar pode ter um pouquinho de sorte na vida, depois de 23 anos?

Esta é a sua chance. Se optar pela pílula azul, prossiga, pela vermelha, volte ao Matrix.

A GAROTA DE SABANA IGLESIA

Nas fotos de Oscar e Ybón, ela aparentava ser mais nova. Sem dúvida alguma, por causa do sorriso e do jeito animado de posar para cada fotografia, como se estivesse se apresentando para o mundo e dissesse Tchã, aqui estou, é pegar ou largar. Ela costumava se vestir de maneira descolada também, apesar de ter seus 36 anos, idade perfeita para qualquer um, menos para uma stripper. Nas fotos tiradas de perto, já se viam os pés de galinha, e ela reclamava o tempo todo da barriguinha, da forma como a bunda e os seios começavam a ficar flácidos, razão pela qual, explicou ela, tinha que ir à academia cinco vezes por semana. Quando a gente tem 16, este corpinho não custa nada, já quando a gente faz 40 — ufa! — passa a ser uma ocupação em tempo integral. Na terceira vez que Oscar foi visitá-la, Ybón voltou a consumir as doses duplas de uísque escocês; tirou os álbuns de fotos do closet e mostrou a ele retratos de quando tinha 16, 17, 18 anos, sempre em praias, sempre com biquínis do início dos anos 1980, sempre de cabelos longos, sempre sorrindo, sempre abraçando um yakoub de meia-idade desse mesmo período. Observando aqueles viejos blancos e cabeludos, Oscar não conseguiu evitar a sensação de esperança. (Vamos ver se adivinho, disse ele, esses são seus tios?) Cada foto tinha, na parte inferior, a data e o lugar em que fora tirada, e foi assim que o rapaz conseguiu acompanhar o progresso da carreira de puta de Ybón na Itália, em Portugal e na Espanha. Eu era tão bonita naquela época, afirmou ela, com melancolia. E não mentia, com aquele sorriso derretia até gelo. Mas, para Oscar, ela não estava menos charmosa, as ligeiras mudanças em sua aparência pareciam realçar seu fulgor (derradeiro brilho antes do esmorecimento), e ele disse isso a ela.

Você é tão gentil, mi amor. Entornou mais um uísque duplo e perguntou, Qual é o seu signo?

Como Oscar ficou caído por Ybón! Parou de escrever e começou a ir até a casa dela quase diariamente, até mesmo nos momentos em que sabia que ela estava trabalhando, caso ela tivesse adoecido ou decidido deixar a profissão para se casar com ele. Os portões do coração tinham se aberto, e ele se sentia leve, nas nuvens. A Abuela não deixou o neto em paz, disse. Nem Deus gosta de putas. É, acrescentou o tío, rindo, mas todo o mundo sabe que Deus *gosta* muito de um puto. Pelo visto, Rudolfo se sentia aliviado por já não ter mais um pájaro como sobrinho. Mal posso acreditar, dizia ele, sem conter o orgulho. O palomo finalmente virou homem. Daí, o tío pegou Oscar de jeito com o mata-leão aniquilador de um cara da Polícia Estadual de Nova Jersey. Quando foi que aconteceu? Quero usar essa data no jogo assim que voltar para casa.

Lá vamos nós de novo: Oscar e Ybón na casa dela, Oscar e Ybón no cinema, Oscar e Ybón na praia. Ela não parava de tagarelar e ele, de vez em quando, acrescentava um ou outro comentário. A mulher contou ao rapaz sobre os dois filhos, Sterling e Perfecto, que viviam com os avós em Porto Rico e só viam a mãe nas férias. (No período em que Ybón morara na Europa, os dois só tiveram contato com ela por meio das fotos e do dinheiro que enviava; quando regressou, por fim, à Ilha, os filhos já eram rapazinhos e ela não teve coragem de tirá-los da única família com que tinham se relacionado. Se eu estivesse no lugar do Oscar, teria revirado os olhos ao ouvir isso, acontece que o cara tinha engolido anzol, chumbada e linha.) Ybón contou a ele sobre os dois abortos que tinha feito, o tempo que passou presa em Madri, as dificuldades de vender o traseiro, e perguntou, Você acha que algo impossível pode se tornar possível? Contou que se não fosse pelo estudo de inglês na UASD, sua vida na Europa teria sido um verdadeiro desastre. Contou da viagem que fizera a Berlim na companhia de uma colega, uma transexual brasileira, e explicou que os trens, vez por outra, iam tão devagar, que dava até para arrancar uma flor da estrada sem danificar outras. Contou que tinha um namorado dominicano, o capitán, e paqueras estrangeiros: um italiano, um alemão e um canadense, os três benditos que costumavam ir visitá-la em meses diferentes. Você tem sorte por eles terem família, comentou ela. Não fosse assim, eu teria que *trabalhar* durante todo o verão. (Ele teve vontade de pedir a ela que parasse de falar de todos aqueles sujeitos, mas a mulher teria dado uma gargalhada. Então, limitou-se a dizer, Eu poderia ter feito um passeio turístico com eles em Zurza, ouvi dizer que adoram turistas por lá; ela riu e mandou que se comportasse.) Ele, por sua vez, discorreu sobre a ocasião em que fora com os amigos aloprados da universidade para Wisconsin, a fim de participar de um evento de games — sua única viagem longa; contou que tinham acampado numa reserva Winnebago e tomado Pabst com alguns dos nativos. Discorreu sobre o amor que tinha pela irmã Lola e o que acontecera com ela. Discorreu sobre sua própria tentativa de suicídio. Foi a única vez em que Ybón ficou calada. Apenas serviu bebidas para ambos e brindou: À vida!

Os dois jamais conversavam a respeito do longo tempo que passavam juntos. Talvez fosse melhor a gente se casar, sugeriu Oscar, certa ocasião, com seriedade, e ela disse, Eu daria uma péssima esposa. Ele passava tanto tempo com Ybón que teve a chance de vê-la em vários de seus "humores", ocasiões em que seu lado de princesa alienígena vinha à tona e ela ficava fria e taciturna, chamando-o de americano idiota se ele derramasse cerveja. Nesses dias, nem bem abria a porta, já se jogava na cama, sem vontade de fazer nada. Devia ser uma barra ficar ao lado dela, mas Oscar dizia, Ei, disseram que Jesus está na Plaza Central distribuindo camisinhas, e a convencia a ir ao cinema; o passeio e o filme acabavam fazendo bem a ela. Assim que saía de casa, Ybón ficava mais fácil de lidar; convidava Oscar para ir jantar num restaurante italiano, já pensando em, não importava quanto seu ânimo houvesse melhorado, encher a cara. Tanto que ele era obrigado a carregá-la até a caminhonete e levá-la para casa, dirigindo por uma cidade com a qual não tinha a menor familiaridade. (Mas, de cara, bolou um ótimo esquema: ligava para Clives, taxista evangélico sempre utilizado por sua família, e ele ia até lá, na boa, para mostrar o caminho de casa.) Enquanto Oscar dirigia, ela sempre apoiava a cabeça no seu colo e conversava com ele, algumas vezes em italiano, outras em espanhol, relatando a pancadaria que rolava entre as presidiárias ou tratando de assuntos mais amenos e, para o mané, ter aquela boca tão perto dos seus colhões era uma sensação indescritível.

LA INCA FALA

Ele não a conheceu na rua, como ele te contou. Os primos dele, los idiotas, resolveram levá-lo a um bordel, onde a viu pela primeira vez. Foi lá que ella se metió por sus ojos.

YBÓN, SEGUNDO AS ANOTAÇÕES DE OSCAR

Por mim, eu não teria voltado para Santo Domingo. Acontece que, depois que eu saí da cadeia, não consegui pagar as dívidas, e a minha mãe ficou doente, daí, não tive outra escolha.

Eu ralei muito no início. Depois que a gente mora fuera, Santo Domingo parece o menor lugar do mundo. Mas, se aprendi uma coisa nas minhas andanças, foi que a gente se acostuma com qualquer coisa. Inclusive com esta cidade.

O QUE NUNCA MUDA

Ah, Oscar e Ybón se aproximaram para valer, sim, senhor; no entanto, somos obrigados a refazer as perguntas difíceis: os dois, por acaso, se beijaram no Pathfinder? Ele chegou a passar a mão nela, sob a minissaia minúscula? Ybón pressionou o corpo contra o dele, sussurrando seu nome, com a voz rouca? Oscar acariciou aquele emaranhado do fim do mundo que era o cabelo da moça, enquanto ela pagava boquete? Os dois treparam?

Claro que não. Até milagres têm um limite. Oscar examinava o rosto dela buscando indicações, pistas que lhe diriam que o amava. Passou a ter a leve impressão de que nada aconteceria naquele verão, mas já tinha feito planos para voltar no Dia de Ação de Graças e, depois, no Natal. Quando contou a Ybón, ela o olhou de modo estranho e apenas disse seu nome, Oscar, com certa tristeza.

De que aquela mulher gostava dele, não restava dúvida, ela curtia muito o seu papo maluco e a forma como examinava algo novo, dando a impressão de que era de outro planeta (como na vez em que ela o pegou no banheiro, olhando fixamente para sua pedra-sabão — Que porra de mineral é *esse*?, quis saber). Ele tinha a sensação de que era um dos seus poucos amigos de verdade. Tirando os namorados, nacionais e estrangeiros, tirando a irmã psiquiatra em San Cristóbal e a mãe adoentada em Sabana Iglesia, a vida de Ybón parecia tão vazia quanto a casa.

Melhor viajar com pouca bagagem, era o que a mãe dizia sobre a moradia quando Oscar dava indícios de querer lhe dar uma luminária ou coisa parecida, e ele suspeitava de que Ybón diria o mesmo sobre ter mais amigos. Ele tinha consciência, no entanto, de que não era o único a visitá-la. Certo dia, ao encontrar três embalagens de camisinha no chão, ao lado da cama dela, perguntou, Está tendo dificuldades com incubuses? Ela sorriu, sem pudor. Taí um cara que não conhece a palavra *desistir*.

Pobre Oscar. À noite, sonhou que sua espaçonave, a Hijo de Sacrificio, já havia decolado, só que se dirigia para a Barreira Ana Obregón na velocidade da luz.

OSCAR NO RUBICÃO

No início de agosto, Ybón começou a falar muito mais de capitán, seu namorado. Ao que tudo indicava, o sujeito tinha ouvido falar de Oscar e queria conhecê-lo. Ele é muito ciumento, disse ela, desanimada. Então, basta marcar um encontro comigo, sugeriu Oscar. Faço todos os namorados sentirem mais autoconfiança. Não sei, não, disse Ybón. Talvez fosse melhor a gente não passar tanto tempo junto. Você não devia estar procurando uma namorada?

Já tenho uma, explicou ele. É minha namorada na minha cabeça.

Um namorado policial terceiro-mundista ciumento? Talvez fosse melhor a gente não passar tanto tempo junto? Qualquer outro cara teria ficado espantado e reagido como Scooby-Doo — Eeuoooorr? —, teria pensado duas vezes antes de passar sequer outro dia em Santo Domingo. A notícia relacionada ao capitán apenas deixou Oscar deprimido, assim como aquela babaquice de ficar-menos-tempo. Nem passou por sua cabeça que, quando um policial dominicano dizia que queria conhecer um sujeito, não estava exatamente falando em levar flores para o elemento.

Uma noite, não muito depois do incidente das embalagens de camisinha, Oscar acordou no quarto gelado demais por causa do ar-condicionado e percebeu, com inusitada clareza, que rumava para aquela estrada de novo. Aquela da época em que tinha perdido a cabeça por ter ficado tão louco por uma mulher. Aquela em que aconteceram várias desgraças. Você devia dar um basta nesta história agora mesmo, Oscar disse a si próprio. Acontece que, no fundo, no fundo, tinha plena consciência de que não o faria. Amava Ybón. (E quando se apaixonava ficava sob o efeito de uma espécie de feitiço, de um geas que não podia ser combatido nem negado.) Na noite anterior, sua amada havia ficado tão bêbada que Oscar precisou carregá-la até a cama; nesse ínterim, ela dizia o tempo todo, Meu Deus do céu, a gente precisa tomar cuidado, Oscar, mas bastou ser posta sobre o lençol para começar a se contorcer e tirar a roupa, sem se importar com a presença do cara, que tentou desviar o olhar até ela se meter debaixo do edredom, mas o que ele viu o deixou boquiaberto. Quando se virou para sair, Ybón se sentou, os seios total e lindamente expostos. Não vai ainda. Espera até eu dormir. Então, Oscar se deitou ao lado dela, sobre o edredom, e só voltou para casa quando começou a clarear lá fora. Tinha visto o peito dela, e sabia que era tarde demais para fazer as malas e voltar para casa, como todas aquelas vozes vinham lhe mandando fazer; já era tarde demais.

ÚLTIMA CHANCE

Dois dias depois, Oscar encontrou o tío examinando a porta da frente. O que é que houve? Rudolfo apontou para a madeira e, em seguida, para a parede de concreto do outro lado do vestíbulo. Acho que alguém andou dando tiros aqui em casa ontem à noite. Estava furioso. Malditos dominicanos. Com certeza encheram todo o bairro de buracos. A gente tem sorte de estar vivo.

A mãe de Oscar pôs o dedo no buraco do projétil. Eu não acho que foi questão de sorte.

Eu também não, concordou La Inca, fitando Oscar.

Por um instante, ele sentiu um estranho arrepio percorrer a parte posterior do pescoço, o que se poderia chamar de Instinto; no entanto, em vez de se inclinar e analisar com cuidado o buraco, disse, Na certa, não ouvimos nada porque estávamos com o ar-condicionado ligado; dali a pouco, foi até a casa de Ybón. Os dois tinham combinado de ir ao Duarte naquele dia.

OSCAR APANHA

Em meados de agosto, ele finalmente conheceu o capitán. E também deu seu primeiro beijo. Então, pode-se dizer que aquele dia mudou sua vida.

Ybón tinha apagado, para variar (antes passara um longo sermão no amigo, tentando convencê-lo de que os dois precisavam dar mais "espaço" um para o outro; Oscar a ouviu cabisbaixo, perguntando-se por que, então, ela insistia em segurar sua mão durante o jantar). Já estava tarde à beça, e ele vinha seguindo Clives no Pathfinder, a rotina de sempre, quando uns policiais mais adiante deixaram o taxista passar e o pararam; daí, pediram que fizesse a gentileza de sair do veículo. Esta caminhonete não é minha, explicou o rapaz, é dela. Apontou para Ybón adormecida. Positivo, encoste o veículo por alguns momentos. Ele obedeceu, meio ressabiado, porém, naquele instante Ybón se sentou e o fitou com os olhos límpidos. Sabe o que eu quero, Oscar?

Tenho medo de perguntar, respondeu o rapaz.

Quero, ela disse já se posicionando, un beso.

E, antes que ele pudesse dizer algo, ela se atirou em cima dele.

Sentir pela primeira vez o corpo de uma mulher se pressionando contra o seu — quem dentre nós pode se esquecer disso? E dar o primeiro beijo de verdade — bom, para ser sincero, já nem me lembro desses encontros iniciais, mas Oscar jamais se esqueceria.

Por um instante, ele não conseguiu acreditar. Está acontecendo, está acontecendo mesmo! Os lábios dela cheios e macios e a língua insinuando-se em sua boca. E, então, surgiram as luzes ao redor dos dois, levando

Oscar a pensar, Vou transcender! A transcendência é toda minhaaaaaaa! Mas logo percebeu que os policiais à paisana que os tinham parado — para simplificar as coisas, vamos chamar os dois sujeitos, que davam a impressão de ter sido criados em planetas de alta gravidade, de Solomon Grundy e Gorilla Grodd — iluminavam a caminhonete com suas lanternas. E quem estava bem atrás deles, observando a cena com cara de poucos amigos? Ora, o capitán, é claro. O namorado de Ybón!

Grodd e Grundy arrancaram Oscar do veículo. E a mulher, por um acaso, lutou para mantê-lo em seus braços? Protestou contra a grosseira interrupção de seu sarro? Imagine! A espertinha simplesmente voltou a dormir.

O capitán. Um jabao esguio, de meia-idade, parado próximo ao seu jipe vermelho impecável, bem-vestido, com calças folgadas e camisa branca engomada, sapatos tão reluzentes quanto escaravelhos. Um daqueles negões altos, bonitos e arrogantes, que faziam com que a maior parte do planeta se sentisse inferior a eles. Também um daqueles caras tão maus que nem mesmo o pós-modernismo conseguia explicar o motivo. Como era jovem demais no Trujillato, não chegou a ter chance de exercer um poder de verdade; foi apenas durante a Invasão Norte-Americana que ele ganhou suas condecorações. Apoiou, como o meu pai, os Invasores dos EUA e, por causa do seu jeitão meticuloso e da forma impiedosa como lidou com os esquerdistas, subiu rápido, melhor dizendo, galgou postos e foi parar no alto escalão da polícia militar. Manteve-se sempre ocupado sob o comando do Capeta Balaguer. Atirando em sindicalistas do banco traseiro dos carros. Incendiando as casas de organizadores. Estraçalhando os rostos dos caras com pés de cabra. Os 12 Anos foram tempos áureos para tipos como ele. Em 1974, afundou a cabeça de uma idosa na água até ela se afogar (a mulher tinha tentado mobilizar os agricultores para reivindicar a distribuição de terras em San Juan); em 1977, tocou mazel-tov no pescoço de um garoto de 15 anos com o salto do seu sapato Florsheim (outro agitador comunista, já vai tarde, caramba!). Conheço bem o tipo. Tem parentes no Queens e todo Natal leva para os primos garrafas de uísque Johnnie Walker Black. Os amigos o chamam de Fito; quando jovem, queria ser advogado, entretanto, acabara se deixando seduzir pelo mundo do calie e se esquecendo por completo daquela história de advocacia.

Quer dizer que você é o nova-iorquino. Quando Oscar e o capitán se entreolharam, o rapaz percebeu que estava perdido. Os olhos do namorado de Ybón, sabe, também eram muito próximos um do outro; porém, azuis e terríveis. (Como os de Lee Van Cleef!) Não fosse a resistência do esfíncter de Oscar, café da manhã, almoço e jantar teriam jorrado das suas entranhas.

Não fiz nada, já foi dizendo o rapaz, acovardado. Em seguida, ressaltou, sem pensar duas vezes, Sou cidadão americano.

Com um gesto, o capitán espantou um mosquito. Também sou cidadão americano; me naturalizei lá na cidade de Buffalo, no Estado de Nova York.

Já eu comprei a minha cidadania em Miami, acrescentou Gorilla Grodd. Eu não, lamentou Solomon Grundy. Só tenho o visto de permanência.

Por favor, vocês têm que acreditar em mim, eu não fiz *nada*.

O capitán sorriu. Até dentadura de Primeiro Mundo o filho da mãe tinha. Você sabe quem sou eu?

Oscar assentiu. Era inexperiente, mas não era burro. É o ex-namorado da Ybón.

Eu não sou o ex-novio dela, seu parigüayo de merda!, bradou o capitán, as veias no seu pescoço saltitando como um desenho de Kricfalusi.

Ybón me disse que você era o ex dela, insistiu Oscar.

O capitán o agarrou pelo pescoço.

Foi o que ela me contou, choramingou ele.

Oscar teve sorte; tivesse ele a aparência do meu pana Pedro, o Super-homem Dominicano, ou do meu compadre Benny, um modelo, na certa teria levado um tiro ali mesmo. Mas, como era um bundão e tinha o aspecto de un maldito parigüayo eternamente azarado, o capitán sentiu pena — como a que Gollum inspira — e deu apenas uns murros. Oscar, que nunca levara "uns murros" de um adulto com treinamento militar, achou que tinha acabado de ser atropelado por toda a formação ofensiva dos Steelers de 1977. A falta de ar foi tão brutal, que ele realmente achou que ia morrer asfixiado. O rosto do capitán surgiu sobre o seu: Se tocar na minha mujer de novo, eu te mato, parigüayo, e o nerd ainda conseguiu sussurrar, Você é o ex, antes dos Srs. Grundy e Grodd o carregarem (com certa dificuldade) para seu Camry, onde o meteram antes de partir com ele. A última visão que Oscar teve de Ybón? O capitán arrancando-a da cabine do Pathfinder, agarrando-a pelos cabelos.

O nerd tentou saltar do carro, mas Gorilla Grodd lhe deu uma cotovelada tão forte que ele desistiu de lutar.

Noite em Santo Domingo. Verdadeiro blecaute, óbvio. Até mesmo o Farol estava apagado.

E aonde o levaram? Aonde mais? Para os canaviais.

Que tal isso como forma de eterno retorno? Oscar estava tão desconcertado e amedrontado que mijou nas calças.

Tu cresceu por estas bandas?, indagou Grundy ao colega de pele mais escura.

Não, sua besta tapada, eu cresci em Puerto Plata.

Tem certeza? Tu tem jeito de quem fala francês.

No percurso até lá, Oscar tentou recobrar a fala, mas não conseguiu. Estava abalado demais. (Nesse tipo de situação, sempre achou que seu herói secreto apareceria e quebraria pescoços, como Jim Kelly, mas, pelo visto, ele estava por aí, fazendo um lanche.) Tudo parecia estar transcorrendo tão depressa... Como aquilo foi acontecer? Que caminho errado Oscar tinha tomado? Ele mal podia acreditar! Ia morrer. Tentou imaginar Ybón no funeral, com seu vestido negro praticamente transparente, mas não conseguiu. Visualizou a mãe e La Inca ao lado da sepultura.

Nós não te avisamos? Não avisamos? Observou Santo Domingo passar depressa e se sentiu incrivelmente sozinho. Como isso podia estar ocorrendo? Com ele? Era chato, gordo e, agora, estava morto de medo. Pensou na mãe, na irmã, em todas as miniaturas que ainda não tinha pintado, e começou a chorar. Não faz tanto escarcéu, ordenou Grundy, mas Oscar não conseguiu se controlar, nem mesmo quando ele tapou sua boca com as mãos.

Andaram de carro por um longo tempo, até que pararam, com uma freada abrupta. No canavial, os Srs. Grodd e Grundy tiraram Oscar do automóvel. Abriram o porta-malas; porém como as pilhas da lanterna não funcionaram, eles foram obrigados a ir até um colmado para comprar novas; só depois voltariam. Enquanto pechinchavam com o dono o preço das pilhas, Oscar pensou em fugir, saltar do carro e correr até a estrada, gritando; mas não teve coragem. O medo destrói a mente, ele cantarolou em sua mente sem se mover. Os caras estavam armados! Então, olhou a paisagem, esperando que alguns fuzileiros americanos estivessem dando uma volta, mas viu apenas um velho solitário numa cadeira de balanço, na varanda de uma velha choça, e, por um momento, teve a impressão de que o sujeito não tinha face; mas logo em seguida os assassinos entraram no carro e eles partiram. Com a lanterna funcionando, caminharam canavial adentro — Oscar jamais ouvira ruídos tão altos e estranhos, os farfalhares, os estalos, os movimentos súbitos no solo (cobra? mangusto?), e, no alto, até mesmo as estrelas, todas se agrupavam em um vanglorioso congresso. Ainda assim, aquele mundo lhe parecia estranhamente familiar; tinha a nítida sensação de que já estivera naquele exato lugar, muito tempo atrás. Foi um sentimento ainda mais forte que déjà-vu, mas, antes que tivesse a oportunidade de se concentrar, o momento passou, debelado por seu temor; e então, os dois homens mandaram que parasse e se virasse. A gente tem um presentinho para você, informaram, com amabilidade. O que fez Oscar cair na Real. Por favor, gritou, não! No entanto, em vez de disparar a arma e causar a escuridão eterna, Grodd deu apenas um golpe forte em sua cabeça, com a coronha da arma. Por um instante, a dor foi mais intensa que seu temor, o que fez com que ele juntasse forças para mover as pernas, na esperança de se virar e correr, mas então os dois começaram a atingi-lo com as pistolas.

Não se sabe se queriam assustá-lo ou matá-lo. Quem sabe o capitán ordenou uma coisa, e eles fizeram outra, quem sabe os dois seguiram à risca as ordens do chefe, ou quem sabe Oscar simplesmente teve sorte. O que eu sei é que foi a maior de todas as surras, o Götterdämmerung dos espancamentos, uma pancadaria tão cruel e implacável que até mesmo Camden, a Cidade da Verdadeira Hecatombe, teria se orgulhado. (Sim, senhor, nada como levar coronhadas na cabeça com aqueles Cabos Pachmayr.) Oscar *chiou*, no entanto, a sova prosseguiu; implorou, e ela continuou; perdeu os sentidos, o que não lhe trouxe alívio, porque os caras chutaram seus testículos e fizeram com que se levantasse na hora! Tentou se arrastar e se embrenhar nas canas, só que eles o trouxeram de volta! Parecia uma daquelas abomináveis reuniões do comitê de línguas modernas, às 8 horas da matina: *interminável*. Aí, parceiro, disse Gorilla Grodd, esse elemento está me fazendo *suar*. Durante quase todo o tempo, eles se revezaram para golpeá-lo: no entanto, às vezes, batiam juntos, e, em alguns momentos, Oscar podia jurar que estava apanhando de três sujeitos, não de dois, e que o homem sem face da choupana tinha se unido aos brutamontes. Já nos últimos instantes, quando a vida começou a se esvair, se viu diante da Abuela; ela estava sentada em sua cadeira de balanço e, quando o viu, vociferou, O que foi que eu disse sobre as putas? Não falei que você ia morrer?

E, finalmente, quando Grodd estava prestes a pular na sua cabeça com as duas botas, Oscar teve outra vez a impressão de ter visto um terceiro homem com eles, só que o indivíduo se encontrava em posição recuada, atrás de umas touceiras de canas, mas, antes que o rapaz pudesse ver seu rosto, foi Boa Noite, Doce Príncipe, e ele teve a sensação de estar caindo de novo, tombando em direção à Route 18, sem poder fazer nada, nada mesmo, para impedir a queda.

CLIVES AO RESGATE

O único motivo pelo qual não ficou jogado pelo resto da vida em meio ao farfalhar infindável daquele canavial: Clives, o taxista evangélico, teve a brilhante ideia, a perspicácia e, claro, a bondade de seguir os policiais na surdina, de forma que, quando os dois se mandaram, ele ligou o farol e estacionou no ponto de onde ambos tinham saído. Como estava sem lanterna, depois de quase meia hora de caminhada no escuro, estava prestes a abandonar a busca até a manhã seguinte, quando ouviu alguém *cantando*. Era uma voz bonita, e o taxista, que cantava em sua congregação, sabia reconhecer uma bela voz quando a escutava. Caminhou em direção a ela o mais rápido que pôde e, quando estava a ponto de se entremear pelas últimas touceiras de cana, um vendaval soprou no canavial, quase erguendo Clives do solo, como a primeira rajada de um furacão ou o pé de vento provocado pelo voo de um anjo e, então, tão rápido quanto havia começado, o vento forte se dissipou, deixando para trás apenas o aroma de canela tostada; diante do taxista, detrás de algumas canas, estava Oscar, no chão. Inconsciente, com sangue escorrendo de ambas as orelhas e aparência de quem estava à beira da morte. Clives se esforçou ao máximo, mas não conseguiu arrastar o rapaz até o carro sozinho, então, deixou-o ali — Aguenta firme! —, foi até o batey mais próximo e reuniu alguns braceros haitianos para ajudá-lo, o que levou algum tempo, já que os sujeitos tiveram receio de ir e de acabar levando uma surra tão implacável quanto a de Oscar dos seus capatazes. Por fim, o taxista convenceu os caras e todos voltaram depressa à cena do crime. O cabra é grande que só, disse um dos braceros. Mucho plátano, brincou o outro. Mucho mucho plátano, ressaltou um terceiro, e, em seguida, eles o puseram no banco traseiro do táxi. Assim que a porta se fechou, Clives engatou a marcha e se mandou. A toda a velocidade, pedindo a misericórdia de Deus, com os haitianos atirando pedras em seu carro, já que ele havia prometido levá-los de volta para o batey.

CONTATOS IMEDIATOS DE GRAU CARIBENHO

Oscar se lembra de ter tido um sonho em que um mangusto conversava com ele. Só que aquele não era um qualquer, mas o Mangusto.

Qual vai ser sua escolha, muchacho?, quis saber o animal. Mais ou menos?

Por um momento, Oscar se sentiu tentado a dizer menos. Tamanho cansaço, tamanha dor — Menos! Menos! Menos! — mas, então, a imagem de sua família surgiu dos recônditos de sua alma. Lola e a mãe e Nena Inca. Lembrou-se de quando era bem mais jovem e otimista. Da lancheira ao lado da cama, a primeira coisa que via pela manhã. De *O planeta dos macacos*.

Mais, balbuciou.

——— ——— ———, disse o Mangusto e, em seguida, o vento carregou Oscar de volta à escuridão.

VIVO OU MORTO

Nariz quebrado, fratura na arcada zigomática, lesão no sétimo nervo cranial, três dentes arrancados, concussão.

Mas ele ainda está vivo, não está?, perguntou a mãe.

Está, respondeu o médico.

Vamos rezar, La Inca pediu, séria. Agarrou as mãos de Beli e inclinou a cabeça.

Se as duas chegaram a notar as semelhanças entre Passado e Presente, não as mencionaram.

ROTEIRO PARA UM PASSEIO NO INFERNO

Oscar ficou inconsciente durante três dias.

Achou que havia tido uma série de sonhos fantásticos ao longo desse período; porém, quando fez sua primeira refeição — um caldo de pollo —, não conseguiu, infelizmente, lembrar-se deles. Tudo o que restava era a imagem de uma figura semelhante a Aslan, de olhos dourados, que tentava se comunicar com ele, mas Oscar não ouvia uma só palavra, por causa do som alto de merengue vindo da casa do vizinho.

Apenas mais tarde, ao longo dos seus últimos dias, ele realmente se lembraria de um daqueles sonhos. Um velho estava parado à sua frente nas ruínas de um castelo, entregando-lhe um livro a ser lido. O idoso usava uma máscara. Oscar levou algum tempo para ajustar o foco, mas, então, viu que na obra não havia nada escrito.

O livro está em branco. Foram essas as palavras que a empregada de La Inca ouviu-o balbuciar antes de deixar o plano da inconsciência para ingressar no mundo Real.

VIVO

Então, assim terminou. Quando a mãe de León recebeu o sinal verde dos médicos, ligou para as companhias aéreas. Não era nenhuma boba; tinha tido a própria experiência nessa área. Explicou a parada de um modo bem simples, para que até naquele estado de atordoamento, Oscar entendesse. Você, seu hijo-de-la-gran-puta estúpido, inútil e imprestável, está indo para casa.

Não, balbuciou ele, entre os lábios destruídos. E falava sério. Quando acordara pela primeira vez e se dera conta de que ainda vivia, perguntara logo por Ybón. Eu a amo, sussurrou, e a mãe disse, Cala a boca, entendeu? Cala essa boca!

Por que está gritando com o rapaz?, perguntou La Inca.

Porque ele é um idiota!

A doctora da família descartou hematoma epidural, porém não a possibilidade de um trauma cerebral. (Ybón namora um policial? Tío Rudolfo assobiou. Podem apostar na segunda alternativa.) Melhor levá-lo para casa agora, disse a médica; entretanto, durante quatro dias, Oscar rejeitou qualquer tentativa de ser colocado num avião, o que diz muito sobre a perseverança do gorducho; estava consumindo quantidades homéricas de morfina, e sua cabeça *agonizava*, padecia dia e noite de enxaqueca quadruplicada e não podia ver bulhufas com o olho direito; a cabeça tinha inchado tanto, que ele parecia John Merrick Junior e, sempre que tentava se erguer, o piso sumia sob seus pés. Meu Deus do céu!, pensou ele. Então é assim que a gente se sente quando *apanha*. A dor não dava trégua e, por mais que ele se esforçasse, não conseguia controlá-la. Oscar jurou nunca mais escrever outra cena de luta enquanto vivesse. Mas nem tudo foi uma tragédia, já que o espancamento deu ao rapaz uma estranha percepção; ele constatou, meio desalentado, que se a parada com Ybón não tivesse sido séria, o capitán, na certa, não teria acabado com seus cornos. Era uma prova positiva de que Oscar e ela desenvolveram mesmo uma relação. Devo comemorar, perguntou ao assistente do cirurgião, ou chorar? Alguma sugestão? Um dia, enquanto observava a mãe trocar a roupa de cama, percebeu, num lampejo, que a tão falada maldição da família provavelmente era *real*.

Fukú.

Ele enrolou a língua, tentando pronunciar as palavras. *Foda-se.*

Ao ouvir aquilo, a mãe ergueu o punho, furiosa, mas La Inca a interceptou, o encontro da pele das duas provocando um estalo. Você enlouqueceu?, perguntou a mais velha, e Oscar não soube dizer se ela estava falando com ele ou com sua mãe.

E quanto a Ybón? Ela não respondeu ao pager e, nas poucas vezes em que o rapaz caminhou a duras penas até a janela, viu que o Pathfinder não se encontrava ali. Eu amo você, gritou ele, para a rua. Eu amo você!

Certa vez, conseguiu chegar à porta dela e tocar a campainha, mas, então, o tío percebeu que ele tinha ido embora e o arrastou de volta para casa. À noite apenas ficava deitado na cama, sofrendo, imaginando vários finais do tipo *Páginas policiais* na vida de Ybón. Quando sentia que a cabeça estava prestes a explodir, procurava contatar a amada com seus poderes telepáticos.

No terceiro dia, ela apareceu. Sentou-se na beirada da sua cama, enquanto a mãe fazia um estardalhaço com as panelas na cozinha, falando bem alto a palavra *puta*, para que os dois a ouvissem.

Peço desculpas por não me levantar, sussurrou Oscar. Estou tendo algumas dificuldades cranianas.

Ela estava toda de branco, os cabelos, um turbilhão de cachos castanhos, ainda úmidos por causa do banho. Claro que tinha levado uma baita surra do capitán também, claro que estava com hematomas nos dois olhos (ele pusera a Magnum .44 na sua vagina e perguntara quem é que ela *realmente* amava). Ainda assim, não havia nada nela que Oscar não beijaria de bom grado. Ybón pousou a mão na do amigo e comunicou que nunca mais poderia vê-lo. Por algum motivo, ele não conseguia ver seu rosto, que parecia fora de foco. Ela já tinha se refugiado naquele seu outro lado. Oscar ouvia apenas sua respiração aflita. Onde estava a mulher que, ao perceber que ele olhava para uma flaquita na semana anterior, dissera, com certa malícia, Quem gosta de osso é cachorro, Oscar. Onde estava a mulher que precisava provar cinco roupas diferentes antes de pôr os pés fora de casa? Ele tentou enxergar melhor, mas só viu seu amor por ela.

Mostrou as páginas que escrevera. Tenho tanto para conversar com vo ——

Eu e o —— vamos casar, revelou ela, de modo brusco.

Ybón, disse ele, tentando encontrar as palavras, mas ela já tinha ido embora.

Se acabó. A mãe, a abuela e o tío lhe deram o ultimato e pronto. Quando rumaram para o aeroporto, Oscar não contemplou o oceano nem a paisagem. Tentava decifrar algo que escrevera na véspera, gaguejando as palavras. O dia está lindo, comentou Clives. Oscar o fitou com os olhos marejados. Está mesmo.

No avião, sentou-se entre o tio e a mãe. Jesus, Oscar, disse Rudolfo, com apreensão. Do jeito que você está, parece até que puseram uma camisa num monte de bosta!

Lola foi buscá-los no aeroporto JFK e, quando viu o rosto do irmão, chorou sem parar até voltar para o meu apartamento. Você precisava ter visto o chefe, comentou ela, chorosa. Tentaram *matá-lo*.

Porra, Oscar, eu disse por telefone. Deixo você sozinho alguns dias e você quase bate as botas?

Sua voz pareceu abafada. Eu beijei uma mulher, Yunior. Finalmente beijei uma mulher.

Mas, O, você quase morreu.

Não foi de todo grave, disse ele. Ainda me restavam alguns pontos de vida.

No entanto, dois dias depois, quando vi o rosto dele, quase não acreditei: Caramba, Oscar. Puta que o pariu!

Ele balançou a cabeça. Há algo mais forte em jogo que meu aspecto exterior.

Em seguida, escreveu a palavra para mim: *fukú*.

BELO CONSELHO

Melhor viajar com pouca bagagem. Ela abriu os braços para abraçar sua casa, talvez o planeta.

PATERSON, DE NOVO

Oscar tinha voltado para casa. Ficou de cama, tentando se recuperar. A mãe tão furiosa que mal o olhava.

Ele estava totalmente arrasado. Sabia que amava Ybón como nunca amara ninguém antes. Tinha consciência do que devia fazer: precisava dar uma de Lola e pegar um voo de volta. Que se foda o capitán. Que se foda Grundy e Grodd. Que se foda o mundo inteiro. Fácil falar durante o dia, mas, à noite, sua coragem se diluía, virava água gelada e escorria por suas pernas, como urina. Sonhou repetidas vezes com o canavial, o maldito canavial, só que, então, não era ele o saco de pancada, mas a irmã e a mãe, e Oscar as ouvia gritando, implorando que os sujeitos parassem, por favor, pelo amor de Deus, *parem*; no entanto, em vez de correr na direção das suas vozes, ele fugia! Acordava *gritando. Não fiz nada. Não fiz nada.*

Pela centésima vez, Oscar assistiu a *Vírus* e pela centésima vez chorou quando o cientista japonês finalmente chegou à Tierra del Fuego e encontrou o amor de sua vida. Provavelmente pela milionésima vez leu *O senhor dos anéis*, uma das suas grandes paixões e fonte de satisfação desde que o descobrira, quando tinha 9 anos, e era desorientado e solitário, e seu bibliotecário favorito o aconselhou, Olhe, leia este, e, com aquela sugestão, mudara a sua vida. Àquela altura, Oscar já tinha relido quase toda a trilogia, porém, quando chegou à linha "e do Extremo Harad, sujeitos negros parecidos com semi-trolls", viu-se obrigado a parar, já que a cabeça e o coração doíam demais.

Seis semanas após a Surra Colossal, ele sonhou com o canavial de novo. Mas dessa vez, em vez de bater em retirada quando os gritos iniciavam e os ossos começavam a se quebrar, reuniu toda a coragem que tinha e teria na vida e se obrigou a fazer a única coisa que não queria, algo a que tinha ojeriza.

Ele escutou.

PARTE III

Isso aconteceu em janeiro. Eu e a Lola estávamos morando nos Heights, cada um no seu apartamento — nessa época os brancos ainda não tinha invadido a região, e dava para percorrer toda a Upper Manhattan sem ver um único tapete de ioga. Nossa relação não ia bem. Eu até que teria muito para contar, só que não creio que venha ao caso. Basta dizer que, se a gente se falava uma vez por semana, era muito, embora eu ainda fosse, teoricamente, namorado dela. Tudo por culpa minha, claro. Não consegui manter o zíper fechado, apesar de ela ser a garota mais linda do mundo.

Enfim, eu estava de bobeira em casa, sem receber nenhuma ligação da agência de trabalhos temporários, quando o interfone tocou; era o Oscar. Fazia um tempão que a gente não se via, desde os primeiros dias da sua volta. Nossa, Oscar, eu disse. Sobe, sobe. Fiquei esperando no corredor e, quando ele saiu do elevador, segurei os seus ombros. Aí, cara, beleza? Estou me sentindo portentoso, respondeu o amigo. A gente se sentou e eu enrolei um baseado, enquanto ele me contava as novidades. Vou voltar para o Don Bosco em breve. Sério?, perguntei. Sério, respondeu. Seu rosto continuava todo ferrado, com o lado esquerdo meio caído.

Quer fumar?

A gente divide, mas só quero um pouco. Prefiro não anuviar demais minhas faculdades mentais.

Naquele último dia, no sofá do apartamento, ele parecia um sujeito de bem consigo mesmo. Meio distraído, mas tranquilo. Cheguei a comentar com a Lola naquela noite que, na certa, era porque ele finalmente tinha resolvido viver, mas, como veríamos mais tarde, a verdade acabaria sendo um pouco mais complicada. Vocês precisavam ter visto. Magérrimo, pois tinha perdido todo o peso, e calmo, calmo.

O que andava fazendo? Escrevendo, óbvio, e lendo. Também preparando a mudança para sair de Paterson. Queria deixar o passado para trás e recomeçar. Estava tentando decidir o que levaria. Não pretendia carregar mais de dez livros, queria manter somente o básico, o cerne de seu cânone (palavras dele) — Apenas o que eu puder pôr na mala. Parecia outra parada estranha de Oscar, mas só depois a gente viu que não era.

Daí, após respirar fundo, ele disse: Sinto muito, Yunior, mas o que me trouxe aqui foi algo mais premente. Gostaria de saber se poderia me fazer um favor.

Claro, cara. É só pedir.

Ele explicou que precisava de grana para o depósito do aluguel de um apartamento no Brooklyn. Eu devia ter pensado duas vezes — Oscar nunca pedia dinheiro emprestado para ninguém —, mas fiz questão de dar o que ele queria. Minha consciência culpada.

A gente fumou o baseado e conversou sobre as dificuldades entre mim e Lola. Você não deveria ter tido relações carnais com aquela moça paraguaia, ressaltou ele. Eu sei, eu respondi, eu sei.

Lola ama você.

Estou sabendo.

Por que a trai, então?

Se eu soubesse, seria ótimo.

Talvez devesse tentar descobrir.

Oscar se levantou.

Você não vai esperar a Lola?

Preciso ir até Paterson. Tenho um encontro.

Está de brincadeira comigo?

O mané traiçoeiro balançou a cabeça.
Perguntei: Ela é bonita?
Oscar sorriu. É.
No sábado, ele partiu.

A ÚLTIMA VIAGEM

Na última vez que fora a Santo Domingo, Oscar tinha levado um susto quando os passageiros aplaudiram; no entanto, naquele dia fora preparado e, quando o avião aterrissou, bateu palmas até ficar com as mãos doendo.

Assim que chegou à saída do aeroporto, ligou para Clives, e o parceiro foi pegá-lo uma hora depois. Encontrou-o cercado de taxistas, que tentavam convencê-lo a contratar seus serviços. Cristiano, o que está fazendo aqui?, perguntou Clives.

São os Espíritos Ancestrais, disse Oscar, com o semblante sério. Não me deixam em paz.

O taxista estacionou diante da casa de Ybón e os dois esperaram quase sete horas até ela voltar. Clives tentou convencer Oscar a mudar de ideia, mas ele não lhe deu ouvidos. Então, ela chegou em seu Pathfinder. Aparentava estar mais magra. O coração do rapaz saltitou como uma perna quebrada e, por um instante, ele chegou até a pensar em desistir de tudo aquilo, em regressar ao Don Bosco e dar continuidade à sua vida miserável; entretanto, ela começou a caminhar com os ombros encurvados, como se o mundo inteiro a estivesse observando, e Oscar não precisou ver mais nada. Abriu a janela. Ybón, chamou. Ela parou, pôs a mão no alto dos olhos e, em seguida, reconheceu-o. Também disse seu nome. *Oscar*. Ele abriu a porta do táxi, andou até ela e abraçou-a.

As primeiras palavras dela? Mi amor, você tem que ir embora agora.

Ali mesmo, no meio da rua, Oscar foi direto ao ponto. Que estava apaixonado, que fora ferido, mas que se recuperara e, se pudesse ter uma semana que fosse com ela, uma semaninha apenas, então as coisas entrariam nos eixos e ele teria condições de enfrentar qualquer coisa; ela disse, Não estou entendendo bem, daí, Oscar repetiu tudo, explicou que a amava mais do que o Universo e que não havia nada que ele pudesse fazer; então, fez o convite: Vamos passar um tempo fora, eu gostaria que me passasse um pouco da sua força interior; depois disse que, se ela desejasse, tudo terminaria.

Talvez Ybón o amasse um pouco. Talvez no fundo do seu coração quisesse largar a bolsa da academia no asfalto e entrar no táxi com o rapaz. Porém, a mulher conhecera homens como o capitán a vida toda, havia sido obrigada a trabalhar na Europa um ano inteiro para caras como ele, antes de começar a ganhar o próprio dinheiro. Sabia muito bem que na RD costumavam chamar divórcio-de-policial de tiro certeiro. A bolsa da academia não foi deixada na rua.

Vou ligar para o capitán, Oscar, avisou ela, os olhos meio marejados. Então, por favor, vá embora antes que ele chegue.

Não vou a lugar nenhum, disse o rapaz.

Vai, anda.

Não.

Ele entrou na casa da Abuela (ainda tinha a chave). O capitán apareceu uma hora depois, buzinou por um longo tempo, mas Oscar nem se deu ao trabalho de sair. Tinha pegado os álbuns de fotografia de La Inca e estava examinando todas as fotos. Quando ela voltou da padaria, encontrou-o escrevendo na mesa da cozinha.

Oscar?

Sim, Abuela, disse, sem erguer o olhar. Sou eu.

É difícil de explicar, escreveu ele para a irmã, depois.

Aposto que era mesmo.

MALDIÇÃO CARIBENHA

Durante 27 dias, Oscar se dedicou a três atividades: fazer observações de campo, escrever e perseguir Ybón. Ia se sentar na frente da casa dela, telefonava para o beeper, aparecia na Mundialmente Famosa Ribeira, onde ela trabalhava, por via das dúvidas, caminhava até o supermercado sempre que via a caminhonete dela sair, já que Ybón poderia ter ido até lá — embora nove, entre dez vezes, não fosse esse o caso. Sempre que os vizinhos o viam na calçada, meneavam as cabeças e diziam, Olhem aquele loco.

A princípio, foi um verdadeiro terror para Ybón. Ela não queria nada com Oscar; não falava com ele e ignorava a sua presença. Na primeira vez que o viu no Club, ficou tão apavorada que as pernas tremeram. Ele sabia que a estava assustando demais, só que não conseguia evitar. Já no décimo dia, no entanto, até mesmo sentir terror requeria um esforço grande demais e, quando Oscar perseguia Ybón em um corredor ou sorria para ela no trabalho, ela pedia, exasperada, Por favor, volte para casa.

Mas, se ficava arrasada quando o via, também se sentia assim quando não o via — era o que ela mesma admitiria para ele mais tarde —, pois, então, pensava que tinha sido assassinado. Oscar deixava longas cartas apaixonadas, escritas em inglês, sob o portão dela; a única resposta que obteve foi a ameaça do capitán e dos seus comparsas de parti-lo em pedacinhos. Após cada ameaça, o mano registrava o horário, em seguida, telefonava para a embaixada e contava que o policial ——— tinha dito que o mataria, Vocês poderiam me ajudar?

Ainda mantinha as esperanças, pois, se Ybón realmente desejasse que partisse, já o teria atraído para algum lugar e permitido que o capitán acabasse com ele. Além disso, teria tomado alguma providência para impedir sua presença na Ribeira. Mas não foi o que fez.

Nossa, você quando dança é um *encanto*, escreveu Oscar, numa carta. Em outra, expôs os planos de se casar com ela e de levá-la para os EUA.

Ybón começou a escrever recados e a passá-los para ele no Club; às vezes, ela os mandava pelo correio para a residência da Abuela. Por favor, Oscar, faz uma semana que eu não durmo. Não quero que você acabe se ferindo ou perdendo a vida. Volte pra casa.

Mas, minha querida, a mais formosa de todas as mulheres belas, respondia ele, Esta é minha casa.

Sua casa de verdade, mi amor.

A pessoa não pode ter duas?

Na décima nona noite, assim que Ybón tocou a campainha ao lado da grade, Oscar largou a caneta, pois já sabia quem era. Em seguida, ela se inclinou e destrancou a porta da caminhonete e, quando ele entrou, tentou beijá-la, mas ela pediu, Por favor, pare. Eles foram até La Romana, onde, supostamente, o capitán não tinha amigos. Não conversaram a respeito de nenhuma novidade, exceto quando Oscar comentou, Gosto do seu corte de cabelo novo, e ela, num misto de riso e choro, perguntou, Sério mesmo? Não acha que me faz parecer vulgar?

Você não tem nada de vulgar, Ybón.

O que é que a gente podia fazer? A Lola foi até lá para ver o irmão, implorou que voltasse para casa e disse a ele que, daquele jeito, acabaria provocando não só a morte dele, como a de Ybón; Oscar a escutou e, em seguida, explicou, com calma, que Lola não entendia bem o que estava em jogo. Eu entendo muito bem, sim, gritou ela. Não, disse ele, triste, não entende, não. A Abuela tentou exercer seu poder e usar A Voz, porém o neto já não era o garoto que ela conhecera. Algo havia mudado, agora uma força interior emanava do rapaz.

Duas semanas após o início da Última Viagem de Oscar, a mãe chegou, preparada para a briga. Você vai voltar para casa agora. Ele balançou a cabeça. Não posso, mami. Ela o agarrou e tentou puxá-lo, mas o filho parecia Unus, o Intocável. Mami, avisou ele, com suavidade, a senhora vai acabar se machucando.

E você vai acabar se matando.

Não é o que estou tentando fazer.

E eu, por acaso dei um pulo lá? Claro que dei. Com a Lola.

Nada une tanto um casal quanto uma catástrofe.

Et tu, Yunior?, disse Oscar, ao me ver.

Nada surtiu efeito.

OS ÚLTIMOS DIAS DE OSCAR WAO

Como 27 dias passam num piscar de olhos! Uma noite, o capitán e os comparsas fizeram ronda na Ribeira, e Oscar fitou o sujeito por, no mínimo, dez segundos; daí, com o corpo todo tremendo, partiu. Nem se deu ao trabalho de ligar para Clives; entrou no primeiro táxi que apareceu na sua frente. Certa vez, no estacionamento da Ribeira, Oscar tentou beijar Ybón, que virou o rosto, mas não o corpo. Por favor, não. Ele vai matar nós dois.

Vinte e sete dias. Se o que Oscar relatou nas cartas estiver correto, ele escreveu em cada um deles, totalizando cerca de 300 páginas. Estou quase conseguindo, ele me disse uma noite, por telefone, uma das poucas ligações que fez para a gente. O quê?, perguntei. O quê?

Você vai ver, limitou-se a dizer.

E, então, o que era esperado aconteceu. Certa noite, ele e Clives voltavam da Mundialmente Famosa Ribeira e, quando pararam no sinal, dois homens entraram no táxi. Eram, obviamente, Gorilla Grodd e Solomon Grundy. Que bom te ver de novo, disse Grodd, e, em seguida, passaram a golpear Oscar como puderam, dado o espaço reduzido dentro do carro.

Daquela vez, Oscar não chorou quando se dirigiram aos canaviais. A zafra ocorreria em breve, e a cana estava agora alta e espessa; em alguns lugares, dava para ouvir o toc-toc-toc dos colmos batendo uns contra os outros, como trífides, e os burburinhos em krïyol perdidos na noite. O aroma de cana-de-açúcar madura era inesquecível, bem como a belíssima lua cheia, e Clives chegou a implorar aos sujeitos que poupassem o rapaz, mas eles riram. Tu devia era se preocupar contigo mesmo, sugeriu Grodd. Oscar deu uma risada também, apesar do maxilar quebrado. Não se preocupe, Clives, disse o rapaz. Eles chegaram tarde demais. Grodd discordou. Na verdade, a gente chegou na hora certa. Passaram por um ponto de ônibus e, durante alguns momentos, Oscar supôs ter visto toda a sua família subindo numa guagua, inclusive os coitados dos falecidos Abuelo e a Abuela, e quem era o condutor do veículo, se não o Mangusto, e quem era o cobrador, se não o Homem sem Face? Porém, tudo não passou de uma última fantasia, que se dissipou assim que ele pestanejou; quando o táxi parou, Oscar enviou mensagens telepáticas para a mãe (Eu a amo, señora), para o tío (Abandone o vício, tío, e viva), para Lola (Sinto muito que isso tenha acontecido; sempre vou amar você), para todas as mulheres que amou — Olga, Maritza, Ana, Jenni, Karen e também as outras, cujos nomes eram desconhecidos — e, claro, para Ybón.[33]

Eles entraram no canavial, e os dois sujeitos pediram a Oscar que se virasse. Ele tentou ficar de pé com altivez. (Grodd e Grundy tinham deixado Clives amarrado no táxi — assim que os comparsas lhe deram as costas, o taxista se meteu no canavial; depois, entregaria Oscar à família.) Os sujeitos encararam Oscar, que retribuiu os olhares e, em seguida, começou a falar. As palavras jorravam de sua boca como se partissem de outra pessoa, saíam em bom espanhol, ao menos naquela ocasião. Ele disse a eles que o que estavam fazendo era errado, que eliminariam uma grande paixão do mundo, que o amor era algo raro, facilmente confundido com milhares de outros sentimentos e que, se havia alguém ciente disso, era ele próprio. Contou-lhes sobre Ybón, deixando claro quanto a amava e quanto os dois se arriscaram e quanto tinham em comum, já que haviam começado a ter os mesmos sonhos e a usar as mesmas

---

33 "Não importa aonde você vá... Nem a que parte remota do universo infinito se dirija... Você nunca estará... SÓ!" (O Vigia, *Quarteto Fantástico* n.13, maio, 1963.)

palavras. Contou-lhes que fora apenas por causa do amor dela que ele fizera o que havia feito, algo que os dois não poderiam mais impedir, contou-lhes que se eles o matassem, muito provavelmente não sentiriam nada, tal como os seus filhos, até estes estarem velhos e fracos e prestes a ser atropelados por um carro; daí, eles sentiriam a presença de Oscar, que os estaria esperando no além, e lá, ele não seria um gordo nerd, nunca amado por uma mulher, mas sim um herói, um vingador. Porque nós podemos fazer com que nossos sonhos (ele ergueu a mão) se tornem realidade.

Grodd e Grundy aguardaram respeitosamente que ele terminasse e, em seguida, disseram, as faces se esvaindo aos poucos em meio à escuridão, Olha só, nós vamos deixar tu ir, se disser pra gente como se fala *fuego* no seu idioma.

Fogo, ele disse sem pensar e sem se conter.

Oscar...

FIM DA HISTÓRIA

Foi basicamente isso.

Nós fomos até lá para reconhecer o corpo. Organizamos o velório. Não tinha ninguém mais além da família, nem mesmo Al e Miggs. Lola se acabou de chorar. Um ano depois, o câncer da mãe dela voltou e, então, embrenhou-se de vez. Cheguei a ir ao hospital para visitá-la, com a Lola, umas seis vezes no total. Ela acabaria vivendo por mais dez meses, mas, àquela altura, já tinha meio que desistido.

Fiz tudo o que pude.

A senhora fez o bastante, mami, disse Lola, porém, a mãe se recusou a ouvi-la. Virou as costas arruinadas para a gente.

Fiz tudo o que pude e, ainda assim, não foi o bastante.

Eles a enterraram ao lado do filho; Lola leu um poema que ela mesma tinha escrito e pronto. Do pó viemos, ao pó voltamos.

Em quatro ocasiões a família contratou advogados, porém, não chegou a prestar queixas. A embaixada não ajudou, muito menos o governo. Ybón, pelo que eu sei, continua morando em Mirador Norte e dançando na Ribeira, mas La Inca vendeu a casa no ano seguinte e voltou para Baní.

Lola jurou nunca mais voltar àquele país terrível. Numa das nossas últimas noites como novios, ela disse, Dez milhões de Trujillos, é tudo o que somos.

QUANTO A NÓS

Bem que eu queria dizer que deu tudo certo, que a morte de Oscar acabou unindo a gente. Só que eu não cheguei a pôr a cabeça no lugar e, depois de uns seis meses cuidando da mãe, Lola teve o que a mulherada chama de Retorno de Saturno. Ligou um dia e perguntou aonde eu tinha ido na véspera e, como não consegui dar uma boa desculpa, ela me disse, Tchau, Yunior, se cuida, está bem?, e, durante um ano, fiquei traçando mulheres patéticas, com o humor oscilando entre o Foda-se Lola e a esperança narcisista de uma reconciliação, embora eu mesmo não movesse uma palha para consegui-la de volta. Daí, em agosto, quando voltei de uma viagem a Santo Domingo, minha mãe me contou que a Lola tinha conhecido um cara em Miami, cidade para onde ela tinha se mudado, e que estava grávida e ia se casar.

Liguei para ela. Que porra é essa, Lola...

Mas ela bateu o telefone na minha cara.

UMA ÚLTIMA OBSERVAÇÃO ESPECIAL

Já se passaram anos e mais anos e eu ainda penso nele. No incrível Oscar Wao. Sonho muito com ele sentado na beira da minha cama, e sempre estamos na Rutgers, em Demarest, de onde, pelo visto, nunca vamos sair. Não vejo o cara magro, como no final, mas imenso de gordo. Ele quer conversar comigo, está louco para bater papo, só que, na maior parte do tempo, não consigo dizer uma palavra sequer, nem ele. Então ficamos ali, quietos.

Uns cinco anos depois da morte dele, comecei a ter outro tipo de sonho. Sobre o meu amigo ou alguém parecido com ele. A gente está, ao que tudo indica, nas ruínas de um castelo, apinhadas de livros antigos e poeirentos. Ele está parado em uma das passagens, com ar misterioso, usando uma máscara de expressão colérica, que oculta seu rosto; no entanto, por trás dos buracos da carranca, à altura de sua visão, vejo o familiar par de olhos próximos um do outro. O cara está segurando um livro, agitando-o para que eu vá examiná-lo, e eu reconheço a cena de um dos filmes pirados que ele curtia. Tenho vontade de fugir e, por um longo período, é exatamente o que eu faço. Levo algum tempo para perceber que as mãos de Oscar são transparentes e que as páginas do livro estão em branco.

E que, detrás da máscara, seus olhos se mostram sorridentes.

Zafa.

Porém, às vezes eu olho para Oscar e o vejo sem face; então, acordo gritando.

OS SONHOS

Transcorreram-se dez anos até os dias atuais e, nesse ínterim, enfrentei muita barra-pesada, passei um tempão perdido — sem Lola, sem meu eu, sem nada —, até que, um dia, acordei com a boca coberta com uma mistura de sangue, muco e cocaína diluída, ao lado de uma garota qualquer, para quem eu não dava a mínima, daí eu disse, OK, Wao, OK. Você venceu.

QUANTO A MIM

Atualmente, moro em Perth Amboy, Nova Jersey, e dou aula de produção textual e escrita criativa no Middlesex Community College; sou até o proprietário de uma casa no alto da Elm Street, não muito longe da usina siderúrgica. Não é uma daquelas casonas que os donos de bodegas de vino compram com seus vastos lucros, mas tampouco está caindo aos pedaços. A maioria dos meus colegas acha que Perth Amboy não está com nada, mas concordamos em discordar.

Não é bem o que eu sonhei quando garoto, ensinar, viver em Nova Jersey, mas faço o possível para que tudo dê certo. Tenho uma esposa por quem sou apaixonado, e vice-versa; uma negrita de Salcedo que eu não mereço. Vira e mexe rola um papo entre a gente sobre filhos e, às vezes, eu até acho a ideia legal. Já não fico mais correndo atrás de mulher. Não como antes, de qualquer forma. Quando não estou dando aulas de texto e beisebol, nem na academia, nem passeando com a minha mulher, fico em casa, escrevendo. Algo que tenho feito bastante nos últimos tempos. Desde o momento em que não se vê nada de manhã até aquele em que não se vê nada de noite. Aprendi com Oscar Wao. Sou um novo homem, sabe, um novo homem, um novo homem.

QUANTO A NÓS

Por incrível que pareça, eu e a Lola ainda nos vemos. Ela, Ruben Cubano e a filha se mudaram para Paterson alguns anos atrás, venderam a casa antiga, compraram uma nova e viajam juntos para tudo quanto é canto (ao menos, é o que a minha mãe me conta — Lola, sendo Lola, ainda a visita). Vez por outra, quando as estrelas se alinham, eu me deparo com ela, nas livrarias aonde a gente costumava ir ou nas ruas de Nova York. Algumas vezes o Ruben Cubano vai junto, outras não. Mas a filha está sempre com ela. Os Olhos de Oscar. Cabeleira de Hypatía. Um olhar que espreita a tudo e a todos. Já é uma jovem leitora, de acordo com a Lola. Diga oi para o Yunior, ela manda. Ele era o melhor amigo do seu tío.

Oi, tío, diz a menina, com relutância.

Amigo do tío, corrige Lola.

Oi, *amigo* do tío.

Os cabelos de Lola estão longos agora. Ela já não faz mais escova, está mais cheinha e menos ingênua, mas continua sendo a ciguapa dos meus sonhos. Sempre feliz em me ver, sem ressentimentos, entiendes. Sem nenhum sequer.

Yunior, como é que você anda?

Tudo bem. E você?

Quando a esperança ainda não tinha se esvaído, eu costumava ter o sonho idiota de que tudo entraria nos eixos, de que um dia a gente voltaria a deitar na cama juntos, como nos velhos tempos, com o ventilador ligado e a fumaça do baseado se espalhando no alto; daí, eu finalmente diria as palavras que teriam salvado nossa relação. _____ _____ _____.

No entanto, antes que eu conseguisse abrir a boca, acordava. O rosto molhado de suor, um indício de que isso nunca iria acontecer.

Nunca, jamais.

Não é tão ruim assim. Durante esses encontros, a gente sorri, dá risada, repete o nome da filha dela.

Nenhuma vez perguntei se a menina já tinha começado a sonhar, nenhuma vez toquei no passado.

Nós só conversamos sobre o Oscar.

Eu estou quase terminando. Falta pouco. Apenas alguns detalhes finais a serem mostrados antes que seu Vigia cumpra suas obrigações cósmicas e se dirija à Área Azul da Lua, para que dele não se ouça falar até o Final dos Tempos.

Veja a menina: a linda muchachita: a filha de Lola. Escura e rápida como um raio: segundo a bisa La Inca: una jurona. Poderia ter sido minha filha, tivesse eu usado a cabeça e sido ———. O que não a torna menos preciosa. A menina subia em árvores, esfregava o bumbum na ombreira da porta, dizia malapalabras quando achava que ninguém estava ouvindo. Falava inglês e espanhol.

Nem Capitão América, nem Billy Batson, mas o raio.

Uma criança feliz, até onde se pode ser. Feliz!

Mas, num cordão em seu pescoço: três azabaches: o que Oscar usou quando bebê, o que Lola usou quando bebê e o que Beli ganhara de La Inca ao chegar ao Santuário. Poderosos contrafeitiços ancestrais. Três escudos de proteção contra o Olho. Respaldados por uma corrente de orações de dez mil metros. (Lola não era nada boba; escolheu como madrinhas da filha tanto a minha mãe quanto La Inca.) Guardiãs poderosas, sem dúvida alguma.

Um dia, porém, o Círculo se romperá.

Como acontece com todos os Círculos.

E, pela primeira vez, a menina ouvirá a palavra *fukú*.

Sonhará com o Homem sem Face.

Não hoje, mas em breve.

Se for filha de sua família — como suspeito que seja —, um dia, já não temerá e buscará as respostas.

Não hoje, mas em breve.

Um dia, quando eu menos esperar, alguém baterá à minha porta.

Soy Isis. Hija de Dolores de León.

Minha Nossa! Entra, chica! Entra!

(Notarei que ela ainda usa os azabaches, que tem as pernas da mãe, os olhos do tío.)

Servirei uma bebida e minha mulher preparará seus pastelitos especiais; Perguntarei sobre a mãe dela da forma mais branda possível e mostrarei as fotos de nós três naquela época e, quando começar a entardecer, vou levá-la ao porão e abrir os quatro refrigeradores em que guardo os livros, os jogos, o manuscrito, os quadrinhos, os apontamentos do seu tío — as geladeiras são a melhor proteção contra o fogo, terremoto e praticamente qualquer coisa.

Uma luminária, uma mesa, uma cama — já preparei tudo.

Quantas noites ela vai passar aqui?

Quantas forem necessárias.

E talvez, apenas talvez, se for tão esperta e corajosa quanto espero que seja, reunirá tudo o que fizemos e aprendemos, acrescentará suas próprias visões e dará um fim à história.

É o que eu, nos meus melhores dias, espero. Assim venho sonhando.

No entanto, nos dias em que estou deprimido e ressentido, e me sento à escrivaninha à noite, com insônia, passo os olhos (por incrível que pareça) pelo exemplar de *Watchmen*, com as folhas cheias de dobras, do Oscar. Uma das poucas coisas levadas por ele para sua Última Viagem que conseguimos recuperar. O produto original. Folheio as páginas do livro, que ele considerava, sem dúvida, um dos três melhores, e chego ao assombroso epílogo: "Um mundo forte e adorável." Ao único quadro marcado por ele. Oscar — que nunca danificou um livro na vida — circundou aquele três vezes, com o mesmo traço vigoroso com que escrevera as últimas cartas endereçadas a sua casa. O quadro em que Adrian Veidt e o Dr. Manhattan estão tendo uma última conversa, depois que a criatura destruiu a cidade de Nova York, depois que o Dr. Manhattan assassinou Rorschach; depois que o plano de Veidt conseguiu "salvar a humanidade".

Veidt pergunta: "Eu agi corretamente, não? Deu certo, no fim."

E o Dr. Manhattan, antes de desaparecer do nosso Universo, responde: "'No fim?' Nada chega ao fim, Adrian, nada."

A ÚLTIMA CARTA

Oscar conseguiu enviar correspondências para casa antes do fim. Uns cartões com algumas trivialidades animadas. Mandou um para mim, a quem denominou Conde Fenris. Recomendou que eu fosse às praias de Azua, se ainda não tivesse ido. Escreveu para Lola também; chamou-a de Minha Querida Feiticeira Bene Gesserit.

E então, quase oito meses depois de sua morte, um pacote chegou a casa de Paterson. Nada como o Expresso Dominicano! Trazia dois manuscritos. Em um deles se encontravam os capítulos adicionais da sua obra literária que-nunca-seria-terminada, uma space opera E. E. "Doc" Smith-iana denominada *Starscourge* [*Flagelo estelar*] e o outro, uma longa carta dirigida a Lola — as últimas palavras escritas por Oscar, ao que parece, antes de ser assassinado. Nela, ele falou sobre as observações de campo e o novo livro que vinha escrevendo, que enviaria em embalagem separada; por esse motivo, pediu à irmã que aguardasse a chegada de um segundo pacote. Incluí ali o que escrevi nesta viagem. Tudo o que acho que será necessário. Você entenderá quando ler minhas conclusões. (É a cura para o que nos aflige, anotou ele na margem. O DNA cósmico.)

O único problema foi que a parada nunca chegou! Ou se extraviou nos correios, ou Oscar foi assassinado antes de enviá-la, ou a pessoa encarregada por ele de mandá-la não o fez.

Seja como for, o pacote que de fato chegou trouxe notícias estupendas. Não é que, em algum momento, na parte final daqueles 27 dias, o palomo conseguiu, *de fato*, tirar Ybón de La Capital? Os dois passaram um fim de semana inteiro numa praia em Barahona, enquanto o capitán viajava a "negócios" e, adivinhem o quê? Ybón realmente o *beijou*. E sabem do que mais? Também *transou* com ele. Louvado seja Deus! Na carta, Oscar contou que adorara a experiência e que o sabor da você-sabe-o-que dela era diferente do que esperara. Tem gosto de Heineken, observou. Ele disse também que todas as noites Ybón tinha pesadelos em que o capitán os encontrava; certa vez, ela chegara a acordar, dizendo em tom apavorado, Oscar, ele está aqui, e acreditava mesmo que estava, e o rapaz despertou de imediato e se jogou em cima do capitán, que, no fim das contas, era uma carapaça de tartaruga pendurada na parede para decorar o hotel. Quase arrebentei o nariz! Oscar contou ainda que Ybón tinha pelinhos que iam quase até o umbigo e que revirou os olhos quando ele a penetrou; entretanto o que o tinha tocado de verdade não fora o bambambã do sexo, e sim as pequenas intimidades com as quais nunca nem sonhara, como pentear seus cabelos ou tirar sua roupa íntima do varal ou observá-la caminhar nua do quarto ao banheiro ou abraçá-la quando ela se sentava de repente no seu colo e encostava o rosto na sua nuca. Intimidades como ouvi-la admitir que não passava de uma garotinha e revelar a ela que fora virgem até aquele momento. Oscar comentou também que mal acreditava que tivera que aguardar tanto tempo assim. (Foi Ybón que sugeriu darem outro nome àquela espera. Tudo bem, mas, qual? Talvez, disse ela, você devesse chamá-la de vida.) Ele escreveu: Então, é disso que todo o mundo vive falando! Diablo! Se ao menos eu soubesse. A beleza! A beleza!

Este livro foi composto na tipografia Adobe Garamond Pro,
em corpo 12/16, e impresso em papel off-white
no Sistema Cameron da Divisão Gráfica
da Distribuidora Record.